À PROPOS

Michelle Willingham, l'une des autrices phares de la collection, a réussi le pari de réunir ses deux passions d'enfance, l'Histoire et l'écriture. Depuis 2009, elle a publié plus d'une vingtaine de romans dans la collection Les Historiques, et ce pour notre plus grand plaisir !

L'otage du Viking

MICHELLE STYLES

L'otage du Viking

Traduction française de
HÉLÈNE ARNAUD

Les Historiques

Harlequin

Collection : LES HISTORIQUES

Titre original :
SOLD TO THE VIKING WARRIOR

Ce roman a déjà été publié en 2017

© 2017, Michelle Styles.
© 2017, 2022, HarperCollins France pour la traduction française.

Ce livre est publié avec l'autorisation de HARLEQUIN BOOKS S.A.

Tous droits réservés, y compris le droit de reproduction de tout ou partie de l'ouvrage, sous quelque forme que ce soit.
Toute représentation ou reproduction, par quelque procédé que ce soit, constituerait une contrefaçon sanctionnée par les articles 425 et suivants du Code pénal.

Si vous achetez ce livre privé de tout ou partie de sa couverture, nous vous signalons qu'il est en vente irrégulière. Il est considéré comme « invendu » et l'éditeur comme l'auteur n'ont reçu aucun paiement pour ce livre « détérioré ».

Cette œuvre est une œuvre de fiction. Les noms propres, les personnages, les lieux, les intrigues, sont soit le fruit de l'imagination de l'auteur, soit utilisés dans le cadre d'une œuvre de fiction. Toute ressemblance avec des personnes réelles, vivantes ou décédées, des entreprises, des événements ou des lieux, serait une pure coïncidence.

Le visuel de couverture est reproduit avec l'autorisation de :
© REBECCA STICE/TREVILLION IMAGES

Tous droits réservés.

HARPERCOLLINS FRANCE
83-85, boulevard Vincent-Auriol, 75646 PARIS CEDEX 13
Service Lectrices — Tél. : 01 45 82 47 47 — www.harlequin.fr
ISBN 978-2-2804-6648-6 — ISSN 1159-5981

Composé et édité par HarperCollins France.
Imprimé en avril 2022 par CPI Black Print (Barcelone)
en utilisant 100% d'électricité renouvelable.
Dépôt légal : mai 2022.

Pour limiter l'empreinte environnementale de ses livres, HarperCollins France s'engage à n'utiliser que du papier fabriqué à partir de bois provenant de forêts gérées durablement et de manière responsable.

À mes fidèles lectrices, qui me réclamaient une nouvelle histoire de romance avec un Viking.

Chapitre 1

An de grâce 873
Ile d'Islay, royaume d'Alba,
contrôlée par les Vikings — Écosse actuelle

— Ce n'est pas la peine de me lancer ce regard accusateur, Coll. J'ai donné ma parole, donc nous devons y aller — même si en ce moment je préférerais être n'importe où plutôt qu'ici.

Eilidith serra un peu plus sa fine cape de lainage autour de ses épaules et tenta d'ignorer la morsure du froid tandis que son chien-loup trottinait à côté d'elle.

Dans la pâle lueur blanche qui précédait l'aube, Liddy devinait déjà les contours du fort nordique au loin et, derrière l'impressionnante barricade de bois, on apercevait les sommets gris-mauve des Paps de l'île de Jura.

Les apparences étaient parfois trompeuses. Liddy avait d'abord pensé arriver avant la réunion du conseil, mais elle se rendait compte à présent qu'une autre longue journée de marche l'attendait. Peu importait, cela valait toujours mieux que de voyager par la mer. Elle n'était jamais remontée sur un bateau depuis la mort accidentelle de ses jumeaux, Keita et Gilbreath. Ils étaient si jeunes...

Dans son dos, le battement sourd des bottes qui l'accompagnait depuis quelques lieues se tut.

D'instinct, Liddy attrapa le collier de son chien. Sa mère aurait préféré qu'elle n'emmène pas Coll avec elle, et avait même été jusqu'à l'appeler par son prénom complet, Eilidith, pour lui rappeler qu'elle était une lady de Cennell Fergusa et pas une gamine sans la moindre noblesse. Liddy avait néanmoins insisté et sa mère avait fini par céder, comme elle le faisait souvent depuis quelque temps. Elle lui avait même confié qu'elle retrouvait enfin son Eilidith si passionnée, qui avait disparu depuis le décès de son époux.

Repensant à cette scène, Liddy leva les yeux au ciel et reprit sa marche. Sa nature passionnée s'en était allée bien avant d'apprendre la mort de Brandon. Elle n'avait plus jamais été la même depuis le jour où ses pauvres enfants avaient poussé leur dernier souffle rauque, le jour où son cœur s'était brisé en mille morceaux…

En quête d'un peu de réconfort, elle caressa les oreilles de Coll et il frotta en retour son museau contre la main de Liddy, la couvant d'un regard rassurant.

À présent qu'Islay était tombée aux mains des Nordiques, des hors-la-loi hantaient les forêts, et les hommes désespérés se rendaient souvent coupables d'actes désespérés. Quoi qu'il en soit, même le plus désespéré des voleurs hésiterait face à un chien-loup adulte. Coll vint poser la tête contre la poitrine de Liddy. Une cicatrice lui courait sur le museau — héritage d'un accident quand il était chiot et non d'une bagarre — et cela lui donnait un air féroce qui tenait à l'écart hommes et bêtes. Mais Liddy ne l'en aimait que davantage.

Elle aussi était défigurée, par une tache de naissance qui lui recouvrait le menton. Quand elle était encore petite, alors qu'elle souffrait des moqueries des autres enfants, sa *seanmhair*, sa grand-mère, lui avait dit qu'elle avait été embrassée par un ange à sa naissance et était destinée à porter chance à Cennell Fergusa.

Malheureusement, feu son époux avait trouvé cette marque hideuse, et la maîtresse de ce dernier avait même déclaré que Liddy avait été maudite à la naissance. Après la mort de ses jumeaux, celle-ci avait compris que cette femme avait bel et bien raison : elle portait malheur. Son mari l'avait même juré sur son âme immortelle, devant tout le monde, en plein cœur de l'église. Ne supportant plus les ragots, Liddy s'était alors tenue à l'écart des autres et avait vécu en recluse. À présent, hélas, elle n'avait plus le choix : elle devait agir.

— Nous pouvons y arriver, n'est-ce pas, Coll ? Nous allons libérer mon père et mon frère. La promesse de Lord Ketill à mon père doit être plus que de simples paroles en l'air, tu ne penses pas ?

Coll répondit par un petit aboiement et frotta de nouveau sa truffe humide contre la paume de Liddy — ce qui voulait certainement dire oui —, comme s'il comprenait le sens des paroles de sa maîtresse et cherchait à renforcer le courage vacillant de celle-ci.

Liddy se redressa. Personne ne pourrait l'arrêter : d'une manière ou d'une autre, elle obtiendrait la libération de son père et de son frère. Tout cela n'était qu'une terrible erreur...

Au contraire de son époux, son père avait juré allégeance aux Nordiques à la première opportunité. Il l'avait fait en pleine connaissance de cause, pour protéger son peuple et sa terre. À présent, la paix commençait à faire revenir une certaine prospérité dans le pays et seule la terre avait encore de l'importance. Ces contrées, il les avait dans le sang. Cennell Fergusa devait les conserver à n'importe quel prix ; c'était leur héritage.

Elle serra les poings. Même les Nordiques, dans leur grande forteresse, devaient bien avoir un vague sens de l'honneur. Après tout, eux aussi avaient des lois et un roi. Il suffisait à Liddy de rappeler ses obligations au *jaarl* nordique et il comprendrait rapidement que respecter la loi était dans son propre intérêt. La paix et la prospérité lui rapporteraient bien plus que de faire la guerre avec les habitants des îles.

De plus, Liddy espérait encore que sa *seanmhair* ait eu raison, qu'elle était bel et bien née pour porter chance à sa famille.

— Quel pas déterminé et volontaire pour une femme telle que vous, lança soudain une voix teintée d'un léger accent, la faisant sursauter. Les gens ont plutôt l'habitude d'éviter ces lieux, à la fin du jour...

Elle fit volte-face et découvrit la silhouette encapuchonnée qu'elle avait feint d'ignorer depuis plus d'une heure. L'homme avait commencé à la suivre quelques lieues plus tôt, sans un mot. Il était grand, mais elle ne voyait rien de son visage, dissimulé par son capuchon. Il marchait droit devant lui, d'un pas vif — du moins, quand il pensait que personne ne le regardait. À présent, sous le poids du regard de Liddy, il parut se tasser et courber les épaules, comme s'il essayait de paraître plus petit, moins impressionnant.

Elle prit une profonde inspiration, dans l'espoir de retrouver tout son courage. Inutile d'avoir peur d'un homme seul quand Coll était là la protéger — et quand elle avait un poignard à la ceinture pour se défendre.

— En quoi est-ce que cela vous concerne ? répliqua-t-elle avant de reprendre sa route, plus que jamais consciente de la présence de l'inconnu dans son dos.

Par bonheur, le seul collier d'or qui lui restait était en sécurité, cousu dans l'ourlet de sa robe. Aucun voleur ne penserait à le chercher là… Ce n'était pas un bijou particulièrement précieux, mais sa mère avait insisté pour qu'elle l'emporte avec elle : si elle ne parvenait pas à en appeler à l'honneur du Nordique et à le convaincre de respecter la loi, elle pourrait toujours acheter la liberté de son père et de son frère.

Liddy avait accepté, peu convaincue de l'utilité d'un simple collier. Elle n'avait pas droit à l'erreur : elle savait pertinemment ce qui se passerait si elle échouait, mais elle ne pouvait tout de même pas rester là sans rien faire !

— Comment savez-vous où je me rends ?

— Je sais juste qu'il est inhabituel de rencontrer une femme seule sur cette route, à une heure pareille, répondit-il en examinant les vêtements de Liddy d'un regard perçant. En particulier une femme de haute naissance…

— J'ai à faire à la forteresse des Nordiques.

Elle résista à la tentation de rabattre son capuchon sur son visage pour dissimuler sa marque honteuse. Au lieu de cela, elle referma la main sur la poignée de son poignard et se redressa.

Peut-être que cet étranger renoncerait à l'idée de déranger une femme maudite…

Coll, sentant la tension de Liddy, retroussa les babines et lâcha un grognement menaçant.

L'homme recula de quelques pas et leva les mains en signe de paix, ce qui apaisa le chien. Assis aux pieds de Liddy, il se tut — mais elle le connaissait assez bien pour savoir qu'il restait sur ses gardes.

— Vous êtes soit très courageuse, soit très imprudente de vous approcher de ce fort sans protecteur à vos côtés. Ne savez-vous donc pas le sort que ces hommes réservent aux belles femmes ?

— Mon chien est mon protecteur. Il n'aime pas les étrangers, en particulier les Nordiques qui se mettent à me parler sans même se présenter, répliqua-t-elle.

Les belles femmes ? L'avait-il bien regardée ? Ne voyait-il donc pas la tache de naissance qui la défigurait ?

— De toute manière, même les guerriers du fort sont soumis à leurs lois.

— Cela fait bien longtemps que je n'ai pas rencontré de femme telle que vous, aussi courageuse face au danger et à l'inconnu. C'est inhabituel, chez une personne de votre sexe.

Il baissa lentement les mains et risqua un pas vers elle, mais Coll l'arrêta par un second grognement.

— La flatterie ne fonctionne pas avec moi. Je sais quelle est ma place, lança Liddy.

L'homme la dévisagea un instant d'un air perplexe.

— Nous voyageons tous les deux dans la même direction. Pourquoi ne pas agrémenter le voyage d'une petite conversation ? Avez-vous pensé à un prétexte pour pénétrer dans le fort et soumettre votre demande au *jaarl* ? Les remparts sont bien gardés, depuis quelque temps. Les sentinelles ne laissent pas entrer n'importe qui et les femmes seules sans protection en ressortent rarement.

— Y êtes-vous allé, récemment ? demanda-t-elle, soudain moins sûre d'elle. Est-ce vrai qu'ils ont des hommes postés nuit et jour à la porte et qu'ils n'accueillent les visiteurs qu'à certaines heures du jour ?

L'étranger la dévisagea encore un instant et Liddy eut le temps d'apercevoir l'éclat bleu de ses yeux avant qu'ils disparaissent de nouveau dans l'ombre de son capuchon.

— La porte est verrouillée au crépuscule, et ils ne laissent personne entrer ou sortir pendant la nuit. Pendant la journée, toute personne qui passe les remparts dans un sens ou dans l'autre est fouillée. Thorbin, le représentant actuel de Lord Ketill, est un homme prudent : sur l'île, beaucoup en veulent aux occupants du fort.

— Vous êtes l'un d'entre eux, n'est-ce pas ?

Elle entendait comme une pointe d'accent, qui se mêlait aux particularités de sa propre langue. En général, les Nordiques mâchaient leurs mots et on avait du mal à les comprendre.

— Cependant, ajouta-t-elle, vous parlez mieux ma langue que la plupart de vos compatriotes. C'est… inhabituel.

— Vous êtes gaélique, n'est-ce pas ?

Il l'examina une nouvelle fois en prenant son temps, de la tête aux pieds, de sa robe de marche usée à sa coiffe qui laissait apparaître quelques fines mèches de cheveux. De nouveau, elle dut résister au besoin pressant de dissimuler sa tache de naissance.

— La plupart des Gaéliques prennent mieux soin de leurs femmes et ne se contentent pas de leur donner un gros chien pour les envoyer marchander avec l'un des hommes les plus puissants du Nord. Avez-vous seulement pensé à ce qu'il vous fera, quand vous échouerez ?

La gorge nouée, Liddy ne lâcha pas son poignard. Cet homme avait-il deviné qu'elle cachait un collier sur elle ? C'était impossible !

Elle pourrait toujours l'attaquer avec son poignard, s'il s'approchait suffisamment pour cela. Elle n'aurait alors qu'une seule et unique chance de triompher, en lui plantant la lame à la base du cou. C'était la manière la plus rapide d'en finir avec un assaillant, à en croire son défunt mari qui aimait souvent se vanter de son talent de guerrier.

À la simple idée de devoir tuer un homme — et peut-être plus encore celui-ci, qui paraissait si plein de vie —, le sang de Liddy se figea dans ses veines.

— La plupart des hommes réfléchiraient à deux fois avant de s'attaquer à mon chien, reprit-elle dans l'espoir de l'intimider. Les Nordiques me laisseront repartir une fois la négociation terminée. Ils agiront en hommes d'honneur et respecteront la promesse faite à mon père par Lord Ketill.

Ses mots parurent encore plus vides de sens cette fois-ci qu'auparavant. Hélas, si elle abandonnait son faible espoir, elle n'aurait plus aucune raison de se rendre au fort. Elle avait besoin de croire à un miracle, besoin de s'accrocher à l'idée qu'elle était sur cette terre pour accomplir quelque chose et n'était pas le simple fruit d'une cruelle plaisanterie divine. Ce n'était pas la première fois qu'elle pensait à cela. Si elle avait été épargnée jusqu'à présent, c'était peut-être pour qu'elle puisse accomplir cette mission : sauver son père, son frère et, d'une manière ou d'une autre, se racheter après la mort de ses jumeaux dont elle avait été en partie responsable. Elle devait au moins essayer de sauver sa famille.

— J'ai déjà vu mourir des chiens. C'est toujours dur, d'autant plus que le vôtre semble vous être loyal. Une brave bête.

— Et moi, j'ai déjà vu des hommes reculer devant lui.

Liddy se rappelait encore ce fameux jour, peu de temps après la mort des jumeaux, où elle avait rencontré des Nordiques sur la route qui longeait le promontoire. Ce jour-là, Coll avait fait bonne garde !

L'homme haussa les épaules et elle remarqua pour la première fois la largeur impressionnante de sa silhouette.

— Il suffit de jeter un morceau de viande à un chien pour le rendre heureux et en faire votre meilleur ami du moment. Les chiens ont une vision de la vie beaucoup plus simple que vous et moi, vous savez.

Liddy croisa les bras, peu convaincue. Ce Nordique pensait

peut-être qu'il connaissait les chiens, mais il ne connaissait pas Coll !

— Pas mon chien, répliqua-t-elle. Mon chien ne se fie pas aux étrangers, encore moins aux Nordiques.

Sous le capuchon de l'homme, deux yeux bleus brillèrent d'un éclat moqueur.

— Je ne suis pas de ceux qui tournent le dos aux défis.

— Vous pouvez toujours essayer, mais vous serez déçu. Je connais bien mon chien : c'est un excellent juge de la nature humaine.

Sans un mot, l'homme fouilla sa sacoche et en sortit un morceau de viande séchée. Un gémissement intrigué s'éleva.

En un éclair, Coll — ce traître ! — arracha la friandise des doigts de l'homme sans la moindre hésitation. Cela fait, ce dernier se pencha et le caressa avec affection derrière les oreilles. Comme s'il ne s'était pas encore assez soumis à cet inconnu, Coll se frotta à lui et se laissa couler à ses pieds pour s'allonger.

— Apparemment, il ne se méfie pas de *tous* les Nordiques.

Sa voix flotta jusqu'à Liddy, comme si c'était elle que sa main caressait.

— Peut-être qu'il sent que je pourrais devenir un allié, un ami. Croyez-moi, vous feriez mieux d'écouter les instincts de votre chien — surtout s'il est si bon juge de la nature humaine...

— Je reconnais mon erreur et je vous promets que je ne m'y laisserai plus jamais prendre, répondit-elle, les poings serrés.

Elle s'en voulait de se laisser troubler aussi facilement par cet inconnu : à la voir, on aurait pu croire à une jeune vierge tout juste sortie du couvent, qui n'avait jamais fait l'expérience des hommes ou de leurs manigances, et non à une veuve.

— Coll, viens ici ! lança-t-elle vivement.

Puis, se tournant vers l'homme :

— Monsieur, je vous souhaite une bonne journée ; il faut que je reprenne la route. J'ai un message urgent à transmettre à Lord Thorbin, qui fera appliquer la loi une fois qu'il saura toute la vérité.

Comme s'il était gêné de l'avoir abandonnée de cette manière, Coll s'étira et la rejoignit, la queue basse. Liddy attrapa son collier et s'éloigna d'un pas déterminé.

L'homme parut comprendre et n'essaya pas de la suivre, ni de l'arrêter, mais elle sentit ses yeux inquisiteurs lui peser sur la nuque.

Sans se retourner, Liddy accéléra le pas, passa plusieurs virages et s'écarta de la route pour prendre un sentier secondaire. Les arbres se firent peu à peu plus denses et la campagne plongea dans un profond silence. Elle jeta un coup d'œil sur le côté, saisie par une inquiétude irrationnelle, et faillit trébucher, sous le choc. Un groupe d'arbres lui bloquait la route. Des corps pendus étaient accrochés à leurs branches comme autant de fruits trop mûrs. Elle aurait voulu s'enfuir en courant, mais ses jambes refusèrent de lui obéir et elle se détourna, de peur de vomir. À ses pieds, Coll se mit à aboyer comme un fou.

— Lord Thorbin sacrifice des femmes aux dieux, lança soudain la voix de l'inconnu dans le dos de Liddy, faisant immédiatement taire Coll. Et je dois dire qu'il en tire un plaisir aussi évident que malsain. Il ne prend jamais de décision importante sans faire un sacrifice humain. Êtes-vous toujours certaine de vouloir poursuivre votre quête ?

Le cœur battant, Liddy balbutia :

— Comment savez-vous que c'est lui qui a fait cela ?

Les yeux de l'homme, toujours aussi bleus, se firent plus perçants.

— Je l'ai déjà vu à l'œuvre...
— Et les femmes ? Qui étaient-elles ?

N'osant pas élever la voix au milieu de tous ces morts, elle chuchotait et attira Coll contre elle. Un frisson glacé la parcourut : l'inconnu connaissait un peu trop bien les « œuvres » de Lord Thorbin...

— C'étaient des esclaves, que l'on libérait juste avant le sacrifice, des femmes seules sans famille pour les protéger ou abandonnées par leurs proches.

Il eut une sorte de rictus cynique.

— Les sacrifices doivent être faits en toute liberté, sans quoi les dieux se fâchent. De là à savoir quel choix ces femmes avaient… Eh bien… C'étaient des esclaves. Parfois, il y a pire que mourir libre.

Le souffle court, Liddy se pencha, les mains sur les cuisses, et tenta désespérément de retrouver une respiration normale. Ces païens de Nordiques étaient peut-être convaincus par toutes ces superstitions, mais elle savait pertinemment que tout cela n'était que du vent ! Ces femmes avaient été *assassinées*, et cela sans raison valable.

Comment pouvait-elle espérer convaincre Lord Thorbin, à présent qu'elle avait vu ces horreurs ? Quel honneur pouvait bien avoir un homme qui massacrait des femmes de cette manière ?

Son idée de départ lui parut plus naïve que jamais, mais elle ne pouvait plus reculer, hélas… Elle devait faire quelque chose. Il était inutile de continuer à prétendre que sa mère pouvait s'occuper des terres toute seule : les champs nus en étaient la preuve criante.

— Je… Je pensais que tout cela n'était qu'un ramassis de contes que les prêtres inventent pour effrayer le peuple.

— Voulez-vous que j'en descende une pour vous la montrer de plus près ? Êtes-vous réellement prête à déranger les morts ?

Liddy leva une nouvelle fois les yeux sur le bosquet funeste et l'un des corps parut l'inviter à les rejoindre. Elle aurait voulu crier, s'enfuir, courir, mais sa gorge était comme engourdie et ses pieds s'étaient mués en bloc de pierre.

— Je… Je…

L'homme lui attrapa soudain le bras pour l'arracher à cette scène odieuse . Ce simple contact suffit à la calmer un peu.

— Là où j'ai grandi, les gens évitent ce genre de lieu en général, vous savez, dit-il avec une certaine douceur. Restez sur la route : cela prend un peu plus de temps, mais c'est plus prudent. Il n'est jamais bon de se mélanger aux morts.

— Je comprends pourquoi la plupart des gens évitent ce bosquet, mais je n'ai pas le choix : je suis pressée et je dois le traverser, répondit-elle en se libérant d'un geste brusque de la poigne de l'homme.

Ne voyait-il donc pas qu'elle n'avait plus rien à perdre ? Qu'elle ne pouvait plus croire en la chance, elle qui avait été maudite à la naissance ?

— Les morts ne peuvent plus blesser qui que ce soit et je dois atteindre le fort à temps pour le conseil. Ma voix sera entendue devant tout le monde ; il ne sera pas dit que l'on m'a repoussée parce que je suis arrivée en retard ! Donc, traverser ce bosquet me fera gagner beaucoup de temps.

Tout en parlant, elle sentit son cœur s'emballer — il fallait à tout prix qu'elle garde espoir... Pourvu que les Nordiques la laissent entrer.

Suivre la route rallongerait son voyage et elle ne pouvait pas se permettre de rater le conseil. Elle ne pouvait peut-être plus rien faire pour les morts, mais elle pouvait encore sauver les vivants.

— Qu'avez-vous l'intention de faire de votre chien, pendant que vous parlez à Lord Thorbin ? lança l'inconnu en laissant Coll lui lécher le bout des doigts. Thorbin respecte aussi peu les chiens que les femmes ; et il déteste les animaux comme le vôtre depuis qu'il était petit et qu'un chien l'a mordu. Évidemment, Thorbin avait passé son temps à battre la pauvre bête avec un bâton, donc la réaction de celle-ci était plutôt compréhensible.

À ces mots, Liddy se figea et se retourna vers l'homme. Décidément, il en savait beaucoup trop sur les habitudes et le passé de Lord Thorbin à son goût ! Mais, à bien le regarder, il n'avait pas l'air de le craindre comme tous les habitants de l'île.

— En quoi est-ce que mon destin et celui de mon chien vous concernent ?

L'homme haussa les épaules.

— J'aime bien votre chien, répondit-il tranquillement. Il a du caractère. Mais sachez qu'une bête de sa taille pourrait très bien être utilisée comme une arme pour attaquer Lord Thorbin ; et Thorbin pourrait aussi se servir de lui comme excuse pour vous accuser de tentative d'assassinat et vous réduire en esclavage avant de mettre ce pauvre chien à mort... Il a besoin d'or, vous voyez, et le meilleur moyen de l'obtenir est de faire commerce d'esclaves.

Liddy pencha la tête dans les replis de sa cape, pour dissimuler sa marque. Seigneur, dans son ignorance, elle avait failli condamner Coll à mort !

— Et... Vous connaissez un moyen de réussir autrement, sans entraîner la mort de mon chien ?

— C'est bien possible, si vous avez suffisamment de courage. Nous pourrions nous allier, vous et moi, proposa-t-il avant de jeter un bref regard aux corps pendus dans la brume. En tout cas, cela vaudrait mieux pour vous que de finir comme ces pauvres malheureuses.

Un nouveau frisson la parcourut. Elle tenta de l'ignorer, mais en vain : le prêtre du village et sa propre mère l'avaient pourtant prévenue, la veille, avant son départ. Elle était venue en sachant pertinemment à quoi s'attendre.

Rassemblant tout son courage — et son orgueil —, Liddy lui répéta le petit discours qu'elle avait servi à sa mère pour calmer les inquiétudes de celle-ci :

— Je n'échouerai pas. Je vais forcer Lord Thorbin à écouter la voix de la raison : le serment sacré de son roi doit bien avoir un sens pour lui, non ? Il honorera la promesse faite à ma famille ou il se couvrira d'infamie aux yeux de tous ses guerriers.

L'homme parut hésiter quelques instants.

— Avez-vous une preuve de l'estime de Lord Ketill ? Ou bien n'avez-vous que la parole de votre père qui est en prison, à présent ?

— J'ai une preuve, oui, répondit-elle en fouillant dans la petite bourse passée à sa ceinture pour en tirer l'anneau que son père avait oublié de prendre, quand il avait quitté la maison. Ketill Au Nez Plat a lui-même passé cette bague au doigt de mon père.

L'homme se pencha et examina longuement le bijou d'un air intrigué. Satisfaite, Liddy le laissa faire : cela lui apprendrait à se moquer d'elle !

— Pourquoi votre père a-t-il laissé cet objet chez vous au lieu de l'emporter avec lui ?

— Ses doigts ont trop grossi et il l'a retiré il y a des mois, répondit-elle en replaçant l'anneau en sécurité dans sa bourse. Quand il a appris l'emprisonnement de mon frère, il s'est précipité à son secours et, dans sa hâte, il a dû l'oublier. Mais moi, je m'en suis souvenue et je l'ai cherché dans toute la maison. Notre prêtre pense que cela ne fera aucune différence, mais je sais qu'il a tort.

— Vous avez donc décidé de ne pas écouter votre prêtre. Ma mère était gaélique, elle aussi, et je sais à quel point les femmes comme vous peuvent se montrer obstinées, répliqua l'inconnu en grattant la tête de Coll d'un air absent. C'est bien dommage, mais croyez-moi : il vous faudra bien plus que votre simple volonté pour vaincre Thorbin et sauver votre famille.

Dommage ? Ce Nordique prétendait les prendre en pitié, elle et les siens ? La croyait-il complètement idiote ?

Elle savait très bien quelle forme prenait la pitié des Nordiques, elle avait vu les fermes brûlées et les corps des hommes massacrés. Il y avait aussi les *sgeula-steach tana adhair*, les femmes qui disparaissaient sans laisser de traces — elles étaient moins nombreuses, à présent que les Nordiques contrôlaient l'île, mais chaque année, une ou deux femmes étaient volées à leurs familles.

Non, elle ne ferait jamais confiance à l'un de ces païens !

— Si je comprends bien, votre père était nordique, mais pas votre mère. La pauvre... Gardez donc votre pitié pour elle.

L'homme l'examina quelques instants en silence.

— Pourquoi dites-vous une chose pareille ?

— Parce que j'imagine qu'elle était née libre, mais qu'on l'a capturée et qu'elle est restée une esclave jusqu'à la fin de ses jours.

— Vous n'en savez absolument rien ! la coupa-t-il avec froideur. Je vous trouve bien prompte à tirer vos conclusions. Peut-être devrais-je vous abandonner à votre sort bien mérité, au lieu d'essayer de vous aider...

— Pourtant, vous savez que j'ai raison : les femmes disparaissent et plus personne ne les voit jamais. Ces forêts, ces collines et ces champs sont gravés dans mon âme. Je les retrouverai en femme libre. Je ne mourrai pas en terre étrangère et je ne deviendrai pas l'un de ces corps laissés à pourrir, accrochés aux branches des arbres.

Elle crispa les doigts dans la fourrure de Coll. Pourvu que l'inconnu ne remarque pas le tremblement de sa main...

Elle savait très bien ce qui arrivait aux femmes enlevées par les Nordiques ; elle en avait vu revenir, échangées contre une rançon. Son collier était précieux et pourrait lui permettre de rentrer chez elle, si Thorbin n'était pas convaincu par l'anneau.

— Je ne serai jamais esclave, pas plus que les autres membres de ma famille.

— Tout cela pour une question d'honneur ?

L'homme paraissait étonnamment surpris.

— Oui, si vous voulez. Nous, Gaéliques, sommes très attachés à notre honneur.

D'instinct, elle posa la paume sur sa tache de naissance — son humiliation, sa honte.

— Ma mère prétendait être fille de roi, lança l'homme d'un air moqueur. Plus tard, j'ai appris qu'une femme sur deux dans ce pays se targue de telles origines.

— Et que lui est-il arrivé ? s'enquit Liddy.

Par bonheur, elle ne lui avait pas parlé de ses propres origines, ni du fait que son père avait été roi, avant l'invasion des Nordiques. À l'époque, Islay comptait beaucoup de petits rois — trop, d'ailleurs, puisqu'ils ne cessaient de se quereller, ce qui avait entraîné la mort de bien des guerriers.

— Elle a été libérée avant son dernier souffle, répondit l'inconnu.

Liddy fut tentée de lui demander si son corps aussi pendait aux branches d'un arbre, dans un bois sacré quelque part, mais un seul regard de l'homme suffit à la faire taire et, pour une fois, elle tint sa langue.

— Qui l'a libérée ? demanda-t-elle plutôt.

— Moi. Je l'ai libérée de tous ses tourments. C'était ce qu'elle désirait le plus au monde.

Il posa la main sur le pommeau de son épée et, dans son geste, son capuchon retomba, dévoilant son visage en entier pour la première fois. Dans la lumière tamisée qui filtrait à travers le brouillard, il lui apparut comme le plus bel homme qu'elle ait vu de sa vie, ou presque. Ses cheveux dorés retombaient souplement sur ses épaules. Ses lèvres étaient bien dessinées et paraissaient douces, contrairement à la dureté des autres traits de son visage. Quant à ses yeux… Ses yeux trahissaient une détermination sans faille, que rien ne saurait faire fléchir. Cet homme n'avait rien d'un guerrier ordinaire. Ses mouvements, sa démarche, même la ligne volontaire de sa mâchoire trahissaient son réel statut chez les Nordiques : il s'agissait d'un homme habitué à être obéi, d'un chef.

— Qui êtes-vous ? demanda-t-elle, regrettant aussitôt sa curiosité déplacée.

Son époux lui répétait toujours que son franc-parler lui causerait des ennuis — c'était là l'une de ses rebuffades les moins brutales.

— Si j'accepte de m'allier à vous, puis-je être certaine que vous m'aiderez, que vous ne m'attirez pas simplement dans un piège à coup de fausses promesses ?

Une pointe d'espoir venait de naître au fond de son esprit. Pourquoi était-elle si faible ? Aussi naïve ? Elle avait pourtant traversé suffisamment d'épreuves pour savoir que ce genre d'heureux hasards n'arrivait que dans les contes des bardes.

Elle ne pouvait se fier à personne, et sûrement pas à un Nordique encapuchonné qui refusait de lui dire son nom.

Elle était trois fois maudite, comme l'avait dit son beau-frère lors des funérailles de Brandon ; et il avait eu raison. Pour preuve, au lieu d'accomplir un voyage paisible, il avait fallu qu'elle rencontre ce Nordique !

— Dites-moi votre nom, insista-t-elle lorsqu'il ne répondit pas. Votre vrai nom, et pas ces surnoms ridicules que les

Nordiques ont l'habitude de se donner. Dites-moi votre nom, ou nous n'aurons aucune chance de devenir alliés.

— Je suis Sigurd Sigmundson, un simple voyageur, comme vous, qui a soif de justice, dit-il finalement en dissimulant une nouvelle fois son visage dans les plis de son capuchon.

Sa cape était encore plus élimée que celle de Liddy et pourtant, quelque chose empêchait celle-ci de croire que le vêtement appartenait réellement à cet homme. Il ne semblait pas à l'aise en bougeant, comme si elle le gênait. Et puis, elle avait aperçu son épée, sous la cape — une épée bien trop luxueuse pour un simple mercenaire.

— Vous cherchez à vous infiltrer dans la forteresse sans vous faire remarquer, n'est-ce pas ? C'est pour cela que vous portez cette vieille cape, lança-t-elle. J'en suis persuadée ; sans cela, vous vous contenteriez de longer la côte et de remonter le loch Indaal à bord de votre drakkar pour jeter l'ancre près du fort.

Sigurd Sigmundson s'approcha d'elle et Liddy recula instinctivement d'un pas, trébuchant sur une racine saillante. Coll grogna de nouveau, menaçant, et Sigurd n'osa pas la toucher, laissant sa main retomber dans le vide.

— Pourquoi chercherais-je à cacher mon identité ? demanda-t-il d'un air de défi.

Liddy sentit son regard bleu glacier se poser sur elle une nouvelle fois.

— Parce que annoncer votre arrivée serait le meilleur moyen de finir dans un baril renvoyé à Ketill. Même chez moi, nous entendons des rumeurs sur Thorbin et sur la manière dont il traite ses ennemis.

De nouveau, elle recouvrit sa marque de la main.

— Mon regretté époux était un guerrier et je sais en reconnaître un : vous bougez avec l'aisance d'un guerrier, pas l'hésitation d'un mendiant. Si vous souhaitez que personne ne vous reconnaisse, vous devriez peut-être traîner les pieds. C'est juste un conseil…

L'homme inclina imperceptiblement la tête.

— Et... Que comptez-vous faire de votre petite découverte ? Avez-vous l'intention de me causer du tort ?

— Tant que vous ne me voudrez pas de mal, vos secrets ne me concernent pas. Une fois mes affaires avec Thorbin réglées, vous ferez ce que vous voulez de lui.

Elle s'interrompit, puis reprit d'une voix qu'elle voulait ferme :

— Moi, Eilidith de Cennell Fergusa, j'ai des raisons de souhaiter sa mort. Il n'est pas un ami de ma famille. Mais, quoi qu'il arrive, je dois négocier avec lui en premier.

Sigurd resta silencieux quelques instants et elle sentit son regard la jauger. Cela faisait bien longtemps qu'aucun homme ne l'avait examinée avec tant d'attention. Elle ramena instinctivement les plis de sa cape autour de son corps pour dissimuler au mieux ses courbes.

Elle ne se faisait pas d'illusions au sujet de sa beauté. Sa silhouette était peut-être passable, mais sa bouche était trop grande et ses cheveux bien trop flamboyants. À l'époque où Brandon la courtisait encore, il avait l'habitude de dire qu'elle avait des cheveux de feu — l'un de ses rares compliments.

— Je suis ici pour accomplir la mission que m'a confiée Lord Ketill, déclara Sigurd, et cette tâche est autrement plus importante que votre quête, Eilidith de Cennell Fergusa. Thorbin répondra de ses crimes et, *après*, vous serez libre de retrouver votre père et votre frère. S'ils n'ont pas déjà été exécutés pour trahison, bien sûr.

Un flot de colère la traversa en un instant. Qui était cet homme pour condamner sa famille avec tant de légèreté ? Il n'avait absolument aucune idée de ce qu'elle avait vécu ou de ce que son père avait fait pour protéger le clan des envahisseurs !

— Mon père a juré fidélité à Lord Ketill au Nez Plat lors de la première arrivée de ce dernier sur cette île. À l'époque, mon frère n'était encore qu'un bébé. Nous avons toujours payé le tribut et personne n'a jamais accusé mon père de trahison... À part vous !

La gorge nouée, elle fit de son mieux pour ne pas penser à l'état pitoyable des champs qu'elle avait traversés. D'après sa mère, son père avait caché tout l'or et tout le grain avant son départ ; et, sans grain frais, le clan n'avait aucune chance de faire une bonne récolte et de payer le tribut.

Liddy serra les dents. Ce n'était pas le moment de perdre son objectif de vue…

— Si nécessaire, j'irai moi-même parler à Lord Ketill et lui rappellerai sa promesse à mon père, reprit-elle.

Pourvu que Sigurd ne perçoive pas son mensonge et ses doutes ! La dernière chose qu'elle était prête à faire était bien d'entreprendre une telle traversée ; la simple idée de se retrouver en pleine mer, loin de toute terre, la terrifiait.

— Vraiment ? Vous iriez ?
— Si je n'ai pas d'autre solution, oui.

Sigurd examina quelques instants cette femme menue qui se dressait devant lui. La lumière pâle fit danser des reflets auburn sur les quelques mèches de cheveux échappées de sa coiffe. Sa chevelure n'était pas noire, comme il l'avait d'abord cru, elle avait la même teinte qu'un coucher de soleil au soir d'un beau jour d'été…

Sous sa lèvre inférieure, la marque sombre en forme de papillon rendait son joli visage particulièrement intrigant.

Elle avait du courage pour venir en ce lieu, uniquement protégée par son gros chien. Les seules femmes qu'il ait connues et qui auraient été capables d'une telle chose étaient sa mère et Beyla, celle à qui il avait autrefois offert son cœur — à l'époque où il pensait encore avoir un cœur à offrir… Beyla avait finalement choisi sa propre sécurité au détriment de leur histoire d'amour et avait épousé le demi-frère de Sigurd, destiné à devenir *jaarl* de cette île : Thorbin.

— Je suis certain que vous seriez capable de voyager pour rencontrer Ketill et demander justice. C'est le droit de tout porteur d'anneau, dit-il dans l'espoir de chasser les souvenirs cruels qui revenaient le hanter. Mais Thorbin ne sera certainement pas disposé à laisser partir un joyau précieux tel que vous.

Avez-vous seulement pensé à ce que vous feriez s'il refusait de vous laisser quitter sa demeure ?

La jeune femme se frappa le torse — un geste de guerrier, surprenant pour une demoiselle de bonne famille.

— J'ai juré sur l'honneur de libérer mon père, quitte à en mourir !

Interpellé, Sigurd se redressa. Sa mère avait-elle ressemblé à cette jeune femme, dans sa jeunesse ? Avait-elle été aussi forte, aussi résolue — l'opposé de la créature anxieuse et apeurée qu'elle était devenue à la fin de sa vie ?

— Le monde serait bien triste, si vous mouriez. De toute évidence, vous avez une famille qui tient à vous…

Eilidith le dévisagea un instant, le jaugeant comme un taureau vendu sur le marché.

— Thorbin vous craint-il ? demanda-t-elle à mi-voix. Vous ou qui que ce soit d'autre ?

— Cela fait bien longtemps que Thorbin doit répondre de ses crimes ; et je suis particulièrement heureux d'avoir été désigné pour les lui faire payer. Voyez-vous, moi aussi j'ai prononcé un vœu et j'ai hâte de l'accomplir.

Pour Ketill, Islay était le pivot de sa stratégie de conquête des îles occidentales. Celui qui contrôlait Islay contrôlait tout le commerce entre Alba et l'Irlande : toutes les routes maritimes passaient par là. Les courants dangereux que l'on rencontrait au nord de l'île de Jura empêchaient les navires d'aller plus loin et les marchandises devaient être convoyées par voie de terre.

Le règne de Thorbin sur l'île avait commencé un an plus tôt, au printemps. Au cours des premiers mois, Thorbin avait profité de sa bonne étoile et Sigurd avait plongé dans le désespoir, convaincu qu'il n'aurait jamais la moindre chance de venger sa pauvre mère. Mais, à Noël, Thorbin avait cessé de payer son tribut. Au début du printemps, Ketill avait envoyé un de ses hommes mener l'enquête — et le messager était revenu dans un tonneau de vinaigre, accompagné d'une lettre d'insultes. Ketill avait alors perdu toute patience envers son protégé et avait ordonné à Thorbin de se présenter devant lui pour s'expliquer.

Sigurd avait donc été chargé de transmettre le message et de s'assurer que Thorbin vienne bien affronter ses accusateurs.

Depuis une semaine, Sigurd explorait les abords du fort pour mettre au point un plan — d'autant plus qu'il avait compris qu'il ne pourrait pas se contenter d'approcher les remparts par bateau, en plein jour. Son demi-frère était loin d'être idiot. De toute évidence, Thorbin s'imaginait que ses actes ne lui attireraient au final aucune conséquence néfaste ; mais à coup sûr, il avait néanmoins pris ses précautions pour se protéger. La baie était donc certainement bien gardée, tout comme toutes les portes du fort.

Sigurd compatissait avec cette jeune femme et son gros chien. Seulement, sa compassion n'y changerait pas grand-chose : le père et le frère d'Eilidith étaient sans doute déjà morts ou vendus comme esclaves. Néanmoins, elle-même et l'anneau qu'elle portait pourraient lui être très utiles.

Conscient qu'elle ne lui avait pas répondu, il reprit prudemment :

— Au cours de ma vie, j'ai appris que rien n'arrive par accident. Si nos chemins se sont croisés, aujourd'hui, c'est pour une bonne raison... Alors, écoutons la voix du destin et allions-nous pour contraindre Thorbin à répondre de ses actes.

Eilidith eut une petite moue et ses yeux bleu-vert brillèrent d'un éclat nouveau, comme une mer d'été juste après l'orage.

— Et pourquoi vous ferais-je confiance, Sigurd Sigmundson ? répliqua-t-elle. Qu'est-ce qui vous différencie de tous les autres Nordiques ? De Lord Thorbin ?

Cette accusation éveilla une soudaine rage en lui, qu'il réprima sur-le-champ. Comment pouvait-elle le comparer à son demi-frère ? Elle ne savait *rien* de lui !

Seulement, il devait lui donner une bonne raison de se fier à lui, et se mettre en colère ne l'aiderait en rien. Il fit donc de son mieux pour garder son calme et se montrer apaisant, comme il le faisait souvent pour tranquilliser un cheval nerveux.

— Thorbin et moi nous connaissons depuis l'enfance. Je connais ses forces et ses faiblesses ; c'est pour cela que Lord

Ketill m'a confié cette mission. Je suis le seul capable de le vaincre, mais pour cela, je dois d'abord m'approcher de lui…

Eilidith se mordit la lèvre, dévoilant des dents très blanches et très droites.

— Et, quand vous aurez vaincu Lord Thorbin, vous pourrez sauver ma famille ?

— Si votre père et votre frère sont encore à Islay, oui. Et si ce n'est pas le cas, j'irai en personne voir Ketill pour lui présenter votre requête.

— Je ne comprends toujours pas pourquoi vous tenez tellement à m'aider.

— Pour vous prouver que tous les Nordiques ne sont pas pareils. Contrairement à certains, je n'oublie jamais mes dettes et je sais tenir parole.

La jeune femme pencha encore la tête pour dissimuler la tache de naissance en forme de papillon.

— J'ai besoin de temps pour réfléchir…

Sigurd haussa les épaules, jouant l'indifférence, et tendit au chien un dernier morceau de viande séchée.

L'animal se redressa pour poser ses pattes avant sur les épaules de Sigurd, le remerciant par un grand coup de langue humide sur le visage.

— Coll ! s'écria Eilidith. Méchant chien !

Coll s'assit sur-le-champ et se lécha les babines — de toute évidence, il attendait patiemment qu'on lui offre une autre friandise.

— Votre chien a confiance en moi, remarqua Sigurd. Il veut que je vous aide. Alors, qu'en dites-vous ? Joindrons-nous nos forces ?

La jeune femme baissa la tête et murmura quelques mots inaudibles à son animal, avant de tendre la main à Sigurd.

— Je risque de le regretter, mais j'accepte de m'allier à vous jusqu'à ce que nous n'ayons plus besoin l'un de l'autre.

Sigurd referma la main sur les doigts fins de sa nouvelle alliée, résistant à un soudain désir de l'attirer contre lui pour goûter la saveur de ses lèvres pulpeuses. Eilidith de Cennell

Fergusa était un instrument, pas une compagne de plaisir, et il ne mélangeait jamais devoir et divertissement.

Il s'écarta donc d'elle à contrecœur, s'efforçant de garder une expression neutre et de ne pas trahir ses pensées. Il venait de découvrir l'arme qui lui manquait pour lui ouvrir les portes du fort de Thorbin et détruire enfin son demi-frère.

Après toutes ces années, l'heure était venue de tenir la promesse qu'il s'était faite lorsqu'il avait regardé les flammes lécher le bûcher funéraire de ses parents...

Mais il se contenta de dire :

— Vous ne regretterez pas d'avoir écouté l'instinct de votre chien.

Chapitre 2

Elle ne regretterait pas d'avoir écouté l'instinct son chien… Vraiment ?

Peu convaincue, Liddy donna un petit coup de pied dans un caillou qu'elle envoya rouler le long du chemin. Coll leva les yeux sur elle, comme pour lui demander la permission de courir après, mais Liddy se contenta de lui faire non de la tête et il continua à marcher lentement à ses côtés.

— Où m'emmenez-vous ? demanda-t-elle en suivant Sigurd sur un petit sentier à moitié effacé. Nous devons aller en direction du fort de Thorbin, pas dans l'autre sens !

Sigurd s'immobilisa si brusquement qu'elle faillit le percuter de plein fouet.

— Je vous promets que nous arriverons à temps pour présenter votre requête à Thorbin. Et je compte bien tenir parole ; mais, quoi que nous fassions, nous le ferons à ma manière.

Soudain, Liddy sentit son cœur s'emballer et une terreur glacée s'empara d'elle.

— Vous m'avez fait croire que vous étiez un voyageur solitaire, comme moi, mais d'autres Nordiques vous accompagnent, n'est-ce pas ? devina-t-elle.

Encore une fois, sa malédiction avait frappé… Elle avait eu l'intention de sauver Cennell Fergusa, et voilà qu'elle allait tout détruire !

— Vous ne m'avez pas demandé de détails, répliqua Sigurd. Comment aurais-je pu répondre à une question que vous n'avez pas posée ?

— Les Nordiques voyagent toujours en bande... Quelle idiote j'ai été ! Évidemment, vous avez toute une troupe de guerriers à vos ordres pour envahir le fort et vous aviez juste besoin d'un complice à l'intérieur...

Chose étonnante, une vague excitation vint nuancer sa stupeur. Si c'était réellement là le plan de Sigurd, alors elle n'aurait sans doute pas besoin d'attendre qu'il tienne parole et sauve son père et son frère. Non, elle aurait le temps d'explorer le fort, de découvrir l'endroit où on les détenait et de les libérer elle-même, dans la confusion de l'assaut.

Sigurd la dévisagea quelques secondes, un petit sourire aux lèvres.

— Thorbin doit se douter qu'il sera bientôt attaqué : il a renforcé ses défenses. Le fort peut supporter un siège...

— C'est donc pour cela que vous avez besoin de quelqu'un à l'intérieur. Pour vous ouvrir les portes.

Elle commençait à comprendre ce que son nouvel « allié » avait en tête.

— Je suis assez discrète pour me faufiler à l'intérieur, reprit-elle. Je pourrais me cacher jusqu'à la tombée de la nuit, puis vous ouvrir, une fois les hommes de Lord Thorbin endormis.

Sigurd ramassa un morceau de bois mort et le lança à Coll. Le chien s'élança immédiatement, avant de revenir vers Liddy, la tête basse et le regard craintif — bien sûr, il savait qu'elle ne l'approuvait pas.

— J'ai prévu de tendre un piège à Thorbin. Un piège auquel il ne pourra pas résister, expliqua Sigurd. Seulement, jusqu'à présent, je ne trouvais pas le bon appât — mais vous venez de résoudre mon problème.

D'un geste brusque, Liddy lui montra sa marque du bout des doigts. Faisait-il si sombre qu'il ne l'ait pas encore remarquée ? Dès qu'il poserait les yeux sur elle, Thorbin se détournerait, plein de dégoût !

— Vous ne comprenez pas, balbutia-t-elle. Il ne... Je veux dire... Je ne suis pas désirable. Vous n'avez pas choisi la bonne personne pour mettre votre plan en œuvre.

Sigurd ramassa tranquillement le bâton que Coll avait déposé à ses pieds.

— Bien sûr que si, j'ai choisi la bonne personne.
— Mais… Mais…

Elle ne savait pas comment s'expliquer. Si jamais elle mentionnait sa malédiction, son nouvel allié pourrait l'abandonner.

— Laissez-moi m'expliquer avant de protester, voulez-vous ? dit-il en lui prenant fermement le bras.

D'instinct, elle s'écarta, mais Sigurd ne se laissa pas impressionner pour autant.

— En ce qui me concerne, je préfère toujours cela aux hypothèses inutiles, poursuivit-il.

— Dites-moi plutôt ce qui s'est passé la dernière fois que vous avez vu Thorbin, demanda Liddy, dans l'espoir d'oublier le frisson agréable qui l'avait traversée quand il l'avait touchée.

— Il a cru m'avoir tué. Cette fois, cependant, je sais exactement comment l'affronter : il est devenu arrogant, et faible. Cette fois, Eilidith de Cennell Fergusa, je gagnerai. J'ai appris de mes erreurs.

Un petit souffle d'air chassa les cheveux du visage de Sigurd. En cet instant, il paraissait plus déterminé que jamais…

Troublée, Liddy baissa les yeux. Cet homme représentait peut-être la meilleure chance de survie de sa famille ; elle ne pouvait pas se permettre de lui tourner le dos.

— Dans ce cas, dit-elle enfin, je suis heureuse que vous ayez survécu. Thorbin le sera beaucoup moins, par contre — et je m'en réjouis.

Soudain, dans l'air frais du matin, un éclat de rire s'éleva, doux et chaleureux, emplissant Liddy d'une sensation de bien-être aussi délicieuse qu'inattendue.

Sigurd riait…

— Qu'est-ce que j'ai dit ? demanda-t-elle, déstabilisée.

— Rien de spécial. Vous êtes simplement si… rafraîchissante, Eilidith, répondit-il avec un sourire en coin. Venez rencontrer mes hommes et découvrir ce que j'attends de vous pour la suite.

— Vous savez, je préférerais être celle qui vous ouvre la

porte, insista-t-elle sans oser lever les yeux tandis qu'elle le suivait sur le sentier. Je ne vois pas comment Thorbin pourrait me trouver le moindre intérêt.

— Vous ne l'avez jamais rencontré. Moi, oui. Vous serez parfaite, faites-moi confiance.

Il désigna Coll de la main.

— Vous feriez peut-être mieux de contrôler votre chien tant que je ne vous aurai pas présentée à mes hommes. Je n'ai pas envie de provoquer un drame...

Eilidith attrapa le collier de son chien-loup, sans un mot, et Sigurd acquiesça. Au moins, elle était disposée à lui obéir ; c'était un bon début. Il avait failli la perdre, quand il avait commencé à lui exposer son plan, mais elle avait rapidement repris le contrôle de ses émotions et était restée au lieu de s'enfuir en courant — preuve qu'il avait eu raison de suivre son instinct. L'heure de la vengeance avait enfin sonné et il allait pouvoir respecter le vœu qu'il avait fait lors des funérailles de sa mère.

Arrivé à l'endroit où il avait laissé ses hommes, il siffla tout bas entre ses doigts. Quelques instants plus tard, Hring Olafson sortit de la pénombre, sa double hache à la main, rapidement suivi par ses rameurs. Hring était l'un des guerriers les plus âgés du groupe. Sigurd ne le connaissait que de réputation, mais Ketill l'avait nommé second du *felag*.

— Où sont les autres ? demanda soudain Eilidith. Il y a à peine plus de vingt hommes, ici...

Sigurd salua le groupe.

— Tous mes guerriers sont là, à l'exception des sentinelles qui gardent les bateaux.

— Et c'est avec cela que vous comptez mener le siège du fort ?

Elle s'agenouilla près de son chien et lui caressa les oreilles pour s'assurer qu'il reste calme — et se rassurer aussi, sans doute.

Elle soupira.

— J'aurais peut-être dû m'en tenir à ma première stratégie, finalement.

— Oh ! nous sommes bien assez nombreux, vous verrez.

— Nous commencions à te croire mort, lança Hring en le serrant avec brutalité dans ses bras. Tu devais revenir il y a trois jours.

Puis, à voix basse, il ajouta en s'assurant qu'Eilidith ne puisse pas l'entendre :

— Débarrasse-toi de la femme. Elle ne fera que nous ralentir et n'incitera probablement pas Thorbin à faire quoi que ce soit... Il préfère les blondes aux décolletés généreux. Cette fille n'approchera même pas assez de lui pour le menacer d'un poignard !

— Laissez-moi vous présenter le nouveau membre de notre équipée, déclara Sigurd à voix haute, ignorant les remarques de Hring — qui acceptait mal son rôle de subordonné dans cette expédition. Lady Eilidith sera notre clé pour entrer chez Thorbin.

— Une clé ? Ou une serrure ? répliqua le vieux guerrier avec un geste obscène. Aux yeux de Thorbin, les femmes ne sont bonnes qu'à une chose...

Le petit groupe partit d'un rire gras et Eilidith rougit jusqu'aux oreilles. Elle ne parlait peut-être pas couramment la langue nordique, mais le geste irrespectueux de Hring avait une signification universelle.

Sigurd serra les dents. Hring n'avait jamais été son premier choix, mais Ketill avait insisté et il avait bien été obligé d'accepter sa présence.

— Si j'avais eu besoin d'une simple catin, je m'en serais payé une, Hring, répliqua-t-il froidement.

— Quoi qu'il en soit, penses-tu qu'il soit vraiment sage de nous fier à une femme comme elle, reprit le vieux guerrier en touchant du doigt sa lèvre inférieure. Elle a été marquée par les dieux.

Nouvel éclat de rire général, vite interrompu par la main levée de Sigurd.

— Si tu continues à me défier de cette manière, je vais finir par croire que tu veux remettre mon autorité en cause...

Hring eut un petit sourire forcé et le reste du groupe recula d'un pas, en silence.

— Voyons, ce n'était qu'une plaisanterie ; je ne pensais pas à mal. Tu es notre chef et tu as parfaitement le droit de tout miser sur cette femme. Après tout, tu nous as déjà guidés jusqu'ici... Laisse-moi simplement réfléchir à ce que nous devrons faire, si ce plan échoue.

— Il y a une semaine, tu criais haut et fort que nous nous ferions tuer dès notre arrivée sur ces côtes. Ton don de voyance se serait-il affiné depuis ? lança Sigurd, glacial.

Le vieux guerrier soutint son regard quelques instants, puis se détourna le premier.

Sigurd s'adressa ensuite à ses hommes, ignorant l'air vaincu de son second. Quand ils auraient réussi, Hring serait le premier à chanter ses louanges, Sigurd le savait. Pour le moment, il fallait qu'il reste concentré sur son but — Thorbin. Tout le reste n'était qu'accessoire.

— Nous avons le devoir d'aider Lady Eilidith, annonça-t-il. Elle porte l'anneau de Ketill, pour preuve de l'amitié qui le liait à son père. L'homme qui ne respectera pas la promesse que représente cet anneau trahira la confiance de Ketill.

— Pouvons-nous voir cet anneau ? demanda Hring d'un air sceptique. Ces Gaéliques savent bien mentir...

Sigurd ne pensait pas qu'Eilidith ait été capable de comprendre cet échange, mais elle tendit l'anneau sans un mot — et sans attendre qu'il le lui demande dans sa propre langue. Lorsqu'il la dévisagea, surpris, elle se contenta de hausser les épaules et de baisser les yeux.

— Son père a fait vœu d'allégeance à Ketill, reprit-il alors, préférant regarder chacun de ses hommes dans les yeux plutôt que de perdre son temps à se demander qui était réellement cette mystérieuse Eilidith. Thorbin a ignoré cette amitié et a emprisonné cet homme sous de fausses raisons. Ketill devrait-il ignorer cette insulte ?

— Non ! crièrent les autres comme un seul homme en frappant leurs boucliers de leurs épées.

Ce brouhaha soudain poussa Coll à hurler et tout le monde éclata de rire. En quelques instants, la tension s'apaisa.

Hring lui-même finit par retrouver un peu d'humilité.

— En effet, j'avais tort, admit-il. Tu as eu raison de soutenir sa cause : Lord Ketill ne peut pas être bafoué de cette manière.

— Nous devons respecter la volonté de notre *jaarl* à tous.

— Notre chef désire que nous lui amenions Thorbin vivant, reprit Hring en se frottant la nuque d'un geste nerveux. Sigurd, penses-tu que nous en serons capables ? Après tout ce que tu as vu ?

— Nous devons le ramener vivant, si possible ; voilà les ordres de Ketill. Hélas, on ne sait jamais ce qui peut se passer pendant une bataille…

— En effet.

Sigurd pointa son épée vers le ciel.

— Ketill s'est fié à mon jugement, camarades, suivez son exemple !

Comme si cela avait été prévu, le soleil apparut au milieu des nuages et fit tomber un rayon doré sur la lame. Sigurd n'aurait pas pu rêver plus théâtral…

— J'attends de vous fidélité et obéissance.

Le pas des Nordiques était rapide mais pas épuisant, comme Liddy put s'en rendre compte tandis qu'ils voyageaient en rase campagne. Leur langage était plutôt facile à comprendre, et elle bénit plusieurs fois son père en silence de le lui avoir appris. Elle devait simplement se concentrer un peu pour suivre leurs discussions.

La moquerie des hommes à son égard s'éternisa et, souvent, elle les entendait suggérer qu'elle ne tarderait pas à réchauffer le lit de Thorbin.

Hélas, elle avait échoué avec Brandon : il n'avait même pas attendu le chant du coq pour abandonner sa chambre lors de leur nuit de noces… Et elle n'était pas un assassin ; elle serait incapable de séduire un homme pour le poignarder dès qu'il aurait baissé la garde.

Elle n'avait néanmoins rien dit, restant de glace, et priait pour que Sigurd voie lui-même l'absurdité d'un tel plan, ce qui lui épargnerait d'avoir à lui avouer ses nombreuses faiblesses.

— Que savez-vous de notre chef ? lui demanda soudain le guerrier qui s'était opposé à Sigurd.

Son gaélique était quelque peu laborieux.

Elle leva les yeux sur lui, surprise. La moitié de son visage était recouverte d'un entrelacs de cicatrices. Les cicatrices des hommes n'avaient rien à voir avec les taches de naissance : elles étaient la preuve de combats gagnés. Elles inspiraient le respect. Une tache de naissance, au contraire, poussait les gens à se détourner de vous.

— Je sais qu'il a été envoyé par Ketill, répondit-elle en baissant instinctivement la tête, comme elle le faisait à chaque fois qu'elle parlait à quelqu'un. Il m'a promis de réparer les torts faits à ma famille, et cela m'a semblé le meilleur moyen d'atteindre mon but.

Le sourire de l'homme rendit ses cicatrices plus macabres encore.

— Mais savez-vous pourquoi il vous a promis une telle chose ?

— J'imagine qu'il est doué pour le combat ; il a tous les gestes d'un guerrier accompli. Il m'a dit que Thorbin ne payait plus son tribut et que le dernier envoyé de Ketill a fini dans un baril de vinaigre…

— En effet. Une fois que la nouvelle s'est répandue, Ketill a eu du mal à trouver des volontaires pour porter ses messages à Thorbin. Sigurd a été le seul à avoir le courage d'accepter la mission.

— Et pourquoi êtes-vous ici, vous ? demanda Liddy, méfiante.

— Parce que je vais là où l'on m'envoie. En fait, seul Sigurd était réellement volontaire.

Il s'interrompit quelques secondes, puis reprit :

— Moi, Hring Olafson, je vais vous raconter toute l'histoire. Sigurd et Thorbin sont demi-frères. Ils étaient très proches jusqu'à ce que leur père meure dans un accident de carriole. Là, Thorbin s'est arrangé pour mettre à mort la mère de Sigurd — et a failli le tuer aussi...

Sous le choc, Liddy trébucha et manqua de s'étaler au beau milieu du sentier.

La remarque de Sigurd au sujet de sa mère prenait un tout autre sens, à présent... C'était donc pour cela qu'il savait que Thorbin était responsable pour les corps pendus dans le bosquet. Il avait longtemps attendu et tenait enfin sa vengeance.

— Comment sa mère est-elle morte ? demanda-t-elle prudemment, en langue nordique.

— La mère de Sigurd était censée mourir par le feu, comme le veut notre coutume à la mort d'un grand seigneur. L'une de ses femmes se porte volontaire pour le rejoindre dans l'autre monde. Toujours.

— Et pourquoi a-t-elle fait cela ?

— On m'a dit que c'était pour sauver la vie de Sigurd qui avait attaqué Thorbin. Voyez-vous, Thorbin a hérité de tout, expliqua Hring à voix basse. C'est lui qui a allumé le bûcher, mais une flèche a jailli de nulle part pour tuer la victime avant même que les flammes viennent lui lécher les pieds.

— Et on soupçonne que c'est Sigurd lui-même qui a tiré cette flèche, c'est ce que vous voulez dire ? reprit-elle, incapable de détacher le regard des larges épaules de ce dernier, devant elle.

Connaissant un peu la réputation de Thorbin, elle pensait qu'il avait très certainement mérité d'être attaqué par son demi-frère...

— Que c'est cruel, soupira-t-elle. Comment peut-on supporter de devoir faire un tel choix ? Surtout si vous avez raison et qu'elle n'a fait cela que pour sauver son fils.

Hring lui attrapa soudain le bras.

— Et cela ne vous dérange pas ? Il a déshonoré les dieux ! Certains considèrent même qu'il est maudit depuis ce jour.

Liddy effleura sa tache de naissance. Le vieux guerrier pensait-il qu'elle avait déshonoré les dieux, elle aussi ?

— Et vous ? Qu'en dites-vous ? demanda-t-elle, la gorge nouée.

— Lord Ketill sait ce qu'il fait et je lui fais confiance. Il a choisi Sigurd. Cependant, Thorbin fait tout pour que les dieux le protègent et, jusque-là, c'est efficace. Cet homme est le plus chanceux que j'aie jamais rencontré !

Ce n'étaient pas vraiment les paroles de soutien à Sigurd qu'elle avait espéré entendre…

— Tout le monde finit par être vaincu, répondit-elle, plus pour se rassurer que pour convaincre Hring. Sigurd forcera Thorbin à respecter la promesse de Lord Ketill. Après tout, il est l'envoyé de votre maître.

— Je vous aime bien, Lady Eilidith. Vous avez la foi et les malédictions ne vous inquiètent pas, lança Hring en lui donnant une tape si fort dans le dos qu'elle tomba et s'écorcha les mains sur la terre brute.

Coll se mit immédiatement à grogner, mais elle lui fit signe de rester calme.

— Il y a un problème ? lança Sigurd, qui s'était précipité vers elle. Eilidith, vous avez dû trébucher sur cette grosse pierre… Vous devriez faire plus attention à vos pieds.

Liddy s'essuya les paumes sur sa cape et, chassant la main tendue de Sigurd, se redressa rapidement, mortifiée.

Voilà qu'elle recommençait — qu'elle faisait tout pour voir les choses sous leur meilleur angle. Soudain, dans un éclair de lucidité, elle comprit à quel point ce qu'elle s'apprêtait à faire était impossible. Oh ! elle aurait tant voulu s'abandonner à son épuisement, à sa lassitude, et ne plus jamais se relever !

— Ne vous en faites pas, dit-elle avec un faux sourire d'excuses, je ferai bien attention à ne pas mettre les pieds n'importe où, la prochaine fois.

— Nous devrions peut-être prendre le temps de nous reposer, suggéra Hring d'un air un peu narquois. Si cette demoiselle est réellement la clé qui nous ouvrira les portes, nous devrions la ménager.

Il la gratifia ensuite d'un regard qui lui suggérait que, même reposée et rafraîchie, elle n'avait aucun espoir de retenir l'attention de Thorbin.

Le cœur brisé, Liddy resserra sa cape autour de ses épaules et ignora sa fatigue. Si jamais ils s'arrêtaient trop longtemps, elle arriverait trop tard pour présenter sa requête devant le conseil.

— Je vais bien.

— Surtout, faites attention la prochaine fois, reprit Sigurd avant de se tourner de nouveau vers ses hommes. Nous arriverons, milady, ne craignez rien — même si je dois vous porter moi-même. Hring l'Ancien, va donc ennuyer quelqu'un d'autre avec tes balivernes ! Lady Eilidith peut tout à fait voyager à mes côtés.

Hring acquiesça et s'éloigna sans un mot.

— Voulez-vous m'expliquer ce qui s'est vraiment passé ? lui glissa Sigurd à l'oreille lorsque la troupe se fut remise en route. Vous auriez dû me dire que vous compreniez la langue du Nord…

Liddy haussa les épaules.

— Les Nordiques ont vécu ici depuis que je suis toute petite. Au fil des ans, les miens ont bien dû apprendre à vous comprendre.

— Et que vous racontait Hring ?

— Il a jugé bon de m'informer de différentes rumeurs au sujet de votre passé, répondit-elle d'une voix posée qui dissimulait son trouble. À l'en croire, vous avez déshonoré les dieux et ils s'apprêtent à se venger de vous, tandis que votre *demi-frère* s'assure toujours que chacun de ses actes reçoit l'assentiment divin.

Le visage de Sigurd se fit plus dur, et il pressa un peu le pas, les yeux fixés sur le chemin devant lui.

— Les dieux ont bien d'autres soucis que les actes insignifiants des mortels, si vous voulez mon avis. Pour ma part, je pense que nous sommes tous responsables de nos succès et de nos échecs : c'est si l'on commence à se croire maudit que l'on a plus de chance de s'attirer le malheur. Ma mère est morte libre. C'est tout ce qui importe.

— Je vois…

Liddy dut s'empêcher de mentionner sa propre malédiction. Cet homme n'avait pas besoin de savoir ce qui était arrivé à ses pauvres enfants.

Il affectait un air plutôt détaché, mais elle remarqua ses mâchoires serrées et préféra ne rien dire, attendant qu'il continue à se confier.

— J'aurais aimé sauver ma mère, si j'avais pu… Mais il était trop tard et je ne pouvais plus qu'écourter ses souffrances. Tout cela s'est passé il y a bien longtemps, dans mon pays. Est-ce que cela donne plus de sens à ce que je m'apprête à faire ? Je ne pense pas.

Liddy ne put s'empêcher de repenser aux corps pendus, dans la clairière.

— Et ces femmes que nous avons vues, là-bas… Ont-elles… Ont-elles beaucoup souffert ?

Le regard de Sigurd fut traversé par une ombre hantée.

— Ce n'est pas une mort facile, loin de là, et je ne souhaite cela à personne.

— Ces paroles ne sont-elles pas un blasphème, pour vous ? Ne risquez-vous pas de mettre vos dieux en colère ?

Il eut un demi-sourire amer.

— Ma relation avec mon Dieu ne regarde personne d'autre que moi, répliqua-t-il. Sachez seulement que, depuis la mort de ma mère, je me suis détourné de la foi de mon père.

Un peu inquiète, Liddy croisa nerveusement les bras.

Ce guerrier ne pouvait pas être chrétien ! Il portait ses cheveux longs et menait une troupe de païens — et elle avait pourtant remis sa propre vie entre ses mains !

— Me promettez-vous que je n'aurai pas le même destin que ces malheureuses ?

— Nous n'en arriverons pas là.

— Me le promettez-vous ? insista-t-elle.

Sigurd parut soudain plus nerveux, ou plus agacé.

— Cessez de vous inquiéter. Croyez-moi : votre destin sera différent de celui de ces femmes.

Aux dernières lueurs du jour, la troupe atteignit un petit tertre surplombant le fort. Impressionnée, Liddy dut admettre qu'il connaissait bel et bien un raccourci pour rejoindre la forteresse.

Les autres affirmations de Sigurd furent confirmées tout aussi rapidement : des hommes fermaient la porte en grande cérémonie, profitant des derniers rayons de soleil qui venaient illuminer les bâtiments. Deux ou trois charrettes s'éloignaient dans la pénombre grandissante et Liddy put percevoir quelques murmures des conducteurs, qui se plaignaient de la manière dont les Nordiques les traitaient, murmures rapidement étouffés dans la distance.

Liddy voulut s'avancer, mais Sigurd l'attrapa et l'attira contre son torse musclé.

— Où pensez-vous aller comme cela ? lui murmura-t-il à l'oreille de sa voix grave.

Elle se tortilla, troublée de le sentir aussi près d'elle, puis s'immobilisa, le cœur battant. Depuis le jour où elle avait regardé les deux petits cercueils être mis en terre, son corps n'avait plus ressenti ce frisson — et, pour le moment, elle n'avait pas le temps de s'abandonner au souvenir indescriptible de cette douleur ancienne.

Elle ravala donc ses émotions et se concentra sur la forteresse.

— Je dois attendre près de la porte pour être la première dans la queue, quand ils ouvriront pour l'assemblée du conseil, répondit-elle froidement. Il y aura sans doute des dizaines de personnes venues présenter leurs doléances et je veux m'assurer que Thorbin m'écoute.

— Nous allons rester ici quelques heures, répondit Sigurd en la serrant dans ses bras pour l'empêcher de bouger.

Un nouveau frémissement brûlant la traversa et elle baissa les yeux, cherchant désespérément à calmer sa respiration. Le problème, c'était qu'une partie d'elle-même *voulait* que ces frissons se poursuivent…

Elle suivit des yeux le regard déterminé de Sigurd. Une petite troupe de cavaliers nordiques s'approchait du fort. La porte fut ouverte pour les laisser entrer et permettre à un autre groupe de sortir dans le crépuscule.

— Qu'est-ce qu'ils font ?

— Ils patrouillent. Nous devrons attendre que d'autres personnes se présentent pour les doléances. Là, nous pourrons nous mêler à la foule et nous passerons inaperçus.

— Vous pensez qu'ils nous trouveront ici, cette nuit ?

Sigurd haussa les épaules et échangea un regard entendu avec Hring, qui tenait sa lourde hache posée devant lui.

— Je préférerais garder l'effet de surprise, mais s'ils nous découvrent, nous serons de taille, croyez-moi. Une petite patrouille comme celle-là ne suffit pas à nous faire peur.

Liddy se mordilla la lèvre, comme elle le faisait à chaque fois qu'elle était nerveuse.

— Où dois-je aller me cacher ?

Sigurd s'assit, adossé à un arbre, et tapota le sol à côté de lui d'un air engageant.

— Restez près de moi et il ne vous arrivera rien.

Liddy obéit, mais elle laissa de la place pour Coll entre Sigurd et elle. La dernière chose qu'elle désirait, si elle survivait à cette folie, était d'entendre des rumeurs obscènes à son sujet. Elle effleura sa marque du bout des doigts une nouvelle fois. Qui diable s'intéresserait suffisamment à elle pour chercher à savoir si elle avait été séduite par un Nordique ou non ? Personne. De toute manière, elle n'avait rien pour charmer un homme.

Sigurd se réveilla, le bras engourdi. À un moment ou à un autre de la nuit, le chien était parti s'allonger de l'autre côté de sa maîtresse et Lady Eilidith s'était rapprochée. À présent, elle était étendue juste à côté de lui, une main abandonnée sur son torse. C'était étrangement agréable, de la sentir là, contre lui…

L'esprit encore embrumé, il tenta de se rappeler depuis combien de temps il n'avait pas serré de femme dans ses bras, juste pour dormir et rien d'autre. La dernière fois, ce devait avoir été de nombreuses années plus tôt, avec Beyla — à l'époque où il pensait encore que le monde était bien différent.

Dans la pâle lueur de l'aube, il admira un moment les lèvres légèrement entrouvertes d'Eilidith et la courbe de son cou où se devinait le battement du sang sous la peau. Soudain, quelque chose se brisa au fond de lui. Il ferait de son mieux pour la protéger, bien évidemment, mais Eilidith était l'appât : ce serait elle qui lui donnerait un bon prétexte pour réaliser enfin la première partie de son vœu et venger sa mère.

Une fois qu'il y serait parvenu, il pourrait alors remplir la seconde partie de sa promesse — récupérer les terres de son père et devenir un grand *jaarl* au lieu d'un bâtard bon à rien comme aimait tant à le rappeler la mère de Thorbin. Si jamais il perdait son objectif de vue, il perdrait tout.

Bien décidé à ne pas se laisser attendrir par Eilidith, il la repoussa en douceur.

Elle ouvrit les yeux et le dévisagea un instant, le temps de recouvrer ses esprits. Soudain, elle parut le reconnaître et s'écarta de lui. Surpris par ce mouvement brusque, son chien lâcha un petit aboiement.

— Il est temps de nous préparer, milady, dit Sigurd à mi-voix. Êtes-vous prête à y aller ? À donner une bonne leçon à Thorbin ?

Elle acquiesça.

— Coll et moi avons hâte de jouer notre rôle, mais il est encore possible de faire entendre raison à votre demi-frère, ne désespérons pas…

Sigurd ajusta le foulard d'Eilidith pour dissimuler complètement sa chevelure de flamme qui le distrayait tant.

— Vous, oui ; mais votre chien doit rester avec mes hommes.

Elle eut un hoquet amusé.

— Je vous souhaite bien du plaisir pour cela ! Coll trouvera toujours un moyen de me rejoindre et vos hommes ne pourront pas le retenir.

— Oh si, ils le pourront et ils le feront.

Soudain, Eilidith parut soupçonneuse.

— Pourquoi ?

— Les gardes de Thorbin ne vous laisseront jamais l'approcher avec ce chien. Pour que mon plan fonctionne, vous devez lui présenter vos doléances et lui montrer vous-même l'anneau de Ketill.

À ces mots, toute trace de tension s'effaça du regard de la jeune femme.

— Je savais bien que Hring avait tort ! Je savais que vous ne me laisseriez pas jouer les catins…

Abasourdi, Sigurd ne sut quoi répondre. Avait-elle réellement été inquiète pour cela ?

Il lui prit doucement la main. Elle avait de longs doigts fins et au creux de son poignet, la peau nue paraissait si fine, si fragile…

Elle se décida enfin à lever les yeux vers lui et il se rendit soudain compte qu'il la dévisageait comme un idiot. Embarrassé, il la lâcha immédiatement.

— Vous n'avez rien d'une femme qui joue de ses charmes.

À peine avait-il prononcé ces mots que le regard d'Eilidith trahit une brusque douleur. Il avait été trop dur. Il s'était mal exprimé… Il n'aurait pas dû se soucier à ce point de la sensibilité de cette femme, mais il ne pouvait s'en empêcher.

— Écoutez, je n'ai jamais pensé à m'allier à une catin pour cette mission, reprit-il avec plus de douceur. Thorbin connaît bien les filles de rien ; on ne peut le tromper en la matière. Mais vous, vous êtes exactement la personne dont j'ai besoin.

Elle agrippa instinctivement la fourrure de Coll et Sigurd pria pour qu'elle comprenne ce qu'il essayait de lui dire.

Thorbin s'attendait à coup sûr à ce qu'on tente de l'acheter avec ce genre de « cadeau », et il s'y était sans doute préparé. Son demi-frère avait toujours été consciencieux en ce qui concernait sa propre sécurité.

S'ils voulaient que leur entreprise réussisse, ils devaient se montrer aussi discrets que possible et s'assurer que Thorbin ne se doute de rien jusqu'à ce que le piège de Sigurd se referme sur lui.

— Si Coll sent que je cours un danger, il trouvera un moyen de me rejoindre, je vous préviens ; mais je veux bien le laisser à vos hommes, dit finalement Eilidith.

Sigurd ne put réprimer un profond soupir de soulagement. Décidément, cette jeune femme était un cadeau des dieux ! Elle ne se montrait pas difficile, ne cherchait pas à le charmer par tous les moyens possibles comme tant de femmes l'avaient fait dans sa vie. Non, elle se contentait de penser à sa mission et aux problèmes à régler.

Une belle femme pleine de bon sens — que désirer de plus ?

— Hring s'occupera de Coll pour vous, dit-il, chassant cette pensée parasite. Je lui expliquerai comment le garder sous contrôle.

Il se leva et lui tendit la main.

— Allons, nous devons y aller.

Cependant, Eilidith ne bougea pas, les traits soudain tendus.

— Pensez-vous sincèrement que nous en sortirons vivants ?

Sigurd lui caressa la joue pour la rassurer et sentit la peau si douce d'Eilidith frémir sous ses doigts.

— Thorbin a déjà essayé de me tuer une fois et il a échoué. Il ne réussira pas non plus aujourd'hui. Faites-moi confiance, je sais ce que je fais.

Elle s'humecta furtivement les lèvres.

— Qu'allons-nous faire, vraiment ? demanda-t-elle. Je veux que vous me disiez tout maintenant, ou je descends à la porte pour prévenir les sentinelles que des hommes de Ketill se cachent dans les environs !

Sigurd la lâcha, plus réticent qu'il ne l'aurait dû. Bientôt, promit-il à son corps impatient, bientôt il goûterait la saveur de ces lèvres. Mais, pour le moment, il n'attendait d'Eilidith qu'un acte de courage.

— Chez nous, les guerriers ont le droit de défier leur chef quand ils ne sont pas en accord avec ses décisions, expliqua-t-il en mettant ses fantasmes de côté. Mais uniquement s'ils sont présents lors du conseil. C'est le roi Harald à la Belle Chevelure qui a instauré ce décret pour régler les disputes. C'est pour cela que Thorbin cherche tant à empêcher les hommes du *felag* de Ketill de participer à ses conseils. C'est pour cela que j'ai besoin de vous : vous me permettrez d'entrer dans la salle du conseil, aujourd'hui même.

Sigurd s'accroupit ensuite et lui expliqua son plan dans les grandes lignes, se concentrant sur les aspects les plus importants et évitant à tout prix de penser aux lèvres d'Eilidith ou à ses cheveux qui devenaient de plus en plus flamboyants dans le soleil levant. Ce n'était ni le lieu ni le moment de songer aux charmes de la jeune femme. Il devait se concentrer uniquement sur sa mission, comme il l'avait déjà fait des centaines de fois. La concentration était ce qui le maintenait en vie…

Eilidith lui donnerait une raison de défier Thorbin sans laisser à ce dernier l'occasion de se défiler — et c'était tout.

Sigurd savait pertinemment ce qui était important dans sa vie et à quoi devait ressembler son avenir. Et tout cela ne laissait pas de place pour une jeune femme aux cheveux de flamme ou son chien-loup trop grand.

Les portes finirent par s'ouvrir, en milieu de matinée, alors que la foule grommelait depuis des heures qu'on ouvrait d'habitude à l'aube. Dès l'apparition des hommes de Thorbin, les paysans s'agitèrent et se mirent en ligne, chacun essayant de passer devant les autres.

Ignorant ce que lui dictait son instinct, Liddy obéit à Sigurd et attendit patiemment. À en croire ce dernier, il valait mieux pour eux qu'ils se coulent au milieu de la file d'attente. Ils courraient ainsi moins de risques de se faire interroger et auraient plus de chances d'être admis dans la grande salle où Thorbin écoutait les doléances.

L'estomac de Liddy commençait à se nouer. Elle n'avait absolument pas envie de se faire interroger au sujet de l'homme qui l'accompagnait : elle avait toujours été incapable de mentir…

D'instinct, elle chercha la tête de Coll du bout des doigts, mais sa main ne rencontra que le vide. Évidemment, son chien était resté avec les hommes de Sigurd, songea-t-elle en serrant le poing. Si seulement Coll avait pu être là au lieu de dévorer la viande séchée que Hring lui donnait !

Il ne lui restait plus qu'à garder son calme toute seule et prier pour que sa malédiction ne gâche pas tout.

La file commença à avancer puis s'immobilisa brusquement. Sigurd se déplaçait à pas lents, d'une démarche qui n'avait rien de naturel. Réprimant son angoisse, Liddy lui jeta quelques rapides coups d'œil et vit qu'il paraissait soudain maladroit, mal assuré. Il n'avait plus rien du guerrier nordique arrogant qu'elle avait rencontré la veille.

Soudain, un homme aussi large qu'immense bouscula la femme d'un poissonnier et elle répliqua vertement en gaélique. À l'instant, un silence de mort tomba sur la foule. L'homme la dévisagea quelques secondes tandis que certains des paysans échangeaient sourires et coups de coude complices. Lorsque la femme eut achevé sa tirade, elle ajouta d'une voix forte — et en langue nordique cette fois — qu'elle n'était là que pour vendre son poisson, le plus frais du pays.

L'homme finit par acquiescer et la laissa approcher.

— La plupart des Nordiques ne comprennent pas le gaélique, chuchota Liddy. Ces gens le provoquent, fiers d'oser se frotter de si près au danger.

— Ils devraient se montrer plus prudents : tous les Nordiques ne sont pas ignorants, et encore moins tolérants, répondit Sigurd sans quitter des yeux le grand guerrier, qui inspectait le panier de la poissonnière d'un air soupçonneux. Gorm est connu parmi les miens. Il ne se met pas facilement en colère, mais lorsqu'il perd son sang-froid, il vaut mieux se tenir à distance. Son talent à la double hache est légendaire…

— Gorm ? C'est son nom ?

— Oui, c'est son nom : Gorm aux Deux Haches. Nous avons brièvement combattu côte à côte, il y a quelques années, contre le grand rival de Ketill, Ivar le Désossé, et sa troupe de Nordiques du Bassin Noir — *Dubh Linn*[1], comme vous le dites en gaélique.

Cela dit, Sigurd rabattit son capuchon sur son visage et s'appuya un peu plus sur son bâton de marche, donnant l'impression d'être vieux et faible.

— Il combat avec deux haches et jamais de bouclier, reprit-il d'une voix plus basse. Je l'ai déjà vu s'attaquer tout seul à un navire entier de Gaéliques et en revenir indemne, affichant à peine une coupure sur le bras.

Liddy sentit un frisson glacé lui descendre le long du dos. Les paysans qui provoquaient ce garde jouaient avec le feu… Que leur arriverait-il, si soudain l'un des Nordiques traduisait leurs paroles ?

— Et… Ce Gorm est-il toujours un grand guerrier ? Il semble un peu gras.

Sigurd resta muet quelques secondes, puis murmura :

— Il s'est cassé la jambe dans une bagarre, après un festin, il y a plus de deux ans. Regardez-le : il boite toujours depuis cette nuit-là. Malgré tout, j'avoue que je préférerais ne pas me retrouver face à lui, si nous devions nous lancer dans un véritable combat…

Soudain, Liddy comprit à quel point leur situation était dangereuse. Si Sigurd connaissait Gorm, alors la réciproque était vraie. Si jamais ce dernier l'identifiait, leur précieux effet de surprise serait gâché.

La gorge de Liddy se noua : Sigurd serait sans doute tué et elle serait emprisonnée, accusée de complicité. Elle n'aurait plus aucun espoir de sauver son père et son frère. Résistant tant bien que mal à la panique, elle leva les yeux au ciel. Déjà, il y avait trop de monde derrière eux pour lui permettre de fuir. Elle essaya donc désespérément de se souvenir des douces paroles de sa *seanmhair*, qui lui avait naguère assuré qu'elle ferait de grandes choses — mais le mépris de Brandon s'insinua au même moment dans son esprit, cruel et sinistre.

1. L'actuelle ville de Dublin.

— Gorm risque de reconnaître votre voix, chuchota-t-elle, angoissée.

Sigurd acquiesça.

— C'est pour cela que je vous laisserai parler, si jamais il s'adresse à nous.

Liddy risqua un rapide coup d'œil dans la direction du garde. Ce dernier s'était redressé et examinait la foule d'un air grave.

— Personne ne pourrait vous prendre pour un serviteur comme cela, dit-elle. Courbez-vous un peu et gardez les yeux baissés.

— Pourquoi un serviteur ? lui glissa-t-il à l'oreille, de si près qu'elle put sentir son souffle lui caresser la joue. Pourquoi pas votre amant ?

Une chaleur douce et délicieuse envahit Liddy à ces mots. Son amant ? Mais, très vite, elle chassa les images honteuses qui venaient la hanter. Jamais plus elle ne se livrerait à ce genre de choses. Elle n'avait jamais été douée au lit avec Brandon, et Sigurd lui avait clairement fait comprendre qu'elle n'était pas désirable — qu'elle n'avait pas sa place dans la chambre d'un *jaarl*.

— On attirera moins l'attention si vous passez pour mon serviteur.

Sigurd eut l'air dubitatif.

— Peu importe. Dites ce que vous voulez, mais arrangez-vous pour être convaincante.

Ils avancèrent de quelques pas, à la suite des autres. Gorm n'était plus très loin d'eux.

— Pourquoi m'avez-vous choisie ? demanda soudain Liddy.

— Je savais que j'avais besoin d'un moyen de distraire ces hommes et, par chance, les Nornes[1] vous ont placée sur mon chemin. Thorbin a bien cessé de chasser le sanglier, alors que je ne l'en croyais pas capable — lui qui vivait pour la chasse, autrefois ! Les choses changent, et c'est pour le mieux.

---

1. Sortes de divinités nordiques qui régissent le destin des hommes et des dieux. On pourrait les comparer aux Parques.

Seules cinq personnes les séparaient encore de Gorm. Il inspectait un chariot et ordonna une fouille complète. Le fermier obtempéra, laissant les gardes planter leurs armes dans ses ballots de paille et de foin sans rien dire.

— Je comprends pourquoi vous n'avez pas choisi de vous cacher dans un chargement de foin pour entrer…

— J'ai vu ces hommes réserver le même traitement à trois chariots lors de ma première journée d'espionnage, répondit Sigurd. J'avoue que c'était ma première idée, mais je l'ai abandonnée bien vite.

Soudain, Gorm s'approcha d'eux, faisant signe à l'un de ses hommes de ne pas le suivre, comme s'il voulait s'occuper d'eux lui-même. Liddy sentit tout son courage l'abandonner.

— Quoi que vous fassiez, restez naturelle, lui conseilla Sigurd à mi-voix. Pour l'instant, vous ressemblez à une biche qui vient d'entendre le pas du chasseur !

— Regardez-moi, faisons semblant de parler, répliqua-t-elle. Je me sentirai mieux si je ne le regarde pas en face.

Sigurd s'approcha d'elle. Il la touchait presque et elle sentit de nouveau son souffle chaud lui caresser la joue.

— Je pense toujours que mon idée des amants était plutôt bonne.

De plus en plus troublée par sa présence, Liddy s'arrangea pour s'écarter un peu, juste assez pour respirer plus librement. Il mentait si bien… Chacune de ses paroles coulait comme le miel sucré lors des moissons de septembre. Brandon aussi lui avait dit de belles choses, du temps où il la courtisait… Elle refit mentalement la liste de toutes les raisons pour lesquelles un homme ne pourrait jamais la désirer — si on en croyait la maîtresse de son époux —, à commencer par sa tache de naissance, et parvint enfin à maîtriser les battements affolés de son cœur.

— Vous auriez dû me parler de cette idée avant que j'accepte de vous aider, murmura-t-elle froidement.

— J'ai souvent remarqué qu'il n'est pas bon de mettre trop

de personnes dans la confidence lorsqu'on s'engage dans ce type de mission. Le danger est-il passé ?

Liddy se hissa sur la pointe des pieds et survola rapidement la foule du regard.

— Oui. Apparemment, il voulait que l'apprenti du fermier l'aide à décharger la charrette. On dirait que ce n'était pas à nous qu'il faisait signe, finalement. Je suis désolée d'avoir paniqué.

— Restez du côté de Gorm pour me cacher. Eilidith, je suis à votre merci — et à la merci de votre charmant sourire…

— Mon sourire n'a jamais charmé personne.

— Un jour, il faudra vraiment que nous fassions quelque chose pour remédier à vos mensonges perpétuels, vous savez !

Liddy soupira. Les paroles insensées de Sigurd lui arrachèrent un léger sourire, mais elle savait très bien ce qu'il cherchait à faire en disant cela.

Néanmoins, cela faisait du bien. Depuis combien de temps ne lui avait-on pas fait confiance à ce point-là ? La plupart du temps, les gens la dévisageaient de loin, avec horreur. Elle était la femme qui avait causé la mort de ses propres enfants. Une femme de laquelle on s'écartait et que l'on oubliait le plus rapidement possible.

Sigurd avançait en silence à côté d'elle, appuyé sur son bâton comme s'il avait du mal à rester droit.

— Gardez la tête basse et taisez-vous, lui murmura-t-elle lorsqu'ils approchèrent de la porte. Quelqu'un d'autre vient de rejoindre votre ami Gorm. Ils ont l'air de chercher quelqu'un et déchargent une seconde fois les sacs de grain de ce chariot, devant nous.

— Thorbin a toujours été méfiant. Franchement, qui se cacherait dans un sac de grain ?

Enfin, les gardes en eurent terminé avec le grain et firent signe à Liddy et Sigurd d'approcher. Il lui serra discrètement la main.

— Bonne chance.

Liddy sursauta et se figea un instant, les joues en feu. Le simple contact de la main de Sigurd suffisait à faire fondre la barrière de glace dont elle s'était entourée depuis que Keita avait poussé son dernier souffle dans un gargouillement déchirant. C'était presque comme si toutes les horreurs dont Brandon l'avait accablée ne signifiaient plus rien.

Cet homme l'avait touchée *volontairement*, pas par accident... Non, elle se faisait des idées : il ne cherchait qu'à la distraire pour apaiser ses craintes, voilà tout.

Elle écarta sa main d'un geste sec.

— Ne faites plus jamais cela !

Sigurd sourit, dévoilant une petite fossette au coin de sa bouche.

— Si vous le dites. J'essayais simplement de bien jouer mon rôle.

— Nous nous sommes mis d'accord sur un *autre* rôle, dit-elle entre ses dents.

— Que faites-vous ici ? Pourquoi venez-vous à notre porte, ce matin ? lança Gorm d'une voix de stentor.

Liddy sursauta puis se tourna vers le guerrier, le cœur battant.

— Je viens chercher mon père et mon frère, répondit-elle.

L'homme parut surpris et Liddy le regarda droit dans les yeux, faisant de son mieux pour ne pas penser à la hache accrochée à sa ceinture.

— Et qui est votre père ?

— Gilbreath mac Fergusa, chef de Cennell Fergusa.

— Vous parlez notre langue, c'est bien. Quelle joie de voir une femme faire des efforts, dit-il avec un gros rire rauque.

— Je la parle suffisamment pour mes besoins...

La robe de Liddy collait à son dos perlé de sueur, mais elle fit de son mieux pour l'ignorer. À présent qu'elle avait commencé, les mots lui venaient plus naturellement.

Gorm poursuivit l'interrogatoire :

— Et qui est votre compagnon ? Que fait-il ici et pourquoi laisse-t-il une femme parler à sa place ?

N'accordant pas le moindre regard à Sigurd, Liddy répondit aussi fermement que possible :

— Mon serviteur a perdu l'esprit en même temps que sa langue. On raconte qu'une sorcière lui a jeté un mauvais sort, au nouvel an. Vous comprendrez qu'une femme telle que moi peut difficilement voyager seule en pleine campagne.

— Les Nordiques ont apporté la paix, ici. Toutes les femmes sont en sécurité, déclara le guerrier.

L'espace d'un instant, Liddy revit l'ombre des corps pendus dans le bois sacré. Il mentait, évidemment.

Néanmoins, au lieu de protester, elle baissa la voix et adopta un ton confiant.

— Les hors-la-loi… Ma mère en a très peur. C'est pourquoi je suis partie avec mon serviteur. Il a peut-être perdu la parole, mais il sait encore manier le bâton et aurait pu me protéger dans la forêt, en cas d'embuscade.

Sigurd poussa un grognement indistinct et parut se tasser encore plus dans les plis de sa cape.

— Tout va bien, Colum, lança Liddy. Ce guerrier voulait simplement connaître ta maladie, mais je ne pense pas que le mauvais sort de la sorcière soit contagieux.

Sigurd tendit alors une main tremblante, comme s'il essayait de tapoter le bras de Gorm, mais ce dernier s'écarta brusquement.

— Vous pouvez entrer avec votre serviteur, mais contrôlez-le mieux que cela. Vous avez de la chance : aujourd'hui est le jour du conseil pendant lequel Thorbin reçoit les doléances.

— J'espère qu'il saura comprendre que ma cause est juste.

Derrière elle, Sigurd poussa une autre série de grognements et commença à tourner sur lui-même.

Gorm se détourna d'un air méprisant.

— Contrôlez votre domestique, milady, ou vous vous attirerez des ennuis.

Cela dit, il tourna son attention sur le fermier qui les suivait, exigeant que son chargement de poisson soit entièrement fouillé.

Liddy passa la porte d'un pas pressé, sans demander son reste, et remonta le chemin qui traversait la forteresse, emboîtant le pas à tous les paysans passés avant elle.

Avant qu'ils aient pu s'éloigner des gardes, une main autoritaire se referma sur son bras.

— Un mauvais sort ? Perdu l'esprit ? marmonna Sigurd. Je pensais que nous nous étions mis d'accord pour autre chose.

Amusée, Liddy lui adressa son plus beau sourire.

— Vous m'avez laissé le choix, non ? Vous devriez me faire plus confiance. Puisque Gorm vous pensait maudit, il n'a pas exigé de vous parler et vous a à peine regardé tant il désirait se débarrasser de vous. Je viens sans doute de vous sauver la vie.

Sigurd leva les yeux au ciel — il était clair qu'il n'appréciait pas le rôle qu'elle lui avait assigné.

— Oh ! protégez-moi de toutes ces femmes indépendantes aux sourires charmeurs ! s'exclama-t-il.

— Je pense plutôt que ma ruse nous a permis de passer, répliqua-t-elle. Nous sommes entrés.

Sigurd finit par acquiescer, retrouvant sa gravité.

— À présent, c'est à moi de m'assurer que nous ressortions vivants.

— Avec mon père et mon frère.

— Je me souviens de notre marché, Eilidith, mais je vous ai également fait une promesse — *votre vie est importante aussi, vous savez.*

Liddy garda les yeux rivés sur le chemin, sans un regard pour tous les guerriers qui étaient rassemblés juste derrière les remparts. Comment Sigurd et ses hommes pouvaient-ils espérer vaincre ?

— Je vous forcerai à tenir votre promesse, faites-moi confiance.

Chapitre 3

L'intérieur du fort grouillait de monde. Plusieurs étals de marché avaient été dressés dans la cour, proposant poisson, légumes frais et babioles.

Au milieu de cette foule, il était facile de remarquer les Nordiques, avec leurs cheveux longs et leurs élégants manteaux. Les Gaéliques, pour la plupart, se faufilaient entre eux sans demander leur reste, les yeux baissés.

— Où allons-nous, maintenant ? demanda Liddy en ajustant son capuchon pour que personne ne puisse voir sa marque. Où devons-nous attendre ? Quand est-ce que vos hommes vont arriver ? J'imagine qu'ils guettent la moindre occasion pour se faufiler à l'intérieur, un par un.

— Nous allons à la grande salle, là où le *jaarl* écoute les doléances, répondit Sigurd en indiquant du doigt l'immense bâtiment à pignons qui surplombait la cour. Nous sommes ici pour présenter votre requête à Thorbin et voir s'il respectera la loi. Mes hommes ont ordre de rester dans les bois et de ne bouger que si je ne rentre pas avant le coucher du soleil.

— Ne devrais-je pas essayer de trouver ma famille ? demanda-t-elle encore, s'accrochant à ses maigres espoirs. Ils seraient soulagés de savoir que je suis ici pour les défendre. De plus, père et Malcolm devraient être prévenus avant, pour être prêts à s'échapper si jamais ma requête est rejetée.

Sigurd posa lourdement sa grande main sur l'épaule de Liddy.

— Fuir serait inutile et stupide : où iraient-ils ? On vous

priverait de toutes vos terres. Non, il faut attendre que le *jaarl* décide de les relâcher.

— Le *jaarl* ? Vous voulez parler de Thorbin ? C'est lui, le *jaarl* de cette île, et vous m'avez déjà dit que vous doutiez que mes doléances soient écoutées. En fait, vous pensez que je vais échouer et vous ne voulez pas que je donne de faux espoirs à ma famille, c'est cela ?

Il la fit taire sans la moindre hésitation en lui posant un doigt sur les lèvres.

— Cessez de vous projeter dans l'avenir, Eilidith. Je tiens juste à ce que personne ne sache que je suis ici tant que l'heure n'est pas venue de me dévoiler.

Soudain, un grand guerrier nordique la bouscula si violemment qu'elle faillit s'écrouler par terre. Elle lâcha un petit cri de surprise et Sigurd se tassa plus encore, retranché dans l'ombre de son grand capuchon.

— Regarde où tu vas ! s'écria le guerrier sans même se retourner ou ralentir le pas.

Liddy attendit qu'il disparaisse dans la foule avant de reprendre son souffle.

— Ce n'est pas passé loin. Que voulez-vous que je fasse, à présent ?

— Lorsque Thorbin vous aura saluée, parlez d'une voix forte et ferme. S'il refuse de vous écouter, écartez-vous et laissez-moi prendre votre place. Pensez-vous pouvoir faire cela pour moi ? répondit Sigurd en lui prenant le bras avec douceur. Jusqu'à présent, je trouve que vous vous en sortez très bien…

— Autre chose ?

— Si je vous dis de crier, je veux que vous criiez le plus fort possible. Je veux qu'on vous entende jusqu'au loch Indaal.

— Suffisamment fort pour attirer Coll, c'est cela ? J'avoue que je ne suis pas certaine que Hring soit capable de le retenir si mon chien sent que je suis en danger…

Hélas, cette pensée ne suffit pas à la réconforter. Les guerriers qui montaient la garde n'hésiteraient certainement pas à mettre un chien à mort. Lorsqu'elle était entrée dans le fort, elle en avait même vu un, armé d'un arc et de flèches, frapper un pauvre animal efflanqué à coups de pied.

— C'est bien le but, reprit Sigurd. Votre chien devrait semer suffisamment de confusion pour vous permettre de vous enfuir et de rentrer chez vous pour prévenir le reste de votre famille. Après cela, vous n'aurez plus qu'à faire voile vers l'île de Man pour rencontrer Lord Ketill.

Ces mots suffirent à raviver la panique de Liddy. Si jamais Sigurd échouait, elle devrait affronter un voyage en pleine mer.

Et puis, comment pourrait-elle attirer Coll ici en connaissant le sort qui l'attendrait ? Elle se promit alors de ne pas crier, quoi qu'il arrive.

— Pensez-vous sincèrement que nous n'avons aucune chance de réussir ? Je crois que je mérite de savoir la vérité.

— Il est seulement plus sage de réfléchir à un autre plan...

— Oh ! mais je réfléchis à une autre issue : vous et votre épée, victorieux, déclara-t-elle.

Son compagnon eut un petit sourire.

— J'apprécie votre foi inébranlable en mon épée.

— Il faut bien que je me fie à quelque chose...

Toute cette conversation la troublait plus qu'elle ne voulait bien l'admettre, mais elle fit de son mieux pour rester calme, concentrée sur ce qui allait se passer, dans cette grande salle où se pressaient à présent des dizaines d'hommes et de femmes.

— Et si Thorbin fait ce qui est juste ? S'il respecte la promesse de Ketill ?

— Dans ce cas, je serai le premier à vous féliciter.

Il posa de nouveau la main sur l'épaule de Liddy — et la chaleur de sa paume s'étendit dans tout le corps de celle-ci, apaisant ses angoisses et sa nervosité.

— Seulement, je ne veux pas que vous vous fassiez de faux espoirs, ajouta-t-il. La nature de Thorbin risque de prendre le dessus. Mais croyez-moi, je suis sorti vainqueur de situations bien pires que celle-ci.

Soudain, on frappa trois fois le sol d'un lourd bâton et la salle plongea dans un silence de mort.

— Avancez ! Que tous ceux qui ont une requête à présenter à Thorbin, *jaarl* des îles occidentales, se présentent et que justice soit faite !

À l'extrémité de la grande pièce, d'épais rideaux furent ouverts et un guerrier portant un lourd torque d'or et de riches vêtements brodés de fil délicat s'avança. Il avait un long nez pointu et ses traits étaient figés en une expression de dédain, comme si l'écoute des doléances l'ennuyait profondément.

Néanmoins, il y avait quelque chose de vaguement familier en lui, Liddy le remarqua sur-le-champ, et elle avait presque l'impression de l'avoir déjà vu. Son mouvement pour pencher un peu la tête sur le côté... La forme de ses mains...

Oui, songea-t-elle, l'estomac noué, *il s'agit bien du demi-frère de Sigurd.*

Elle se tourna vers son compagnon, mais le capuchon de ce dernier lui dissimulait entièrement le visage. Elle le vit à peine redresser la tête pour mieux voir son demi-frère.

Au même instant, un brouhaha assourdissant emplit la salle et tous se précipitèrent pour être les premiers à soumettre leurs doléances au *jaarl*.

— Il y a beaucoup trop de monde devant nous, murmura Liddy, désemparée. Nous ne nous ferons jamais entendre. Tous ces efforts pour rien...

— Laissez-moi faire.

S'aidant de son bâton, Sigurd se fraya un chemin au milieu des paysans et Liddy le suivit jusqu'à ce qu'elle se retrouve presque nez à nez avec Thorbin.

— Allez-y, aussi fort que vous le pouvez, lui glissa Sigurd à l'oreille avant de reculer d'un pas.

— Je demande le calme ! cria Thorbin.

— J'ai une requête à soumettre au conseil ! lança donc Liddy aussi fort qu'elle le put dans le silence soudain. Ketill au Nez Plat a promis à mon père sa protection contre les esclavagistes, mais vos hommes l'ont capturé, ainsi que mon frère, et ont prévu de les vendre dans les territoires du Nord. Je viens vous demander d'honorer la promesse faite à mon père par Ketill au Nez Plat. Je viens vous demander de les libérer.

Thorbin la dévisagea un instant, comme il aurait pu regarder un insecte étrange avant de l'écraser.

Luttant contre un soudain désir de se dissimuler le visage, Liddy se redressa de plus belle, sans quitter le tyran des yeux.

— Est-ce vrai ? aboya Thorbin. Qui vous a raconté une telle histoire ? Nombreux sont ceux qui prétendent que Ketill au Nez Plat leur a promis telle ou telle chose, mais peu d'entre eux peuvent prouver leurs dires.

— Le serviteur de mon père est rentré chez nous avec sa cape poisseuse de sang à la main et nous a raconté ce qui s'était passé. Ma mère a été tellement horrifiée qu'elle est restée alitée depuis ce jour.

Liddy plongea alors la main dans sa bourse et tendit l'anneau à bout de bras.

— J'ai apporté le gage que Ketill a confié à mon père lorsqu'ils se sont promis paix et amitié mutuelle.

Thorbin se pencha et examina l'anneau avant de pousser un grognement peu convaincu.

— Qui est votre père ? Vous n'avez rien d'une Nordique ; êtes-vous originaire de cette île ?

Liddy sentit ses cheveux se hérisser face à la grimace lasse de Thorbin et elle aurait bien voulu la lui faire ravaler, mais elle ne pouvait pas se permettre de perdre son calme : trop de choses dépendaient d'elle.

— Mon père est Gilbreath mac Fergusa, répliqua-t-elle. Il a librement fait vœu d'allégeance à Ketill au Nez Plat quand ses terres ont été ravagées par des pirates irlandais. Il a aussi convaincu d'autres hommes de faire de même et mérite votre protection pour sa fidélité.

Le seigneur nordique se caressa le menton d'un air pensif, ses petits yeux mauvais toujours posés sur Liddy.

— Gilbreath mac Fergusa est un traître, tout comme son fils. Votre frère a tenté de me tuer dès qu'il en a eu l'occasion. C'est lui qui a piétiné notre amitié, pas moi.

Puis, avec un geste méprisant de la main, il conclut :

— Doléances rejetées.

Hors d'elle, Liddy se planta devant lui, les poings sur les hanches. Il était hors de question qu'elle s'avoue vaincue si facilement !

— Vous mentez ! Mon père est un homme honnête ! Tout ce qu'il veut, c'est assurer paix et justice à sa famille.

Thorbin se pencha de nouveau vers elle, les dents serrées.

— Comment osez-vous mettre ma parole en doute ? Une femme comme vous ? Une Gaélique ? Mais peut-être êtes-vous une grande guerrière qui souhaite me combattre pour laisser les dieux trancher...

Toute la salle éclata d'un rire nerveux.

— Nous nous sommes mal compris, murmura Liddy, intimidée. Je suis certaine que nous pourrons nous entendre, mais mon père *doit* être relâché : il n'a en aucun cas été impliqué dans ce qui a pu se passer après l'arrivée de mon frère ici...

Elle sentit la sueur perler sur son front. Qu'est-ce que son frère avait bien pu faire ? Elle connaissait bien Malcolm, et jamais il n'aurait pu attaquer un autre être humain de sang-froid. S'il n'avait pas été le seul fils de la famille, il serait devenu prêtre !

Leur mère était-elle au courant ? Était-ce pour cela que celle-ci avait tant cherché à la dissuader d'entreprendre ce voyage ?

— Je ne reviendrai pas sur ma décision. À présent, donnez-moi cet anneau, il n'a plus aucune valeur ! Et soyez reconnaissante de partir libre : je pourrais vous obliger à combattre...

Thorbin fit signe au guerrier qui avait ouvert la cérémonie et celui-ci arracha l'anneau des mains de Liddy.

— Suivant !

— Vous ne pouvez pas ! hurla Liddy, incapable de se retenir. Vous n'avez pas le droit de prendre cet anneau ! C'est du vol ; et c'est interdit par les lois nordiques ! Je demande justice !

Thorbin, qui s'était déjà détourné d'elle, la dévisagea d'un air plus menaçant que jamais.

— Me traiteriez-vous de menteur ? Votre frère et votre père sont des traîtres : ce sont eux qui ont mis fin à la trêve, pas moi.

Lorsque ce conseil s'achèvera, ils seront déclarés hors-la-loi et leurs terres leur seront confisquées.

Liddy serra les poings, impuissante. Si seulement elle avait été un homme, elle aurait pu se battre contre ce tyran…

Sigurd avait raison. Tant que cet individu serait au pouvoir, il n'y aurait plus de justice sur l'île.

— C'est à vous de savoir si vous mentez ou non, répliqua-t-elle froidement. Moi, je n'ai énoncé que des faits et je vous le répète : mon père n'a jamais rompu une promesse de toute sa vie. Pourquoi commencerait-il maintenant ? Il a été l'un des premiers à accepter l'autorité nordique sur ses terres et jamais il n'a oublié de payer le tribut. Jamais !

Thorbin eut un petit sourire condescendant.

— Peut-être, ma chère, mais le *fait* est que je dirige cette île. C'est donc moi et moi seul qui décide de qui est ou non un traître. Néanmoins, je suis d'humeur généreuse, ce matin, et je vois bien que vous n'avez pas de champion pour soutenir votre cause et se battre à votre place. Je vous laisse donc vivre. Quittez ma forteresse et ne revenez jamais. Soyez reconnaissante, vous ne serez pas toujours aussi chanceuse. Moi, Thorbin Sigmundson, *jaarl* de cette île, j'ai dit !

— Cette femme a un champion ! lança soudain une voix puissante au cœur de l'assemblée.

Thorbin sursauta et parut pâlir un peu, mais reprit rapidement le contrôle de ses émotions.

— Je ne répondrai à aucun défi : l'affaire est close, dit-il. Vous devriez me remercier de ma clémence. Partez et annoncez à votre famille que votre tribut vient d'être doublé. Je l'attendrai à la fin de la moisson et, après, nous pourrons peut-être discuter de la libération de votre père.

D'un geste nonchalant, il lança l'anneau qui atterrit dans un claquement sec aux pieds de Liddy.

Sigurd s'avança alors, passant devant elle, et posa le pied sur la bague.

— Je te défie, Thorbin aux Deux Visages ! Tu as renié une promesse solennelle prononcée par ton *jaarl*. Tu as méprisé une amitié. Tu n'as donc plus aucun droit de diriger ces terres et j'invoque mon droit à t'affronter !

— Comment oses-tu venir à moi le visage dissimulé ? Comment oses-tu m'appeler par ce nom ? Qui es-tu ?

Sigurd rabattit son capuchon et repoussa sa cape pour dévoiler la longue épée passée à sa ceinture.

— Je suis Sigurd Sigmundson, envoyé de Ketill au Nez Plat, annonça-t-il assez fort pour que tout le monde l'entende. Je te défie au nom de cette femme et de sa famille. Je te défie pour prendre ta place de commandement et régler cette affaire une bonne fois pour toutes.

Toute la foule rassemblée dans la grande salle retint son souffle et un silence de mort tomba.

Sigurd attendit sans bouger. L'instant crucial était arrivé. Soit les hommes de Thorbin étaient prêts à combattre eux-mêmes, soit ils obligeraient leur chef à relever le défi…

Le visage de bâtard de son demi-frère devint livide, faisant encore plus ressortir la cicatrice rosée qui s'étendait de sa tempe à son menton.

— C'est… C'est impossible. *Tu es mort*. Tu devrais être mort depuis longtemps : je t'ai vu tomber de cette falaise, en Irlande, près du bassin noir.

Sigurd le salua de la tête, secrètement ravi de voir son adversaire si mal à l'aise. Il avait attendu ce jour si longtemps…

C'était tout aussi bon d'être enfin certain que c'était bien Thorbin et nul autre qui avait fomenté la tentative d'assassinat à laquelle il avait survécu, deux ans plus tôt.

— Quoi qu'il en soit, je suis là, devant toi. En chair et en os.

— Et qu'est cette femme pour toi ?

— Quelqu'un veut-il me contester le droit de défier Thorbin ? De me battre pour défendre notre communauté ?

Partout autour de lui, les guerriers se mirent à frapper le sol de leurs bottes et clamèrent leur approbation. Sigurd put enfin respirer plus librement. Tous les Nordiques aimaient regarder un bon combat : personne n'interférerait avec sa vengeance.

Un simple coup d'œil suffit à lui faire comprendre que Thorbin ne serait certainement pas à la hauteur — pas comme quand il l'avait laissé par terre, plus mort que vif, des années plus tôt.

On pouvait discerner les conséquences d'une vie de luxe et de bonne chère dans ses yeux bordés de rouge et dans le tremblement de sa main lorsqu'il avait pris l'anneau. C'était le moment de frapper.

— Dans ce cas, tu ne me laisses pas le choix, Sigurd le Charognard, répondit Thorbin avec un de ses rictus malsains. Tu auras ton combat. À l'épée. Je suppose que tu sauras mieux te servir de celle que tu as à la ceinture que de la lame de notre père que tu as brisée.

— Cette lame a été reforgée.

Thorbin acquiesça d'un air mesquin.

— Tu aurais dû mourir le jour où tu as osé te présenter aux funérailles.

Sigurd ignora cette attaque. Il était allé aux funérailles de son père pour montrer à tout le monde qu'il voulait lui rendre hommage, lui aussi, et sauver sa mère. Trop jeune et trop naïf, pas un seul instant il ne s'était douté du piège qu'on lui avait tendu.

L'apparition de Beyla, sortant de la tente, l'avait choqué et lui avait fait comprendre à quel point il avait été idiot. Il n'avait plus eu d'autre choix que de tuer sa propre mère pour abréger les souffrances de celle-ci.

— Tu n'as pas réussi à me tuer à l'époque, dit Sigurd d'une voix ferme, et ce n'est pas aujourd'hui que tu y arriveras.

— Alors battons-nous, répondit Thorbin. Le vainqueur aura la femme.

— Non, le vainqueur décidera de ce qu'il fera ensuite, mais en attendant, personne ne touche *ma* femme sans ma permission.

À peine eut-il prononcé ces mots que Sigurd réprima son instinct de protection envers Eilidith. Elle n'était qu'un instrument pour détruire Thorbin, rien de plus…

Liddy se glissa dans la cabane que l'on avait attribuée à Sigurd pour qu'il se prépare au combat. Elle ne supportait plus de rester dehors, à la merci des huées des hommes de Thorbin. Elle y avait fait face en silence aussi longtemps qu'elle l'avait pu, mais quand les sifflements et les moqueries étaient devenus trop obscènes, elle avait battu en retraite.

À aucun moment elle n'avait songé que Sigurd pourrait être volontaire pour défendre sa cause. Jusqu'à présent, il avait eu l'air de la jauger en permanence. Elle n'était certes pas une catin à ses yeux, mais guère mieux... Et voilà qu'il avait affirmé qu'elle était *sa femme* ? C'était à n'y rien comprendre !

Pire encore, tout ce qui s'était passé depuis leur arrivée au fort ne faisait que rendre la situation de sa famille plus précaire : si Sigurd perdait son combat, tous les siens seraient considérés comme des traîtres et ils perdraient tout. Et, s'il gagnait, pouvait-elle vraiment compter sur lui pour tenir sa promesse, à présent qu'il savait que Malcolm s'était rebellé ?

Liddy essaya de chasser ses craintes, mais en vain. Brandon avait eu raison dès le départ : sa malédiction détruirait sa famille.

— Je vous prie d'excuser le comportement de ces hommes, dehors, dit-il avant même qu'elle ait une chance de se plaindre. Apparemment, on manque vraiment de bonnes manières, en ces lieux...

Liddy sentit un rire nerveux monter en elle, mais elle parvint à se maîtriser. Elle était entrée dans la cabane, bien décidée à tempêter contre tous ces goujats, et il s'excusait comme s'il était responsable de ce qui n'était au final qu'une broutille. Comme si la mauvaise éducation de ces Nordiques était leur seul problème en ce moment !

— Combien de fois vous êtes-vous battu contre Thorbin ? Est-ce lui qui a brisé votre épée ? Avec tout ce qui est sur le point de se passer, j'ai au moins le droit de savoir cela.

Sigurd redressa la tête, ses traits aussi froids que ceux d'une statue antique.

— Nous nous sommes battus de nombreuses fois, pendant notre enfance, répondit-il. Nous avions le même père et, quand ce dernier a poussé son dernier souffle, mon demi-frère s'est immédiatement arrangé pour essayer de me faire tuer. J'ai survécu à cette embuscade mais cela n'a pas empêché ma mère d'accepter de se sacrifier… Pour me sauver. Elle pensait que je méritais une meilleure vie, aux côtés de la femme que je croyais aimer à l'époque. Ma mère était persuadée que l'amour pouvait surmonter tous les obstacles et n'a pas vécu assez longtemps pour voir à quel point elle avait tort.

— Et qu'est-il arrivé à la femme que vous aimiez ?

— Elle a choisi un autre homme, dit-il avec un sourire quelque peu amer. Un homme qui possédait plus de terres et de pouvoir. Dans un autre pays. Cela m'a au moins appris une leçon de taille : l'amour finit toujours par nous tuer.

Stupéfaite, Liddy le dévisagea quelques instants en silence. Ce guerrier était bien plus dangereux qu'elle ne l'avait cru.

— Vous désiriez ce combat, pas pour défendre la promesse que Ketill a faite à ma famille, ou pour toute autre noble raison, mais à cause d'un tort qu'on vous a fait, il y a très longtemps. Vous vouliez simplement une autre occasion de l'affronter.

— J'ai toutes les chances de réussir, faites-moi confiance.

Liddy le regarda encore quelques secondes.

— Vous ne m'avez pas assez fait confiance pour être honnête envers moi dès le départ, et vous voudriez que je vous suive aveuglément, maintenant ?

Il ne répondit pas tout de suite, et les battements de cœur de Liddy semblèrent résonner dans le silence. Finalement, Sigurd s'avança et lui prit le menton pour l'obliger à le regarder. Ses yeux étaient si perçants, si fascinants, qu'elle aurait facilement pu se noyer dedans.

— Si vous pensez que je vais perdre, alors quittez cette cabane.

— Non, je reste, répliqua-t-elle en se détournant pour retrouver son souffle. Vous savez que si vous le tuez ses hommes vous abattront : ils n'auront plus rien à perdre. D'ailleurs, ils sont en train de parier sur le temps qu'il faudra pour vous achever…

— Laissez-moi me soucier de ces choses-là, dit-il en reculant d'un pas. Vous savez que vous avez été splendide, dans la grande salle — encore plus que je n'osais l'espérer ?

Ce compliment fit naître une joie soudaine et inattendue chez Liddy : il pensait qu'elle avait bien tenu son rôle... Depuis combien de temps ne lui avait-on pas dit quelque chose d'aussi gentil ? Elle n'en avait pas souvenir.

Soudain, une part d'elle-même se prit à croire qu'elle avait bel et bien été touchée par les anges à sa naissance.

— Peut-être, mais cela ne m'a pas aidée... J'ai perdu l'anneau de mon père, soupira-t-elle.

— Vraiment ? Et que vois-je ici ? répondit Sigurd en faisant apparaître l'anneau d'or de derrière l'oreille de Liddy. La prochaine fois, ramassez-le vous-même. Je ne serai pas toujours là pour vous.

— Je n'oublierai pas.

Elle récupéra son anneau, les yeux baissés sur les bottes usées de Sigurd.

— Il vous faudra plus que quelques petits tours de passe-passe pour vaincre Thorbin, mais je pense que vous avez une chance de gagner.

— C'est cela qui fait toute la différence — avoir quelqu'un qui croit en vous...

— Voulez-vous que je prévienne vos hommes ? Au sujet du combat ? Ils sont tous dans la forêt, là-bas, et attendent votre retour avant la nuit, dit-elle, espérant que la faible lumière qui régnait dans la cabane suffise à cacher ses joues rouges. Comme je vous l'ai dit, ils parient contre vous, dehors. Ils parient tous.

— Dommage que personne ne soit là pour parier à ma place : je ferais fortune en un rien de temps, ironisa-t-il avant de retrouver son sérieux. Mais ne songez même pas à le faire pour moi. Ces hommes ne parieraient jamais avec une femme, de toute manière.

Intimidée, Liddy n'osait toujours pas le regarder dans les yeux, mais elle finit par avouer à mi-voix sa pire inquiétude :

— J'ai peur que Thorbin... réfléchisse à un moyen de tricher.

Sigurd secoua la tête, d'un air peu convaincu.

— Non, Thorbin sait très bien qu'il perdra ses hommes s'il ne combat pas dans les règles dès le départ. Une fois le duel engagé, tout peut arriver entre nous, mais personne d'autre n'aura le droit d'intervenir. Et puis, vous savez, j'ai appris une ou deux choses bien utiles depuis qu'il a brisé mon épée.

Liddy serra ses mains jointes, essayant désespérément de ne pas perdre ce qui lui restait de bon sens. Sigurd, lui, paraissait étonnamment calme.

— Vous avez déjà fait ce genre de choses ?

— Mettre un *jaarl* au défi pour diriger son *felag* ? demanda-t-il, la tête un peu penchée sur le côté comme il le faisait souvent. Non, mais j'ai combattu de nombreuses fois depuis que Thorbin m'a laissé pour mort. C'est le meilleur moyen pour un homme tel que moi de s'élever. Et je me suis élevé, Eilidith : je me suis extirpé tout seul des pires boues de la société.

— Appelez-moi Liddy, dit-elle avant de perdre tout courage. Nous sommes amis, d'une certaine manière, et j'ai toujours eu horreur d'Eilidith.

— Ce sera donc Liddy…

Avec son accent, son nom prenait des sonorités exotiques, bien loin de la banalité qu'elle lui avait toujours trouvée.

— De toute manière, cela vous sied mieux, ajouta-t-il. Mais, dites-moi, qu'est-ce qui nous rend soudain amis ?

Liddy haussa les épaules.

— Parce que vous avez bien besoin d'en avoir au moins un, non ? répondit-elle.

Il l'examina une nouvelle fois, la tête penchée sur le côté, et elle sentit son regard peser sur elle. Soudain, la cabane lui parut minuscule, bien trop petite pour eux deux…

— Vous avez peut-être raison. Ma mère disait toujours qu'un véritable ami est un joyau sans prix.

— Oui, j'ai déjà entendu ce dicton quelque part.

Elle ne parvenait pas à quitter ses mains des yeux, les joues brûlantes. Elle n'était vraiment pas douée pour ce genre de choses.

Sigurd se redressa et s'approcha d'elle, posant fermement les mains sur les épaules de Liddy.

— Laissez-moi m'inquiéter de ce qui va arriver et contentez-vous de me porter chance ; c'est de cela dont je vais avoir le plus besoin.

Liddy se détourna, cachant sa marque de son mieux.

Ce n'était ni le lieu ni l'endroit pour lui expliquer ses problèmes, ou lui parler des deux petites tombes, sur la colline, et de sa responsabilité dans le naufrage du bateau. Elle ne pouvait pas non plus lui confier ses ennuis avec son ancien beau-frère, qui la blâmait de tout ce qui avait mal tourné dans la vie de Brandon. Elle, la femme au visage maudit, qui avait menti pour dissimuler ses fautes !

— Je suis une femme de Cennell Fergusa. J'ai l'habitude de m'inquiéter. Tout ce que je sais, c'est que feu mon époux, Brandon, n'aurait jamais risqué sa vie comme vous êtes prêt à le faire.

— Seules les Nornes savent qui va mourir et quand.

Il glissa un doigt sous le menton de Liddy et lui fit lever la tête pour la dévisager de ses yeux bleus si vifs. Des yeux bleus comme une crique où elle aurait été tentée de plonger.

Seigneur, elle aurait tant voulu le croire — et elle se détestait pour cela.

— Ne vous en faites pas, Liddy, je suis sûr que le fil de ma vie n'est pas encore arrivé à sa fin. Les trois Nornes sont toujours en train de le tisser.

— Nous sommes issus de cultures différentes, murmura-t-elle, les yeux fixés sur les lèvres de Sigurd. À mes yeux, c'est Dieu, et non les Nornes, qui décide quand nous mourons.

— Ma mère disait la même chose. Quand je vous entends, j'entends presque sa voix revenir des limbes du passé... Merci beaucoup.

— De rien.

Envoûtée par les lèvres de Sigurd, elle sentit le souffle de ce dernier sur ses joues, et son cœur battait à présent si fort qu'il était impossible que Sigurd ne l'entende pas — et ne devine pas ses sentiments pour lui.

Il se pencha alors sur elle, doucement, sans un mot, et leurs lèvres se rencontrèrent. Cela n'avait rien d'un baiser furtif, passager. Non, c'était bien réel, enflammé. S'abandonnant à son désir, elle entrouvrit les lèvres et se laissa faire.

L'espace d'un instant, elle oublia tout, sauf le goût du baiser de Sigurd. Sa poitrine se pressa contre le torse viril de ce dernier et elle s'écarta, sachant très bien que ses joues brûlaient encore plus qu'avant.

Troublée, elle caressa instinctivement sa tache de naissance, tentant d'en cacher la laideur. Sa marque de la honte... Sigurd venait de l'embrasser, de son plein gré, et elle n'arrivait absolument pas à comprendre pourquoi.

— Est-ce parce que vous avez pitié de moi ? demanda-t-elle d'une voix blanche.

— Je n'ai encore jamais embrassé une femme par pitié.

Il ne la quittait pas des yeux, dans la cabane mal éclairée, mais ne fit aucun geste pour l'attirer à lui une nouvelle fois.

— Alors, pourquoi avoir fait cela ?

— Pour qu'une part de votre chance exceptionnelle déteigne sur moi... Vous ne croyez peut-être pas en ces choses-là, mais moi, je pense avoir besoin de toute l'aide possible.

— Dans ce cas, tout va bien, répondit-elle d'une voix plus rauque qu'elle ne l'aurait voulu. Moi aussi, je pense que vous aurez besoin de toute l'aide possible.

Sur ce, elle tourna les talons et sortit. Elle entendit un petit « merci » dans son dos, si discret qu'elle eut presque l'impression de l'avoir imaginé.

Une foule importante s'était rassemblée autour de l'arène de fortune, dans la cour du fort. L'ambiance avait bien changé, depuis que Liddy était entrée dans la cabane. Tous semblaient plus agités, plus nerveux. L'air même, frais et immobile, se chargeait d'une tension presque palpable. Liddy hésita quelques instants, ne sachant pas vraiment où se placer.

Soudain, un museau froid et humide vint se fourrer dans le creux de sa main. Elle baissa la tête et vit avec surprise que

Coll l'avait rejointe en douce. Hring était là aussi, juste à côté, arborant son habituelle expression supérieure.

Liddy prit une profonde inspiration. Elle ne lui faisait peut-être pas confiance, mais au moins, il était du côté de Sigurd.

— Comment êtes-vous entré ? lui demanda-t-elle, surprise.

— Vous ne savez pas à quel point les gardes peuvent être distraits quand un grand combat est sur le point d'avoir lieu, répondit-il avant de pousser un profond soupir. Ah, la discipline…

— Vous avez désobéi à votre chef, dit-elle. Vous étiez censés rester dehors en attendant que je crie.

Hring eut un petit rire.

— Sigurd est bon combattant et je suis certain que ma bourse pèsera bien plus lourd, ce soir.

— Et que dira-t-il, quand il découvrira ce que vous avez fait ?

Hring sourit de plus belle, dévoilant ses dents pointues.

— Je n'ai jamais été très doué pour suivre les ordres au pied de la lettre. Sigurd le sait… Et puis, de toute manière, votre chien n'arrêtait pas de pleurer pour vous retrouver. Qu'aurais-je dû faire ? Le laisser m'arracher un morceau de bras ?

Liddy eut un petit rire timide. Elle se sentait mieux, maintenant que Coll était auprès d'elle. Elle attrapa le collier de son chien et lui caressa la tête comme elle le faisait si souvent. À présent qu'il était là, elle était certaine d'avoir au moins un protecteur.

Coll poussa finalement un profond soupir et s'allongea tranquillement à ses pieds.

— Sigurd va combattre, mais je crains que Thorbin ne respecte pas les règles.

— Thorbin est arrogant, mais il n'est pas stupide, ne vous en faites pas, répondit Hring. Tous ses hommes se retourneraient contre lui si la moindre personne s'interposait pour le protéger. Dans ce genre de situation, les deux adversaires se battent seuls, et jusqu'à la mort. Il s'agit de nos lois, de notre héritage, et cela fonctionne plutôt bien.

— Mais, même d'où vous venez, tuer son propre frère ne peut pas être considéré comme une bonne chose !

— *Demi*-frère, corrigea Hring, et c'est déjà arrivé. Cependant, Sigurd n'a pas l'intention de le tuer.

Abasourdie, Liddy le dévisagea quelques secondes sans comprendre.

— Pourquoi pas ?

— Ketill au Nez Plat veut se réserver ce plaisir. Si j'étais à la place de Sigurd, je désobéirais à mes ordres pendant le duel, mais il n'est pas comme moi. Il sait quand s'arrêter. Je l'ai déjà vu combattre et j'ai mes raisons pour avoir accepté de le suivre. Mais ne vous en faites pas, milady : au moindre signe de danger, je vous ferai sortir d'ici. Vous avez rempli votre part de notre marché et c'est à présent à nous de remplir la nôtre.

Liddy resserra les doigts autour du collier de Coll. Ce grand guerrier aux dents étrangement pointues ne lui faisait plus peur.

— C'est bon à savoir, répondit-elle.

Sigurd apparut dans la cour le premier. Il portait la même tunique que le matin et avait son épée à la main. Quelqu'un lui lança un bouclier, qu'il attrapa avec aisance.

Dans l'éclat du soleil, ses cheveux s'animaient de reflets d'or. Il marchait avec détermination, comme un ange descendu sur terre.

Liddy l'admira, le souffle court, incapable de croire que cet homme l'avait bel et bien embrassée.

— Il n'a fait cela que parce que j'étais la seule femme dans la cabane, et parce qu'il est nordique, qu'il a des croyances différentes, murmura-t-elle à Coll. C'est tout…

Son chien entrouvrit un œil et lâcha un petit grognement désapprobateur.

Sigurd donna un grand coup d'épée contre son bouclier. Tous ses muscles se réveillaient, l'un après l'autre. C'était si bon de pouvoir se dévoiler enfin et d'agir, au lieu de rester caché dans l'ombre, à ruminer.

— Thorbin ! J'attends ! Nous attendons tous ! s'écria-t-il en direction de la grande salle. Es-tu un guerrier ou un lâche ?

Répondant à son appel, son demi-frère apparut sur le seuil, vêtu d'une tunique finement tissée et d'un pantalon ajusté. Il portait une épée étincelante et un bouclier tellement poli qu'on aurait pu se voir dedans.

— Est-ce ainsi que tu t'habilles pour te battre ? lança Sigurd, incapable de maîtriser sa colère plus longtemps face au mépris affiché de Thorbin. Tu sais que tu risques de déchirer ton pantalon et de montrer tes fesses à tout le monde avant même d'avoir atteint l'arène !

— Peut-être n'ai-je pas besoin d'y entrer.

— Oh que si ! Et tu vas aussi avoir besoin de te battre, Thorbin, tu le sais très bien, répliqua Sigurd.

— J'ai l'intention de nommer un champion pour qu'il combatte à ma place. Et toi, veux-tu en nommer un aussi ? lança Thorbin avec un sourire glacial. Par égard pour le père que nous avons partagé… Nous sommes du même sang — bien que l'un d'entre nous ait aussi le sang d'une catin dans les veines.

Sigurd le dévisagea quelques instants, abasourdi. Évidemment, quand cela l'arrangeait, Thorbin ne se gênait pas pour rappeler leur lien de parenté.

Seulement, c'était lui le fils légitime et il avait hérité de tout ; sa mère s'en était assurée. Et cela, Sigurd ne l'oublierait jamais !

Il annonça donc :

— Suivant les lois de notre souverain, nous ne pouvons pas faire appel à des champions.

— Le roi Harald…

— Ketill au Nez Plat a décrété que les duels de cette nature ne pouvaient être réglés que directement, entre parties concernées, le coupa Sigurd en tirant une baguette gravée de runes de sa bourse. Il a préféré anticiper ta réaction — et je vois bien que nous avons eu raison de le faire.

Thorbin s'approcha et s'empara de la baguette pour la lire, le visage déformé par un rictus de dégoût, puis la jeta par terre.

— Je n'ai jamais souhaité tuer mon propre frère, mais tu ne cesses de revenir me défier et je ne le souffrirai pas plus longtemps.

— Ne t'inquiète pas, répondit vivement Sigurd, cela fait des années que je ne te considère plus comme mon frère.

Thorbin eut un haussement d'épaules plus hautain que jamais.

— Je ne comprends toujours pas pourquoi les Nornes continuent à t'épargner, Sigurd, mais je me ferai un plaisir de couper moi-même le fil de ta vie avant de prendre la femme que tu désires. Comme au bon vieux temps, Sigurd au Cœur Tendre…

Sigurd fit de son mieux pour maîtriser sa colère. Il s'était servi de Liddy pour passer la porte de la forteresse et lui en était reconnaissant. C'était tout. Alors, pourquoi était-il si agacé de voir Thorbin attaquer celle-ci de cette manière ? Il la connaissait à peine !

De toute manière, il n'avait nulle place dans sa vie pour les femmes. Il savait y faire avec elles quand il en avait besoin, mais restait toujours concentré sur le vœu qu'il avait prononcé. La seule chose qui lui importait, c'était regagner son honneur…

S'il avait autrefois cru en l'amour, ce noble sentiment était mort le jour du meurtre de sa mère. Et pourtant, il sentait encore la douceur sucrée des lèvres de Liddy sur les siennes.

— Cette pathétique tentative d'intimidation n'est pas à ton honneur, Thorbin. Je n'ai rencontré cette femme qu'hier et elle n'était qu'un moyen d'arriver à mes fins.

— Dans ce cas, tu ne connais rien de son passé ou de sa famille, répliqua son demi-frère. Pourquoi chercher à la protéger ?

— J'ai mes raisons.

— Nous pourrions mettre fin à toute cette mascarade dès maintenant. Un homme comme toi peut toujours me jurer fidélité : je pourrais te trouver une place au sein de ma maison.

Sigurd fit de son mieux pour ne pas laisser éclater sa rage. Jurer fidélité à Thorbin ? Il ne survivrait pas un seul jour dans cette forteresse avant qu'on lui plante un couteau dans le dos…

— Non merci. Allons-nous enfin commencer ?

— Comme tu le désires.

— Approche. Fais face à ton destin.

Sigurd leva son épée et fondit sur lui. Comme il s'y était attendu, Thorbin para aisément le coup avec son bouclier et tenta de riposter. À son tour, Sigurd se protégea de son bouclier, tranquillement : il avait tout son temps.

— On se fait vieux ? demanda-t-il, moqueur.

Thorbin secoua la tête d'un air furieux et lança une attaque brutale en avant. Cette fois-ci, son épée ne fut pas aussi facile à bloquer.

Il était temps pour Sigurd de se concentrer et de se battre sérieusement, rendant chaque coup et puisant dans son expérience née de longues années passées en tant que mercenaire.

À chaque coup porté par Thorbin, la foule se fendait d'un rugissement triomphant et huait Sigurd de plus en plus fort. Et à chaque coup, le cœur de Liddy se serrait un peu plus. Même si son champion gagnait le duel, serait-il réellement capable de diriger tous ces hommes ?

Cependant, au bout de quelques minutes, le silence se fit dans la cour du fort. Il devenait évident que Sigurd était meilleur et que Thorbin se fatiguait vite. Hélas, dans un nouvel effort, le *jaarl* parvint à frapper Sigurd et ce dernier tomba à genoux dans la poussière.

Un hurlement traversa l'arène. Liddy s'aperçut avec horreur que c'était sa propre voix. C'était elle qui hurlait.

Incapable de regarder plus longtemps, elle se cacha les yeux. À côté d'elle, Coll lui donna un petit coup de tête, frottant son museau froid sur sa main. Elle jeta un bref coup d'œil à la scène, entre ses doigts.

D'une manière ou d'une autre, Sigurd avait réussi à se retourner au dernier moment et le coup suivant de son adversaire — qui aurait dû lui être fatal — l'avait manqué.

Ayant déstabilisé Thorbin, Sigurd pivota et donna un grand coup de bouclier sur le bras tendu du *jaarl*. L'épée de ce dernier tomba au sol et Sigurd en profita pour appuyer la sienne contre la gorge de Thorbin.

Liddy osa enfin respirer plus librement. Il allait gagner. Il allait *vivre*. Quoique la survie d'un Nordique ne lui importe absolument pas, se réprimanda-t-elle vertement. Ce qui comptait vraiment, c'était que son père et son frère allaient enfin être libérés…

Elle porta néanmoins les doigts à ses lèvres. Elle pouvait encore sentir la chaleur de celles de Sigurd. *Il l'avait embrassée*. Parce qu'il en avait vraiment envie. C'était presque suffisant pour qu'elle commence à douter de la sincérité de la maîtresse de Brandon. Avait-elle menti, quand elle avait dit qu'aucun homme n'aurait jamais envie de la toucher ?

Elle chassa ces pensées troublantes, agacée par sa propre faiblesse. Les liaisons passionnées étaient réservées aux autres femmes, à celles qui n'étaient pas comme elle. De toute manière, après cette journée, elle ne reverrait plus jamais cet homme ; tout ce qu'elle attendait de lui, c'était qu'il tienne sa promesse et libère sa famille. Après cela, peut-être que l'on commencerait enfin à voir sa tache de naissance comme un porte-bonheur et non une honte.

Alors que la brume du combat s'évanouissait peu à peu, Sigurd prit conscience de bruits distants autour de lui. Il avait réussi. Thorbin était à sa merci. Mais il savait aussi que c'était le cri de Liddy qui lui avait donné le dernier sursaut d'énergie dont il avait eu besoin pour reprendre l'avantage.

Il s'était mieux battu parce que Liddy avait cru en lui — et cela lui faisait peur. Depuis la mort de sa mère, il avait été seul, ne s'était soucié de personne à l'exception de lui-même et des hommes avec lesquels il avait affronté des combats. L'affection et la tendresse n'avaient pas leur place dans sa vie.

Il connaissait à peine cette femme et pourtant, elle avait déjà trouvé le chemin de son cœur. Il fallait à tout prix qu'elle reparte chez elle sans tarder, avec son père et son frère ; qu'elle disparaisse et ne fasse jamais partie de sa vie. Hélas, même s'il savait ce qu'il avait à faire, la simple idée de se séparer d'elle lui était pénible…

— Tu m'as blessé à la cheville, se lamenta Thorbin, le rappelant à la réalité. Ce n'est pas du jeu...

— Est-ce que tu te rends ?

Thorbin lâcha un grognement inarticulé.

Sigurd maintint la pointe de son épée pressée sur le cou de son demi-frère. Pendant tant d'années, il avait rêvé du jour où il pourrait enfin tuer cet homme. Seulement, maintenant qu'il tenait enfin sa vengeance, tout désir de meurtre s'effaçait de son esprit. Quelque chose, au fond de lui, se révoltait à l'idée de tuer son propre frère — même s'il savait pertinemment que Thorbin ne se serait pas embarrassé du moindre scrupule à sa place.

— Parle plus fort, ordonna-t-il. Je veux que tout le monde t'entende : je connais bien tous tes petits tours.

— Je me rends, dit Thorbin, les traits déformés par la peur. Je ne peux plus me lever, mon frère.

— Plus fort !

— Tu as gagné, Sigurd ! hurla alors son ennemi. Je reconnais ma défaite !

Le silence dans la cour se faisait proprement assourdissant. Presque tous les hommes qui regardaient attendaient que Sigurd achève son ennemi. Il aurait été dans son droit.

Cependant, il jeta son épée au loin.

— Laissons Ketill décider de ton sort.

Cela dit, il fit signe à Hring, qui se tenait près de Liddy. Pour une fois, le vieux guerrier lui avait obéi.

Liddy avait rapidement retrouvé ses couleurs et une désagréable amertume envahit Sigurd, lui rappelant de garder ses distances. S'il laissait les autres l'approcher, il risquait de perdre tout ce pour quoi il s'était battu — cela lui était déjà arrivé...

Lorsqu'il se serait occupé de Thorbin, Eilidith et lui se diraient adieu. C'était comme cela que les choses devaient se passer. Il ne gardait jamais personne auprès de lui. C'était au moins une leçon qu'il avait apprise de Beyla : les femmes ne s'intéressaient qu'à elles-mêmes et tous leurs grands élans amoureux ne signifiaient plus rien une fois qu'elles avaient obtenu ce qu'elles voulaient.

Hring s'avança, tirant des chaînes de la sacoche qu'il portait, et laissa Sigurd les attacher aux poignets et aux chevilles de Thorbin.

— Si j'étais toi, je prierais pour que Ketill soit d'humeur magnanime…

À ces mots, Thorbin devint pâle comme un linge.

— C'est une méprise : je peux tout expliquer… Sigurd, tu sais ce qu'il va me faire ! Tu sais à quel point je vais souffrir. Je t'en prie, mon frère, je veux une mort rapide !

— Tu aurais dû y penser avant de trahir Ketill au Nez Plat et de renvoyer son messager dans un tonneau.

Thorbin attrapa alors sa cheville blessée.

— Je perds mon sang ! s'écria-t-il. Je ne pourrai plus jamais marcher. Je pourrais mourir pendant le voyage. Mets fin à mes jours maintenant, aie un peu de pitié…

— Oui, tu pourrais mourir de tes blessures, mais j'en doute, rétorqua froidement Sigurd. Et pourquoi serais-je magnanime ? As-tu eu la moindre pitié pour ma mère ? Ou pour qui que ce soit d'autre ? Non ! Tu souffriras, Thorbin, autant que tes victimes ont souffert — et personne ne te sauvera.

Cette fois, le regard de Thorbin s'illumina d'une réelle panique.

— J'ai un enfant. Sigurd, c'est l'enfant de Beyla et il a tout juste sept ans. Je t'en supplie.

Le sang de Sigurd se figea dans ses veines. *Beyla avait eu un enfant avec Thorbin ?*

— Beyla est-elle encore de ce monde ? Est-elle toujours ton épouse ?

— Oui, répondit Thorbin. Elle a crié ton nom quand elle a accouché et j'ai élevé l'enfant comme s'il était mien. Ils sont en route pour me rejoindre ici. Je t'en prie, Sigurd, en souvenir de tout ce que nous avons partagé, donne-moi une mort douce. Tu pourras récupérer Beyla, après, si tu le veux.

Sigurd sentit son estomac se nouer. Beyla avait-elle réellement crié son nom en accouchant ? Et alors ? Cela n'avait plus aucune importance, à présent : l'enfant appartenait à Thorbin et partagerait sa disgrâce, son déshonneur.

— Ce que nous avons pu partager est mort il y a longtemps. Le garçon est tien et tu as décidé de son destin.

— Ta mère ! hurla Thorbin, d'une voix désespérée. C'était moi. Je suis celui qui l'a prise par-derrière. La vieille femme ne lui avait pas donné assez de potion et elle était consciente de ce qui lui arrivait. Est-ce que tu le savais ?

Sigurd dut se concentrer pour rassembler les derniers lambeaux de sang-froid qui lui restaient.

— Je le sais, maintenant.

Thorbin se redressa alors un peu et eut un regard en direction de Liddy.

— Je te jure que je reviendrai pour faire la même chose à celle-ci. Je suis même certain qu'elle aimera cela !

C'en était trop. Sigurd vit rouge, aveuglé et dépassé par sa rage. Thorbin avait violé sa mère, l'avait fait hurler comme une créature possédée... Des hurlements de désespoir qui hantaient encore ses rêves. Et il menaçait de faire subir la même chose à Liddy ?

Que les Enfers engloutissent toutes ses promesses à Ketill !

Sigurd attrapa son épée.

— Va retrouver les dieux, marmonna-t-il, et explique-toi avec eux.

Chapitre 4

Liddy poussa un cri d'horreur en regardant s'abattre l'épée de Sigurd, mettant fin à la vie et au règne de Thorbin.

Quand il avait enchaîné son adversaire vaincu, elle avait pensé qu'il était différent ; mais il venait de tuer, et de sang-froid...

En un instant, la forteresse éclata en une cacophonie d'acclamations et de huées.

Le souffle court, Liddy s'efforça de retrouver son calme. Au moins, Thorbin ne pourrait plus lui faire de mal ou menacer sa famille. Mais qui serait le nouveau *jaarl* de l'île ?

— Il semblerait que notre ami commun ait lui-même un peu de mal à suivre les ordres, en dépit de ses promesses à Ketill, remarqua Hring.

Surprise par le calme de ce dernier, Liddy le dévisagea quelques secondes.

— Vous *saviez* que Sigurd comptait faire une telle chose ?

— Disons que je m'en doutais. Ketill au Nez Plat s'est confié à moi : il voulait pouvoir se venger de Thorbin personnellement. Il a horreur de ceux qui se jouent de lui. Une mort au combat est acceptable, bien sûr, mais Sigurd a outrepassé ses ordres et il va devoir en assumer les conséquences.

Au milieu de l'arène, Sigurd pointa son épée ensanglantée vers les cieux et déclara d'une voix forte :

— Moi, Sigurd Sigmundson, j'ai vaincu Thorbin Sigmundson en combat loyal. Quelqu'un veut-il me disputer le droit de régner ? Approchez : je ferai face à tous ceux qui se présenteront ! Parlez maintenant ou faites vœu d'allégeance.

La foule de guerriers se mit à scander son nom, tout bas d'abord, puis de plus en plus fort, jusqu'à ce que le cri retentisse dans chaque recoin de la cour. Sigurd tourna sur lui-même, lentement, acceptant avec fierté l'hommage viril qu'on lui rendait.

— Il l'a fait, Coll. Il l'a vraiment fait, murmura Liddy en enfouissant les doigts dans la fourrure de son chien. Cette île va enfin prendre un nouveau départ. Cet homme-là sera un *jaarl* bien différent, qui appliquera les lois. Je le sais, au fond de mon cœur.

Elle examina le visage de Sigurd à la recherche d'une blessure, mais à part une éraflure sur la joue et un hématome sur la mâchoire, il paraissait indemne.

Soudain, la gorge de Liddy se noua. Était-ce normal qu'elle ait reçu plus d'affection de la part de cet étranger que de la part de son défunt mari ? Et Sigurd aurait-il été aussi empressé auprès d'elle, s'il avait su de quoi elle avait été responsable ? S'il avait su que son arrogance avait causé la mort de deux âmes innocentes ?

Non. Il valait mieux ne pas penser à cela...

Soudain, Coll lui échappa et bondit sur Sigurd, qui était à présent entouré par de nombreux Nordiques. Horrifiée, elle le vit poser ses grosses pattes avant sur les épaules du nouveau *jaarl* et lui lécher copieusement le visage.

— Méchant chien ! cria-t-elle, se précipitant pour l'arrêter, consciente que tous les yeux étaient à présent posés sur elle. Je... Je suis désolée... Il... Il voulait simplement s'assurer que vous n'aviez rien...

Sigurd lui adressa un sourire lumineux.

— C'est bon de savoir que votre chien s'inquiète pour moi, répondit-il tranquillement. Quelques coups de Thorbin ont porté et j'aurai des courbatures demain matin, mais j'ai survécu. Cette terre m'appartient, à présent.

Il passa un bras autour des épaules de Liddy et l'attira contre lui. Elle se laissa faire quelques instants, savourant la proximité de ce corps d'homme si puissant, si plein de vie. Puis soudain, elle se souvint de l'arène et des guerriers qui les regardaient et dissimula sa tache de naissance — un peu trop tard, hélas.

— C'est la veuve du seigneur de Kintra ! s'écria une voix, non loin d'elle. J'ai vu sa marque ! Je parie qu'Aedan MacConnall ne sait pas qu'elle est là !

Liddy se crispa. Si jamais cette nouvelle parvenait aux oreilles de son beau-frère, il ne se priverait sans doute pas de la pousser encore une fois à se retirer dans un couvent en Irlande ; et elle n'avait nul besoin de ses éternelles remontrances. Il ne verrait sans doute pas ses actions comme une tentative pour sauver sa famille, mais comme une insulte supplémentaire à son pauvre frère si parfait… Depuis toujours, il avait choisi de voir Brandon comme un chevalier blanc en armure rutilante, capable de vaincre tous ses ennemis ; comme un fabricant de bateaux dont les coques ne sombraient jamais ; un père de famille dévoué qui avait toujours le temps de s'occuper de ses enfants. Pas une seule fois il ne l'avait vu tel qu'il était *vraiment*…

Malheureusement, il était trop tard pour s'inquiéter de la réaction d'Aedan.

— Quelque chose ne va pas ? lui glissa Sigurd à l'oreille.

— Coll veut plus de viande séchée et a vite compris que vous êtes celui qui pourra lui en donner. C'est tout.

Sa voix parut trop faible et essoufflée à son goût, mais Liddy ne put faire mieux. Autour d'eux, certains hommes commençaient à réclamer un baiser entre son champion et elle, mais Sigurd les ignora. Il s'agenouilla pour caresser les oreilles de Coll.

— Je vais lui en faire apporter.

— Merci.

Nerveuse, elle pressa ses paumes l'une contre l'autre pour en maîtriser le tremblement. Sigurd prétendait peut-être qu'il n'était pas blessé, mais il bougeait son bras gauche avec précaution — comme s'il lui faisait mal. Il avait failli perdre le combat, et la vie…

— Merci pour tout, reprit-elle. À présent, vous devriez faire examiner vos plaies, avant qu'elles s'infectent. Vous venez à peine de gagner votre place de *jaarl*, il serait dommage de tout perdre si vite, non ?

Le regard perçant de Sigurd se posa sur elle un instant.

— Cela fait bien longtemps que je veille sur moi-même sans avoir besoin de personne, mais je vous remercie pour vos conseils.

Le cœur de Liddy se brisa. La voix de Sigurd avait un accent sévère, distant. Elle avait rempli sa part du marché et leur alliance n'avait plus lieu d'être.

— Quand verrai-je mon père et mon frère ? demanda-t-elle en tentant une nouvelle fois de dissimuler sa tache de naissance. Quand honorerez-vous votre promesse ?

— Les prisonniers seront relâchés sans condition. S'ils sont encore sur Islay, ils repartiront libres aujourd'hui même, répondit-il sans la moindre chaleur. Sans doute sont-ils enfermés près du port. Vous pouvez les attendre ici, si vous le souhaitez.

— Au sujet de ce qui s'est passé dans la cabane…

Elle ne savait pas vraiment comment présenter la chose. Elle aurait dû partir, laisser Sigurd à son triomphe ; hélas, dès qu'elle lui aurait tourné le dos, l'étrange lien qui s'était tissé entre eux serait rompu pour toujours.

— Je… Je ne suis pas comme cela, d'habitude…, balbutia-t-elle. Je n'embrasse pas les hommes que je connais à peine… Même pour leur porter chance.

Le regard de Sigurd s'assombrit et elle s'interrompit, la gorge nouée.

— Je m'exprime mal, reprit-elle quand elle eut retrouvé son souffle. Je voudrais simplement vous remercier de tout mon cœur de tenir votre promesse, au cas où nous ne nous reverrions pas.

— Allez attendre votre père et votre frère. Si les Nornes ont été généreuses, ils seront toujours en vie.

— Est-ce pour cela qu'on vous a envoyé ici ? lança Gorm après avoir prêté serment d'allégeance. Pour tuer Thorbin ? Je croyais que Ketill le voulait vivant.

Sigurd serra les dents. Il était étonnant que les ordres de Ketill soient la première chose que Gorm mentionne.

— Il m'a ordonné de le ramener vivant *si c'était possible*.

Sigurd se concentra sur le sol, refusant de repenser à la rage aveugle qui l'avait envahi lorsque Thorbin avait menacé de violer Liddy comme il avait violé sa mère. Cela faisait déjà longtemps qu'il soupçonnait son demi-frère d'être impliqué dans les horreurs de cette nuit fatale. Les cris de sa mère résonnaient toujours à ses oreilles, même des années plus tard.

Ce soir-là, il avait compris que les dieux de son père étaient faux et que celui de sa mère l'avait abandonnée. Pendant tout ce temps, il avait réussi à maîtriser sa colère ; mais, quand Thorbin avait mentionné Liddy, toute la rage qui bouillonnait en lui s'était échappée d'un coup. Il n'avait peut-être pas été capable de sauver sa mère, mais il pouvait encore sauver Liddy.

— Ketill…

— Ketill est un homme pragmatique, le coupa Sigurd. Je suis sûr que vous saurez lui conter votre version des événements, en temps voulu.

— Oui, Monseigneur, répondit Gorm en bombant le torse. J'ai toujours été au service de Ketill. Il nous avait envoyé un message pour que nous soyons prêts. C'est pour cela que je vous ai laissé entrer dans le fort alors que je vous avais reconnu immédiatement. Dites bien cela à Ketill.

— Bien entendu.

Sigurd fit de son mieux pour paraître calme et détaché. Gorm jouait un jeu dangereux, mais il paraissait logique que Ketill ait placé un espion chez Thorbin — ainsi que dans le propre *felag* de Sigurd. En effet, Hring ne manquerait sans doute pas de faire son rapport à Ketill, lui aussi.

S'il voulait vraiment rester *jaarl*, il allait rapidement devoir trouver l'argent du tribut qui n'avait pas été versé. Après cela, il aurait le temps de mettre en place les autres parties de son plan — par exemple, trouver une épouse de bonne famille, suffisamment bien née pour asseoir son autorité. Oui, lui, fils d'esclave, allait s'élever et rien ne pourrait l'en empêcher.

— Et l'or que Thorbin n'a pas envoyé à Ketill ? Ne mentez pas, Gorm. Vos oreilles sont toutes rouges ; comme lorsque vous m'avez dit que vous m'avez laissé entrer dans le fort. Je sais très bien à qui je dois tout cela.

Gorm recula d'un pas.

— Je... Je n'ai jamais été très proche de Thorbin. Il nous répétait souvent que nous serions récompensés, si nous le suivions, mais nous n'avons jamais vu la moindre pièce d'or. J'ai entendu dire qu'il s'était servi de cette somme pour encourager Ivar le Désossé à se dresser contre Ketill. Sachez cependant que je n'ai aucune affection pour ce fils de serpent marin qui a assassiné mon frère et mon cousin.

Les autres Nordiques du fort s'empressèrent de confirmer les dires de Gorm, mais Sigurd n'était pas entièrement convaincu. Pourtant, ils n'avaient plus aucune raison de mentir, maintenant que Thorbin était mort.

— Où est l'épouse de mon demi-frère ? Où sont toutes ses autres femmes ? demanda Sigurd.

Après avoir interrogé tous les hommes, en vain, il se tourna de nouveau vers Gorm.

Ce dernier soupira.

— Son épouse est restée dans ses terres du Nord avec son fils, pour s'occuper de ses biens. Elle laissait Thorbin s'amuser tant qu'il le souhaitait ; mais je ne lui connais aucune maîtresse depuis que la dernière a disparu. Les autres... Leurs corps ont été pendus dans le bois sacré.

— Beyla est restée dans le Nord ?

— Avez-vous l'intention de l'épouser ? Tout le monde a entendu des rumeurs à votre sujet. Tout le monde sait pourquoi Thorbin voulait votre mort.

De nouveau, Sigurd serra les dents. Des années plus tôt, il aurait considéré un mariage avec Beyla comme une douce récompense. Sa mère avait toujours pensé qu'ils étaient faits l'un pour l'autre — les deux moitiés d'un seul tout.

Mais maintenant ? Maintenant, il voulait simplement la voir. Il voulait regarder Beyla dans les yeux et lui montrer tout ce à quoi elle avait tourné le dos. De plus, Thorbin n'aurait jamais laissé son fils sans rien. Elle saurait forcément où était l'or, elle avait toujours été intelligente pour cela, songea Sigurd. Tout ce qui lui restait à faire, c'était de mettre en place un piège contre elle.

Il tira donc son épée et la pointa sous le menton de Gorm.

— Qui j'épouse ne concerne que moi.

Le vent qui soufflait sur le port plaqua quelques mèches des longs cheveux de Liddy contre ses lèvres. Elle les chassa d'un geste impatient et tenta de ne pas trop penser à la mer et au sort que celle-ci pouvait faire subir aux malheureux qui s'y aventuraient sans méfiance.

Elle avait déjà tellement repensé à cette journée, à ce drame. Chaque nuit ou presque, ces images venaient encore hanter ses cauchemars.

Coll avait cessé d'aboyer après chaque mouette qui avait l'audace de se poser sur la plage et se contentait à présent de rester allongé aux pieds de Liddy. Elle se protégea les yeux du soleil d'une main pour examiner encore une fois la longue file de prisonniers qui avançait. Quand elle aurait retrouvé sa famille, la vie pourrait enfin recommencer telle qu'elle était avant que son père et Malcolm soient capturés, avant que tout ce cauchemar commence.

Hélas, une petite part de son esprit, ce traître, refusait de la laisser en paix. Elle s'était sentie si pleine de vie, dans les bras de Sigurd... Depuis sa rencontre avec lui, elle voulait être autre chose qu'une femme maudite. Dès son retour chez elle, elle s'installerait dans une petite maison et occuperait son temps à cultiver son jardin. Elle planterait même du romarin de chaque côté de la porte en mémoire de ses enfants. Là, elle pourrait mener une vie retirée, paisible. Oh oui, elle avait tant besoin de solitude !

— Tout s'est bien passé, Coll, murmura-t-elle, et quand nous rentrerons, les gens seront bien obligés de dire que j'ai été embrassée par les anges. Ils seront obligés de constater que j'ai sauvé Cennell Fergusa d'une destruction certaine. Plus personne n'osera me parler de couvents irlandais où l'on me frapperait pour me libérer du démon et où tu ne pourrais pas me suivre…

Coll poussa un petit soupir amical, rapidement transformé en aboiements lorsqu'il reconnut les deux épouvantails en haillons dans la file des prisonniers.

Liddy eut du mal à reconnaître le visage de son père derrière cette tignasse hirsute et la crasse. Il semblait avoir vieilli de dix ans pendant sa captivité ; ses cheveux étaient devenus entièrement blancs et il marchait avec les épaules voûtées. Il se laissa retirer ses chaînes d'un air abasourdi. Derrière lui, Malcolm fut également libéré. Ses traits disparaissaient sous une multitude de plaies et d'hématomes mal soignés. Quand il avait quitté leur maison, Liddy s'était moquée, lui disant qu'il devrait bientôt se faire coudre une tunique plus large ; mais à présent ses vêtements pendaient de ses épaules comme des sacs de jute vides.

Avec un cri de joie, elle se précipita vers eux, mais Coll les atteignit le premier, posant les pattes sur les épaules de Malcolm. Enfin, grâce aux élans d'affection du chien, une lueur d'humanité s'éveilla au fond des yeux de son pauvre frère et il laissa Coll lui lécher le visage, non sans une furtive moue de douleur.

— Liddy ! Qu'est-ce que tu fais ici ? s'écria son père. Essaie de maîtriser cet animal, bon sang ! Que vont penser les gens ? N'as-tu donc aucun sens des convenances ? Te souviens-tu de mes dernières paroles, au moins ? Tu devais rester à la maison et veiller sur ta mère !

Liddy ne put s'empêcher de lever les yeux au ciel. Fidèle à lui-même, son père se souciait plus des apparences que de sa liberté…

— *Seanmhair* a toujours dit que je porterais chance à la famille, et je l'ai fait. Je vous ai sauvés, tous les deux, répondit-elle d'une voix ferme.

— Ma mère a toujours eu un faible pour toi, répliqua son père.

— Elle avait surtout raison !

Liddy leur expliqua alors rapidement tout ce qui s'était passé — gardant cependant pour elle le baiser qu'elle avait accordé à Sigurd avant le combat. Son père et son frère paraissaient déjà suffisamment incrédules sans qu'elle mentionne ce détail. Mais Liddy, elle, ne cessait d'y penser, de se rappeler à quel point elle avait eu tort.

Sa gorge se noua lorsqu'elle revit le visage de son champion danser devant ses yeux. Pourquoi était-elle si triste à l'idée de ce qui aurait pu se passer entre eux ? Leur relation n'avait aucune chance de durer, pas selon les termes de leur accord…

— Tu as convaincu un Nordique de nous libérer ? Ne me fais pas rire, Liddy ! lança Malcolm avec une pointe de condescendance lorsqu'elle eut fini son récit. Pourquoi aurait-il fait une chose pareille ? Qu'attend-il de nous et que lui as-tu promis ? À moins que tu ne l'aies *déjà* récompensé. Père, cela expliquerait…

— Tais-toi, Malcolm, le coupa Liddy, les joues en feu. Tu ne sais rien du tout. Cet homme et moi avons conclu un accord grâce à l'anneau de père. Il avait besoin d'un prétexte pour défier Thorbin.

Elle rendit l'anneau à son père, ainsi que le collier qu'elle avait récupéré dans l'ourlet de sa robe. Il les accepta, la couvant d'un regard pensif.

— Un Nordique honnête, hein ? Décidément, que de miracles, aujourd'hui ! On dirait que les prières de Kells ont fini par porter leurs fruits.

Des prières ? Qu'est-ce que les prières leur avaient bien apporté ?

— Les choses n'ont commencé à évoluer qu'à partir du moment où j'ai décidé d'agir, rétorqua-t-elle, les poings serrés.

Les événements de cette journée lui avaient enfin prouvé qu'elle avait eu tort d'écouter les bavardages narcissiques de Brandon pendant si longtemps : tout ce qu'elle entreprenait n'était pas voué à l'échec, en fin de compte.

Seulement, ce n'était ni le lieu ni le moment de se disputer avec son père — pas lorsque tous ces Nordiques les regardaient. Elle devrait attendre pour essayer de lui faire entendre raison.

— Cet homme s'est battu pour toi, marmonna son frère. J'ai entendu les gardes en parler, mentionner « la femme de Sigurd » et son visage marqué. C'était donc toi ! J'aurais préféré pourrir dans cette geôle plutôt que de savoir que tu as écarté les cuisses devant lui pour me libérer !

Liddy, maîtrisant avec peine son exaspération, se planta devant son frère, les dents serrées.

— Répète cela, Malcolm. Répète-le et tu découvriras l'étendue de ma fureur. Sigurd s'est battu pour père et pour toi, *pas* pour moi.

— Taisez-vous, tous les deux ! cria leur père en les séparant. Ta sœur a fait le nécessaire pour nous sauver, Malcolm. C'est tout.

— Votre liberté est due à l'anneau de père, que j'ai eu le bon sens d'apporter, reprit Liddy, les poings serrés à s'en faire blanchir les articulations.

Non content d'avoir provoqué cette catastrophe en contrariant Thorbin alors qu'il était simplement censé venir vendre des choux d'hiver, voilà que son frère l'accusait d'être la maîtresse de Sigurd !

Comme si elle avait été prête à faire une chose pareille ! Ou plutôt : comme s'il y avait eu la moindre chance que cela arrive... À présent qu'il était le *jaarl* incontesté d'Islay, les femmes se précipiteraient à ses pieds ; pourquoi se serait-il préoccupé d'elle ?

Malcolm leva les yeux au ciel, d'un air particulièrement méprisant.

— Ce que tu peux être naïve, ma sœur... Je pensais pourtant que tu avais plus de dignité que cela, que tu n'aurais pas osé déshonorer le nom de ton époux en suppliant un Nordique de t'aider.

— Les morts n'ont plus à craindre pour leur réputation, répliqua-t-elle froidement, concentrée sur les oreilles de son chien.

Même avant la fin tragique de leurs enfants, Brandon avait l'habitude de parler d'elle comme si elle n'existait pas, comme si elle n'avait aucune importance, même en sa présence. Il avait pourtant su sauver les apparences, dans son rôle d'époux, mais sa vraie passion l'avait toujours attiré loin de chez lui. La mer avait été son premier amour, sa maîtresse préférée — mais il y avait aussi eu d'autres femmes.

Son amante de l'époque avait clairement expliqué la situation à Liddy, le lendemain même du mariage, et avait cru bon ensuite de lui énumérer tous ses défauts… Cette nuit-là, Brandon était directement parti se coucher dans le lit de cette femme. Et, quand il avait embarqué pour son dernier voyage en mer, il avait menacé Liddy de l'obliger à entrer dans un couvent pour être libre d'épouser une femme capable de réchauffer son lit et veiller à ce que leurs enfants soient toujours en sécurité.

— Brandon ne portait aucun amour aux Nordiques, répliqua Malcolm en donnant un coup de pied dans un caillou. Il ne s'est jamais agenouillé devant personne et se retournerait dans sa tombe s'il savait que tu as aidé un de ces hommes.

— Tu peux toujours retrouver tes chaînes, si tu préfères, marmonna Liddy.

Après toutes les épreuves qu'elle avait traversées, comment son frère osait-il se montrer aussi vil ? Il aurait dû être reconnaissant, la remercier de l'avoir sauvé, au lieu d'écouter des rumeurs absurdes, sans la moindre preuve.

— Je n'ai aucune influence sur le nouveau *jaarl*. Je ne suis pas sa maîtresse et ne le serai jamais. À présent que je vous ai fait libérer, je vais rentrer à la maison avec Coll. Vous êtes libres de m'accompagner ou de tenter votre chance ici.

Elle garda la tête haute, priant pour que ses joues ne soient pas aussi rouges qu'elle le craignait.

Soudain, un mouvement furtif attira son regard et elle se retourna. Sigurd se tenait au bord de l'eau. Il s'était lavé et avait échangé sa vieille cape élimée contre un mantelet bordé de fourrure pendant qu'elle attendait de voir apparaître sa famille au milieu de la longue file de prisonniers. Il n'avait plus rien d'un mendiant en haillons, à présent. Il était devenu le *jaarl* de l'île, plein de noblesse et respecté de tous.

Le cœur de Liddy s'emballa en le voyant là, seul face à la mer, mais elle s'empressa de réprimer son excitation.

Sigurd n'avait absolument aucune raison de vouloir s'allier à sa famille. Il avait besoin d'une femme qui pourrait l'aider dans son ascension sociale ou lui apporter une fortune — et Brandon avait dilapidé sa dot.

— Père, peut-être ne devrions-nous pas tout de suite dire que nous aurons des difficultés à payer le tribut, murmura-t-elle vivement. Je ne voudrais pas vous voir partir du mauvais pied avec Sigurd…

— Ne t'inquiète pas de cela, ma Liddy, répondit-il en l'examinant un instant. Laisse ton vieux père s'en occuper. Tu as déjà largement fait ta part et je suis heureux de voir que tu es redevenue toi-même.

L'estomac de Liddy se noua. Son père paraissait trop frêle pour faire quoi que ce soit, même rentrer chez lui. Ses mains tremblaient. Il allait devoir passer plusieurs mois au lit… Comment espérait-il travailler aux champs pour payer le tribut ?

— Vous m'avez déjà dit de vous laisser faire, quand vous êtes parti pour sauver Malcolm, remarqua-t-elle.

— Et il a été sauvé, répondit son père en lui tapotant l'épaule. Tu es bien comme ta mère, toujours à t'inquiéter pour rien. Il est temps que tu apprennes à croire en l'avenir : tout ira bien, tu sais. Cennell Fergusa retrouvera toute sa prospérité en un rien de temps. Dis-moi, t'ai-je déjà menti au sujet de quelque chose d'aussi important ?

Liddy le dévisagea, abasourdie.

— Croyez-vous vraiment qu'avoir été enfermé pour être vendu comme esclave ait été le signe d'une amélioration à venir ? Parfois, je dois dire que je me pose des questions, père…

— Je viens de découvrir que ma fille tenait suffisamment à moi pour me sauver, et c'est une chose importante. Bon sang, cet éclat dans tes yeux m'a tellement manqué ! Tu as été une morte vivante pendant si longtemps, Eilidith. Et te voilà de retour.

— Je ne suis jamais partie.

— C'est une question de point de vue, dit son père avant de

s'étirer et de prendre une profonde inspiration. Je pensais mourir esclave, dans le Nord, et voilà que je respire de nouveau le bon air d'Islay… Je crois que c'est la première fois que j'apprécie la vie à ce point !

— Père !

— Nous ne sommes pas libres de décrypter les mystères de Dieu et de ses anges ; seulement de nous émerveiller.

S'interrompant un instant, il jeta un coup d'œil par-dessus l'épaule de Liddy.

— Et qui donc vient nous saluer ?

— Eilidith, est-ce votre père ? demanda la voix de Sigurd, derrière elle.

Il salua les deux hommes.

— C'est toujours un plaisir de rencontrer un homme porteur d'un anneau de Ketill au Nez Plat, dit-il.

— J'ai sauvé Ketill des griffes de pirates irlandais, expliqua le père de Liddy. Il me doit la vie, et cet arrangement nous convenait à tous deux.

— Votre fille a pris de grands risques pour vous sauver, Gilbreath mac Fergusa. J'espère que vous avez conscience de votre dette envers elle…

— Ma fille a plus de courage que tous les hommes que je connais.

Son père ponctua cette réponse par un salut très bas. Il avait le même sourire que lorsqu'il marchandait des vaches ou des moutons au marché…

— C'est une femme unique et très précieuse, Monseigneur, ajouta-t-il.

— Absolument.

— J'ai beaucoup entendu parler de vous et de votre talent pour le combat. Vous étiez aux côtés de Ketill lorsqu'il a combattu les Nordiques de Dubh Linn, l'an dernier, n'est-ce pas ? demanda-t-il avec un nouveau salut. Je suis convaincu que vous saurez mieux honorer les volontés de votre seigneur que votre prédécesseur. Après tout, un serment doit être respecté par les deux parties.

— Et j'imagine que, soucieux de respecter ce serment, vous verserez votre tribut en temps et en heure, répondit Sigurd avec un sourire froid. Je n'ai pas envie de découvrir que certaines des revendications de Thorbin étaient en fait *justifiées*…

Son père piétina dans la poussière, l'air embarrassé.

— J'ai bien l'intention de payer, mais sachez que le temps est en partie responsable de la qualité des récoltes.

Malcolm lâcha une remarque cinglante en gaélique — sans laisser à Liddy le temps de le prévenir. Sigurd se contenta de s'incliner… et de lui répondre dans la même langue qu'il n'était pas avide, qu'il réclamait simplement son dû pour la protection qu'il comptait leur apporter. À ces mots, Malcolm rougit jusqu'aux oreilles.

— Un Nordique qui parle gaélique ? Quelle agréable surprise ! lança le père de Liddy en se frottant les mains. Je n'aurais jamais cru la chose possible. Et toi, ma fille ?

— L'une des raisons que mon demi-frère a données à Ketill pour n'avoir pas versé son propre tribut dans les temps était que ses vassaux avaient eux-mêmes du retard. J'ai inspecté sa chambre forte : elle est étonnamment vide. Tout comme ses greniers à grain.

— Il est encore tôt, la saison n'est pas terminée.

Liddy sentit un frisson de malaise la parcourir. La voix de son père paraissait trop douce, trop mielleuse…

Sigurd les dévisagea tour à tour d'un air soupçonneux.

— C'est un mystère, n'êtes-vous pas d'accord ? Islay a pourtant été une terre prospère, il y a peu, et a envoyé d'importants tributs à Ketill ces dernières années.

— Une chambre forte peut être vidée pour de nombreuses raisons, intervint Liddy avant que Malcolm laisse exploser sa colère. Thorbin lui-même a pu cacher son or ailleurs — d'autant plus qu'il savait qu'on lui rendrait visite un jour ou l'autre. N'avez-vous pas dit que l'émissaire de Ketill avait été tué ? Thorbin a certainement cherché à cacher la fortune qu'il a volée.

Sigurd acquiesça.

— Vous avez sans doute raison, milady.

— Oh oui, mon Eilidith est une femme de raison, renchérit son père en se redressant — mais il ferma bien vite les yeux de douleur, après un tel effort. Pardonnez-moi, Monseigneur : cela fait bien longtemps que je n'ai pas vu le soleil.

La gorge nouée, Liddy s'interposa et lui prit le bras pour l'aider à tenir debout.

— Mon père a traversé de nombreuses épreuves.

En effet, il s'appuyait à elle comme un vieillard. Sa captivité l'avait dangereusement rapproché de son lit de mort, comprit-elle soudain. Il allait avoir besoin de Malcolm bien plus qu'elle ne l'avait cru.

En un éclair, elle revit l'étendue désolée des champs nus qu'elle avait traversés pour venir à la forteresse. Les semailles auraient dû être faites des semaines plus tôt, mais son père avait choisi de quitter la maison pour sauver Malcolm ; et sa mère avait refusé de faire quoi que ce soit, à part rester assise sur une chaise et prier, prétendant ne pas savoir où son époux cachait l'or et le grain.

Sigurd les examina encore une fois, en se frottant le menton d'un air pensif.

— Êtes-vous certain de pouvoir payer votre tribut dans les temps ? demanda-t-il au bout d'un moment.

Liddy entendit presque son sous-entendu, son manque de confiance, et eut du mal à contrôler sa colère. En dépit de l'aide qu'elle lui avait apportée, cet homme allait agir comme tous les autres seigneurs nordiques…

— Les seules difficultés que mon père pourrait avoir sont directement liées à son emprisonnement abusif !

— Chut, ma fille. Tais-toi, la coupa ce dernier d'un air tranquille. Laisse-le parler. Il vient à peine de devenir notre seigneur et a besoin de preuves tangibles de notre bonne volonté, pas de belles paroles… Et j'apprécie cela.

Il salua de nouveau Sigurd, mais ses yeux s'étaient illuminés d'un éclat discret que Liddy n'appréciait pas du tout.

— Veuillez pardonner ma fille, Monseigneur. Elle parle à cœur ouvert et ses mots dépassent parfois sa pensée. Sachez que notre porte sera toujours ouverte, pour vous autant que pour vos hommes ; mais mes terres sont loin et j'en ai été tenu à l'écart trop longtemps. Notre tribut sera payé, croyez-moi.

Liddy se tut. Son sang lui tambourinait aux oreilles. Si son père essayait de la sauver, autant le laisser faire. Après tout, Sigurd n'était pas son ami : ils s'étaient déjà dit adieu.

Mais alors qu'elle pensait le problème réglé, son « champion » lui prit le bras. Coll se redressa et gronda mais Liddy lui fit signe de rester calme.

— Nous n'avons plus rien à nous dire, murmura-t-elle, les poings serrés.

— Votre fille sera ma garantie tant que je ne serai pas assuré de votre bonne volonté. Une fois que le tribut sera intégralement payé, elle sera libre de quitter cet endroit ; mais en attendant, elle reste.

Incrédule, Liddy se retourna.

— Pourquoi faites-vous cela ? murmura-t-elle, furieuse. Vous n'avez pas besoin d'un otage, et encore moins de moi !

Sigurd la jaugea froidement.

— Cette affaire ne concerne que votre père et son *jaarl*.

Au lieu de protester, le père de Liddy acquiesça.

— J'imagine que vous avez appris ce que mon fils a fait...

Liddy se récria.

— Qu'est-ce que Malcolm a fait ?

— Il a attaqué mon prédécesseur avec un couteau, expliqua Sigurd.

— Il ment ! hurla Malcolm.

— J'ai des témoins de l'attaque : plusieurs hommes m'en ont parlé.

Un sourire cynique illumina un instant le visage de Sigurd.

— Je pense que je ferais mieux de rester prudent en votre présence, ajouta-t-il.

Liddy n'en croyait pas ses oreilles. Malcolm était peut-être stupide et impétueux, mais il n'avait rien d'un guerrier — pas comme son défunt mari ou son beau-frère, songea-t-elle. Au contraire, Malcolm préférait parler de combat qu'y participer.

Seulement, il avait dû commettre une erreur. Sinon, pourquoi Thorbin l'aurait-il jeté en prison ?

— Mais si votre demi-frère avait eu une preuve, Malcolm serait mort, argua-t-elle. Il n'était venu que pour vendre des légumes — des choux d'hiver.

— Eilidith, cesse de nous interrompre, lança son père. Une mauvaise habitude héritée de ta mère, j'imagine.

Une quinte de toux le secoua et, de nouveau, son visage se déforma sous la douleur. De toute évidence, sa captivité l'avait profondément affecté ; mais pourtant, elle ne pouvait se débarrasser de la désagréable impression de le voir en plein marchandage.

— Bien, je vous laisse ma fille en garantie en attendant la moisson de cette année, dit-il, et je le fais en toute liberté. Vous voyez : j'ai confiance. Je sais que nous ferons une bonne récolte, c'est la seule raison pour laquelle je vous confie ma fille, que j'aime tant.

— Père !

Liddy lui saisit le bras et baissa la voix :

— Avez-vous conscience de ce qui risque de m'arriver si vous ne parvenez pas à payer le tribut ? Les champs sont nus, et vous le savez aussi bien que moi ! D'ailleurs, les choses ne se sont pas améliorées en votre absence…

À peine eut-elle prononcé ces mots qu'elle se plaqua une main sur la bouche. Comment avait-elle pu être aussi idiote ? Sigurd l'avait forcément entendue !

Comme pour confirmer ses soupçons, ce dernier posa sur elle un regard glacial.

— Avez-vous peur que votre père ne soit pas capable de verser le tribut demandé, Lady Eilidith ?

La gorge de Liddy se noua de plus belle. Elle était piégée ! Si jamais elle confessait ses craintes, le *jaarl* confisquerait immédiatement toutes les terres de son père. Sigurd Sigmundson était bien un vrai Nordique avant toute chose : il n'avait ni cœur, ni compassion. Tout ce qu'il désirait, c'était de l'or. Ce tribut n'était qu'une simple transaction à ses yeux ; alors que, pour elle, il s'agissait de l'avenir d'une terre qu'elle aimait, à laquelle elle appartenait depuis toujours.

Le domaine était tout ce qui restait à sa famille... C'était d'ailleurs pour cela qu'elle avait risqué sa vie pour venir à la forteresse. Mais, à cause de son incapacité à garder son calme, elle avait mis l'avenir des siens en danger.

— Mon père vous versera le tribut, répondit-elle, que vous ayez ou non un otage. C'est ce que je voulais dire, rien de plus : pour lui, une promesse est sacrée. Vous n'avez qu'à prendre l'anneau comme garantie.

Hélas, son père s'y opposa fermement.

— Cet anneau ne quittera plus jamais ma main à partir de maintenant. Seulement, je vous comprends, Lord Sigurd. Il est tout à fait normal que vous exigiez un otage.

Un vague sourire passa sur les lèvres de Sigurd.

— Vous voyez, Eilidith ? Votre père est d'accord avec moi.

— Et exigerez-vous d'autres otages ? répliqua-t-elle. Ou bien suis-je si particulière à vos yeux ?

— Cela dépendra des circonstances. Votre frère jure qu'il a agi seul et, bien sûr, il préférerait peut-être rester à votre place pour payer sa dette ?

Sous le regard dur de Sigurd, Malcolm baissa les yeux, n'osant pas répondre.

— J'ai besoin de ton frère, Liddy, murmura son père. Nous n'avons aucune chance de payer le tribut sans lui. Par contre, ta mère pourra très bien se passer de toi.

Malcolm lui prit la main, d'un air contrit.

— Je suis vraiment désolé, Liddy. Je ne pensais pas que... Je te promets de trouver un moyen de te libérer.

— Tout va bien, répondit-elle, ignorant la douleur qui lui brisait le cœur. Tu vas devoir prouver ta valeur, Malcolm. Arrange-toi pour faire une bonne récolte et je serai libre.

— Je sais...

En cet instant, Malcolm redevint son petit frère, abandonnant toute apparence de guerrier en herbe. Elle se souvenait encore de ce petit garçon au cœur tendre qui avait pleuré, le jour de son mariage, « parce qu'il ne verrait plus sa Liddy ».

Faisant de son mieux pour ne pas laisser ses émotions la submerger, elle s'écarta de son frère et se redressa.

— Ne vous inquiétez pas, père. Je me porte volontaire pour rester. Je suis certaine que vous paierez le tribut demandé.

— Oh ! ça, c'est ma Liddy, répondit son père avant de donner un coup de coude à Sigurd — geste un peu trop familier, peut-être. Quel courage, chez une femme, hein ?

Sigurd parut encore plus froid, plus sévère, et se contenta de dire :

— Allons-y, Eilidith.

— Je veux que Coll reste avec moi. Là où je vais, il va : c'est mon protecteur et mon réconfort.

Coll lâcha un petit aboiement enjoué avant de rejoindre Sigurd et de s'allonger à ses pieds, en adoration devant lui.

Sigurd eut un bref sourire avant de retrouver sa froideur.

— On dirait que votre chien approuve notre arrangement.

Le père de Liddy la regarda, puis regarda son *jaarl*, avant de se racler la gorge. Elle connaissait bien cette manie, et fut immédiatement sur la défensive. Il faisait toujours cela lorsqu'il vendait ses chevaux et se trouvait face à un acheteur crédule. Seulement, Sigurd n'était pas homme à se laisser manipuler. Elle aurait voulu empêcher son père de parler, de commettre une erreur, mais ne fut pas assez rapide.

— Bien sûr, je serais tout à fait disposé à vendre ma fille, reprit ce dernier en se frottant le menton. Elle pourrait servir de tribut, à la place de notre récolte.

Liddy, estomaquée, le dévisagea sans comprendre. Son propre père était-il vraiment prêt *à la vendre* ? À en faire une esclave ? Accepter d'être otage était déjà humiliant, mais jamais elle n'aurait pensé que sa propre famille puisse si facilement la réduire à la servitude.

— Père ! Vous n'avez pas le droit !

Loin de paraître bouleversé, ce dernier poussa un soupir exaspéré.

— Nous subirons de graves conséquences si le tribut n'est pas payé en intégralité.

— Mais vous *pouvez* encore le payer, répliqua-t-elle, désespérée.

— Liddy, écoute-moi : tu refuses le couvent et personne ne voudra plus de toi, maintenant que tu as passé du temps dans la maison de ce Nordique ! De toute manière, si cet homme ne veut pas de toi, je pourrais toujours te proposer au marché ouvert. Que faire d'autre ? À te voir, on dirait une morte vivante...

Liddy serra les poings, incapable de le prendre au sérieux. Depuis quand était-il aussi fou ? Sa captivité avait-elle à ce point affaibli son esprit ?

Elle avait refusé le couvent, certes, mais surtout parce que Brandon voulait l'envoyer quelque part où on l'aurait battue pour chasser le démon de son corps.

— Si vous essayez de plaisanter, laissez-moi vous dire que ce n'est pas amusant, père !

— Oh ! mais je suis on ne peut plus sérieux, ma fille. Payer le tribut est ma principale responsabilité. Il ne s'agit pas que de ton avenir, mais de celui de tout Cennell Fergusa. Pour un roi, le *cennell* doit passer devant sa propre famille ; un roi est responsable de ses gens.

— Et que dira ma mère ?

— Elle refusera peut-être de me parler pendant une semaine, répondit-il d'une voix tranquille, mais elle finira par comprendre. Elle sait que nous avons besoin de faire des sacrifices, de temps en temps.

— Je me suis portée volontaire pour être un otage, pas une esclave ! s'écria Liddy, à bout de patience. Un otage a quelques droits. Un esclave n'en a aucun.

— Vous m'offrez votre fille en paiement du tribut ? demanda Sigurd d'une voix glaciale.

— Oui, répondit sans la moindre hésitation le père de Liddy. J'aurais aussi pu la vendre au marché pour rassembler l'argent au cas où la récolte ne soit pas suffisante. Elle pourrait me rapporter gros — mon Eilidith vaut son poids en or et en argent... Elle est la meilleure maîtresse de maison que je connaisse. Franchement, comment pourrais-je regarder mes sujets dans les yeux si je perds mes terres à cause des actes irréfléchis de mes enfants ? Le devoir est plus important que la famille.

Une étincelle indéchiffrable traversa le regard de Sigurd, mais son visage retrouva bien vite son immobilité de statue.

— Je veux bien vous l'acheter... Si vous en demandez un prix raisonnable, dit-il.

Le père de Liddy se frotta les mains.

— Mon prix est le tribut de cette année, pas un sou de moins.

Les yeux du nouveau *jaarl* étaient d'un bleu froid, sans la moindre compassion.

— La moitié du tribut. Elle n'est pas la seule femme au monde, vous savez.

Son père fit non de la tête, sous les yeux de plus en plus incrédules de Liddy. Il était bel et bien prêt à la vendre, sans le moindre scrupule, comme si elle n'avait été qu'un veau ou une génisse de l'année. Si on le lui avait dit plus tôt, elle se serait offusquée, arguant qu'il était incapable d'une telle monstruosité. Mais voilà qu'il marchandait avec Sigurd, comme un vulgaire vendeur à la criée.

— Sans ma fille, vous seriez peut-être encore à l'extérieur des remparts et sans doute déjà mort. Quatre-vingts pour cent du tribut, je ne peux pas faire moins.

En cet instant, le temps parut cesser de s'écouler, et elle s'en moquait bien. Perdue, horrifiée, Liddy agrippa le collier de son chien pour ne pas s'écrouler. Coll lui lécha doucement la main.

— Les trois quarts. Et je prends aussi le chien, lança Sigurd. C'est ma dernière offre.

— Coll m'appartient ! s'écria encore Liddy, outrée. Il n'est pas à vendre !

Sans se soucier d'elle, Sigurd dévisageait toujours son père d'un air dur.

— Si Eilidith n'est qu'otage et si vous êtes finalement incapable de payer, je vous prendrai tout, Gilbreath mac Fergusa, anneau de Ketill ou non.

Le père de Liddy la regarda alors d'un air malheureux.

— Je dois accepter son offre, Liddy. Je suis obligé d'accepter son prix.

Puis, faisant de nouveau face à Sigurd :

— Monseigneur, vous possédez désormais ma fille unique et son chien. Le reste du tribut vous sera versé après la moisson.

Sigurd claqua des doigts et on lui apporta un morceau de corde qu'il noua et passa autour du cou de Liddy.

Voilà. C'était fait. Elle ne rentrerait jamais chez elle — elle n'avait plus de chez elle. En quelques mots, son père l'avait abandonnée. Non, pire que cela : il l'avait *vendue*.

Elle était l'esclave de Sigurd. Elle appartenait à un Nordique...

Chapitre 5

Sigurd fit de son mieux pour contrôler sa colère. Envers le père d'Eilidith. Et envers lui-même.

Au lieu de faire ses adieux à la femme qui lui avait permis de vaincre Thorbin, il en avait fait un otage, puis une esclave. Il ne savait même plus qui il méprisait le plus : le père de celle-ci pour l'avoir vendue, ou lui pour l'avoir achetée…

Toute sa vie, il s'était juré de ne pas marcher dans les pas de son propre père à ce sujet et pourtant, il n'avait pas eu le choix. De nouveau, il se rappela le serment qu'il avait fait au pied du bûcher funéraire de ses parents — tant qu'il ne serait pas devenu plus puissant que son père, il n'écouterait pas son cœur. Contrairement à sa mère, il savait à quel point l'amour pouvait faire souffrir.

— Liddy, je te laisse le temps de faire tes adieux, lança-t-il.

On ne vouvoyait pas une esclave.

Elle se retourna immédiatement vers lui, le jaugeant de ses yeux bleu-vert si profonds et, en cet instant, si durs.

— Devrais-je m'agenouiller et vous remercier de votre générosité ?

Trop énervé pour répondre, Sigurd jeta le bout de la corde à Hring, qui l'attrapa prestement.

— Quand elle aura fini de leur dire au revoir, amène-la dans la grande salle avec le chien.

— Dois-je lui couper les cheveux, Monseigneur ? demanda Hring d'une voix froide et peut-être un peu désapprobatrice.

Il serait bon de rappeler à cette lady qu'elle n'est plus qu'une esclave…

— Non. Eilidith gardera ses cheveux : je pourrais avoir envie de passer les doigts dedans.

Sur ce, Sigurd tourna les talons et s'éloigna, ignorant le cri horrifié de Liddy. De toute manière, elle apprendrait vite qui était son maître, ici.

Liddy eut besoin de longues minutes avant de retrouver son souffle. Sigurd l'avait achetée et il la désirait comme les hommes désiraient habituellement les femmes… C'était impensable !

Elle tenta de chasser le grondement qui lui bourdonnait aux oreilles. De toute évidence, il avait souffert d'un coup sur la tête pendant son combat : aucun homme ne pouvait la désirer de cette manière. Elle énuméra de nouveau dans sa tête ses nombreux défauts ; toutes ces choses qui la condamnaient à ne jamais rendre un homme heureux au lit. Brandon lui-même le lui avait confirmé après la naissance des jumeaux — et après leur mort. À l'époque, elle n'y avait pas réellement prêté attention. Au contraire, il lui faisait horreur à tel point qu'elle était soulagée qu'il ne veuille plus jamais la toucher.

Lorsque Hring commença à les entraîner vers le fort, Coll poussa un grognement menaçant. Le vieux guerrier lâcha la corde.

— Contrôle ton chien ! ordonna-t-il.

— J'ai le droit de faire mes adieux : Sigurd lui-même en a donné l'ordre.

Hring lui jeta un petit regard de pitié.

— Oui, tu as un peu de temps. Dis-leur au revoir puis viens me trouver. Je ne supporte pas les pleurnicheries.

Il s'éloigna de quelques pas dans un haussement d'épaules.

— Eh bien, Eilidith, on peut dire que tout se passe très bien, dit son père avec un sourire satisfait. Tu feras le bonheur de nombreuses personnes ! Peut-être que ta grand-mère avait raison, en fin de compte... Peut-être qu'un ange t'a bel et bien embrassée à la naissance.

Embrassée par un ange ? Bien sûr !

— Comment osez-vous me traiter de cette manière ? répliqua-t-elle. Après tout ce que j'ai fait pour vous ? C'est comme cela que vous récompensez votre fille de vous avoir sauvé la vie ? En la vendant comme un sac de grain ou un troupeau de moutons ?

— Plutôt comme une vache de prix, précisa son frère.

Liddy aurait voulu pouvoir le frapper, déchaîner toute sa rage et sa frustration contre lui.

— Tu ne perds rien pour attendre, Malcolm ! Je trouverai un moyen de me libérer et tu riras moins, faux frère !

— Essaie de te mettre à ma place, reprit leur père à mi-voix. Je dois me montrer pragmatique et m'occuper en priorité des besoins du *cennell*. Je sais aussi bien que toi dans quel état sont les champs. Un jour, tu comprendras...

— Attendez-vous un remerciement ? Jamais !

— Parfois, Dieu nous présente une solution. Celle-ci est une réponse à mes prières et je dois remercier les moines d'avoir découvert une issue à mon dilemme. C'est une histoire que j'ai entendue dans ma jeunesse qui m'a donné la solution ; ces Nordiques peuvent être étrangement sentimentaux, par moments.

Il s'interrompit un instant et la regarda de la tête aux pieds.

— Tu es enfin redevenue ma fougueuse petite Liddy, celle qui s'est battue bec et ongles pour sauver ses enfants.

— Un combat que j'ai perdu, lui rappela-t-elle en cachant instinctivement sa marque.

— Ton époux a tout fait pour étouffer cette flamme en toi et, à une époque, j'ai eu peur qu'il réussisse. Une fille plus morte que vivante ne m'aurait pas été d'une grande utilité. Mais une fille capable de sauver le *cennell* ? Oui, *cela*, c'est une fille dont on peut être fier ! Et tu vas nous sauver, Liddy, je le sais à présent. Ta marque est une bénédiction, pas une malédiction.

— J'étais d'accord pour être otage, pas esclave, murmura-t-elle. Est-ce le temps passé dans les geôles de Thorbin qui a altéré votre jugement ? Si être vendue comme esclave par mon propre père n'est pas une malédiction, alors je ne vois pas ce qui le serait !

Son père poussa un profond soupir, comme s'il tentait désespérément d'expliquer quelque chose à une enfant bornée.

— Le montant du tribut que Thorbin a exigé est bien trop élevé ; nous aurions dû donner toutes nos récoltes. Grâce à toi, nous avons une nouvelle chance et tu peux nous aider. Parle à Sigurd. Attendris-le. Persuade-le de se montrer plus généreux avec nous.

— C'est absurde ! Nous avons de l'or, non ? Le trésor que vous avez enterré quand les Nordiques sont venus pour la première fois... Pourquoi ne pas l'utiliser ?

Son père lui prit les mains et se pencha pour répondre, sur un ton de confidence.

— J'ai envoyé notre or à Kells, pour que les moines prient pour nous. Nos âmes immortelles étaient en danger, Liddy. Ne t'en fais pas, j'enverrai aussi le collier : tu auras besoin de toute l'aide possible, mais je sais que tu peux le faire.

Liddy le dévisagea, ébahie. Avait-il à ce point perdu l'esprit ? Quand elle était enfant, elle l'avait vu diriger son petit royaume avec sagesse, mais à présent, elle se posait des questions... Quelle sorte d'homme vendait sa fille après avoir donné tout son or à l'Eglise ?

— Vous auriez dû me parler, avant de prendre ce genre de décision. Nous ne pouvions pas nous permettre de perdre tout cet argent, père ! Le collier à lui seul pourrait payer le plus gros du tribut que vous aurez à verser, à la fin de la saison.

— Je fais ce qu'il y a de mieux pour tout le monde, Liddy. Aucun d'entre nous n'a eu le choix. Un jour, tu comprendras. Ta mère, elle, comprend déjà, j'en suis sûr.

— Ah bon ? Elle comprendra que vous ayez vendu votre fille unique ?

— Ta mère comprend que mes responsabilités vont au-delà de ma famille, répondit son père en lui tapotant doucement le bras. On t'offre une possibilité, aujourd'hui, utilise-la. Au moins, cet homme a l'air d'aimer ton chien. Brandon, lui, n'en a jamais fait autant.

À court d'arguments, désemparée, Liddy acquiesça, retenant ses larmes au mieux. Dire qu'elle avait été prête à tout pour épargner le cruel destin d'esclave à son père, alors qu'en retour il l'avait vendue sans le moindre scrupule !

— Calme-toi avant d'exploser, Liddy, reprit son père en posant les mains sur ses épaules. Nous avons peu de temps et nous devons parler.

Liddy s'écarta brutalement de lui.

— Vous m'avez vendue ! Vous étiez même prêt à m'envoyer au marché aux esclaves. Nous n'avons plus rien à nous dire !

— Liddy, je t'en prie, cesse de tout dramatiser, intervint Malcolm. Tu trouveras une solution. Tu en trouves toujours une.

Liddy recula de quelques pas. Son père et son frère semblaient ravis de la tournure qu'avaient prise les événements. Ils ne se souciaient absolument pas d'elle ou de son avenir. Elle avait risqué sa vie pour eux, et c'était ainsi qu'ils la remerciaient…

— Vous devriez avoir honte, dit-elle froidement.

Malcolm marmonna quelques excuses à peine audibles. À côté de lui, leur père continuait à sourire tranquillement, comme s'il venait de lui faire un cadeau extraordinaire. Derrière eux, elle vit Hring s'approcher. Elle n'avait plus le temps.

— Dis à notre mère que je l'aime, Malcolm, dit-elle à mi-voix.

— Garde la foi, Liddy, lui murmura son frère. Si je trouve un moyen de te libérer, je te le ferai savoir.

— Tu en as déjà assez fait ! répliqua-t-elle. Maintenant, partez avant qu'ils referment la porte.

Tous deux tournèrent les talons et se dirigèrent vers l'entrée du fort sans un mot de plus, sans un regard en arrière. Liddy, elle, resta où elle était. Si Hring voulait la conduire à l'intérieur, il pouvait toujours venir la chercher !

Coll leva les yeux vers elle et elle lui caressa doucement les oreilles, l'esprit ailleurs.

— Je les ai peut-être libérés, mais je me suis moi-même

mis les fers, murmura-t-elle, le cœur serré. Je suis une esclave, à présent, mais je suis née libre et je mourrai libre.

Sigurd s'arrêta quelques instants dans sa fouille frénétique de la chambre sale et en désordre de Thorbin. Il avait d'ailleurs été surpris de voir que son demi-frère, autrefois si soigneux et méticuleux, était tombé si bas.

Hélas, il avait beau examiner chacun des effets entassés là, l'or restait introuvable. Thorbin avait-il vraiment pu se ruiner à ce point ? Non, impossible. Il avait certainement caché son trésor quelque part. Une fois que Beyla et l'enfant seraient arrivés, Sigurd aurait sa réponse : Beyla n'avait jamais pu résister à l'appel de l'or.

Il se passa nerveusement la main dans les cheveux. Beyla Olafdottar était bien la dernière personne qu'il voulait voir. Autrefois, il l'avait aimée à tel point qu'il lui avait juré une dévotion éternelle, mais elle l'avait abandonné pour son demi-frère. Elle avait préféré le confort et la sécurité à leur passion. Ce drame avait au moins appris une importante leçon à Sigurd : en dépit de ce que sa mère lui répétait, l'amour n'était pas plus fort que tout.

Bien sûr, Ketill serait certainement contrarié de ne pas pouvoir se venger de Thorbin en personne ; cependant, quand Sigurd aurait trouvé l'or de son prédécesseur et verrait sa place de *jaarl* confirmée, cette colère finirait par s'évanouir. Enfin, il pourrait faire un pas de plus vers le cercle d'intimes de Ketill. Enfin, il ne serait plus Sigurd le Charognard.

Ce trésor était forcément quelque part ! L'île devait être productive : c'était une véritable mine d'or en miniature. Tout le commerce des marchandises entre Irlande et Kintyre traversait ces terres, car les bateaux ne pouvaient pas affronter les courants capricieux près de l'île de Jura. Le petit maelström qui régnait dans ces eaux avait causé bien des naufrages…

Hélas, pays riche ou non, cela ne réglait pas le problème de Sigurd. Son demi-frère avait sans doute dépensé une partie de son argent en boisson et au jeu. Mais le reste ? L'histoire de Gorm, qui prétendait que Thorbin avait payé Ivar le Désossé, sonnait faux. Pourquoi troquer volontairement un maître pour un autre, encore plus avide ? Thorbin avait peut-être eu de nombreux torts, mais il connaissait au moins la valeur d'un bon souverain.

Pensif, Sigurd passa la main sur le couvercle d'acier d'un grand coffre avant d'en reconnaître les runes — et de sentir sa gorge se nouer. Ce coffre avait appartenu à sa grand-mère paternelle. Sa mère lui avait souvent expliqué le sens des gravures du couvercle.

— C'est peut-être là-dedans ? murmura-t-il pour lui-même.

Guidé par son nouvel espoir, il souleva le couvercle, mais le coffre était vide — à l'exception de quelques capes luxueuses et d'une tunique brodée d'or. Sa mère avait été contrainte de travailler à un vêtement semblable avant sa mort.

Chassant ce pénible souvenir, il referma le coffre d'un mouvement sec. Il ne voulait pas se souvenir de sa mère comme d'une esclave — et surtout pas maintenant.

Surtout pas aujourd'hui, alors qu'il avait fait la seule chose qu'il avait promis de ne jamais faire : réduire une femme en esclavage, et pas n'importe quelle femme... Une femme envers qui il avait une dette importante. Sa mère aurait honte de lui.

« Fais ce que tu veux de ta vie, mais rends-nous fiers, ton père et moi. »

Son père n'avait eu d'intérêt que pour le pouvoir, toute sa vie durant ; et sa mère avait cru en l'amour, sans la moindre hésitation.

Cependant, ce n'était pas pour tout cela qu'il avait acheté Liddy. Son cœur restait de marbre. Il n'avait pas eu le choix, c'était tout. Il ne pouvait ni laisser Gilbreath mac Fergusa enfreindre la loi ni le laisser vendre sa fille à quelqu'un d'autre. De nouveau, un flot de colère l'envahit.

Une petite voix ne cessait de lui demander si c'était aussi pour cela que son propre père avait acheté sa mère. Non ! songea-t-il en serrant les poings. Il n'était *pas* son père, et jamais il

ne prendrait une femme par la force. Liddy aurait le choix…
Et c'était à lui de s'assurer qu'elle prendrait la bonne décision.

— Vous êtes là, lança Liddy.

Elle se tenait dans l'embrasure de la porte, Coll à son côté. La corde marquait déjà son cou. Elle avait les dents serrées et les joues rouges. Ses cheveux flamboyants s'étaient échappés de sa coiffe et venaient lui encadrer le visage, mais toute chaleur et toute vitalité s'étaient évanouies.

Sigurd tenta en vain de retrouver en elle la femme qu'il avait serrée dans ses bras dans la cabane, avant le combat ; la femme qui l'avait embrassé avec une telle passion.

— Tu n'as pas attendu que je t'adresse la parole, remarqua-t-il simplement.

Elle rougit de plus belle.

— J'étais censée attendre ?

— La plupart des esclaves le font.

Sa robe soulignait les douces courbes de son corps. Elle avait tout de l'orgueilleuse fille de roi qu'elle était. Il eut soudain l'impression d'entendre la voix de sa mère lui demander s'il savait ce qu'il faisait, ou ce dans quoi il s'engageait.

— Vous avez ordonné qu'on m'amène ici, dit-elle avec un air de défi. J'ai fait mes adieux. Mon père et mon frère sont repartis sur leurs terres — je n'étais pour eux qu'un bagage inutile et ils étaient ravis de se débarrasser de moi.

Sigurd lui retira doucement la corde qui lui avait meurtri le cou. Une marque rouge cruelle resta imprimée dans sa chair, rappelant à Sigurd ce qu'il venait de faire — il avait laissé sa colère contrôler la situation.

Mais peut-être Liddy avait-elle résisté ?

— Hring a-t-il dû te traîner jusqu'ici ? demanda-t-il, prêt à assommer cette brute de guerrier.

Elle eut un petit hoquet méprisant.

— Pourquoi ? Est-ce comme cela que vous traitez vos esclaves, d'habitude ? Vous les traînez derrière vous comme des animaux ? Rassurez-vous, je saurai m'en souvenir pour la prochaine fois. J'ai simplement marché au côté de Hring, cela paraissait plus simple pour nous deux.

Sigurd se maudit tout bas. Il s'y prenait si mal ! Un peu gêné, il se passa la main dans les cheveux et tenta une nouvelle approche :

— Ta peau doit rester intacte.

— C'est bon à savoir, répliqua-t-elle, plus cynique que jamais. Vous êtes prêt à réduire en esclavage la femme qui vous a aidé, mais vous ne voulez pas que sa peau soit abîmée. Un jour, j'espère que vous m'expliquerez votre raisonnement.

— Parce que je te dois une explication ?

Elle le jaugea un instant.

— Cela dépend du genre d'homme que vous êtes…

Sigurd accusa le coup. Cette remarque lui fit plus mal qu'il ne l'aurait cru.

Après tout, il avait fait ce qu'il fallait et il l'avait fait pour elle, pour la protéger, pour empêcher son père de la vendre à un autre homme. Mais à quoi bon se justifier, tant qu'elle resterait de si mauvaise humeur ?

— Tu es là pour mon bon plaisir ; et c'est moi qui décide de garder tes cheveux longs et ta peau intacte. Je pourrai toujours changer d'avis, un jour.

Sachant certainement ce qu'il attendait d'elle, elle lui tendit les mains. Ses poignets nus étaient si fins, si vulnérables… Mais elle gardait la tête haute, d'un air de défi, en dépit du tremblement qui lui agitait le menton et faisait danser sa tache de naissance comme un papillon fragile.

— Mon père et mon frère sont partis, dit-elle. Quand nous nous sommes rencontrés, vous m'aviez promis la liberté.

— J'ai promis de libérer ton père et ton frère. Nous n'avons jamais rien négocié à ton sujet.

Il prit alors d'épais bracelets d'or qu'il referma rapidement autour des poignets et des chevilles de Liddy — autant le faire avant de changer d'avis. L'or la marquait comme sa concubine officielle, la différenciant des esclaves ordinaires. Ainsi, aucun de ses hommes ne porterait la main sur elle.

Cependant, plutôt qu'un signe de protection, ces bracelets ne faisaient que mettre en évidence la pâleur de sa peau.

« Un jour, tu rencontreras une femme que tu aimeras et tu chercheras à la protéger à tout prix. » C'était ainsi que sa mère lui avait expliqué pourquoi elle portait ses bracelets d'or.

Il prit une profonde inspiration et affronta le regard d'horreur de Liddy.

— C'est pour que tout le monde sache que tu es mienne, dit-il. Je ne veux pas que tu sois maltraitée par qui que ce soit.

Liddy serra les poings. Comment s'habituer au poids humiliant des lourds bracelets à ses poignets et à ses chevilles ?

— Des chaînes restent des chaînes, répliqua-t-elle. Je croyais que nous étions amis…

— Tu as mis fin à notre amitié la première, lui rappela-t-il d'une voix douce, mais ferme.

— Si je l'ai fait, c'était parce que nous ne devions jamais nous revoir !

— Cette île est petite, tu sais, lui fit-il remarquer, les yeux brillants. Et puis, ton père était décidé à te vendre quoi qu'il arrive, je n'ai fait qu'accepter son offre. Si tu tiens vraiment à en vouloir à quelqu'un, c'est vers lui que tu devrais tourner ta colère.

Liddy baissa les yeux et laissa ses bras pendre, sans vie. Toute sa rage s'échappa d'elle comme un torrent qui s'écoule par la fissure d'un barrage.

Sigurd avait raison. Son père avait tout calculé et jamais elle ne pourrait le lui pardonner.

— Je sais qui est responsable de tout cela, vous n'avez pas besoin de me le rappeler.

— Bien. Dans ce cas…

— Ce que je ne comprends pas, c'est pourquoi vous voulez posséder une femme maudite, balbutia-t-elle, les larmes aux yeux.

— Maudite ?

— Ma tache de naissance.

Sigurd éclata de rire dans la chambre paisible, ce qui fit aboyer Coll.

— Qu'y a-t-il de si drôle ?

— Ce genre de malédiction ne me fait pas vraiment peur, dit-il, retrouvant soudain son sérieux. Si j'ai moi-même été frappé par le sort, je t'assure que cela remonte à plus loin, bien avant notre rencontre.

— Pourtant, je suis réellement maudite. Et je peux le prouver.

Elle prit une profonde inspiration, prête à tout lui avouer : le naufrage du bateau et la mort de Keita et Gilbreath. Hélas les mots refusèrent de franchir ses lèvres.

— Mon époux est mort et mon père m'a vendue comme esclave, dit-elle enfin.

Il caressa sa marque du bout des doigts.

— On ne dirait pas une malédiction bien grave, vu d'ici... Oublie tout cela. Quoi que tu aies pu faire par le passé, ta nouvelle vie commence aujourd'hui.

Liddy resta parfaitement immobile, incapable de bouger. Elle aurait voulu appuyer sa joue contre la paume de Sigurd. De nouveau, il la touchait de son plein gré, conscient pourtant qu'elle était porteuse d'une malédiction.

Mais si elle lui parlait de Keita et Gilbreath, de la culpabilité qui dévorait son âme, il s'écarterait immédiatement, horrifié. Et elle ne pouvait pas affronter cela ; pas aujourd'hui. Elle avait des responsabilités envers son *cennell* et devait s'assurer de la bonne volonté de Sigurd.

— Je n'oublierai pas ce que vous venez de me dire. Cependant, je resterai toujours de Cennell Fergusa...

— Est-ce ton *cennell* qui t'a déclarée maudite ?

— Je ne peux rien changer à cette réalité.

— As-tu essayé, au moins ?

Nerveuse, elle s'humecta les lèvres. Sans comprendre pourquoi, elle sentit son cœur s'alléger.

— Vous ne savez rien de moi. Rien du tout, répondit-elle néanmoins, ignorant cette émotion incontrôlable — et plutôt malvenue, vu les circonstances.

— Peut-être. Seulement, tu es à présent Eilidith, propriété de Sigurd. Tu n'es plus la même.

Le regard de ce dernier se fit plus intense et éveilla quelque chose au fond d'elle : la petite partie de son cœur qui voulait encore croire qu'il n'était pas comme les autres Nordiques.

— Je suis ton maître et mes ordres doivent être exécutés. Ainsi, tu ne parleras plus de malédiction. Tu m'as déjà porté chance, et cela continuera tant que je l'aurai décidé.

— Je garderai vos souhaits à l'esprit, murmura-t-elle, le regard baissé.

Elle se sentit soudain terriblement impuissante, comme si une lourde porte venait de se fermer devant elle. Plus rien ne serait pareil, à partir de cet instant. Elle n'appartenait plus à Cennell Fergusa. Elle appartenait à cet homme.

— Ma grand-mère aussi pensait que ma marque était un signe de bonne fortune...

Le cœur de Sigurd se serra. Il remarqua pour la première fois qu'elle évitait le lit du regard. Il avait tellement mal partout après son combat que pas un seul instant il n'aurait songé à lui faire l'amour !

De toute manière, il attendrait l'arrivée de ses draps, de ses fourrures et de ses tapisseries avant d'essayer de la séduire. Mais il y parviendrait, tôt ou tard. Il voulait goûter ses lèvres de nouveau.

— Que voulez-vous de moi ? demanda-t-elle soudain, le tirant de ses pensées.

Elle avait reculé de quelques pas et osait enfin regarder le lit.

— Ce qu'un homme veut d'une femme.

— Vraiment ?

Elle pâlit et le dévisagea d'un air incrédule.

— C'est... C'est impossible. Même mon époux... allait voir d'autres femmes... Quand j'ai... Est-ce comme cela que vous me remerciez de mon aide ?

Sigurd regretta sur-le-champ d'avoir cédé à ses désirs, d'avoir cherché à plaisanter avec elle.

Elle réagissait comme un animal pris au piège. Pourtant, elle avait déjà été mariée ; elle savait ce qui se passait entre un homme et une femme. Soudain, une pointe de jalousie vint le frapper. Son époux avait dû être bien aveugle et bien stupide, s'il avait pris des maîtresses. À moins qu'Eilidith n'ait pas aimé partager son lit et l'ait encouragé à la fuir...

— Je n'ai jamais forcé une femme, Liddy, et je n'ai absolument pas l'intention de commencer maintenant, dit-il dans l'espoir de la rassurer. Quand tu t'allongeras dans mon lit, ce sera parce que tu l'auras décidé.

Le visage d'Eilidith pâlit d'un seul coup, à l'exception du nuage de taches de rousseur qui lui ornait le nez et les pommettes.

— Pourquoi voudrais-je faire une chose pareille ?
— Tu le voudras. Je le sais.

Il l'examina quelques instants. Son époux avait-il été si brutal, si insensible ? Si Liddy insistait tellement sur sa malédiction, c'était certainement par peur...

Pourtant, quand elle oubliait cette peur, sa passion devenait aussi flamboyante que ses cheveux. Ce serait donc à lui de lui faire oublier ses craintes, son passé — et quel agréable défi ce serait !

— J'ai déjà goûté le parfum de tes lèvres... Et je suis un homme patient : je peux attendre que tu me cèdes. Les choses sont toujours plus douces comme cela.

Elle se mordilla la lèvre jusqu'à ce que sa bouche prenne le rouge gourmand d'une poignée de baies en plein été.

— Ce baiser, avant le combat... C'était une erreur. Une erreur *impulsive*, lâcha-t-elle d'une voix blanche.

Sigurd fit de son mieux pour paraître indifférent, mais son corps tout entier se mit à vibrer comme une harpe sous la main experte d'un musicien.

— Quel dommage : je l'ai bien apprécié.

De nouveau, elle recula de quelques pas.

— Mon cœur est enterré depuis longtemps, sur la colline où… où repose mon époux.

Sigurd soupira. Sa jalousie absurde se teinta de colère et il eut du mal à conserver un masque de détachement.

— Qui a parlé de ton cœur ? Je ne parle que de ton corps et du mien, répondit-il.

Sans lever un instant les yeux sur lui, elle murmura encore :

— J'essaie simplement d'être honnête. Mon époux…

Sigurd lui prit le menton pour l'obliger à le regarder dans les yeux.

— Tu peux te mentir autant que tu le souhaites, mais je t'interdis de me mentir *à moi*. Ton cœur ne m'intéresse absolument pas ; tu es libre d'aimer qui tu veux. L'amour, les émotions, tout cela ne me concerne pas. J'ai été guéri de ces folies il y a déjà bien des années. Beyla…

Liddy se détourna brusquement.

Elle avait commis une grave erreur : Sigurd ne connaissait ni pitié, ni tendresse, ni affection. Par bonheur, elle avait préféré utiliser Brandon comme excuse au lieu de lui parler de la mort de Keita et Gilbreath. Ses enfants ne seraient jamais une cause de moquerie ! Elle avait peut-être tout perdu, aujourd'hui, mais le cœur de ses enfants resterait sien.

— Merci d'être si honnête avec moi, conclut-elle froidement. Je ne ferai plus jamais cette erreur.

Coll poussa un grognement sourd.

— Tu sembles en colère, remarqua Sigurd d'un air tranquille — que seul démentait sa main fermée sur le collier du chien. Et ta colère rend Coll nerveux.

Liddy claqua des doigts et son compagnon à quatre pattes vint docilement s'asseoir à côté d'elle.

— Coll est mon chien. Je connais ses humeurs mieux que personne. Merci bien.

Sigurd se passa la main dans les cheveux, visiblement un peu déstabilisé.

— Plus je te connais, plus je me rends compte que tu es la créature la plus étonnante qui soit. Tu cherches toujours à avoir raison, mais crois-moi, tu as tort de me craindre.

— Je ne vous crains absolument pas !

— Je vois… Heureusement pour moi, j'ai d'autres choses à faire aujourd'hui que me disputer avec une esclave rebelle.

Cela dit, il quitta la chambre, sous le regard abasourdi de Liddy.

Elle baissa la tête vers Coll.

— Jamais je n'aurai le moindre sentiment pour cet homme.

Son chien lui répondit par un regard interrogateur et elle put presque l'entendre demander : « S'il t'est si indifférent, pourquoi te sens-tu si pleine de vie en sa présence, alors ? »

On ne tirait jamais rien de bon à se mettre un Nordique à dos. La famille de Liddy lui avait toujours répété cela, depuis son enfance.

Elle devait à tout prix apprendre à ravaler son orgueil. Cela ne pouvait pas être si difficile que ça, au fond… Elle frissonna en posant une nouvelle fois les yeux sur le lit. Elle aurait moins de mal à s'excuser auprès de lui loin de cette chambre qui vibrait de trop de tentations, trop de promesses…

Liddy retrouva Sigurd debout sur la berge du lac, les yeux perdus en direction de la silhouette mauve des Paps de Jura. Coll s'avança jusqu'à lui et donna quelques petits coups de patte à la jambe de son pantalon. Sigurd ramassa alors un bâton et le lança dans le lac. Ce traître de chien se précipita à sa poursuite dans un grand bruit d'éclaboussures.

Liddy s'approcha encore un peu et prit une profonde inspiration.

— Ma mère dit toujours qu'il vaut mieux crever un abcès avant qu'il s'infecte. Je suis navrée, je n'avais aucun droit de déverser ma colère sur vous… Mais comprenez, cela ne fait que quelques heures que je suis esclave…

Coll vint poser le bâton aux pieds de Sigurd, qui le ramassa.

— Tu as un don pour t'attirer des ennuis, répondit-il. C'est pour cela que tu as besoin de quelqu'un qui peut assurer ta sécurité. Tu as besoin que l'on te protège.

Liddy le dévisagea un instant, incrédule. Comment pouvait-il justifier son comportement ainsi ? En prétendant la protéger ? Un nouvel élan de colère frustrée l'envahit, mais elle le fit taire.

— Vous m'avez réduite en esclavage pour me protéger ? demanda-t-elle, dans un effort épuisant pour paraître calme.

À côté d'elle, Coll se crispa imperceptiblement.

— Il fallait bien que quelqu'un le fasse, répondit tranquillement Sigurd. Ta famille a l'air d'avoir échoué à cette tâche, jusqu'à présent. Liddy, ton père t'aurait vendue à n'importe qui !

Il lança une nouvelle fois le bâton. La forme mince de celui-ci flotta un instant devant les nuages avant de retomber à la surface du lac.

— Je sais comment agissent et pensent les Gaéliques. Mon grand-père aussi a vendu ma mère.

— Mon père n'est pas comme cela ! s'écria-t-elle, avant de fermer les yeux dans une courte prière silencieuse. En tout cas, je l'espère.

Coll rapporta sa proie et Sigurd lui lança de nouveau le bâton, plus loin cette fois. Elle le suivit des yeux jusqu'à ce qu'il tombe dans l'eau avec un petit *plop*.

— Tu t'es portée volontaire pour rester ici en tant qu'otage. Quelle est la différence ?

— Un otage a au moins l'espoir d'être libéré ! répliqua-t-elle, la gorge nouée. Un esclave… Un esclave n'a rien du tout. Espériez-vous sérieusement que j'accepte cette humiliation sans mot dire ? Que je l'apprécie ? Franchement, dans quel monde vivez-vous pour être aussi froid ?

Son gros chien revint une nouvelle fois avec le bâton coincé entre les dents. Arrivé devant Liddy, il se secoua avec vigueur pour chasser l'eau de ses poils avant de s'allonger, se couvrant les yeux de ses grosses pattes. Elle soupira, désemparée. De tous les hommes au monde, fallait-il vraiment que Coll ait un faible pour *celui-ci* ?

L'estomac noué, elle croisa les bras. Comment pouvait-elle

s'être à ce point trompée sur la nature masculine, encore une fois ? N'apprendrait-elle donc jamais rien de ses erreurs ?

Quand Brandon l'avait courtisée, elle avait été persuadée qu'il avait su voir au-delà de sa tache de naissance, qu'il avait vu la femme qu'elle était réellement… Puis, lors de leur nuit de noces, après lui avoir fait mal tant son étreinte avait été brutale et sans la moindre prévenance, il lui avait avoué qu'elle ne l'intéressait que pour le montant de sa dot et les terres qu'elle lui offrait.

— Pourquoi ? Vous me devez au moins la vérité. Vous auriez très bien pu obtenir votre tribut en me gardant simplement en otage, lança-t-elle, avant de couper net la réponse instinctive de Sigurd. Et ne me dites pas que c'était pour me sauver de mon père ! Vous ne le connaissez pas. Il prend ses devoirs envers son peuple très au sérieux.

Elle ne parvint pas à empêcher sa voix de trembler et pria pour que Sigurd ne l'ait pas remarqué.

Ce dernier lança de nouveau le bâton.

— Une esclave m'appartient. Un otage reste soumis au bon vouloir du *jaarl*, dit-il enfin.

— Mais vous êtes le *jaarl*, à présent !

Il se décida à se tourner vers elle, le regard dur.

— Qui sait ce que le futur nous réserve ? Ketill doit encore confirmer ma position, même si la plupart des guerriers qui vivent ici vont me soutenir, maintenant que Thorbin est mort.

Le cœur de Liddy manqua un battement. L'île pouvait-elle encore subir le règne d'un second Thorbin — ou pire ?

— Qu'est-ce qui pourrait vous assurer de conserver votre place ? demanda-t-elle à mi-voix.

Sigurd eut un petit rire amer.

— Thorbin a caché son tribut. Il avait promis de l'or à Ketill mais n'a pas versé un sou. Mon demi-frère s'est même montré particulièrement rusé : je n'ai pas encore trouvé sa cachette, et pourtant je le connaissais bien.

Liddy se laissa aller à admirer les sommets de Jura. Le soleil couchant illuminait à présent la silhouette des montagnes d'un éclat pourpre.

— Vous avez gagné le duel.

— Ketill voulait Thorbin vivant... pour une raison qui lui est propre. Il aurait pu revenir ici, un jour ou l'autre.

Ces paroles moroses résonnèrent un long moment en elle, comme un glas. Sigurd avait trahi les ordres qu'il avait reçus, et tout le monde savait que Ketill n'avait pas une nature très indulgente.

— Vous avez tué Thorbin après le combat et non pendant. Ketill va-t-il vouloir vous punir ?

Sigurd fronça les sourcils.

— J'avais mes raisons. Ketill me pardonnera quand il aura reçu son or. Je compte bien réaliser tous mes rêves et le pousser à me nommer officiellement *jaarl*.

— Oui, si vous trouvez l'or. Sinon...

Elle croisa de nouveau les bras. Restait-il une ombre de bonté en cet homme ? Elle aurait donné un royaume pour retrouver au fond des yeux de Sigurd ne serait-ce qu'un reflet de son sourire, pour revoir l'homme qui avait gentiment offert de la viande séchée à Coll, la veille. Hélas, le guerrier autoritaire et implacable qui lui faisait face était un étranger qui prenait plaisir à lui dire que l'horreur dont elle pensait avoir sauvé l'île pouvait encore s'abattre sur leurs têtes.

— Vous avez laissé mon père croire que vous étiez le *jaarl* incontesté, reprit-elle. Il ne m'aurait jamais vendue sans cela !

— Tu ne peux pas en être sûre. Mais ne t'en fais pas : le tribut que ton père doit encore verser sera directement remis à Ketill. Contrairement à mon frère, je ne triche pas.

— Mais...

— Je trouverai l'or, ajouta-t-il d'une voix ferme. Il est forcément ici et je ne suis pas arrivé aussi loin pour tout perdre maintenant.

Il posa une main sur le bras de Liddy et elle se surprit à ressentir une agréable chaleur naître sous sa peau. Comment pouvait-elle être aussi faible ?

Elle aurait tellement voulu pouvoir se jeter dans ses bras, sentir sa bouche contre la sienne une seconde fois.

— Mais si vous perdez tout, vous serez peut-être obligé de me vendre, murmura-t-elle, la gorge nouée.

Aucune bonne chose ne lui arrivait jamais, de toute manière. De nouveau, elle se répéta la longue liste de raisons énoncées par la maîtresse de Brandon pour lui faire comprendre que jamais son époux ne reviendrait dans son lit après leurs premières semaines de mariage, à commencer par sa tache de naissance et sa silhouette bien trop osseuse pour être désirable.

— Tu t'inquiètes bien trop d'un avenir qui ne se réalisera probablement jamais.

Sans lui laisser le temps de protester, il se pencha alors sur elle et l'embrassa. Ce baiser n'avait rien en commun avec celui qu'elle lui avait donné dans la cabane. Ce baiser était une confirmation de son statut d'esclave — mais pas uniquement... Il alluma un feu brûlant au fond de son corps et elle ne put s'empêcher de se presser contre lui, contre son torse si musclé.

L'espace d'un instant, elle fut incapable de toute pensée rationnelle. Par chance, bien vite, son esprit se rebella. Où donc était passée sa colère ? Où était passée la promesse qu'elle s'était faite de ne jamais réchauffer le lit de ce Nordique ? Elle avait encore moins de décence qu'Agnes, qui vivait sur les terres de son époux et écartait les jambes dès qu'un homme posait un regard un tant soit peu intéressé sur elle. Quelle honte...

Elle se débattit alors dans l'étreinte de fer de Sigurd et il la lâcha. Immédiatement.

Les yeux toujours posés sur elle, il eut un petit sourire amusé.

— Je veux une amante consentante, Liddy, et je suis prêt à attendre pour cela. C'est toi qui m'as demandé ce baiser, tu sais, pas l'inverse.

Elle effleura ses lèvres du bout des doigts, troublée.

— *Moi*, je l'ai demandé ? Comment cela ?

— Tes regards me suppliaient.

Encore frissonnante, elle se protégea comme elle le put des regards enflammés de Sigurd, croisant les bras sur sa poitrine soudain étrangement sensible.

— La prochaine fois, attendez que ma bouche le demande.

Il eut un petit rire et la dévisagea avec plus d'intensité que jamais.

— Tes lèvres ou ta voix ?

Elle eut soudain très envie de se pelotonner contre lui de nouveau, mais réprima ce désir brûlant du mieux qu'elle le put. Elle n'avait jamais ressenti cela avec Brandon, pas même quand il la courtisait. Son époux avait déserté son lit avant même la fin de leur nuit de noces... Après cela, comment pouvait-elle espérer retenir un homme comme Sigurd ? Et qu'arriverait-il, s'il découvrait son secret honteux, la raison de la mort de Keita et Gilbreath ?

Il valait sans doute mieux pour elle qu'elle étouffe ses rêves dans l'œuf plutôt que de les laisser la détruire.

— Ma *voix*, bien sûr, répondit-elle avec toute la dignité qu'elle put puiser en elle.

— Bien, lança-t-il avec un sourire enivrant. Puisque tu souhaites rendre les choses plus intéressantes, j'attendrai que tu ne puisses plus me résister... Que tu me supplies.

Le corps de Liddy criait son désir, son attirance pour lui, mais elle parvint par miracle à ne pas se trahir.

— Dans ce cas, vous risquez d'attendre longtemps...

Un nouveau sourire, plus furtif.

— Tu ne t'en doutes certainement pas, mais j'attends de toi autre chose que venir réchauffer mon lit une fois la nuit tombée. Cette attente me fera du bien — cependant, sois-en certaine, cela finira par arriver.

— Qu'attendez-vous de moi, si ce n'est cela ?

Elle ne put ignorer le soulagement soudain qui l'envahit : il parlait de désir, mais ce n'était qu'une plaisanterie, évidemment.

— J'ai besoin d'une personne de confiance pour tenir ma maison, Liddy, répondit-il avec un petit signe de tête en direction des nombreux bâtiments de la forteresse. Thorbin s'est peut-être contenté de vivre comme un porc, mais je refuse de tomber aussi bas que lui. J'ai donc besoin de quelqu'un pour me prévenir si quoi que ce soit d'anormal arrive ici.

Liddy en eut le souffle coupé. Pour la première fois depuis

le départ de Malcolm et de son père, elle entrevoyait un moyen de regagner sa liberté — et ce moyen ne la condamnerait pas à offrir son corps à cet homme.

— Si je suis la première à retrouver l'or de Thorbin, me libérerez-vous ?

Sigurd réfléchit un instant en silence, la jaugeant d'un air sévère. Un frisson désagréable s'empara d'elle. Était-elle allée trop loin ?

— Crains-tu que ta malédiction t'empêche de le trouver ? demanda-t-il, sans doute conscient de son malaise.

— Ce n'est pas ainsi que ma malédiction se manifeste.

Inutile de lui avouer qu'elle ne frappait que les personnes que Liddy aimait. De toute manière, elle n'aurait jamais le moindre sentiment pour lui.

— Je pensais simplement que vous allez avoir besoin d'aide pour trouver ce trésor.

Elle attendit sa réponse, le cœur battant, tambourinant à ses oreilles.

— Si tu trouves l'or et si tu me l'apportes, je te libérerai, dit-il enfin avant de froncer les sourcils. Mais ta priorité restera la tenue de ma maison, pas ta chasse au trésor. Et j'attends de toi une indéfectible loyauté. Jusqu'à ta libération, n'oublie pas que tu m'appartiens.

— La loyauté devrait être gagnée, pas achetée, répliqua-t-elle.
— Évidemment.

Liddy prit alors une profonde inspiration.

— Néanmoins, j'accepte ces conditions et je resterai discrète. De toute manière, je n'ai aucune envie que quelqu'un d'autre découvre l'or à ma place.

Le regard de Sigurd s'illumina soudain d'une étincelle mutine.

— Allons-nous sceller notre pacte par un baiser ?

Liddy fit non de la tête sans laisser le temps à la tentation de la pousser à céder et tendit la main.

— Une poignée de main suffira.

Sigurd pencha un peu la tête sur le côté, de cet air de garçon espiègle qui semblait lui être familier.

— C'est étrange, je ne te croyais pas si peu courageuse.

Liddy humecta ses lèvres soudain brûlantes.

— Je vous l'ai déjà dit : rien ne se passera entre nous. Je ne suis pas intéressée par ces choses-là.

Sigurd prit un air surpris.

— Tu mens très mal, tu sais.

— Je ne mens pas !

— Prouve-le-moi : scellons notre marché par un baiser.

Ses lèvres... Si jamais ils s'embrassaient de nouveau, il saurait à quel point elle avait envie de partager son lit, et cela lui donnerait bien trop de pouvoir sur elle. Elle devait à tout prix retrouver l'or avant qu'il découvre à quel point elle était une déception dans le domaine du sexe.

— Vous ne me piégerez pas si facilement.

Il se pencha alors sur elle et effleura sa bouche trop sensible du bout des doigts.

— Parfait... L'attente rend toute chose meilleure.

Chapitre 6

Le lendemain matin, Sigurd examina avec attention le tapis de paille et de foin qui recouvrait le sol de l'écurie. Au moins, ce bâtiment était bien entretenu — contrairement au taudis dans lequel il était censé s'installer.

Il avait pris soin d'éviter sa chambre, pendant la nuit, de peur de ne pas être capable de se contrôler en présence de Liddy. Au lieu de dormir, il avait donc exploré le fort à la lumière d'une torche pour essayer de trouver la cachette de Thorbin, avant de tomber de sommeil, épuisé.

Toutes les excuses étaient bonnes pour chasser Liddy de ses pensées. Il lui avait dit la stricte vérité : il n'était pas du genre à forcer les femmes. Hélas, un seul baiser avait suffi à lui faire perdre tous ses moyens. Comment résister à cette femme, quand le simple goût de ses lèvres éveillait en lui un désir irrépressible ?

Agacé par sa propre faiblesse, il donna un grand coup de pied dans une mangeoire. Dire qu'on le célébrait pour sa maîtrise de lui-même ! Il fallait à tout prix qu'il réussisse à penser à autre chose qu'à la délicieuse courbe du cou de Liddy, ou à son habitude de se mordiller la lèvre quand elle était mal à l'aise. Il la désirait ; certes, mais il n'avait pas besoin d'elle. Plus maintenant. C'était une leçon qu'il avait déjà apprise, de longues années auparavant.

— Allons, mon frère, où as-tu caché cet or ? marmonna-t-il dans le silence de l'écurie. Jusqu'où allait ta traîtrise ?

— Sais-tu au moins ce que tu fais ? Ou bien es-tu comme

ton demi-frère : bien décidé à tenir tout le monde à l'écart ? lança soudain Hring depuis le seuil.

— La forteresse a-t-elle été sécurisée ? répondit Sigurd, ignorant les questions du vieux guerrier. Qu'en est-il des hommes qui avaient suivi Thorbin ? Ont-ils accepté que leurs biens soient fouillés ? Je crains que nous n'ayons des ennuis.

Pourquoi Hring s'inquiétait-il tant de le voir examiner les écuries lui-même ? Il avait laissé des ordres, après tout.

Hring se frappa le front du plat de la main.

— Est-ce que tu me prends pour un idiot ? lança-t-il. Il m'a suffi de prononcer ton nom pour faire taire toutes les protestations. De toute manière, aucun de ces hommes ne sait quoi que ce soit, j'en suis certain : Thorbin ne faisait confiance à personne. Il était capable de mettre à mort quiconque le contredisait et voyait tous ses sujets comme des traîtres en puissance. Deux de ses hommes ont été pendus, la semaine dernière, et leurs corps ont été abandonnés aux corbeaux. C'est pourquoi je te le demande : est-ce que tu as l'intention de suivre le même chemin ?

Sigurd prit une profonde inspiration. Hring avait raison sur un point : il ne pouvait pas devenir comme Thorbin. Il ne voulait pas lui ressembler. C'était hors de question.

— Et où est sa maîtresse ? As-tu découvert sa cachette ? demanda-t-il en redressant la mangeoire.

— La dernière en date a disparu il y a environ trois mois. Thorbin n'a pas pris d'autre concubine depuis, répondit Hring dans un soupir fatigué. J'ai interrogé tout le monde et, à chaque fois, on m'a raconté la même histoire. Pourtant, Thorbin n'était pas homme à se refuser le moindre plaisir…

Sigurd réfléchit quelques instants. Cette femme avait disparu à peu près au moment de l'arrivée du tonneau chez Ketill… Thorbin n'avait rien d'un idiot ; il devait se douter que le temps lui était compté après avoir tué le messager.

— Trouve cette femme. Trouve le tribut manquant.

L'air confus, Hring secoua désespérément la tête.

— Je veux bien, mais où est-elle partie ? Personne ne le sait !

— Es-tu certain qu'elle a disparu et qu'elle n'a pas été sacrifiée, comme les autres ?

— Peut-être que ton demi-frère avait d'autres soucis en tête. Peut-être que cette femme savait qu'elle finirait comme les autres, un jour ou l'autre, et a saisi la première occasion pour fuir, reprit Hring. Pendre toutes ces femmes… Ce n'était pas une chose à faire.

— Les morts ne répètent jamais le moindre secret.

Pensif, Sigurd examina rapidement l'écurie. Thorbin avait dû comprendre qu'il serait contraint de quitter l'île, tôt ou tard. Où avait-il donc bien pu cacher son or ? Il avait dû choisir un lieu facile d'accès, où Beyla regarderait à coup sûr si quoi que ce soit lui arrivait.

— Il nous reste un endroit à fouiller…

Hring recula d'un pas, l'air horrifié.

— Tu ne crains peut-être pas cet endroit, mais nous, oui ! s'écria-t-il.

— Dans ce cas, je creuserai moi-même.

— Les prêtres ne te donneront pas leur accord, sois-en sûr.

Sigurd se planta devant Hring, agacé de voir ses décisions sans cesse discutées.

— Comme si je me souciais des prêtres.

— J'oubliais que tu ne respectes plus nos dieux, murmura Hring l'air mal à l'aise. Seulement, n'oublie pas que d'autres pourraient se sentir offensés. Nous avons besoin de ces hommes et de leur coopération ! Et franchement, tu ne me sembles pas en état de prendre part à un autre duel pour le moment.

— Dans ce cas, très bien : j'en parlerai aux prêtres avant de creuser.

— Tu ne trouveras rien, là-bas !

À bout de patience, Sigurd répliqua :

— Et où a-t-il caché l'or, à ton avis ?

Sans se laisser intimider, Hring haussa les épaules.

— Peut-être qu'il a dit la vérité ; peut-être que ce sont les locaux qui n'ont pas payé leur tribut. En tout cas, je n'ai rien trouvé… Tu sais, Sigurd, je pense que tu as eu tort de le tuer avant qu'il ait avoué l'emplacement de sa cachette. En plus, tu ne lui as posé aucune question au sujet de cette alliance avec Ivar le Désossé dont tous ses hommes parlent.

— Thorbin a renvoyé le corps d'un des nôtres dans un tonneau ! De quelle autre preuve de sa traîtrise as-tu donc besoin ? Jamais il n'aurait pu tenir seul cette île contre Ketill.

— Mais Ivar le Désossé, alors ?

— Thorbin a sans doute cru pouvoir les dresser l'un contre l'autre pour bâtir son propre empire sur les décombres. Mon frère a toujours été comme cela. Diviser pour mieux régner, telle était sa devise. Je veux que tu fasses doubler les patrouilles. Si jamais Ivar décide d'agir pour venger Thorbin, nous devons être prêts.

Hring ne répondit pas et resta là, sans bouger, le regard animé d'une étrange flamme.

— Qu'y a-t-il ? demanda Sigurd.

— Tu ne gardes jamais tes femmes bien longtemps, tout le monde le sait ; et tu as déjà eu Eilidith pendant une nuit entière, lança Hring d'une voix ferme. Quand tu en auras fini avec elle, vends-la-moi — ne la propose pas à qui que ce soit d'autre. Je t'ai aidé à prendre cette forteresse et je te demande cela comme récompense.

Sigurd, surpris, dévisagea un instant le vieux guerrier, envahi par une jalousie soudaine.

Que voulait-il donc faire avec Liddy ? Après tout, il savait peu de chose de la vie privée de son second. Tout ce dont il se souvenait, c'était qu'il avait une épouse et une fille, dans le Nord.

— Vraiment ? Et que dira ta famille de cela ?

— Ma fille, Ragnhild, s'occupe de mes terres et elle ne remet jamais mon autorité en cause — pas concernant les esclaves, en tout cas, répondit tranquillement Hring en frappant du poing la paume de sa main. Elle sait ce que lui coûterait une rébellion…

Sigurd acquiesça ; mais son amère jalousie ne s'effaça pas pour autant. Pourquoi ses hommes pensaient-ils qu'il en avait fini avec Liddy ? Il dut réprimer une soudaine envie de frapper Hring au visage.

— Pourquoi la veux-tu ? Que peut-elle donc t'apporter ?

Hring, stoïque, lui fit face sans frémir.

— Nous avons une dette envers elle. C'est elle qui nous a permis de prendre le fort et elle mérite mieux qu'une vie de servitude. Gorm m'a dit que tu as fait demander la femme de Thorbin. Tout le monde sait qu'elle a été ton amante autrefois. As-tu vraiment l'intention d'obliger la femme qui nous a aidés à servir une catin comme Beyla ?

— Méfie-toi, Hring : tu t'oublies !

Cependant, ignorant la colère de Sigurd, le vieux guerrier poursuivit :

— Quelqu'un devait te le dire en face ; sans cela, tu risques de finir comme Thorbin.

— Tu veux dire que tu as l'intention de la libérer ?

Sigurd comprenait enfin où son second voulait en venir…

— Tu penses sans doute que je n'aurais jamais dû en faire une esclave, qu'elle devrait retourner auprès d'un père qui l'a vendue et d'un frère si faible qu'il a laissé une femme prendre sa place comme otage.

— Sans son aide, notre attaque aurait été bien plus sanglante. Tu as une dette envers elle et un véritable guerrier paie toujours ses dettes !

— Dis-moi, Hring, est-ce toi qui diriges ce *felag*, à présent ? répliqua Sigurd, ravalant sa rage. J'ai mes raisons. Je sais très bien ce qu'a fait Eilidith et elle en sera récompensée, en temps et en heure. Tu n'as qu'à répéter cela à tout le monde. J'ai payé très cher pour elle, permettant à sa famille de conserver ses terres. J'ai donc tenu ma promesse et je ne permets à personne de me croire faible.

Finalement, Hring recula de quelques pas.

— Tu es bien susceptible, aujourd'hui…

— Ne remets plus *jamais* en cause mon autorité. Et j'attends de toi que le rapport que tu feras à Ketill s'en tienne aux faits et rien d'autre.

Hring acquiesça, l'air néanmoins peu convaincu.

— As-tu l'intention de coucher avec elle ? De toute évidence, tu ne l'as pas encore fait — sinon, tu serais moins sensible sur ce sujet… As-tu vraiment passé ta nuit ici, à chercher, au lieu de fêter ta victoire ?

— Cela ne te regarde absolument pas : c'est une question intime entre la demoiselle et moi.

À ces mots, Hring eut un grand sourire soulagé.

— C'est bon de voir que tu es toujours humain, *Lord* Sigurd. J'avoue que je me suis posé des questions, par moments — et je ne suis pas le seul, crois-moi.

Liddy examina la grande salle de banquet d'un œil exercé, dans la lumière matinale qui s'écoulait par la porte ouverte. Peut-être qu'en se concentrant sur son devoir elle parviendrait à oublier son désespoir et le souvenir de la maîtresse de Brandon se moquant d'elle au lendemain de sa nuit de noces. Baissant la tête, elle traversa la salle. Les joncs qui recouvraient le sol n'avaient pas dû être changés depuis longtemps et les tapisseries qui habillaient les murs étaient mangées par les mites. La salle ne semblait pas abriter la moindre cachette, hélas…

Peut-être était-ce pour cela que Sigurd avait si facilement accepté sa demande. Il devait savoir qu'elle n'avait aucune chance de trouver le trésor.

— Que fais-tu là ? demanda soudain une servante d'une voix revêche.

— Je suis la nouvelle… gouvernante de votre seigneur, répondit Liddy, répugnant à prononcer le mot « esclave ». Il m'a chargée de m'occuper du nettoyage de cet endroit.

Les quelques femmes présentes se rassemblèrent, l'air méprisant. L'une d'entre elles la regarda longuement de la tête aux pieds avant d'ajuster son ample poitrine dans son corsage.

— Toi ? Je sais bien ce que faisait la dernière « gouvernante », et elle ne s'occupait pas de nettoyage !

— Tu n'as pas l'air d'avoir grand-chose à offrir à un homme, remarqua une autre femme, jaugeant Liddy à son tour.

Instinctivement, Liddy plaqua une main sur sa tache de

naissance et baissa les yeux sur les joncs sales à ses pieds. Si jamais elle avait eu besoin qu'on lui confirme son manque de charme, elle était servie. Même de parfaites inconnues se permettaient de le lui rappeler...

— Il ira chercher son bonheur ailleurs, c'est certain ! lança une troisième femme.

— Qu'elle le garde, au contraire. Nous savons toutes ce qui arrive quand un *jaarl* emmène une femme dans son lit. Pauvre petite chose...

— Qu'arrive-t-il ? demanda Liddy, surprise au point d'oublier un instant de cacher son menton.

— Elle finit morte ! lança la première servante. C'est une place maudite. Peu importent les châles brodés d'or ou les belles robes quand on finit pendue à un arbre, à pourrir au soleil.

Liddy réprima un frisson.

— Et qui était la maîtresse de Thorbin ? Celle qui a réchauffé son lit ?

La servante qui l'avait interpellée pâlit à l'instant.

— Shona a disparu il y a trois mois, répondit-elle, juste après l'arrivée du Nordique qui venait réclamer le tribut. C'était elle qui était chargée de lui faire boire le poison mais elle a tout renversé sur lui.

— Elle a... disparu ?

— On raconte qu'elle s'est enfuie. Le *jaarl* a ordonné une grande battue pour la retrouver, mais personne ne l'a plus revue, expliqua la femme à la poitrine imposante.

— Moi, je pense qu'elle est toujours vivante, cachée quelque part en attendant qu'il revienne, reprit la première servante.

— En tout cas, personne n'a rapporté son corps. Elle aurait fait n'importe quoi pour lui, quand il lui a donné ce châle tissé de fils d'or. Elle répétait à qui voulait l'entendre qu'il allait l'épouser.

Soudain, toutes les femmes se mirent à parler en même temps, partageant leurs théories. Au bout de quelques minutes, Coll aboya et la salle fut plongée dans un silence de mort. Toutes les servantes examinèrent le chien, l'air effrayé.

— Vous pouvez choisir de m'aider ou non, mais ce n'est pas en racontant des histoires que l'on va nettoyer cette maison, conclut Liddy avec fermeté, tout en se promettant de découvrir ce qui était arrivé à cette Shona.

Après tout, cette femme avait été la maîtresse de Thorbin. Elle savait peut-être où était l'or... Et, quand Liddy aurait trouvé l'argent du tribut, elle serait libre, elle pourrait enfin vivre dans l'honneur pour le restant de ses jours.

Sigurd avait sans doute eu raison, finalement. À présent qu'elle n'appartenait plus à Cennell Fergusa, sa malédiction semblait peu à peu perdre de son pouvoir.

Les servantes échangèrent quelques regards curieux et s'entretinrent à voix basse. Les bras croisés, Liddy attendit leur réponse.

— Comment se fait-il que tu travailles ici, maintenant ? demanda l'une d'entre elles, au bout de quelques instants. Je croyais que Lord Sigurd se battait pour toi et ta famille. Es-tu un otage ?

— Mon père m'a vendue pour payer son tribut de cette année, répondit Liddy en retroussant ses manches pour dévoiler ses bracelets. Je porte les chaînes d'or de Sigurd Sigmundson.

En un instant, l'atmosphère changea et l'une des femmes la dévisagea d'un air abasourdi.

— Je n'ai encore jamais vu de bracelets d'or sur une esclave.

— En or ou non, cela reste des chaînes, répliqua Liddy.

— Ce n'est pas normal, murmura une autre femme. Tu as permis la libération de tous les prisonniers de Thorbin le Bourreau !

Toutes les autres acquiescèrent.

— Ce qui est fait est fait. Allez-vous m'aider ? Cette salle doit être nettoyée avant le banquet de ce soir. Cet endroit pue la sueur et la bière éventée. Les hommes risquent de se montrer moins indulgents qu'hier.

— Les hommes ne se rendront compte de rien quand ils auront un corps chaud dans les bras...

— Ce n'est hélas pas une option pour moi, répliqua Liddy en indiquant sa marque. Je connais mes limites.

L'une des femmes lui adressa un sourire compatissant.

— Tu sais, on la remarquerait moins si tu ne passais pas ton temps à cacher ton menton comme cela. Et puis, elle n'est pas si laide — on dirait un petit oiseau.

Liddy tenta de lui rendre son sourire, mais le cœur n'y était pas.

— Je connais bien mon manque de charme, mais... merci d'être gentille avec moi.

La femme haussa les épaules.

— Est-ce que tu vas lâcher ton chien sur nous ? reprit la servante à la large poitrine.

Liddy la dévisagea froidement.

— Je n'hésiterai pas à donner à Sigurd les noms de celles qui m'aident et de celles qui refusent.

Sur ce, elle ramassa une brassée de joncs souillés et les porta dehors sous le regard des autres femmes, avant de revenir prendre un autre chargement. À son troisième passage, elle s'arrêta un instant. À côté d'elle, Coll lâcha un petit gémissement d'encouragement. Presque toutes les servantes s'étaient mises au travail et entassaient les joncs en grosses piles.

— L'odeur commence déjà à partir, remarqua l'une d'entre elles. Et Shona se contentait de donner des ordres, elle, sans jamais nous aider...

— D'accord, d'accord, marmonna la servante à la large poitrine en rejoignant finalement les autres. De toute manière, je n'ai pas envie d'être envoyée au bois sacré : aucune femme n'en revient jamais.

— Sigurd a été horrifié quand il a vu les corps, dit doucement Liddy dans l'espoir de la rassurer.

— Eh bien, c'est la première bonne nouvelle que j'entends depuis des mois ! s'écria une jeune servante. Je m'appelle Mhairi, et je t'aiderai, si tu veux. Toi, au moins, tu ne nous regardes pas de haut.

D'une certaine manière, Liddy prit plaisir à diriger une

maison seule de nouveau, au lieu de n'être qu'un poids sous le toit de ses parents.

Si elle s'occupait, elle aurait moins de temps pour réfléchir. Si elle s'occupait, elle aurait moins de temps pour songer aux conséquences de son pari avec Sigurd. Si elle s'occupait, elle serait assez fatiguée à la fin de la journée pour bien dormir et tout oublier…

Elle avait appris à faire cela après la mort de ses jumeaux. Avant de les perdre, elle avait eu les tâches ménagères en horreur et ne les faisait que parce qu'elle n'avait pas le choix. Elle avait toujours été attirée par l'extérieur et non par la maisonnée ; mais elle connaissait la valeur du labeur et savait ce que l'on éprouvait quand on était bien trop fatigué pour penser. Elle avait donc commencé à travailler plus dur car elle était incapable de supporter tous les souvenirs qu'elle avait de Keita et Gilbreath.

Dans les jours qui avaient suivi l'accident, elle aurait voulu pleurer à chaudes larmes, ou crier jusqu'à ce que les forêts ou les lointains sommets de Jura résonnent de sa voix, mais elle n'avait eu aucune intention de laisser Brandon la traiter de folle ou se satisfaire de sa douleur. Un matin, elle avait découvert que, si elle s'occupait les mains et l'esprit en accomplissant des tâches simples, elle parviendrait à donner l'impression d'une normalité, d'un calme apparent. Petit à petit, elle avait de moins en moins ressenti le besoin de pleurer.

Elle appliqua donc cette règle, débarrassant la salle des joncs qui recouvraient les dalles.

De nombreuses servantes, ayant compris que Liddy n'avait pas l'intention de s'en prendre à elles, vinrent l'aider et, en quelques heures, la grande salle avait pris des allures bien plus propres.

En ce qui concernait la chambre de Sigurd, cependant, Liddy avait gardé ses distances avec soin et s'était contentée de surveiller le nettoyage depuis la porte — au grand amusement des servantes. Elle avait d'ailleurs déjà trouvé un coin discret, près de la cuisine, pour dormir avec Coll.

Lorsque Sigurd entra dans la grande salle, quelques femmes étaient occupées à raccrocher la tapisserie au mur. Dès qu'il vit la silhouette du *jaarl*, Coll se précipita à ses pieds et se roula par terre pour se faire caresser le ventre.

Les cheveux de Sigurd étaient recouverts de petites gouttes de pluie qui scintillaient comme des diamants et Liddy sentit son cœur s'emballer en le voyant.

Contrôlant tant bien que mal ses émotions, elle prit un air plus sévère.

— Est-ce trop demander qu'espérer la loyauté de mon chien ? lança-t-elle.

Sigurd éclata de rire et donna un morceau de viande séchée à Coll. Ce dernier l'attrapa au vol et partit dans un coin pour le savourer en toute tranquillité.

— Je suis heureux qu'il y ait au moins quelqu'un content de me voir ici.

— J'espère que vous serez satisfait de mon travail, reprit Liddy en lui montrant la salle — si elle pouvait garder ses distances, tout se passerait bien... À moins que les Nordiques préfèrent tous vivre dans une porcherie.

Sigurd eut un petit sourire qui lui dessina une fossette qu'elle n'avait pas encore remarquée dans le creux de la joue.

— Apparemment, j'ai choisi la bonne personne pour tenir ma maison. Les autres femmes semblent t'obéir.

— Pour le moment, en tout cas, reprit Liddy à mi-voix. Elles ont peur des crocs de Coll.

— Mais ton chien est si gentil...

— Oh non. Il n'aime pas la plupart des hommes qu'il rencontre.

— Avait-il une opinion particulière au sujet de ton époux ?

Liddy haussa les épaules.

— En général, ils se contentaient de s'ignorer mutuellement. Mais ça, c'était après que je refuse de me débarrasser de Coll parce qu'il avait aboyé après l'une des m...

— Maîtresses de ton mari, acheva Sigurd à sa place. De toute évidence, ce chien a beaucoup de goût.

Agacée, Liddy commençait à s'agiter.

— Êtes-vous vraiment venu ici pour parler de mon chien ?

Sigurd éclata de rire.

— Non, je pensais simplement te trouver ici. Tu as accompli des miracles dans cette salle, aujourd'hui. Nous allons enfin pouvoir profiter d'un repas sans nous boucher le nez…

Liddy s'immobilisa en pleine démonstration des changements qu'elle avait effectués dans la grande salle. Ce compliment suffit à lui faire dresser les petits cheveux de la nuque. Depuis combien de temps n'avait-elle pas reçu le moindre signe de reconnaissance pour son travail ? Et, à en croire la manière dont cet homme la regardait, elle aurait presque pu commencer à se croire jolie…

Décidément, Sigurd était dangereux pour elle, songea-t-elle en effleurant sa tache de naissance du bout des doigts. Il l'avait *achetée*. Elle était son esclave. Savourer ses compliments et s'excuser à chaque mouvement d'humeur ne la libérerait pas et n'empêcherait pas son cœur de se briser lorsqu'il finirait par en séduire une autre. De plus, Coll avait décidé d'écouter son estomac au lieu de son jugement — ce n'était qu'un chien, après tout — et elle ne pouvait plus compter sur lui.

— J'ai été aidée, répondit-elle simplement. Ce genre de tâches est toujours plus facile à accomplir quand on a plusieurs paires de mains à disposition…

— Les femmes semblent moins moroses. J'imagine que je te dois cela aussi ?

— Elles voulaient simplement savoir si vous étiez comme votre frère : prêt à les sacrifier aux dieux. Je leur ai dit que ce n'était pas le cas.

Sigurd l'examina d'un air songeur.

— Comment peux-tu en être aussi sûre ?

— J'ai vu la tête que vous faisiez, dans le bois sacré. Vous ne tuez pas les femmes, ce qui vous rend très différent de Thorbin et de ses semblables.

— Tes paroles me rappellent tant ma mère, murmura Sigurd. Elle avait l'habitude de dire que ce sont les petites choses qui trahissent notre nature profonde.

Leurs regards se croisèrent et Liddy se laissa aller un instant à l'admirer. Au bout de quelques secondes, cependant, elle s'arracha à sa contemplation. Avoir des sentiments pour cet homme ne lui causerait que des problèmes.

— Ma mère aussi aurait pu prononcer de telles paroles de sagesse, dit-elle avec un petit rire nerveux. Les gens remarquent toujours les petites choses.

— Peut-être…

Il se racla la gorge et toutes les servantes se tournèrent immédiatement vers lui.

— J'ai donné des ordres, annonça-t-il. Les corps qui étaient pendus dans le bois sacré seront enterrés comme il convient. Nous n'aurons pas besoin de telles superstitions tant que je serai là pour protéger cette île de mon épée.

Toutes les femmes applaudirent, le visage rayonnant. Nombre d'entre elles se redressèrent et ajustèrent leurs corsages, souriantes et presque charmeuses.

— À partir de maintenant, nous porterons nos plus belles robes et piquerons des fleurs dans nos cheveux, lança la servante à la grosse poitrine.

— Je suis certain que mes hommes apprécieront.

Liddy baissa les yeux et son cœur se serra. De toute évidence, toutes ces femmes allaient tenter d'attirer l'attention du nouveau *jaarl*, à présent.

Elle ignora sa jalousie.

— J'aurai sans doute beaucoup moins de mal à garder le fort propre, à l'avenir, murmura-t-elle.

De toute manière, Sigurd ne serait jamais sien. Elle devait se concentrer sur les choses importantes, comme trouver le trésor et gagner sa liberté, au lieu de rêver de choses impossibles.

Sigurd lui rendit son sourire timide, sans s'apercevoir de son émotion.

— Tu as certainement raison, dit-il, mais ce n'est pas pour cela que je leur ai parlé des funérailles.

— La dernière maîtresse de Thorbin…

Autant détourner la conversation avant de trahir son attirance pour lui ; mais, avant qu'elle ait pu en dire plus, Sigurd la fit taire d'un signe de la main.

— Je suis au courant. Elle a disparu il y a environ trois mois avec toutes ses affaires. D'après Gorm, sa mère elle-même ne sait pas où elle est.

— Et vous ne trouvez pas cela étrange ?

— Pourquoi ?

— Si Thorbin pensait qu'elle lui avait volé quelque chose, il aurait exterminé sa famille, répliqua-t-elle. Regardez ce qu'il a fait à la mienne, simplement parce que Malcolm s'est adressé à lui d'une manière qui lui a déplu !

Sigurd acquiesça d'un air grave.

— C'est vrai.

— Cela veut donc dire que… Thorbin savait où elle est allée, dit Liddy, la gorge nouée. Qu'elle est déjà morte. Dans le bois sacré, peut-être. Avez-vous fouillé les lieux ?

— Mes hommes ont vérifié : elle n'est pas dans le bois. Et le prêtre tient suffisamment à la vie, ajouta Sigurd d'une voix plus froide, pour me montrer où chacune de ces femmes a été sacrifiée. Cela fait plus de six mois que personne n'a été tué dans le bois.

— Quelqu'un doit bien savoir ce qui est arrivé à cette pauvre fille, mais peut-être qu'ils n'ont pas fait le rapprochement. Si nous découvrons ce qui s'est passé, où elle est partie, nous pourrions trouver l'or.

— Encore ces fameuses petites choses, hein ?

— Comme toujours. Et j'ai bien l'intention de trouver cet or : il est hors de question que je passe ma vie en esclavage.

— Tu es vraiment impressionnante, Eilidith, fille de roi.

Le ton de Sigurd la laissa penser que sa remarque n'avait rien d'une marque d'affection…

Liddy haussa donc les épaules, retrouvant toute sa fermeté.

— Je vous en prie, ne dites plus cela. Je ne porte plus ce titre depuis longtemps ; et mon père n'est qu'un petit roi…

— D'après ce que j'ai vu, on ne cesse jamais d'être fille de roi, déclara Sigurd.

Une ombre traversa son regard, et Liddy pensa à cette mère morte dont il lui avait parlé. S'était-elle accrochée à son rang de fille de roi jusqu'à la fin de sa vie ? Son fils était devenu arrogant, en grandissant. Non, pas *arrogant*, se corrigea-t-elle. Un homme arrogant ne tenait pas ses promesses ; lui, si.

En tout cas, il avait une certaine assurance et s'était joué de son demi-frère avec finesse. Il ne restait plus qu'à espérer que les habitants de l'île se rendent compte du changement, s'aperçoivent que leur nouveau *jaarl* n'était pas aussi paresseux que le précédent. Elle espérait aussi que Sigurd ait tort quand il parlait de se préparer pour de nouvelles attaques de Nordiques.

Elle se frotta l'arête du nez, soudain lasse. À quoi bon essayer de le faire changer d'avis ? Il ne l'écouterait sans doute pas.

— Où voulez-vous que je dorme, à partir de maintenant ? demanda-t-elle pour changer de sujet de conversation. Après tout, nous avons notre accord et je ne voudrais pas vous priver de votre chambre. J'ai empêché les servantes d'y déplacer quoi que ce soit, au cas où vous auriez encore besoin de la fouiller ; elles ont juste nettoyé le sol.

— Tu dormiras au même endroit que moi.

À ces mots, le cœur de Liddy se mit à battre plus fort et son estomac se noua. Évidemment. Il n'allait pas fuir sa chambre deux nuits d'affilée pour elle.

— Mais…

— C'est ce que je souhaite. Dois-je donc justifier chacune de mes décisions ? Si nécessaire, je te porterai hors de cette salle à l'heure du coucher — à moins que tu ne préfères me suivre toute seule. Quoi qu'il en soit, tu finiras là où je veux que tu ailles, c'est tout.

Soudain, Sigurd fut appelé par un de ses hommes, lui annonçant qu'on avait peut-être trouvé un coffre de fer dans l'une des granges. Sigurd se détourna et quitta la salle sans le moindre regard en arrière, laissant Liddy plantée au beau milieu de la pièce, abasourdie, entourée par les servantes qui gloussaient et échangeaient des clins d'œil.

Elle serra les poings. S'il voulait jouer à ce jeu-là, il allait devoir s'attendre à rencontrer une sévère compétition !

— Je marcherai, lança-t-elle. Je peux encore me déplacer toute seule, mais nous verrons bien qui dormira dans cette chambre.

Les autres femmes rirent de plus belle avant de retourner vivement à leur travail.

Liddy se tourna vers elles, furieuse.

— Y a-t-il un problème ?

— Tu avais raison, lui dit Mhairi. Il n'a rien en commun avec Thorbin.

La grande salle résonnait du rire des hommes qui racontaient des histoires autour du grand feu ronflant. Les femmes circulaient entre les groupes, distribuant nourriture et bière. Par moments, elles prenaient le temps d'échanger quelques plaisanteries avec les guerriers.

Sigurd ferma les yeux et savoura l'instant présent. Il était dans son fort, entouré par ses hommes… Que de chemin parcouru, pour le jeune homme qui s'était enfui pieds nus, poursuivi par une foule enragée, uniquement armé de son arc et de sa petite épée ! Et il avait parcouru ce chemin seul, dans l'unique but de vaincre Thorbin.

À présent qu'il avait réussi, il ne laisserait personne lui enlever tout cela. Ketill confirmerait sa position de *jaarl*, ce qui permettrait enfin à Sigurd de penser à sa conquête suivante : Islay n'était qu'une étape dans son projet. Il continuerait sa route jusqu'à accomplir sa destinée.

Le lendemain, le reste de ses hommes arriverait et sa mainmise sur la forteresse serait complète. Enfin, le gamin qui dormait avec les porcs était devenu un *jaarl* respecté !

Hélas, sa victoire avait un arrière-goût amer… Il s'était encore rarement senti aussi seul dans sa vie. Autour de lui, les guerriers riaient, plaisantaient, se lançaient des défis absurdes au sujet de la force de leur bras ; mais lui seul portait le poids énorme de ses nouvelles responsabilités.

Liddy venait d'entrer dans la salle une nouvelle fois, et il ne put s'empêcher de la regarder. Elle n'avait fait qu'aller et venir durant toute la soirée, sans rester plus d'un instant au même endroit, voltigeant comme le petit papillon sombre qu'elle portait sur le visage. Tout en l'admirant de loin, il sentit néanmoins sa gorge se nouer. La jeune femme si vive qu'il avait rencontrée deux jours plus tôt n'était plus que l'ombre d'elle-même. Elle paraissait épuisée, lasse, les traits tirés. Il s'était trompé : elle n'avait plus rien d'un papillon... Elle n'était plus qu'une belle fleur qui se fanait.

Il lui fit signe d'approcher.

Comme si elle l'avait guetté du coin de l'œil elle aussi, elle arriva sans tarder avec une cruche d'hydromel.

— Votre coupe est vide. Cela ne devrait pas arriver, pas ce soir, dit-elle.

Sigurd éclata de rire.

— Qu'est-ce que cette soirée a de si spécial ?

Liddy baissa les yeux.

— Rien. Je pense seulement que c'est ce que j'aurais dit à n'importe quel hôte important si j'étais chez moi. Vous m'avez demandé de tenir votre maison comme si c'était la mienne...

Sigurd posa doucement la main sur la sienne. Elle tremblait. Pour quelqu'un qui avait eu le courage de tenir tête à Thorbin, elle paraissait étrangement mal à l'aise.

— J'apprécie tes attentions. Cela faisait bien longtemps que personne ne s'était soucié de remplir ma coupe pendant un banquet.

— Je garderai cela à l'esprit, répondit-elle, avant d'ajouter : je ferais mieux d'y aller.

Dans son mouvement un peu brusque, son bracelet d'or se prit dans sa manche et elle renversa le gobelet d'hydromel. Elle lâcha un petit juron à mi-voix.

Au même instant, la grande salle fut plongée dans un silence de mort et tous les convives levèrent les yeux sur eux, s'attendant clairement à une réaction violente de la part de Sigurd. Il eut même l'impression d'entendre l'assemblée entière retenir son souffle.

— Reste ici.

Calmement, il ramassa son gobelet, le posa sur la table et se resservit. Cela suffit à faire éclater de nouveau le joyeux brouhaha dans la grande salle.

Liddy libéra sa manche avec précaution et lui jeta un rapide coup d'œil en coin. En dépit de l'air épuisé de celle-ci, son regard scintillait encore d'une étincelle de vie. Heureusement…

— Est-ce un ordre ? D'un maître à son esclave ? demanda-t-elle.

— C'est un souhait. Je suis un peu responsable de cet incident, moi aussi. Les autres guerriers… qui sait comment ils réagiraient ? dit-il avant de tapoter le banc à côté de lui. Viens t'asseoir. Tu es décidément une femme bien mystérieuse, Liddy.

— Seuls mes amis m'appellent Liddy. Vous êtes mon maître, à présent, répliqua-t-elle sèchement, sans pour autant s'installer près de lui.

— *Fithrildi*, dans ce cas.

Elle se plaqua la main sur le menton, d'un geste machinal.

— Je ne connais pas ce mot-là.

— Cela veut dire « papillon », répondit-il en baissant la main de Liddy pour dévoiler sa marque. C'est à cela que me fait penser cette tache de naissance que tu essaies en permanence de cacher.

— Je la cache parce qu'elle est hideuse.

— Pourtant, tu ne trouves pas les papillons hideux, n'est-ce pas ?

Elle le regarda à travers ses longs cils, les yeux animés d'un éclat orageux.

— Finalement, vous pouvez m'appeler Liddy. Lorsque vous me connaîtrez mieux, vous verrez que je n'ai rien d'un papillon. Je suis plutôt une humble fourmi — utile, mais pas belle à regarder.

— Tu es bien trop dure envers toi-même.

Il lui tira le bras et elle trébucha, s'écroulant sur ses genoux.

— Je t'ai demandé de t'asseoir. Tu dois apprendre à m'obéir.

L'air paniqué, Liddy se releva brusquement et les guerriers les plus proches lâchèrent un chœur d'acclamations. Coll, qui était allongé sous la table, occupé à mâchonner un os, les rejoignit, hurlant joyeusement à la lune.

— Je vous en prie…

— Très bien. Dans ce cas, assieds-toi à côté de moi, dit Sigurd. Laisse les autres servantes s'occuper de l'hydromel.

Cette fois-ci, Liddy s'installa volontiers près de lui. Se battre contre lui n'avait soudain plus rien d'important : elle avait mal au dos et ses bras tremblaient de fatigue. Elle n'avait pas connu une seule nuit de sommeil paisible depuis l'arrestation de son père.

Autour d'elle, la salle bourdonnait du son des voix, la berçant en douceur, et la chaleur des corps se répandait dans l'air. Elle sentit peu à peu ses paupières s'alourdir. Par instinct, elle se pencha doucement vers Sigurd.

Ce dernier dit quelque chose et un éclat de rire général résonna autour de la table, suffisamment fort pour la tirer brusquement de sa torpeur.

Tout le monde la dévisageait et, les joues en feu, elle tenta de retrouver un semblant de dignité. Avait-elle ronflé ?

— Je suis désolée, j'ai eu une absence…

Affichant son plus beau sourire, elle attrapa la cruche d'hydromel, mais sa main tremblait trop pour qu'elle puisse la soulever et elle manqua de la renverser. Lâchant un nouveau juron, elle entreprit d'essuyer à la hâte le liquide qui s'écoulait sur la table.

— Cela suffit, Liddy, ordonna Sigurd en lui arrachant la cruche des mains pour la poser hors de sa portée. Tu ne me sers à rien dans cet état.

Le contact furtif des doigts de Sigurd sur sa main la fit sursauter. Elle le dévisagea un instant, troublée.

— Dans quel état ?

La dernière chose qu'elle voulait était bien d'être attirée par cet homme ! Il fallait à tout prix qu'elle tienne la promesse qu'elle s'était faite.

Sigurd pensait peut-être qu'elle allait finir par lui tomber dans les bras, mais elle saurait lui prouver qu'elle était plus forte que cela. Elle savait exactement quel genre d'homme il était : le genre à se montrer tendre et charmant, jusqu'à ce que sa proie soit enfin en son pouvoir.

Brandon avait été comme cela, certain que toutes les femmes tomberaient à ses pieds au moindre geste de sa part — et sans le moindre respect pour les sentiments de sa propre épouse ! Elle était censée comprendre que, parce qu'elle était liée à lui par le mariage et mère de ses enfants, les autres femmes n'avaient aucune importance à ses yeux. Cependant, après le naufrage du bateau que Brandon prétendait insubmersible, il n'avait même plus pris la peine de dissimuler son mépris pour elle.

— Va te coucher dans ma chambre, ordonna soudain Sigurd, la tirant de ses pensées. Je t'y rejoindrai plus tard.

En un éclair, toute sa fatigue s'envola.

— Je... Je vais bien, balbutia-t-elle.

— Je n'apprécie pas que mes compagnes s'endorment dans leur assiette pendant le dîner ; cela veut dire qu'elles sont trop fatiguées et ne peuvent pas tenir leur rôle.

Il accompagna son discours d'un petit geste pour la chasser de la table.

— Allons, obéis-moi. Ne t'inquiète pas pour Coll : il est prêt à s'installer dans ses nouveaux quartiers.

Comme pour confirmer ses dires, le chien agita joyeusement la queue.

Liddy protesta, les yeux rivés sur la cruche :

— J'ai trouvé un autre endroit où dormir, plus pratique, si je dois m'occuper de l'entretien de la grande salle...

Ses joues étaient en feu. Il n'y avait plus qu'à espérer que Sigurd mette sa rougeur sur le compte de la chaleur étouffante qui régnait dans la salle et ne comprenne pas qu'elle avait peur de partager sa chambre — ou plutôt de ce qui pourrait se passer entre eux pendant la nuit.

L'air agacé, il donna un coup sur la table.

— Va m'attendre dans mon lit ! tonna-t-il.

— Est-ce donc ainsi que se comportent les Nordiques ? En changeant d'avis quand cela leur convient ? Je vous prenais pour un homme d'honneur ! répliqua-t-elle, osant enfin soutenir son regard.

Les yeux de son nouveau maître se firent plus sombres.

— As-tu peur de te retrouver seule avec moi ? Je te croyais plus déterminée que cela.

Elle leva le menton, bien décidée à ne pas trahir ses craintes.

— Ma détermination est aussi forte aujourd'hui qu'hier.

La petite fossette reparut dans le creux de la joue de Sigurd, mutine et joyeuse.

— Je vois…

— Vous ne comprenez rien !

Qu'est-ce qui agaçait donc Liddy à ce point ? Le fait qu'elle soit attirée par lui ? Ou le fait qu'il l'ait clairement percée à jour ?

De toute manière, qu'elle dorme ou non dans sa chambre ne changerait rien. Il lui avait promis de ne pas faire usage de la force. Elle resterait donc distante et ne lui ferait pas le plaisir de céder — même si une partie d'elle pensait en permanence à lui. Une partie d'elle qui voulait explorer les promesses de leur baiser et gagnait en puissance à chaque seconde qui passait.

Sigurd se pencha à son oreille, sa voix réduite à un ronronnement sensuel qui la fit frissonner.

— À moins que tu veuilles que je te porte jusqu'au lit, pour montrer aux autres femmes que je ne suis pas disponible pour elles…

Réprimant une soudaine flambée de désir, elle se leva brusquement.

— Dit comme cela, bien sûr, qui suis-je pour protester ? Je monte sans plus tarder.

— Qui es-tu, en effet ?

Il se tourna ensuite vers l'un de ses hommes et se mit à discuter des travaux à entreprendre dans le port.

Soulagée de se voir accorder un court répit, Liddy tourna les talons et quitta la salle sans demander son reste.

La petite chambre n'était pas plus accueillante ce soir qu'elle l'avait été quand Liddy l'avait quittée, au petit matin. La nuit précédente, elle s'était tassée dans un coin, attendant Sigurd qui n'était jamais venu. Cette fois, par contre, elle allait devoir faire preuve de plus d'assurance…

Les draps empestaient l'humidité. Elle ne pourrait jamais y dormir. Les arrachant du matelas, elle les entassa dans le couloir, à côté de la porte. Ses mouvements brusques soulevèrent un énorme nuage de poussière qui la fit éternuer.

— Je ne dormirai pas dans ce lit : il y a des puces ! murmura-t-elle pour elle-même. C'est une bonne excuse et je m'y tiendrai.

Elle se fit un petit nid dans un coin avec sa cape et sa robe, à même les dalles froides. Avant de se tresser avec soin les cheveux, elle déposa aussi sa ceinture et son couteau de table à côté de son lit improvisé. Toutes ces petites routines familières prenaient soudain un tout nouveau sens pour elle. Coll, qui l'avait suivie sans rechigner, lâcha un petit gémissement et lui donna un coup de museau. Elle le prit dans ses bras, tentant d'ignorer ses lourds bracelets d'or qui scintillaient dans la faible lumière.

— Tout cela est temporaire, Coll. Je gagnerai ma liberté, un jour ou l'autre. Il peut faire ce qu'il veut de moi mais cela ne changera rien. Je lui ai obéi en montant ici, mais nous avons passé un accord : aucun baiser tant que je ne le demande pas clairement. Cela me permettra au moins de lui prouver que je ne suis pas aussi facile à conquérir qu'il semble le penser… Comme si j'étais censée fondre juste parce qu'il me donne un surnom ridicule — *papillon*, quelle idée !

Elle effleura sa marque du bout des doigts. Chose étrange, elle ne lui paraissait plus aussi grande qu'autrefois.

— Peut-être qu'il a raison, finalement. Peut-être que j'en faisais trop à ce sujet.

Coll la gratifia d'un aboiement rauque. Visiblement, il était d'accord avec elle — et elle se surprit à souhaiter être aussi confiante que lui.

Chapitre 7

Sigurd reconnut le rêve dès l'instant où il commença. Il l'avait fait des centaines de fois, mais jamais les sensations n'avaient été aussi réelles, aussi troublantes.

Des courbes chaudes et sensuelles se pressaient contre lui et de longues jambes fuselées l'enveloppaient. Il embrassa la femme, savourant la douceur de ses lèvres, et le corps de celle-ci lui répondit, ouvert. Offert.

Il se laissa emporter par sa douceur, par le plaisir. De toute manière, aucune femme n'avait encore réussi à rivaliser avec l'amante imaginaire qui le rejoignait, une fois la nuit tombée — une amante qui, jamais, ne montrait son visage.

Les premières fois, il n'avait pas voulu voir les traits de cette mystérieuse maîtresse, de peur de reconnaître Beyla : mais à présent, cela n'avait plus d'importance. Cette dernière ne pouvait plus lui faire de mal. À présent, il acceptait cette femme sans visage sans se poser de questions.

Néanmoins, cette fois, une lueur dorée baignait la scène de son rêve et la femme se tourna vers lui. Ses yeux bleu-vert étaient emplis d'une passion envoûtante.

Dans la lumière irréelle, il aperçut alors un papillon sombre posé en dessous de sa lèvre charnue.

Un courant glacé le parcourut soudain. *Liddy*.

Un petit cri le tira de son sommeil et il ouvrit les yeux, le corps frémissant de désir et de frustration.

La véritable Liddy — pas celle de son rêve — était allongée à quelques pas de lui, sur la pierre dure. Elle cria de nouveau, profondément endormie, et crispa les mains sur la cape qui lui servait de couverture. Dans la lueur bleutée de la nuit, il vit de grosses larmes silencieuses lui couler sur les joues. Quelque chose se brisa alors en lui et il eut une envie irrépressible de lui faire oublier toute sa tristesse.

Comme il se redressait, Coll lâcha un discret gémissement.

— Tout va bien, mon grand, murmura Sigurd. Je m'en occupe...

Il s'extirpa du tas de couvertures sur lequel il s'était endormi et remonta la cape bordée de fourrure qu'il avait étendue sur le corps de Liddy en se couchant, la bordant de son mieux.

En un instant, elle cessa de trembler et esquissa un léger sourire dans son sommeil.

— Fais de doux rêves, lui chuchota-t-il à l'oreille.

Liddy se réveilla en sursaut sur le sol glacial, la joue appuyée sur Coll. Un rayon de soleil pâle se glissait à travers l'étroite fenêtre percée dans le mur, et l'obligea à fermer les yeux le temps de s'habituer à la lumière.

Elle se souvenait encore de son cauchemar. Elle avait rêvé de Brandon, du naufrage du bateau et des corps de Keita et Gilbreath dans l'eau sombre. Elle avait tout fait pour essayer de les sauver, leur nourrice et eux, mais dans son rêve, ils ne cessaient de lui échapper.

Le cauchemar n'avait fait qu'empirer au fur et à mesure. Elle s'était retrouvée prise au piège dans les eaux glacées du loch, sombrant de plus en plus profondément dans les abysses. Puis, soudain, une chaleur inattendue l'avait enveloppée, accompagnée par un vol de papillons. Keita et Gilbreath lui avaient fait un dernier signe de la main, disparaissant dans le fouillis d'ailes colorées qui la libérait de sa tombe glaciale. Des bras tendres l'avaient serrée. C'est alors qu'elle s'était réveillée.

Au bout de quelques instants, tous les événements des derniers jours lui revinrent en mémoire. Le duel. La trahison ignoble de son père. Son esclavage. Et cette nuit qu'elle avait passée dans la même chambre qu'un Nordique qui la tuerait certainement lorsqu'il découvrirait qui elle était vraiment…

Une vague de sueur lui recouvrit le corps, dans la lumière grise qui baignait la pièce. Elle resta allongée un moment sans bouger, le temps de reprendre ses esprits et d'oublier l'étrangeté de son rêve.

Tout espoir commençait à l'abandonner. Sigurd lui apparaissait dans son sommeil, envahissait ses pensées ; mais lorsqu'il se glisserait auprès d'elle au lit, toutes ses absurdes envies de romance ou d'amour s'évanouiraient.

Rêver du bateau et de Brandon était une mise en garde. Comme toutes les autres femmes, elle l'avait trouvé merveilleux, au début. Ses baisers étaient tendres, avaient vaincu ses réserves. Hélas, lors de leur nuit de noces, elle avait compris que rien de ce qu'elle faisait ne lui plaisait. Tous les élans affectueux de son époux n'avaient été qu'un mensonge pour mettre la main sur sa dot et les terres dont elle héritait, chargées d'arbres destinés à bâtir ses bateaux insubmersibles.

Elle remarqua soudain que quelqu'un avait étendu une épaisse cape sur son corps pendant la nuit. Un léger parfum masculin — étrangement agréable — s'en échappait et l'enveloppait.

Elle s'assit, les genoux ramenés sous le menton. Ses bracelets lui paraissaient moins lourds, ce matin. Elle en fit tourner un, remarquant pour la première fois les gravures complexes qui le décoraient.

— Tu es enfin réveillée, lança la voix de Sigurd, provoquant une nuée de frissons au creux des reins de Liddy.

Dans un nouveau sursaut, elle se retourna et découvrit la silhouette de Sigurd dans la faible lumière. Il était installé sur un couchage improvisé, à quelques pas du recoin où elle s'était effondrée la veille. Quand il se redressa, sa cape de fourrure glissa de son corps, dévoilant son torse nu. Une croix d'argent pendait à une chaîne, sur ses muscles finement dessinés.

— Vous portez une croix ? demanda-t-elle, abasourdie.

— Oui, en souvenir de ma mère, répondit-il avec un petit rire. Je suis surpris que tu l'aies remarquée…

Liddy se détourna vivement, gênée. Elle pouvait presque sentir la chaleur de la peau de Sigurd sous ses doigts. N'arriverait-elle donc jamais à se contrôler en sa présence ?

— Vous n'avez pas dormi dans votre lit ?

Sa voix lui parut bien plus essoufflée qu'elle ne l'aurait voulu.

— J'ai vu le tas de draps grouillant de puces que tu as posé dehors. Sage précaution.

Les yeux toujours baissés, elle perçut un bruit d'étoffes. *Pourvu qu'il soit en train de se rhabiller*, songea-t-elle lâchement, sans oser le regarder.

— Ne t'en fais pas, reprit-il après un court silence, j'ai connu des couchettes bien plus rudes que ce dallage.

— Je vous avais pourtant laissé le matelas et une couverture.

Elle fit de son mieux pour se concentrer sur le mur, et éviter de regarder une nouvelle fois son torse. Hélas, c'était une bataille perdue d'avance.

— Quand je dors dans un lit, je préfère les édredons de plumes, les fourrures, et j'évite en général les puces.

Il s'étira et, du coin de l'œil, Liddy vit son torse se gonfler.

— C'est bien plus confortable. Quand mes malles arriveront, tu verras la différence.

Elle imagina immédiatement Sigurd, nu, allongé sur des fourrures soyeuses, et l'invitant à le rejoindre. La gorge sèche comme de la paille, elle chassa cette image. Elle était peut-être physiquement attirée par lui, mais cela ne voulait pas dire pour autant qu'elle se laisserait dominer par son propre désir ! Ou que quoi que ce soit arriverait entre eux…

Instinctivement, elle toucha sa marque.

— Je vous crois sur parole.

— Dis-moi, Liddy, as-tu déjà dormi sur des fourrures ?

— Je n'ai pas l'habitude de parler de mon intimité à des hommes que je ne connais pas, répondit-elle froidement.

— Je prends cela pour un non.

Comme la veille, il baissa la voix avec sensualité.

— Mais, puisque nous avons déjà passé plus d'une nuit

ensemble, je dirais que nous ne sommes plus vraiment des étrangers, tu sais...

— Nous ne sommes pas des amants pour autant, rétorqua-t-elle sans réfléchir — et elle regretta sur-le-champ ses paroles. Enfin... Des *amis*, je veux dire.

Sigurd retrouva immédiatement tout son sérieux.

— Je te considère comme mon amie, Liddy, en dépit de ce que tu penses. En dépit de ce que tout le monde pense. Et détrompe-toi : nous serons bientôt amants.

— Vous êtes si arrogant !

— Non, je tiens mes promesses. Nuance.

De plus en plus troublée, Liddy attrapa sa robe et préféra changer de sujet.

— Il y a encore beaucoup de travail à faire, si nous voulons rendre cette chambre habitable, lança-t-elle.

Sigurd murmura le mot « lâche » et ses yeux se remirent à briller.

— Vous auriez dû me réveiller plus tôt, reprit-elle avant de passer sa robe.

Elle essaya de retrouver une respiration normale. Plus vite elle s'éloignerait de lui, plus vite elle pourrait le chasser de ses pensées et retrouver tout son bon sens. La passion, c'était pour les autres femmes, pas pour elle...

Une fois enveloppée dans les plis de sa robe, elle se redressa et fit semblant de chercher sa ceinture. En dépit de ses efforts, elle avait pleinement conscience de chacun des mouvements de Sigurd et de chacune de ses respirations dans le calme apparent de la chambre.

— Lord Thorbin a laissé ce fort dans un état lamentable, dit-elle pour meubler le silence. J'ai fait ce que j'ai pu hier, mais il faudra encore de nombreuses heures et beaucoup d'efforts pour rendre cet endroit vraiment confortable... Et nous n'avons toujours pas trouvé cet or.

Achevant son petit discours, elle se retourna vers Sigurd et lui adressa un grand sourire.

— Je t'autorise à te retirer, cette fois, Liddy, mais crois-moi : cette bataille est loin d'être finie.

— Quelle bataille ?

— Tu sais très bien de quoi je parle : la bataille qui oppose le bouclier de glace que tu dresses devant toi et la femme passionnée qui se cache derrière.

Liddy baissa les yeux sur ses mains. Inutile de protester plus longtemps — surtout quand une part d'elle-même prenait tant de plaisir à cette prétendue dispute.

Elle avait l'habitude. Elle avait passé tellement de temps à baisser la voix, à s'effacer, à faire semblant de n'avoir aucune importance et à se faire oublier des autres. Elle savait très bien comment fuir les situations délicates.

— Coll a besoin de manger.

— Je n'ai pas envie de voir mon ami à fourrure avoir faim, répondit Sigurd en caressant le chien sous le menton.

Coll leva un regard adorateur sur lui.

— Et après cela... Je vais m'assurer qu'on range les réserves.

— Non, après cela tu vas t'asseoir quelque part et te reposer. Tu auras besoin de toutes tes forces, aujourd'hui.

À ces mots, son cœur s'emballa.

— Pourquoi donc ? Que se passe-t-il, aujourd'hui ?

Il pencha la tête et sourit de nouveau.

— Mes hommes vont apporter mes affaires. Je veux que cette chambre soit habitable : nous allons rester quelques semaines ici avant de nous rendre au prochain fort. J'espère que tu es douée pour déménager...

Nerveuse, Liddy se frotta le bras. Voilà encore une preuve qu'il aimait plaisanter avec elle ! Il ne la voulait que pour ses talents de maîtresse de maison, rien de plus.

— Avez-vous trouvé l'or ?

Il secoua la tête d'un air presque désemparé.

— Il n'est pas ici. Thorbin savait sans doute que le fort serait fouillé. Il devait aussi se douter qu'on l'enverrait répondre de ses crimes face à Ketill. Il a forcément bien caché son butin et c'est pour cela que nous avons tant de mal à mettre la main dessus. Bientôt, la nouvelle de sa mort circulera et Ivar le Désossé essaiera de tirer avantage de la situation.

— Thorbin est toujours resté ici, ces derniers mois, exigeant que la nourriture et l'argent des tributs lui soient directement apportés.

Elle essaya de ne pas penser au chef des Nordiques de Dubh Linn et à toutes les légendes terribles qui couraient à son sujet.

— Je suis sûre que votre demi-frère avait ses raisons pour agir ainsi, reprit-elle. Le trésor doit être plus près que vous ne le croyez.

Sigurd la fit taire d'un geste impatient.

— Je ne suis pas mon demi-frère. Je sais à quel point il est important pour un souverain d'être vu par son peuple. Quand le *jaarl* est loin, les tributs cessent d'être payés. De plus, ma maisonnée est trop nombreuse pour pouvoir survivre une année entière uniquement grâce à ce fort. Quand on veut régner, on doit être prêt à voyager, m'a un jour dit Ketill — et j'ai toujours gardé ses conseils en mémoire, en attendant mon heure.

— Vous n'avez jamais douté de votre avenir ?

— Non. J'ai prononcé mon vœu sur les braises encore rouges du bûcher funéraire de mes parents, répondit-il d'une voix grave. Et j'ai l'intention d'être un bon souverain.

Elle acquiesça, ne sachant quoi répondre. Quand elle était petite, sa famille voyageait régulièrement, de château en château. Après l'invasion nordique, cependant, son père n'avait plus possédé qu'un seul fort mais il avait continué à rendre visite à chacun de ses fermiers toutes les semaines. Brandon avait fait la même chose — lorsqu'il avait daigné être à la maison.

Par contre, elle n'avait jamais entendu dire que Thorbin sortait de sa forteresse. Elle commençait enfin à comprendre pourquoi Sigurd avait plus besoin d'une gouvernante que d'une maîtresse. Savoir quand rester et quand se déplacer, c'était tout un art ! Chaque voyage était dicté par les saisons, le temps qu'il faisait et beaucoup d'autres facteurs.

— Je peux tenir ma place et m'occuper de la maisonnée, dit-elle finalement.

— Bien.

Comme elle ne bougeait pas, il lui jeta un petit coup d'œil interrogateur.

— Est-ce qu'il y a autre chose dont tu voulais me parler ?

Liddy ravala son trouble. Elle aurait dû quitter la pièce, mais ses pieds refusaient de bouger. Cet homme avait confiance en elle et en ses capacités — à tel point qu'elle commençait à se demander si son passé avait tant d'importance que cela.

— Vous avez été gentil avec moi, hier soir, murmura-t-elle avant de perdre tout courage.

Elle le salua timidement de la tête avant de reprendre :

— Vous avez étendu cette cape sur moi. C'était… inattendu. Et cela m'a aidée à dormir.

— Je n'ai aucune raison de trahir notre accord, répondit-il avec douceur. Pas de cette manière, en tout cas.

Liddy recula instinctivement d'un pas.

— Je le sais bien.

Soudain, la chambre lui parut trop petite pour eux deux, et ses yeux ne cessaient de revenir au torse nu de Sigurd.

— J'apprécie votre attention, reprit-elle, la gorge nouée. Mes sentiments n'ont pas changé depuis hier, et…

Il l'interrompit d'un brusque éclat de rire.

— Va t'occuper de ton chien, ma jolie demoiselle. Je vois que tu as remis ton armure, de toute manière.

Liddy s'échappa de la chambre de peur d'être tentée par quelque chose de stupide — un baiser, par exemple. Elle entendit le rire de Sigurd la suivre dans le couloir.

Elle n'osa pas ralentir le pas avant d'avoir atteint la cuisine, qui grouillait de servantes. Une fois arrivée, elle se permit enfin de reprendre son souffle.

— Je ne ressens rien pour lui, Coll, murmura-t-elle à son chien. Si j'ai quitté sa chambre, c'était uniquement parce que… parce que nous avons beaucoup de travail à faire et parce que je dois continuer à chercher cet or. Il faut garder espoir — c'est le plus important.

Coll la regarda quelques instants en silence avant de partir inspecter un tas de restes abandonnés dans un coin.

— C'était épuisant, déclara Mhairi en s'essuyant le front du revers de la main, mais cela en valait la peine : quel changement ! Ces nouvelles tapisseries sont vraiment belles.

Liddy prit un peu de recul pour admirer la tenture brodée d'or qu'elles venaient d'accrocher. Sigurd avait sans doute acquis ces pièces dans l'Est. Il avait peut-être besoin de l'or disparu pour rester *jaarl*, mais il était clair qu'il était lui-même riche.

— Maintenant qu'elles sont accrochées, nous n'avons plus grand-chose à faire, aujourd'hui.

— Tant mieux : même toi, tu finis par être à court d'idées, gloussa Mhairi. Ne te méprends pas : on ne se plaint pas du travail. Cela fait du bien de faire autre chose que rester assises en se demandant qui sera la prochaine à être pendue... Tu as vraiment réussi à faire des miracles avec Lord Sigurd pour l'amener à proclamer qu'il mettait fin à ces pratiques.

Les autres femmes acquiescèrent autour d'elles.

— Bien. Que devrions-nous faire, à présent ? lança Liddy.

Elle prit le temps de s'étirer, pour chasser le nœud douloureux qui s'était niché au bas de son dos. Pour la première fois de sa vie, elle commençait à se sentir en paix. Les servantes la croyaient chanceuse et personne ici ne la dévisageait à cause de sa tache de naissance. En fait, les autres femmes vaquaient à leurs occupations autour d'elle et semblaient même heureuses de la compter comme une des leurs. C'était aussi étrange qu'agréable.

Mhairi lui fit un clin d'œil mutin.

— Nous pourrions aller nous baigner pour nous laver un peu...

— Où cela ?

— Dans le lac. Les hommes sont en train de s'entraîner, personne n'en saura rien. De plus, nous avons l'habitude d'y aller quand il fait beau comme cela — le soleil ne se montre pas si souvent, à Islay. C'est comme si le ciel nous invitait à aller faire un petit plongeon.

— Mais… Que dira le prêtre ? demanda Liddy, légèrement inquiète.

Mhairi prit un air grave.

— Il nous grondera sans doute et nous traitera de Jézabel. Quelle importance ? Il dit toujours cela, de toute manière ; et nous sommes sous la protection des Nordiques. Ils veulent des femmes qui sentent bon entre les draps !

Les autres servantes acquiescèrent vivement.

— Toute une troupe de nouveaux guerriers est arrivée, aujourd'hui. Autant nous faire belles. Cela fera toute la différence. Nous n'avons pas toutes la chance d'être accueillies dans la chambre du *jaarl*, mais il y a d'autres hommes ici…

— J'imagine qu'on ne pourra pas m'en vouloir de me tremper les pieds, conclut Liddy en se massant les reins.

Ce n'était pas comme si elle partait sur un bateau. De plus, l'idée de se plonger dans l'eau froide du lac était plutôt tentante après une matinée passée dans la salle trop chauffée.

Soudain, un souvenir ancien resurgit en elle. Elle se revit assise au bord de l'eau, se trempant les pieds avec Keita et Gilbreath. Keita poussait des petits cris excités en essayant d'emprisonner l'eau entre ses doigts et Gilbreath sautait à pieds joints en essayant de faire le plus d'éclaboussures possible. Ils avaient toujours adoré la mer…

Chose étonnante, ce souvenir ne fut pas aussi douloureux qu'elle l'aurait cru. Peut-être qu'après trois ans sa blessure commençait enfin à guérir.

— D'accord, allons-y. Juste cette fois, dit-elle enfin.

Mhairi poussa un petit cri de victoire.

— Je savais que tu étais l'une des nôtres !

L'eau froide clapota contre les pieds de Liddy. Il fallait bien admettre que c'était délicieux…

— Viens, Eilidith, baigne-toi avec nous ! cria Mhairi.

Les autres femmes et elle avaient abandonné leurs vêtements sur la berge avant de se plonger avec délice dans le lac.

— Tu verras, insista la jeune servante, tu adoreras, une fois que tu auras essayé.

Liddy se redressa, maintenant avec difficulté son équilibre sur le rocher sur lequel elle s'était perchée.

— C'est bien assez loin pour moi...

Soudain, Coll aboya dans son dos et lui sauta dessus. Essayant en vain de se rattraper à quelque chose, elle bascula en arrière et tomba dans l'eau dans un grand bruit d'éclaboussures. Son voile s'échappa, emportant avec lui les rares épingles qui lui maintenaient encore les cheveux attachés. Elle essaya de récupérer les épingles mais, tandis que le voile flottait près d'elle, elles coulèrent à pic et s'enfoncèrent dans la boue.

— Oh ! Coll, qu'est-ce que tu as fait ? cria-t-elle. Je suis trempée !

— J'imagine qu'il voulait être sûr que tu profites de ta baignade, lança une voix dans son dos.

Les autres femmes se figèrent comme des statues, l'air terrifié. Évidemment, il fallait que Sigurd vienne les surprendre !

— Nous avons fini notre travail, répondit Liddy, les poings serrés, avant de se retourner.

Sigurd se tenait sur la berge, ses cheveux blonds scintillant au soleil. Le bleu sombre de sa tunique faisait parfaitement écho à ses yeux. En un instant, Liddy prit conscience qu'elle devait avoir l'air bien misérable, mouillée comme elle l'était de la tête aux pieds.

— J'ai vu ce qui s'est passé : Coll essayait seulement de t'aider, reprit Sigurd.

— Je vous en prie, n'en veuillez pas aux autres femmes. Je suis seule responsable...

— Je saurai m'en souvenir, répondit simplement Sigurd.

Sans demander leur reste, les servantes sortirent en hâte de l'eau, attrapèrent leurs vêtements et partirent en courant.

— Elles ne pensaient pas à mal, insista Liddy en les regardant disparaître.

— Oh ! je ne suis pas en colère. Je suis même certain que mes hommes auraient apprécié ce charmant spectacle, murmura Sigurd avec un demi-sourire. Peut-être devrions-nous parler d'autre chose — de quelque chose de plus agréable.

Il était si près d'elle qu'elle aurait pu lui toucher le torse en tendant la main. Dans l'air frais, elle se sentit vulnérable au plus haut point, uniquement vêtue de sa chemise mouillée qui lui collait à la peau, les cheveux détachés et qui lui retombaient sur les épaules. Malheureusement, Sigurd se tenait entre sa robe sur la berge et elle.

Liddy aurait dû bouger, partir ; mais, une fois de plus, ses jambes ne lui obéissaient pas.

— La journée passe vite et j'ai encore beaucoup à faire pour préparer le festin de ce soir, dit-elle, le cœur battant.

— Il y a un temps pour tout.

Il souleva une mèche de cheveux de Liddy et la laissa glisser entre ses doigts. Le souffle court, elle se débattit quelques instants. C'était à peine si elle parvenait encore à respirer, à cligner des paupières. Elle était incapable de s'arracher à la contemplation des lèvres de Sigurd, des muscles de ses bras soulignés par l'étoffe de sa tunique.

— Parlons plutôt d'occasions et de ce que nous devrions tous faire quand elles se présentent.

Liddy sentit soudain la truffe froide de Coll dans le creux de sa main et le charme fut rompu. Tirée de sa rêverie absurde, elle poussa un soupir de soulagement. Elle avait failli céder, le toucher ; mais, par chance, elle avait su résister !

Reprenant ses esprits, elle contourna Sigurd et récupéra sa robe. Les mains tremblantes, elle l'enfila, puis noua rapidement sa ceinture.

— Vous n'auriez pas dû me toucher les cheveux, dit-elle fermement. Nous avons passé un accord : aucun contact tant que je ne le demande pas.

Sigurd la dévisagea, la tête penchée sur le côté.

— Si ma mémoire est bonne, nous n'avons pas précisé les

règles — nous avons seulement dit : pas de baiser tant que tu ne me supplies pas.

Piquée au vif, Liddy se campa devant lui, les poings sur les hanches.

— Ai-je vraiment l'air de supplier ?

Il s'approcha et effleura sa tache de naissance du bout des doigts, éveillant des frissons brûlants en elle.

— Vraiment ?

Liddy prit une profonde inspiration.

— *Vraiment*. D'ailleurs, je vais préciser les règles dès maintenant. Aucun contact entre nous, quel qu'il soit. Comme cela, les choses seront plus claires.

— J'ai toujours eu du mal à suivre les règles…

Penché sur elle, il poussa un petit soupir et son souffle caressa le visage de Liddy. Prise de panique, elle baissa les yeux et entreprit de refaire le nœud de sa ceinture.

— Essayez donc pour voir !

— Tes cheveux sont de la même couleur que le soleil levant, lui glissa-t-il à l'oreille. Quel dommage de les cacher comme tu le fais. Tu devrais les porter détachés.

— Cela me gênerait pour travailler. Et puis, pensez à ce que diraient les prêtres ! Ma mère m'a toujours mise en garde contre eux.

— Quels prêtres ? Ceux d'ici ou ceux du Nord ?

Liddy soutint son regard perçant, agacée par son insupportable sourire.

— Tous !

— J'essaierai de me souvenir de tes craintes mais, crois-moi, celui qui osera dire que tu dois te couvrir les cheveux est un idiot. Allons, fais-moi plaisir, oublie tes voiles.

Liddy serra les dents. Pourquoi tenait-il tant à lui faire des compliments ? Personne, ou presque, ne lui disait jamais rien d'agréable…

— Mes cheveux n'ont absolument rien de particulier, répliqua-t-elle en examinant le bout d'une mèche. Ils sont roux, pas dorés ou noirs. Les bardes ne composent jamais de chansons sur les femmes aux cheveux roux... Et puis, j'ai des taches de rousseur qui apparaissent chaque été. Je sais bien que je ne suis pas une beauté, que je ne suis qu'une femme ordinaire — et enlaidie par ma tache de naissance de surcroît.

Sigurd eut un nouveau sourire et elle s'interrompit un instant, offensée.

— Vous vous moquez de moi !

— Oh ! je fais tout pour m'en empêcher, crois-moi, répondit-il avant de retrouver son sérieux. Tu devrais laisser les gens tirer leurs propres conclusions au lieu de leur dire ce qu'ils doivent penser, Liddy. Qui sait ? Tu pourrais être surprise.

— Quand j'aurai besoin de votre avis, je le demanderai.

— Je cherche simplement à te rendre service.

— Et quand j'aurai besoin d'un service ou d'un compliment, je saurai aussi vous le faire savoir.

— Encore une de tes règles ?

— Possible.

Il acquiesça et la salua très bas, plus provocateur que jamais.

— Apparemment, tu adores ces fameuses règles...

Liddy surprit une étincelle au fond des yeux de Sigurd lorsqu'il se redressa. D'une certaine manière, cela ne fit qu'empirer les choses : *il avait anticipé sa réaction*. Elle avait voulu lui prouver qu'il ne comptait absolument pas à ses yeux, mais elle n'avait réussi qu'à lui montrer que son avis avait son importance.

Et elle savait très bien comment Brandon s'était servi de cette maladresse — comment ses maîtresses et lui avaient pris plaisir à la tourmenter, en sachant qu'elle n'oserait jamais se plaindre. Comment l'aurait-elle pu ? C'était elle qui avait supplié ses parents d'accepter le mariage, qui avait insisté en dépit des doutes de sa mère. Elle avait été trop fière pour expliquer à celle-ci qu'elle avait eu raison de se méfier. Quand elle avait enfin eu le courage de sortir de son mutisme, il était trop tard : elle était mariée et Brandon avait acheté l'affection de sa mère à coups de cadeaux et de petites attentions.

Elle serra les dents : elle avait retenu la leçon et ne laisserait jamais une chose pareille lui arriver de nouveau.

— Je vais m'assurer que la fête de ce soir soit mémorable, dit-elle à mi-voix.

— Mais tu ne me donneras pas ce que j'attends vraiment de toi, n'est-ce pas ?

— Le voulez-vous réellement ? Ou bien êtes-vous simplement contrarié que je ne tombe pas dans votre piège ? répliqua-t-elle par-dessus son épaule en repartant en direction du fort.

Le rire clair de Sigurd résonna sur le lac, dans son dos. Décidément, garder ses distances risquait d'être bien plus difficile qu'elle ne l'avait imaginé — d'autant plus qu'il semblait lire en elle comme dans un livre et ne manquerait pas de tourner la situation à son avantage dès qu'il en aurait l'occasion.

— Je dois redoubler d'efforts, Coll, murmura-t-elle en pressant le pas. C'est mon seul espoir si je ne veux pas qu'il vole mon cœur.

Coll répondit par un petit aboiement sec et se retourna vers le lac, les yeux larmoyants.

— Traître, souffla-t-elle, avant de lui caresser tendrement les oreilles.

— Allons-nous enfin nous arrêter ? Vous nous avez déjà obligés à nous entraîner plus longtemps que d'habitude...

Sigurd reprit ses esprits, aveuglé par sa soif de combat. Son adversaire était au sol, essoufflé.

Sans un mot, Sigurd lui tendit la main et l'aida à se relever. Finalement, il avait décidé d'envoyer Hring chercher Beyla dans le Nord, à la place de Gorm, et avait choisi un autre homme pour annoncer sa victoire et la défaite de Thorbin à Ketill. Il avait besoin de plus de temps pour savoir si Gorm était réellement digne de confiance.

Une fois ce dernier debout, Sigurd pointa son épée vers son ventre rebondi.

— Tu n'es pas assez vif, Gorm, comme tous les autres hommes de Thorbin, lança-t-il froidement. Que comptez-vous faire, si Ivar le Désossé choisit de nous attaquer ? Ou si les Gaéliques se révoltent sans prévenir ?

— Vous n'aviez pas l'air de vous inquiéter pour cela, il y a quelques jours, quand vous avez décidé de provoquer l'un de leurs hommes…

— De quoi parles-tu ?

Gorm le dévisagea sans ciller.

— Aedan MacConnall, roi de Cennell Loairn et seigneur de Kintra, n'oubliera pas l'insulte que vous lui avez faite en réduisant la veuve de son frère en esclavage. Nous avons déjà eu du mal à le maîtriser, l'été dernier. À mon avis, vous feriez mieux de vous inquiéter de lui, et non d'Ivar le Désossé.

— À la mort de son époux, Eilidith est retournée vivre chez son père, répliqua Sigurd. Si son beau-frère a un problème avec ce qui lui est arrivé, il doit s'en prendre à l'homme qui l'a vendue, pas à celui qui l'a achetée.

— Avez-vous déjà rencontré Aedan ? Il en veut à tous les Nordiques, à cause de sa tante.

— C'est de l'histoire ancienne !

Gorm haussa les épaules d'un air peu convaincu et se remit en garde.

— Et moi qui me croyais téméraire ! Je ne suis qu'un enfant timide, comparé à vous. Vous aimez clairement réveiller les nids de guêpes…

Sigurd para son coup d'épée trop lent.

— Je veux une vie calme, rien de plus.

— Dans ce cas, renvoyez cette femme avant de coucher avec elle. C'est votre seule chance de vous faire pardonner par Aedan MacConnall.

— Comment sais-tu que je n'ai pas couché avec elle ?

D'un mouvement brusque, Sigurd envoya l'épée de Gorm au sol pour la troisième fois de la journée.

— Tout le monde sait qu'Eilidith de Cennell Fergusa dort dans votre chambre, mais vous restez là, avec nous, à vous entraîner jusqu'à ce que nous mourions tous d'épuisement ! Ce n'est pas très compliqué de deviner pourquoi : vous avez des besoins et ne les avez pas encore assouvis. Si vous voulez un conseil, prenez-la et finissons-en, ou libérez-la pour éviter des ennuis avec le roi de Cennell Loairn quand il viendra frapper à votre porte.

Sigurd s'essuya le front d'un revers de la main. Était-il donc devenu si facile à percer à jour ?

Gorm avait probablement raison au sujet d'Aedan MacConnall ; mais s'il lui parlait de cela, c'était pour essayer de l'atteindre, pas parce qu'il s'inquiétait sincèrement de la réaction de cet homme.

— Bon, vas-tu te battre correctement, cette fois ?
— Je le faisais déjà, répondit le grand guerrier avant de se frotter nerveusement le menton. Depuis que vous êtes descendu au lac, l'autre jour, vous nous faites travailler bien trop dur. J'imagine que les fesses de votre esclave étaient vraiment belles, dans sa chemise !

Exaspéré, Sigurd frappa son propre bouclier de son épée de bois et le brisa en deux. Il le jeta par terre, laissant libre cours à sa colère.

— Ma relation avec Eilidith ne regarde que moi ! Recommençons. Cette fois, attaque-moi *vraiment*. Fais jouer tes muscles et non ta langue.

Gorm poussa un petit soupir.

— Peu importe, je me sentirai mieux quand vous aurez réglé ce problème.

Chapitre 8

Liddy examina longuement la montagne de fourrures qui recouvrait à présent le lit de Sigurd. Entre ce couchage luxueux et les tapisseries accrochées aux murs, la chambre n'avait plus rien de la grotte glaciale qu'elle avait été à son arrivée. C'était devenu une pièce chaleureuse où l'on avait envie de s'attarder...

Lorsque les malles du *jaarl* avaient été ouvertes, Liddy avait été impressionnée par l'épaisseur des fourrures et la richesse des broderies sur les tentures.

Les autres servantes qui l'avaient aidée avaient poussé des soupirs d'admiration et lui avaient lancé des regards envieux. Liddy avait dû se retenir pour ne pas leur avouer qu'elle dormait toujours par terre, avec Coll. Depuis l'incident du lac, le jour où elle avait failli embrasser Sigurd, elle avait redoublé d'efforts pour se fatiguer tant qu'elle pouvait et dormir d'un sommeil de plomb. Hélas, il continuait à envahir ses rêves, de plus en plus régulièrement.

Elle avait donc fini par chasser les servantes de la chambre, prétendant préférer faire le lit elle-même. Les femmes avaient échangé quelques regards lourds de sens, mais avaient obéi sans protester.

— Maintenant, je n'aurai plus d'excuse pour me coucher par terre, marmonna-t-elle en secouant une dernière fois les gros oreillers avant de descendre dans la grande salle pour le repas. Il va falloir que je trouve un autre endroit où dormir.

— Tu as dit quelque chose ? demanda soudain Sigurd

depuis le seuil. Je trouve que tu m'évites beaucoup, depuis quelques jours.

Le cœur de Liddy s'emballa.

— Je parlais simplement à Coll de l'espace libre, dans cette chambre. Vous n'allez pas vouloir que le chien dorme ici, maintenant que le sol est recouvert de fourrures.

— Coll et moi sommes amis, je ne vois pas pourquoi il devrait s'installer ailleurs.

Liddy attrapa un oreiller et le maintint instinctivement devant elle, comme un bouclier.

— J'ai des choses à faire. Si je ne suis pas vigilante, les autres femmes risquent de retourner se baigner.

Sigurd s'approcha et arracha l'oreiller de ses mains mal assurées pour le jeter sur le lit.

— Sa place est sur ce matelas.

L'estomac noué, Liddy lissa consciencieusement son tablier. Sigurd était si près qu'elle aurait sans peine pu le toucher, et son corps commençait déjà à se tendre vers lui. De peur de commettre une terrible erreur, elle se détourna — un peu trop vite — et trébucha en arrière, retombant lourdement sur le lit à côté de l'oreiller.

— Oh !

Un sourire illumina aussitôt le visage de Sigurd.

— Tu cherches ton bouclier ? Ou tu m'invites à te rejoindre ?

— Je suis tombée, c'est tout ! protesta-t-elle, le souffle court.

Elle se redressa à la hâte, consciente que sa culbute malheureuse avait beaucoup trop dévoilé ses jambes.

— Bon, lança-t-elle pour meubler le silence, j'ai beaucoup à faire.

— Oh ! ne me laisse surtout pas te retarder, répondit Sigurd avant de fouiller dans l'un de ses coffres. Je suis simplement venu chercher mon second bouclier d'entraînement ; l'autre s'est brisé sur le terrain.

Le cœur de Liddy se serra. Ainsi, il n'était pas venu pour elle...

— Je vois.

Cependant, ce ne fut pas un bouclier qu'il tira de son coffre, mais un plateau de jeu qu'il déposa sur le lit.

— Je pensais te proposer de jouer au *tafl* pour déterminer qui de nous deux dormira dans le lit, ce soir.

— Le *tafl* ? Je ne connais pas.

— C'est un jeu de stratégie, expliqua-t-il avant d'ouvrir la bourse de cuir qui accompagnait le plateau et de verser son contenu sur le matelas, l'air pensif. Cela m'aide à m'occuper l'esprit. Je pense que tu seras une adversaire redoutable, une fois que tu auras compris comment on joue.

— Je prends cela comme un compliment…

Un peu gênée, Liddy détourna les yeux. Était-elle sur le point de tomber de nouveau dans le piège d'un homme ?

— Mais je dois vous prévenir, reprit-elle d'une voix plus ferme, une fois que j'aurai compris les règles, je compte bien gagner.

— C'est justement ce que j'aime chez toi, Liddy : tu n'abandonnes jamais.

— Encore un compliment ?

— Une simple observation, murmura-t-il avec un petit sourire, mais tu es libre de le prendre comme un compliment.

Il commença alors à lui expliquer le jeu et Liddy sentit son cœur se serrer de nouveau. Elle n'était décidément pas douée pour jouer de ses charmes ou comprendre les hommes. Sigurd prétendait peut-être qu'elle pourrait gagner, mais tout ce qu'il voulait, c'était la voir perdre.

Brandon avait agi de la même manière avec elle : il avait aimé jouer jusqu'à ce qu'elle devienne meilleure que lui. Il avait horreur de perdre face à une femme, quel que soit le jeu — à moins bien sûr qu'il n'ait lui-même orchestré son échec pour parvenir à ses fins.

— Quelque chose ne va pas ? demanda soudain Sigurd.

— On dirait le genre de jeu auquel mon époux aimait jouer…

— Avec toi ?

Elle ne put réprimer un soupir.

— Non, avec son frère et… d'autres.

— Quels autres ?

— Des gens, répondit-elle en lissant fiévreusement sa robe.

Il était hors de question qu'elle avoue à Sigurd qu'un jour, après le mariage, Brandon avait fait une crise de nerfs après chacune de ses défaites et avait finalement refusé de jouer avec elle.

— Kintra est un vaste domaine et mon mari était souvent absent, pour combattre les Nordiques. Il avait peu de temps pour ce genre de frivolités.

— Et tu étais aussi trop occupée pour jouer, n'est-ce pas ?

— Oui.

Elle lui adressa un douloureux sourire forcé et sentit soudain une lueur d'espoir naître au fond de son esprit. Elle entrevoyait enfin un moyen de fuir cette situation gênante.

— C'est impressionnant de voir tout ce dont il faut s'occuper, pour entretenir un fort. Même ici… J'ai encore beaucoup à faire ; et je devrais y aller.

Elle voulut quitter la chambre, mais il l'attrapa fermement par le bras. Elle pouvait presque sentir son torse l'effleurer à chaque respiration et ne put détacher les yeux des longs cheveux de Sigurd qui venaient lui caresser les épaules.

— Assieds-toi et concentre-toi sur le plateau de jeu.

— Pourquoi ?

Il eut un petit sourire.

— Parce que tu te sers de ton travail comme d'un bouclier, et parce que mes hommes sont trop fatigués pour continuer leur entraînement pour le moment.

Le cœur battant, elle humecta ses lèvres soudain étonnamment sèches.

— Vous avez tort : je ne me sers pas de mon travail comme d'un bouclier. Seulement, m'activer me permet d'oublier ma captivité pendant un temps.

— C'est bien comme cela que je le vois.

Il lui prit le menton et l'obligea à soutenir son regard brûlant. En un éclair, les lèvres de Liddy s'échauffèrent et son corps tout entier se mit à trembler. Il allait l'embrasser ! Instinctivement, elle entrouvrit la bouche, prête à lui céder, mais il la lâcha soudain et s'écarta d'un pas.

— Mon opinion est la seule qui importe ici, déclara-t-il avant de lui indiquer un tabouret. Assieds-toi et joue. Voyons si tu apprends réellement vite. Fais-moi plaisir.

— Comme si j'avais le choix, marmonna-t-elle en s'installant face au plateau de jeu.

— Quelle sera ta récompense, si tu gagnes ?

— Pas un baiser ; vous feriez exprès de perdre.

Sigurd éclata de rire et lui prit la main.

— Ah, Liddy, nous sommes faits pour nous entendre !

Elle lui laissa sa main quelques secondes de plus qu'elle ne l'aurait dû, mais parvint finalement à s'écarter. Reprenant le contrôle de ses émotions, elle se concentra sur le plateau.

— Allons-nous jouer, oui ou non ?

Elle perdit lamentablement la première partie mais, dès la deuxième, commença à comprendre. À la troisième, elle parvint à arracher la victoire et ne put réprimer une excitation enfantine.

— Vous voyez ? Je peux y arriver !

Sigurd, l'air incrédule, fixait le plateau, les dents serrées.

— C'est impossible, lança-t-il. Je n'ai pas perdu une partie depuis des années. Tu dois penser que je l'ai fait exprès…

— Pourquoi ?

— Parce que je sais ce que l'on ressent quand quelqu'un vous laisse gagner.

Une étrange satisfaction envahissait Liddy. Elle avait gagné, et il n'était pas fâché contre elle. La réaction de Brandon avait-elle été exagérée, en fin de compte ? Il avait toujours obtenu ce qu'il voulait, après tout, trop couvé par ses parents.

Et s'il a eu tort au sujet des jeux, peut-être a-t-il eu tort sur d'autres choses, chuchota soudain une petite voix en elle. *La malédiction ? Le bateau prétendument insubmersible ? Le fait que la mort de Keita et Gilbreath ait été ma faute et non pas un tragique accident ?*

Elle fit rapidement taire cette voix insidieuse et replaça les pièces sur le plateau.

— Nous pouvons refaire une partie ; à moins que vous n'ayez d'autres choses à faire.

Sigurd fronça les sourcils.

— Il va falloir que je change de stratégie si je veux gagner, cette fois.

Liddy réprima un petit sourire triomphant.

— Peut-être que vous vous êtes trop reposé sur mon inexpérience, suggéra-t-elle.

— Peut-être. Mais je vais redoubler d'efforts et ignorer toutes les distractions.

— Quelles distractions ?

— Tu sais très bien de quoi je parle, répondit-il en prenant une des longues mèches de cheveux de Liddy entre ses doigts pour la regarder retomber. Je suis content que tu aies cessé de te couvrir la chevelure.

Lorsque les doigts de Sigurd lui effleurèrent la joue, un délicieux frisson la parcourut et elle dut de nouveau se concentrer sur le jeu pour ne pas céder à ses émotions. Pensait-il vraiment qu'elle était une agréable distraction ? Non, ce n'était sans doute qu'une plaisanterie de plus !

— Je n'avais pas l'intention de vous troubler, soyez-en sûr, répliqua-t-elle en bougeant sa première pièce. Après tout, c'est vous qui m'avez donné l'ordre de laisser mes cheveux détachés et d'abandonner mes voiles.

— Dis-moi, cette partie ne serait-elle pas plus intéressante, si nous décidions d'un enjeu ?

La main de Liddy se mit à trembler, crispée sur sa pièce. Elle n'avait aucun problème à imaginer de quel enjeu il parlait. Le lit recouvert de ses luxueuses fourrures continuait toujours à attirer son regard. Ce serait si agréable de sentir ces pelages soyeux sous sa peau nue... Elle ravala son trouble et chassa cette image de son esprit.

Non, Sigurd s'attendait sans doute à autre chose. De plus, elle ne perdrait pas : elle avait bien compris comment fonctionnait le jeu, à présent.

— Quel enjeu ? Je pensais que nous jouions pour savoir qui aurait le droit de dormir dans le lit.

— Quelle femme ! Tu penses donc toujours au lit ?

D'un pion, il contra son attaque.

— Non, je ne pense pas qu'il serait juste de te mettre ce genre de pression... Pour le moment, ajouta-t-il. Nous n'avons qu'à jouer pour autre chose.

— Je vais d'abord gagner et, après, je déciderai de l'enjeu, lança-t-elle avant de plaquer si brutalement une de ses pièces sur le plateau qu'elle fit bouger toutes les autres.

Il couvrit sa main de la sienne, mais la retira tout aussi vite.

— J'aime bien ce genre d'attitude. Que la bataille commence, Liddy ! Et je te préviens que j'attends un combat mémorable...

— Vous êtes bien trop confiant, ma victoire sera facile.

Cependant, la partie fut serrée. Sigurd prit l'avantage dès le début mais, alors qu'elle pensait que tout était perdu, elle entrevit un moyen de gagner. Elle avança en quelques coups sa dernière pièce et captura le roi de Sigurd.

— Cette fois, vous ne pourrez pas prétendre avoir été distrait ! lança-t-elle après sa victoire.

— Parfait, que vas-tu exiger comme récompense ? murmura-t-il d'une voix caressante tout en la couvant d'un regard brûlant.

N'écoutant que le désir qui lui palpitait sous la peau, elle faillit lui demander ce baiser qu'il lui promettait depuis des jours.

— J'aimerais marcher un peu hors des remparts avec Coll, dit-elle rapidement avant de se trahir. Je veux sentir le soleil sur mon visage et le vent dans mon dos.

— Je suis à ta disposition, répondit Sigurd avant de se lever et de la saluer avec courtoisie.

— Vous voulez... venir avec moi ? s'écria-t-elle, stupéfaite. Vous voulez qu'on se promène ensemble en dehors du fort ?

Il pencha un instant la tête sur le côté.

— Pensais-tu que j'allais te permettre de te promener toute seule ? Et si tu allais trop près du bois sacré ? Non, je dois t'accompagner.

— Je vous promets de ne pas m'enfuir. Je vous promets de

revenir immédiatement. Je ne demande que quelques instants de liberté, supplia Liddy — se haïssant de montrer ainsi sa faiblesse. De toute manière, vous m'avez assuré qu'il n'y avait plus de corps, là-bas.

— Les corps ont été enterrés, répondit Sigurd. Le devin s'en est plaint, il y a quelques jours, parce que j'ai autorisé un des prêtres d'ici à dire des prières pour les victimes. Le bois est vide, à présent, mais il reste sacré. Mes hommes ont le droit de pratiquer leur religion.

— Je vous jure que je ne m'en approcherai pas.

— Si seulement c'était aussi simple, soupira-t-il.

Il lui caressa la joue du dos de la main et Liddy dut faire appel à toute sa volonté pour ne pas s'appuyer contre les doigts de Sigurd.

— On m'a appris à me méfier de tout le monde, Liddy. Je ne peux pas renier une habitude de toute une vie, pas même pour toi. Si tu veux sortir du fort, ce sera avec moi et ce n'est pas négociable.

Les bois étaient baignés de soleil et résonnaient de dizaines de chants d'oiseaux. Devant Liddy, un papillon voletait d'une fleur à la suivante. Elle marchait lentement, s'emplissant à chaque respiration du parfum des arbres, savourant la fraîcheur et le silence.

Sigurd avait raison. C'était bon, parfois, de n'avoir rien à faire…

Coll trottinait gentiment à leurs côtés quand, soudain, il sentit la piste fraîche d'un lapin et s'éloigna en courant dans les buissons. Ces derniers temps, quand Sigurd était à ses côtés, il arrivait souvent à son chien de s'éloigner d'elle, comme s'il savait qu'elle ne courait aucun risque.

De plus en plus consciente de la présence troublante de Sigurd si près d'elle, Liddy fit de son mieux pour calmer les battements de son cœur. Dire qu'elle avait cru que le grand air lui permettrait d'oublier l'intimité étouffante de la chambre…

— Ce n'est pas bien, d'être ici, murmura-t-elle.
— Pourquoi ?
— Vous vouliez que je surveille les servantes. Si je ne suis pas là, elles trouveront une excuse pour aller se baigner dans le lac.
— Pourtant, elles me paraissent toujours très occupées quand je les vois.
— Bien sûr, elles font tout leur possible pour attirer votre attention et finir dans votre lit !

Sigurd la prit par les épaules et l'obligea à lui faire face.
— Et cela te dérange ? demanda-t-il.
— Pas du tout, mentit-elle très vite. Au contraire, qu'elles essaient ! Je ne suis pas jalouse.
— Vraiment ? Tu mens décidément bien mal, répondit-il en lui caressant la joue. Tu as l'air prête à cracher du feu à la simple idée de quelqu'un d'autre dans ma chambre. On m'a même dit que tu avais insisté pour y installer mes affaires toute seule.

Liddy soutint son regard de braise, sans un mot. Chaque parcelle de son corps s'échauffait quand elle était si près de lui et son cœur s'emballa soudain.
— Je voulais simplement y chercher l'or une dernière fois. Je ne désire qu'une chose, vous savez : ma liberté.

Le pouce de Sigurd suivit la courbe de la lèvre de Liddy.
— Et moi, je pense que tu protestes trop fort pour être honnête.

Elle avait tellement envie de l'embrasser... Il aurait mieux valu qu'elle s'écarte, mais elle en était incapable. Il était si près d'elle !
— Vous ne respectez pas les règles, protesta-t-elle.
— Je t'avais prévenue : je ne suis pas doué pour suivre les règles. Alors, Eilidith, veux-tu vraiment ta liberté ? N'y a-t-il pas autre chose que tu désires de tout ton cœur ?

Elle aurait dû s'éloigner, résister à la tentation des lèvres de Sigurd, mais ses jambes s'étaient muées en pierre. Toutes ses raisons de résister à son envie de l'embrasser, qui lui avaient paru si rationnelles la veille encore, commençaient à fondre comme neige au soleil. Elle *voulait* ce baiser, en cet instant, dans les bois — là où ils n'étaient plus maître et esclave mais simplement un homme et une femme qui se promenaient ensemble.

Cédant finalement à son instinct, elle se redressa et prit une profonde inspiration.

— Embrassez-moi. Maintenant.

Sigurd la dévisagea d'un air surpris.

— Le désires-tu réellement ?

— Oui, chuchota-t-elle tout contre ses lèvres.

Il la serra instantanément dans ses bras, l'écrasant presque contre lui. Sentir le corps de Sigurd, si fort et si chaud, la bouleversait plus qu'elle ne l'aurait cru. Elle le laissa l'embrasser longuement, goûtant avec délice la saveur de sa bouche. Leurs langues finirent par se rencontrer, jouer, s'explorer. Liddy se cambra pour se rapprocher encore de lui, fondant sous la puissance de ses muscles.

La main de Sigurd glissa le long du dos de Liddy et il l'attira un peu plus contre lui. Ce fut alors qu'elle sentit la preuve de son désir pressée contre son ventre.

— J'ai attendu, lui murmura-t-il à l'oreille, mais j'ai eu pitié de toi : je ne t'ai pas fait supplier…

Il lui déposa une série de baisers le long de la gorge. Chaque nouveau contact attisait un peu plus le feu qui brûlait en elle et elle comprit à l'instant qu'elle avait envie de bien plus que cela.

N'écoutant que son instinct, elle tira sur la chemise de Sigurd. Elle avait trop envie — non, *besoin* — de sentir sa peau nue contre la sienne. Il parut comprendre ce qu'elle désirait et se débarrassa immédiatement de son vêtement. Sa peau hâlée prenait des reflets d'or sous le soleil d'été. Du bout des doigts, Liddy caressa les cicatrices pâles qui traversaient le torse de Sigurd puis, cédant à un élan soudain, elle les embrassa. Toutes ces lignes claires étaient si lisses, étonnamment douces sous ses lèvres.

— Vous avez beaucoup souffert, murmura-t-elle.

— Le temps soigne presque tout ; et la souffrance finit par nous rendre plus forts.

— J'espère que vous avez raison…

Il lui prit la main et lui déposa un petit baiser sur les doigts.

— À moins que tu ne veuilles vraiment continuer, nous devrions nous arrêter là, dit-il à mi-voix. Si nous allons plus loin, je ne te promets pas d'avoir la force de me maîtriser.

Liddy le dévisagea un instant, stupéfaite. Il lui laissait le choix ? Il acceptait qu'elle seule décide de ce qui se passerait ou non entre eux. Elle avait donc la liberté de s'écarter de lui et de faire semblant que tout cela n'était pas ce qu'elle désirait ; mais elle en avait fini avec les mensonges.

Elle voulait explorer ce feu enivrant qui lui envahissait le corps. Elle voulait enfin savoir si elle était aussi froide et insensible que Brandon le lui avait souvent répété. Aujourd'hui, pour la première fois, son corps palpitait, brûlait, menaçait de sombrer dans l'extase à la moindre caresse. Et, perturbée par ces sensations nouvelles, elle sentit son estomac se nouer.

— Pensez-vous que je veuille m'arrêter ?

Sigurd recula d'un pas. Il avait soudain l'air presque vulnérable, lui qui était d'habitude si sûr de lui.

— Je ne sais pas. Dis-le-moi.

— Je vous veux, répondit-elle sans réfléchir. J'en ai rêvé. Vous envahissez mes songes chaque nuit.

Elle parvenait enfin à se libérer du poids des souvenirs de Brandon, à admettre que Sigurd n'avait rien en commun avec son époux décédé.

— Moi aussi, j'en ai rêvé, lui avoua-t-il.

Un peu embarrassée, Liddy eut un petit rire nerveux.

— J'espère être à la hauteur de vos rêves…

— Je n'en doute pas.

Il la prit de nouveau dans ses bras, avec douceur, comme si elle était précieuse à ses yeux, unique ; et il l'embrassa avec fièvre. Cette fois, sa langue se montra plus joueuse, plus gourmande. Liddy se pressa contre lui jusqu'à sentir la fermeté de son sexe. Son corps se frotta instinctivement contre celui de Sigurd, cherchant désespérément le soulagement dont il avait besoin après toutes ces journées de désir réprimé.

D'une main experte, il détacha la cape de Liddy et la laissa tomber sur les fougères.

Passant ensuite une main sur l'épaule de celle-ci, sur son bras, il referma les doigts sur son sein, à travers l'étoffe de sa robe, et lui caressa le mamelon jusqu'à ce qu'il durcisse et se tende. Le tissu du corsage de Liddy irritait sa peau si sensible, envoyant de multiples vagues de chaleur en elle. Prise d'un délicieux vertige, elle lâcha un petit gémissement avant de glisser les doigts dans les cheveux de Sigurd pour se raccrocher à lui.

Il lui jeta un coup d'œil amusé et eut un sourire satisfait en se penchant sur son deuxième sein. Il le caressa de la même manière et, bien vite, l'autre mamelon de Liddy devint plus sensible, presque douloureux lui aussi.

Incapable de se contrôler plus longtemps, elle attrapa le pantalon de Sigurd et tira dessus avec fièvre. Il l'aida, dénouant rapidement la ceinture pour dévoiler son érection. Cédant à la tentation, Liddy referma la main sur le sexe de Sigurd pour le sentir palpiter sous ses doigts.

— Je ne peux plus attendre, lui chuchota-t-il à l'oreille avant de la coucher doucement sur la cape.

Pour toute réponse, Liddy retroussa sa robe et écarta les jambes.

Elle était plus que prête pour lui. Son corps s'ouvrit devant Sigurd et il pénétra en elle sans peine. Instinctivement, ses hanches se mirent à suivre le rythme effréné de celles de son amant, de plus en plus vite, jusqu'à ce que le monde entier s'écroule autour d'elle. Ce fut alors qu'elle comprit qu'elle avait eu tort de mépriser l'acte sexuel. Contrairement à ce qu'elle avait vécu jusque-là, elle découvrit avec Sigurd que cela pouvait être merveilleux, magique — avec la bonne personne.

Sigurd reprit lentement ses esprits. Il avait pris Liddy bien trop vite, pas du tout comme il l'avait imaginé.

Elle s'était endormie dans ses bras. Il regarda quelques instants sa poitrine se soulever et retomber, ainsi que ses jambes nues encore entrelacées avec les siennes. L'or de ses bracelets offrait un contraste brutal avec la pâleur de sa peau. Sigurd sentit soudain sa gorge se nouer. Cette femme avait-elle réellement eu le choix quand elle l'avait laissé la prendre de cette manière ?

C'était la créature la plus exquise qu'il ait jamais vue, et les reflets de flamme de ses cheveux n'étaient rien à côté de la passion qui couvait en elle. En cet instant, Sigurd sut qu'il voulait explorer toute la profondeur de cette passion.

Ce qu'ils venaient de partager était indescriptible. Son seul regret était d'avoir fait cela sur un dur lit de fougères et non au milieu des fourrures moelleuses qu'elle avait disposées avec soin sur le matelas de sa chambre. Elle portait encore sa robe et sa chemise, ce qui n'était pas idéal non plus. Au contraire, il voulait voir chaque parcelle de ce si beau corps.

Soudain, il eut terriblement envie de la protéger et la serra contre lui. Il n'était pas prêt à la laisser partir — pas encore. Elle resterait sienne. C'était décidé.

Depuis combien de temps ne s'était-il pas senti aussi apaisé ?

Dans le silence de la forêt, Liddy murmura tout bas dans son sommeil et Sigurd lui déposa un petit baiser sur la tempe.

— Il est temps d'y aller, murmura-t-il.

Elle se réveilla immédiatement et se releva, dissimulant ses jambes magnifiques sous sa robe.

— Il va être tard, reprit-il avec un petit sourire. Et la prochaine fois, je veux que nous le fassions dans mon nouveau lit.

— Il y aura une prochaine fois ?

De nouveau, Sigurd maudit l'époux de Liddy en silence. Que lui avait-il donc fait pour détruire ainsi toute sa confiance en l'amour ?

— Bien sûr, répondit-il avec un sourire rassurant. Croyais-tu vraiment que je me lasserais si vite de toi ?

L'ironie de cette remarque lui serra le cœur. Contrairement à toutes les autres femmes qu'il avait couchées dans son lit au cours des dernières années, Liddy était bien plus pour lui qu'un simple corps chaud dans la nuit... Il avait décidément été stupide de penser que faire l'amour avec elle suffirait à faire taire son désir. Il voulait admirer chaque partie du corps de Liddy mais, plus que tout, il voulait gagner le cœur de celle-ci.

— Je ne sais pas, balbutia-t-elle. Je ne m'attendais à rien de particulier...

Sigurd lui déposa un autre petit baiser sur la tempe, en faisant de son mieux pour ignorer la flamme qui s'éveillait de nouveau au creux de ses reins. En vain. Elle pensait encore à son époux et il fallait à tout prix le lui faire oublier...

— Cesse donc de me juger en fonction des actions de ton défunt mari.

Liddy lissa sa robe, les joues un peu rouges.

— Retournons au fort. On va finir par nous chercher.

— Eh bien, on attendra, répliqua Sigurd. Mes hommes sont sans doute heureux de profiter d'un peu de répit au lieu de s'entraîner au maniement du bouclier.

Il sentait son corps s'éveiller de nouveau, insatisfait. Ces quelques instants de passion n'avaient pas suffi à assouvir son désir ; bien au contraire, cela n'avait réussi qu'à l'attiser encore plus. Mais, cette fois, il voulait le faire dans un lit avec des couvertures et des oreillers moelleux, et non à même le sol froid de la forêt. Il voulait passer la nuit entière à explorer le corps de Liddy.

Elle rougit de plus belle sous le poids de son regard et ses lèvres esquissèrent une petite moue timide.

— Je n'ai pas envie que tout le monde se mette à colporter des ragots sur mon compte.

— Ils le font déjà, répondit tranquillement Sigurd. On ne peut pas voir tes lèvres sans penser aux baisers qu'elles sont capables d'offrir.

Elle se frotta nerveusement la bouche du dos de la main.

— Ce n'est pas vrai ! Vous vous moquez de moi.

Sigurd ôta une feuille de fougère des cheveux décoiffés de Liddy.

— Oui, un peu, admit-il. Tout à l'heure, mes hommes plaisantaient en me disant que je les poussais à s'entraîner trop dur et que je prenais bien trop de plaisir à les vaincre parce que j'avais envie de toi. Je suppose qu'ils avaient raison et que je serai un peu plus doux avec eux, à présent. Ils te seront certainement reconnaissants…

Ainsi, il avait eu envie d'elle — et il avait obtenu ce qu'il voulait.

Un frisson glacé parcourut Liddy de la tête aux pieds. Ce qu'il ressentait pour elle était purement physique — et ces choses-là ne duraient jamais bien longtemps, elle le savait mieux que personne : Brandon le lui avait fait comprendre.

Elle claqua des doigts et Coll, qui était toujours en train d'explorer la piste de son lapin, arriva en bondissant entre les arbres.

— Quoi qu'il en soit, je veux retourner au fort.

Sigurd regarda Liddy s'éloigner, bien trop conscient qu'il avait été prêt à s'attarder ici avec elle, à se perdre en elle de nouveau. Ce soir, se promit-il en silence. Ce soir, il découvrirait certains secrets de Liddy et lui montrerait qu'elle n'avait rien à craindre de lui.

Ce soir, il libérerait cette femme passionnée de la prison qu'elle avait bâtie autour d'elle au fil des ans.

Chapitre 9

Le bruit de la fête résonnait jusque dans la chambre où Liddy faisait les cent pas. Elle avait prétendu souffrir d'une migraine à son retour au fort et Sigurd avait accepté son mensonge sans mot dire. Lui-même avait eu d'autres choses à faire. Coll avait pour sa part décidé de rester avec lui au lieu de demeurer auprès de Liddy — même son chien l'abandonnait, à présent !

Elle serra les poings. Elle avait peut-être eu tort de battre en retraite, mais elle souffrait encore de sa naïveté face à Brandon. Pendant des années, elle avait dû endurer sans rien dire la conduite insultante de ce dernier et le voir séduire d'autres femmes devant elle. Les rares fois où elle avait osé protester, il s'était contenté de rire et de dire qu'elle était trop sensible. Seulement, elle avait compris à ses dépens que chaque femme qu'il tentait de charmer finissait tôt ou tard dans son lit…

Elle n'était pas prête à vivre la même épreuve avec Sigurd. Elle avait bien vu à quel point il était à son aise en compagnie des femmes, à quel point il lui était facile de les charmer en quelques mots. Toutes celles du fort manquaient de s'évanouir quand il passait près d'elles !

Non, elle n'était pas prête à le voir partir. Elle avait besoin de se sentir spéciale pendant quelque temps encore. Si elle s'était réfugiée dans la chambre, cela avait été par lâcheté ; elle aurait été incapable de participer aux festivités.

À chaque fois qu'elle passait devant le lit, il lui semblait plus énorme encore… Devait-elle s'allonger sous les fourrures en attendant Sigurd ? Et s'il décidait de ne pas la rejoindre, comme Brandon l'avait si souvent fait ?

Cette fois, elle ne demanderait pas plus que ce que Sigurd était prêt à lui offrir. Ce qui s'était passé dans la forêt avait été un moment d'oisiveté plaisante, une enclave dans sa journée de travail, rien de plus. Elle ne devait surtout pas trop attendre de lui. Après tout, Brandon n'avait jamais été pressé de la rejoindre, après leur nuit de noces...

Mais en même temps, ses étreintes avaient toujours été plus brutales, plus froides que celles de Sigurd.

Sans ralentir le pas, elle poussa un profond soupir. Il était inutile de se mentir. Brandon avait été surpris, la première fois qu'il avait vu ses larmes. Il ne s'était jamais soucié de son plaisir ou de son bien-être.

Ce soir, au contraire, elle sentait son corps vibrer, frémir au souvenir des caresses de Sigurd. Nerveuse, elle décida de se tresser les cheveux et de se préparer à dormir. Plus vite elle retrouverait ses bonnes vieilles habitudes, plus vite toute cette folie cesserait.

Soudain, un bruit inattendu la fit sursauter. Sigurd se tenait dans l'encadrement de la porte et la dévisageait d'un air presque inquiet. Liddy sentit son cœur s'emballer mais reprit bien vite le contrôle de ses émotions.

— Tu n'es pas descendue pour le repas, dit-il.

— Ma tête va un peu mieux, répondit-elle simplement en lissant son tablier.

Elle pouvait y arriver. Elle pouvait rester terre à terre. Elle n'avait qu'à faire comme s'il était monté pour une raison tout à fait logique — pas pour elle. Ce genre de subterfuge avait toujours fonctionné avec Brandon : faire semblant de ne pas comprendre ce qu'il voulait et partir du principe qu'il ne lui adressait la parole qu'au sujet de la bonne marche de la maison.

— Je suppose que le tonneau de bière est vide et que personne ne sait où j'ai déposé la clé de la réserve, reprit-elle donc.

Mais Sigurd ne bougea pas du seuil de la chambre.

— Si la clé était perdue, je me contenterais de faire abattre la porte. Je suis là parce que nous avons une affaire à conclure, toi et moi.

Liddy effleura sa marque du bout des doigts et baissa les yeux, le cœur en berne. L'espace d'un instant, Sigurd l'avait laissée croire qu'elle était attirante à ses yeux…

— Voulez-vous dire que nous devons discuter de nos nouvelles règles ? Pourtant, je ne pense pas que nous ayons de vraies règles entre nous. Maintenant, si vous voulez bien m'excuser, je… Je dois voir où est Coll pour m'assurer qu'il ne fait pas de sottises.

Elle tenta de sortir de la chambre sans un regard pour lui mais il lui attrapa le bras au passage.

— Ne fais pas cela, murmura-t-il.

Ce simple contact suffit à enflammer le corps de Liddy. Elle aurait voulu s'abandonner dans les bras de cet homme, mais elle résista à son désir. Le dos bien droit, un peu crispée, elle s'immobilisa en priant pour qu'il n'entende pas les battements affolés de son cœur.

— Qu'est-ce que je ne dois pas faire ?

— Ne te protège pas derrière ce bouclier d'indifférence ; pas après ce que nous avons partagé cet après-midi. Sois sincère et dis-moi la vérité : pourquoi t'es-tu cachée ici pendant toute la soirée ?

— Je ne me cache pas, c'est absurde !

La gorge nouée, elle n'osa pas le regarder en face et entortilla le bout de sa ceinture entre ses doigts.

Sigurd lui caressa la joue et elle trembla sous ses doigts chauds.

— Absurde ? Peut-être, mais on a besoin de toi *ici*. Il y a plusieurs servantes en cuisine et Coll est occupé à ronger l'os que je lui ai donné. Tu es là pour me servir, moi et personne d'autre.

— Oui, en m'occupant de votre maison.

Pourquoi ces simples mots lui faisaient-ils si mal ? Elle aurait pourtant dû être soulagée…

Mais Sigurd fit non de la tête.

— Pendant toutes ces heures passées dans la grande salle, à

écouter mes hommes rire et chanter, je n'ai fait que penser à toi, avoua-t-il. Je me suis dit que ton absence n'était qu'une feinte.

Surprise, elle leva enfin les yeux sur lui, incapable de maîtriser ses émotions.

— Une quoi ?

— Une feinte. Une excuse pour me permettre de quitter la fête en avance, parce que ce que je veux vraiment, c'est être ici, avec toi.

Il prit alors le visage de Liddy entre ses mains et l'embrassa — longuement, en prenant son temps. Il était autoritaire, certes, mais aussi assez tendre, comme s'il ne savait pas comment elle allait réagir. Sa douceur ne cessait de l'intriguer.

Le corps de Liddy répondit instantanément à cette invitation et leur baiser se fit plus intense, plus passionné.

Puis Sigurd la relâcha.

Prise de vertige, elle trébucha et tendit un bras en arrière dans l'espoir de se raccrocher à quelque chose. La bouche de Sigurd avait un goût de bière — et de *lui*.

— Oseras-tu encore me dire que tu as quelque chose de plus important à faire ailleurs ? demanda-t-il en la couvant d'un regard brûlant.

Liddy serra les poings dans l'espoir vain de réprimer son tremblement.

— Ce serait mentir ; et pourquoi mentirais-je au sujet d'une telle chose ?

— Bien ! Tu commences à apprendre. Crois-moi, tu as encore beaucoup de chemin à faire, répondit-il avant de la prendre dans ses bras. J'espère que tu seras une élève attentive…

— Je ferai de mon mieux.

Cette voix rauque, essoufflée, était-elle vraiment la sienne ? Liddy ne se reconnaissait plus. Comment avait-elle pu changer à ce point en si peu de temps ?

Les mains impatientes mais douces de Sigurd défirent sa tresse et étalèrent ses longs cheveux sur ses épaules.

— Si doux… Si flamboyants, murmura-t-il. Ne les attache plus : ils révèlent la femme que tu es, indomptée et passionnée…

Liddy sentit une agréable chaleur monter en elle. Il la trouvait passionnée — pas froide et distante. Le matin même, elle aurait encore été choquée de se voir décrire ainsi ; mais ce soir, elle en avait envie.

— Indomptée ? Êtes-vous sûr de parler de moi ?

— Tu sous-estimes tes charmes, Liddy.

Il indiqua le lit couvert de fourrures d'un petit signe de tête.

— Cette fois, nous aurons un matelas et du temps devant nous. Laisse-moi te montrer ce qui peut arriver, dans un lit.

Dans la lumière des torches, le couchage paraissait encore plus grand, encore plus intimidant, rappelant à Liddy tous ses échecs passés. Le feu de désir qui s'était allumé au creux de ses reins vacilla et s'affaiblit.

— Liddy ? chuchota Sigurd à son oreille, ravivant un instant les braises.

— J'ai apprécié ce que nous avons fait cet après-midi, répondit-elle sans oser lever les yeux. C'était mieux que ce à quoi je m'attendais…

— Et ce n'est rien comparé à ce que cette nuit nous réserve.

Il chassa quelques mèches du visage de Liddy avec tellement de tendresse que, gênée, elle se détourna de lui. Elle n'aurait pas dû laisser son cœur s'attendrir — et elle avait de bonnes raisons pour cela — mais, à chaque fois qu'elle parlait avec Sigurd, ses barrières s'écroulaient l'une après l'autre.

— Laisse-moi voir ton corps, murmura-t-il.

Un frisson glacé la parcourut. Son corps ? Nu ?

En un instant, elle sentit son cœur se faire plus lourd et le souvenir du dégoût de Brandon, après la naissance des jumeaux, revint la hanter.

— Pourquoi vouloir voir mon corps ?

— Parce que je veux en explorer chaque parcelle.

Elle aurait tant voulu croire à cette tendresse, à ce désir qu'elle lisait dans les yeux de Sigurd. Mais son esprit ne cessait de lui rappeler la répulsion de Brandon, après la naissance de ses enfants. Le regard morose et les moues méprisantes de son mari restaient ancrés dans l'esprit de Liddy, l'empêchant d'oublier à quel point sa grossesse avait déformé et marqué son ventre.

Prise de panique, elle secoua la tête et recula d'un pas.

— Non, je ne suis pas prête. Mon époux le comprenait — l'obscurité, c'est beaucoup mieux. Nous n'aurions jamais dû… Pas en plein jour. Mon corps…

Sa voix tremblait tellement qu'elle dut renoncer à s'expliquer. Sigurd la dévisagea un instant, comme s'il cherchait à dompter un cheval nerveux.

— Tu as vu mon corps et mes cicatrices, non ? dit-il avec douceur. Et je préfère voir ton visage en faisant l'amour.

Voir son visage ? Encore une preuve qu'il avait connu beaucoup d'autres amantes, dans sa vie : tout cela n'était qu'une question de désir, pour lui. Et le désir finissait toujours par s'éteindre. Elle voulait plus que cela — mais c'était hélas impossible.

Un jour ou l'autre, il se détournerait d'elle et elle en souffrirait… Il était hors de question qu'elle se plonge de nouveau dans ce gouffre de solitude !

Elle tenta une nouvelle fois de s'éloigner, mais Sigurd la tenait gentiment par les épaules, l'empêchant de bouger.

— Je vous en prie… Ce n'est pas une demande excessive ; et les prêtres disaient toujours qu'il est interdit de faire ce genre de choses.

Sigurd laissa glisser ses mains le long des bras de Liddy, attisant encore plus en elle les braises du désir et sapant sa volonté de résister. Instinctivement, elle se pencha vers lui.

— Très bien. Dans ce cas, nous attendrons que tu sois prête.

D'un geste tendre, il lui écarta les cheveux et lui déposa un petit baiser dans le creux du cou. Cela fait, il éteignit les torches une par une, ne laissant qu'une petite lampe.

— Nous irons à ton rythme, Eilidith. Sans lumières.

Liddy ferma les yeux. Sigurd prenait son temps et semblait vouloir rester avec elle pendant plus d'une nuit.

— Merci.

Il lui posa une main sur l'épaule et l'examina un long moment dans la pénombre.

— Ton époux te traitait-il bien ? Je veux la vérité, Liddy... Je veux que tu me regardes dans les yeux et que tu me dises ce qui t'est arrivé.

— Je tenais la maison, et lui s'occupait du domaine. Tout le monde disait que nous nous étions bien trouvés pour cela.

Ce demi-mensonge lui resta coincé dans la gorge. Elle n'aimait pas se montrer malhonnête, mais quel choix avait-elle ? Admettre la vérité devant Sigurd l'obligerait à expliquer à ce dernier comment Keita et Gilbreath étaient morts, victimes de son incompétence. Cela l'obligerait à exposer au grand jour toute la laideur de son mariage... Les accusations de Brandon lui résonnaient encore aux oreilles. Son humiliation revint, plus amère que jamais. Son époux n'avait désiré que les terres qui constituaient sa dot, pas elle. Tous les mots tendres qu'il lui avait murmurés lorsqu'il lui faisait la cour n'avaient été que des mensonges.

Jamais il n'avait eu le moindre sentiment pour elle et elle avait été incapable de le satisfaire au lit — même lors de leur nuit de noces. La seule lueur de leur mariage avait été étouffée dans l'œuf à cause de son arrogance insouciante.

Sigurd lui prit la main et l'attira près de lui.

— Tu n'as pas répondu à ma question, dit-il avec douceur.

— Il me traitait aussi bien que l'on pouvait s'y attendre, répondit-elle, gênée, en reculant de nouveau. Est-ce que c'est Coll qui aboie ? Je devrais aller voir ce qu'il y a.

— Tu es encore plus nerveuse qu'une demoiselle lors de sa nuit de noces. Qu'est-ce que ton époux t'a fait ? T'a-t-il fait du mal ? Est-ce pour cela que Coll te laisse rarement seule ?

Comme elle ne répondait pas, le regard de Sigurd se fit plus dur.

— Je ne suis pas ton mari, Liddy. Coll le sait, lui : c'est pour cela qu'il a confiance en moi.

— Tout cela, c'est du passé, Sigurd. C'est fini.

— T'a-t-il fait du mal, oui ou non ? insista-t-il néanmoins.

— Il ne m'a jamais battue.

— Il existe bien d'autres manières de faire du mal à une femme, tu sais…

Liddy croisa instinctivement les bras, pour se protéger de cette vérité qui la faisait encore tant souffrir. Elle allait devoir donner une explication à Sigurd. Elle avait eu tort d'espérer — tôt ou tard, il finirait par tout découvrir et alors son regard se chargerait de dégoût.

— Il… Il n'aimait pas ma tache de naissance. Il disait que j'étais maudite et me blâmait pour tout ce qui ne se passait pas bien, dans sa vie.

— Dans ce cas, il était aveugle, stupide et faible. Comment peut-on reprocher à quelqu'un d'autre ses propres échecs ? Chaque homme est responsable de son destin, répondit-il en lui caressant doucement le menton. Pour moi, ta marque est comme un papillon attiré par la saveur parfumée de tes lèvres.

Ses paroles la firent presque sourire, mais elle fit de son mieux pour ignorer ce bonheur furtif.

— Vous ne me connaissez pas très bien, Sigurd.

Il l'obligea à le regarder dans les yeux et elle vit son regard scintiller dans la lumière de l'unique torche encore allumée.

— J'ai posé des questions à ton sujet et au sujet de ton époux après notre promenade, Liddy. On m'a raconté quelques rumeurs. Ton mari avait de nombreuses maîtresses, n'est-ce pas ? Mais il ne savait pas comment s'occuper d'une femme.

— Qu'est-ce qui vous fait dire cela ?

Il lui caressa les cheveux et poussa un profond soupir.

— Je sens la passion qui dort en toi, mais tu as trop peur pour la libérer… Je te promets de ne pas te faire de mal. Je me suis laissé guider par la violence de mon désir, cet après-midi, et je m'en excuse. Accorde-moi une seconde chance.

Le cœur de Liddy s'emballa, battant beaucoup trop fort dans sa poitrine. Cet homme méritait de tout savoir, de découvrir l'existence de Keita et Gilbreath, ainsi que le rôle terrible qu'elle avait joué dans leur mort. Seulement, tout lui avouer mettrait à coup sûr fin à leur relation et, guidée par son égoïsme, Liddy ne voulait pas que tout s'arrête. Elle voulait vivre encore un peu ce rêve qu'elle ne méritait pas.

— Si vous savez cela, vous savez presque tout de moi. Bientôt, je n'aurai plus le moindre secret à protéger.

— Il y a pourtant des choses que tu ne m'as pas encore dites, et j'attendrai que tu te confies, répondit-il, un doigt caressant posé au coin des lèvres de Liddy. Je veux juste te dire que je n'ai jamais plus d'une femme à la fois. Quand notre relation prendra fin, je ne t'humilierai pas et je m'assurerai que les enfants que nous pourrions avoir ne manquent de rien.

Des enfants ? Ce simple mot suffit à faire courir un frisson terrifiant sur la peau de Liddy. Elle s'écarta brutalement de lui et croisa les bras de plus belle. Elle était si facilement tombée enceinte, la dernière fois… Et Brandon s'était servi de sa grossesse comme d'une excuse pour abandonner son lit.

— Nous ne sommes pas certains d'avoir des enfants, balbutia-t-elle pour faire taire le soudain espoir qui naissait en elle — l'espoir d'avoir une seconde chance. Rien n'est jamais certain, dans ce domaine.

— Certes, mais je veux que tu saches que je prendrai mes responsabilités avec sérieux, si cela devait arriver. Le monde entier les considérera comme des enfants libres, pas des esclaves.

Il se montrait plus que généreux avec elle, mais cela ne suffisait pas à lui faire oublier sa peur. Bien vite, comme cela avait été le cas avec Brandon, Sigurd la regarderait avec répugnance — ou, pire, avec pitié…

— Vous me faites un grand honneur, balbutia-t-elle en dépit de ses lèvres sèches.

Sigurd lui caressa encore un instant les cheveux avant de soupirer d'un air presque triste.

— Dois-je partir ? Ai-je commis une erreur ?

Si elle le laissait quitter cette chambre, elle n'aurait probablement pas de seconde chance avec lui. Concentrée sur les lèvres de Sigurd, elle prit une profonde inspiration. Elle savait ce qu'elle avait à faire. Une fois qu'elle serait dans ses bras, tous ses doutes s'évanouiraient.

Elle se dressa donc sur la pointe des pieds pour être à sa hauteur.

— Nous parlerons de l'avenir plus tard. Pour le moment, je ne veux qu'une chose…

Au matin, elle lui avouerait tout et lui expliquerait pourquoi l'idée d'avoir de nouveau des enfants l'excitait et la terrifiait à la fois. Elle lui parlerait de Keita et de Gilbreath. Au matin, elle verrait le désir de Sigurd disparaître lentement de ses yeux, remplacé par l'horreur et le mépris… Mais, ce soir, elle voulait se sentir belle encore une fois.

— Plus tard, répéta-t-elle dans un souffle en l'attirant contre elle.

Sigurd l'embrassa, éveillant la passion qui dormait en elle. Elle glissa les mains sous la chemise de son amant et retrouva avec bonheur sa peau si chaude. Elle remonta lentement le long de son torse jusqu'à ses mamelons qu'elle caressa entre les doigts et fit durcir.

Sigurd lâcha un petit gémissement puis la prit brusquement dans ses bras pour la jeter sur le lit.

Elle s'enfonça dans l'épaisseur des fourrures — aussi soyeuses qu'elle l'avait imaginé. Sans un mot, Sigurd s'allongea au-dessus d'elle et souffla la flamme de la dernière lampe pour plonger la chambre dans une obscurité complète. En un éclair, il la déshabilla entièrement et elle resta là, nue et immobile. Libérée par la pénombre, elle s'étira avec délice. Son corps entier frissonnait d'impatience et elle dut rassembler toute sa volonté pour ne pas bouger.

— Je veux tout savoir de toi, même si tu m'interdis de te regarder. Même si je ne peux que te toucher, murmura Sigurd en laissant glisser sa main sur la hanche de Liddy.

Cette caresse lui envoya des vagues de chaleur et elle se cambra pour mieux sentir la paume de Sigurd sur sa peau.

— Je suis désolée, dit-elle dans un souffle, la gorge nouée. Je sais bien que je ne dois pas bouger… Mon époux se fâchait quand je faisais cela.

Dans le noir, elle entendit le rire de Sigurd résonner à son oreille.

— Pourquoi es-tu désolée ? Si ton époux a été assez idiot pour ne pas savoir comment donner du plaisir à sa femme, c'était son problème. Tu seras bien plus heureuse sans lui.

Liddy n'en crut pas ses oreilles. Était-il en train de dire que Brandon avait été le vrai responsable de son échec dans le lit conjugal ?

— Vous… Vous voulez que je bouge ? demanda-t-elle, abasourdie.

— Que tu bouges, que tu cries, et surtout que tu me dises ce que tu aimes et ce que tu n'aimes pas.

Il lui mordilla l'oreille et elle lâcha un soupir, cambrée de plus belle pour sentir le grand corps de Sigurd contre le sien.

— J'aime bien ce que vous venez de faire.

— D'ici demain matin, je suis sûr que nous aurons trouvé quelques autres choses qui te procurent du plaisir.

— Oh oui, j'espère bien…

Sigurd rit de nouveau.

— Nous nous sommes bien trouvés, on dirait. Maintenant que je peux te toucher, tu as le droit de me toucher aussi ; soyons équitables. Tu sais déjà que la lumière ne me fait pas peur, et le noir encore moins… Déshabille-moi.

Encouragée par son invitation, elle lui ôta sa chemise et l'aida à se débarrasser de ses autres vêtements.

Du bout du doigt, elle suivit à tâtons l'entrelacs de cicatrices qui lui recouvrait le torse. La croix qu'il portait autour du cou était chaude, aussi chaude que lui…

Elle descendit lentement la main jusqu'à la hanche de son amant, sentant immédiatement son désir pour elle pointer entre ses cuisses. Cédant à son instinct, elle referma la main sur le sexe de Sigurd, aussi émerveillée que la fois précédente par sa fermeté soyeuse.

Il poussa un gémissement de plaisir.

— Si tu continues comme cela, on aura fini avant même de commencer, Liddy. Ce soir, je veux que nous prenions notre temps et que nous en profitions. Tu sais, te donner du plaisir me permet de mieux savourer ce moment, moi aussi.

Il se pencha alors sur elle et du bout des lèvres rendit hommage à sa poitrine. Un sein après l'autre, il embrassa, suça et mordilla jusqu'à ce qu'elle se cambre de plus belle. Sigurd descendit lentement le long de son ventre pour atteindre le haut de ses cuisses.

Il déposa ensuite un baiser sur sa toison. Jamais encore on ne l'avait touchée ainsi… En quelques secondes, la chambre parut exploser autour d'elle, sombrer dans un néant absolu. Elle s'agrippa aux épaules de Sigurd et il parut comprendre sa supplique silencieuse.

Il la pénétra, sans rencontrer de résistance. Le corps de Liddy s'ouvrit à lui, offert et abandonné. Sigurd roula sur le matelas et elle se retrouva à cheval sur lui, les hanches emprisonnées par ses grandes mains de guerrier.

— Laisse-toi aller : ce soir, c'est toi qui donnes le rythme.

Obéissante, elle commença à bouger le bassin, l'entraînant plus profondément en elle jusqu'à ce qu'il soit tout entier enfoui dans sa chaleur. Et elle ne ressentit pas la moindre douleur.

Leur étreinte était encore plus délicieuse que dans la forêt car, cette fois, Liddy était capable de s'adapter au rythme de Sigurd. Et, cette fois, elle était certaine qu'il la désirait — autant qu'elle le désirait lui.

Bientôt, leurs cris emplirent la chambre…

Sigurd était allongé sur son lit, à côté de Liddy. S'était-il déjà senti aussi apaisé, aussi heureux, dans sa vie ? Incapable de répondre à cette question, il se contenta de prendre une profonde inspiration.

Pensif, il caressa la hanche de Liddy et sut qu'il la désirait de nouveau — mais il la désirait tout entière, dans toute sa beauté et sa complexité. Sa paume se hasarda quelques instants sur le ventre de Liddy et, soudain, il remarqua les marques qui le traversaient. Des marques qu'il n'avait pas senties, aveuglé par sa passion de la veille.

Une rage soudaine l'envahit — à cause d'elle, à cause de la situation et à cause de sa propre incapacité à voir l'essentiel. Il n'avait même pas pris le temps de réfléchir à la raison qui avait poussé tout le clan de Liddy à se détourner d'elle et à la croire maudite.

— Quand comptais-tu me parler de cela ? demanda-t-il soudain en refermant la main sur la taille de celle-ci pour l'attirer contre lui.

— Vous dire quoi ?

— Que tu as des enfants.

Il se redressa sur un coude pour mieux la voir, dans la faible lumière qui baignait la chambre.

— Comment as-tu pu les abandonner pour essayer de sauver ton père et ton frère ? Ton premier devoir n'est donc pas ton devoir de mère ?

Elle se débattit quelques instants et il finit par la libérer.

— Parce que je n'ai pas d'enfants, dit-elle froidement.

Sigurd dut faire appel à toute sa patience pour ne pas laisser sa colère éclater. Comment avait-il pu ne pas voir les signes ? Ne pas prêter attention à toutes les rumeurs qui couraient au sujet de cette femme ?

Pourquoi personne ne lui avait-il parlé des enfants ? Pourquoi l'avait-on laissé la réduire en esclavage ? À cause de lui, ces enfants avaient perdu leur mère…

— Ton ventre est strié de petites cicatrices. Je les ai senties et je ne pense pas que tu aies un jour participé à une bataille. Donc, je vais te le demander encore une fois : où as-tu caché ton ou tes enfants ? Pourquoi ne m'as-tu pas parlé d'eux ?

— J'ai *caché* mes enfants sur une colline, face à la baie de Kintra. Je ne peux plus rien faire pour eux à présent : ce sont les anges qui veillent sur eux.

En un éclair, toute la colère de Sigurd s'évanouit et sa gorge se noua. Il n'avait pas pensé à cela. Son enfant était mort… C'était donc pour cela qu'elle se croyait maudite !

— Ton enfant est décédé ?

— *Mes enfants* — des jumeaux, répondit-elle en se redressant, se dissimulant le visage sous un rideau de cheveux. Ils s'appelaient Keita et Gilbreath. Je suis tombée enceinte peu de temps après mon mariage ; peut-être même pendant ma nuit de noces. Mes bébés étaient le soleil de ma vie, mais ils m'ont quittée lors de leur deuxième printemps. C'est pour cela que je ne veux pas retourner en mer… Je les avais emmenés manger sur une petite île, avec leur nourrice. À cette époque, je naviguais volontiers et je nageais, aussi. En fait, c'était la seule chose que mon mari admirait chez moi : mon talent pour la navigation. J'ai trop serré le vent et le bateau, conçu par Brandon, s'est retourné. J'ai pensé avoir sauvé tout le monde, mais Keita est morte de noyade et Gilbreath a succombé à une fièvre, à cause de l'eau froide. Il est mort une semaine plus tard…

L'horreur de ce récit faillit rendre Sigurd malade.

— Et la nourrice ? demanda-t-il à mi-voix.

— Elle aussi a été victime de la fièvre et a failli mourir. Mais elle a survécu pour raconter une version bien différente des faits, murmura-t-elle en ramenant les genoux sous son menton, comme une fillette malheureuse. Maintenant, vous voyez pourquoi je suis maudite. Brandon a juré que le bateau était insubmersible. Il l'a juré à l'église, lors des funérailles de nos enfants. La nourrice, elle, a dit que j'avais été imprudente et que j'avais voulu aller trop vite. Bien sûr, elle avait toutes les raisons de mentir : elle était amoureuse de mon époux…

— Et tu comptais me cacher l'existence de tes enfants et leur horrible mort ?

Sigurd resta pensif. Décidément, il ne la comprenait pas. Liddy avait agi avec héroïsme et avait tout fait pour essayer de sauver ses enfants et leur nourrice. Et sur un bateau, un accident pouvait toujours arriver. Lui-même avait vu de nombreux hommes mourir en mer. Il ne put que maudire ce Brandon en silence, cet époux qui avait fait porter à Liddy tout le poids de ce désastre alors qu'elle pleurait ses enfants.

— Tout cela, c'est du passé. Quoi que je fasse, je ne pourrai jamais les ramener et je l'ai accepté. Parler d'eux me fait trop souffrir, c'est pour cela que je n'ai rien dit jusqu'à présent.

Elle poussa un soupir un peu tremblotant et reprit :

— J'avais l'intention de tout vous avouer, ce matin, mais je voulais encore me sentir unique pendant une nuit avant de voir vos yeux s'emplir d'horreur.

Sigurd sentit son cœur se briser. Le passé de cette femme n'aurait pas dû avoir la moindre importance pour lui, et pourtant…

Il l'avait séduite, l'avait faite sienne, et il n'avait jamais pris la peine de penser à la vie qu'elle avait pu avoir avant de le rencontrer. L'idée de lui demander si elle avait des enfants ne lui avait même pas traversé l'esprit.

Le pire, c'était qu'il savait au fond de lui que découvrir la vérité plus tôt n'aurait absolument rien changé : il l'aurait voulue avec la même passion. À un détail près — il n'aurait pas fait d'elle une esclave.

En découvrant qu'elle était mère, il avait eu un instant peur de devoir la libérer, la renvoyer auprès de son enfant, mais il goûtait un plaisir égoïste à savoir qu'il pourrait la garder auprès de lui plus longtemps, finalement.

— En quoi cet accident pouvait-il être ta faute ? demanda-t-il, essayant de comprendre.

— J'étais en colère contre Brandon. La nourrice a dit quelque chose à son sujet et j'ai compris qu'elle couchait avec lui. J'ai trop serré le vent et le bateau s'est retourné à cause de cela. Il n'aurait jamais dû couler. Brandon a juré que je l'avais fait exprès, qu'il avait conçu son bateau pour le rendre insubmersible.

Si seulement Sigurd avait pu tuer cet homme de ses propres mains ! Comment pouvait-on être aussi cruel ?

Emporté par ses émotions, il attira Liddy dans ses bras et la serra contre lui. Elle se laissa faire.

— Tu n'aurais jamais fait une telle chose délibérément, je le sais… Que s'est-il vraiment passé ?

Liddy eut un sourire un peu triste.

— Il y a eu une vague soudaine et le bateau s'est renversé, contrairement à ce qu'a dit la nourrice. Mais Brandon avait raison : je n'aurais jamais dû partir naviguer. Je voulais partir en mer, sentir le vent dans mes cheveux, me sentir *vivante*. Tout est arrivé par ma faute.

Sigurd la serra de plus belle.

— Ces vagues inattendues arrivent, de temps en temps, c'est connu. Dans ces moments-là, n'importe quel bateau pourrait couler.

— Mais la baie de Kintra est toujours très calme, sans la moindre vague !

Sigurd songea quelques instants à la mort de son propre père, suite à un accident de carriole. Lui aussi avait été blâmé pour cela, alors que son seul crime avait été d'être la personne juste à côté quand ce drame était arrivé.

— Parfois, personne n'est responsable, murmura-t-il. Parfois, il ne s'agit que d'un accident. Je sais que cela peut rendre les choses plus difficiles, mais il ne faut pas se laisser dévorer par la haine.

Liddy s'écarta de lui.

— Vous aviez raison au sujet d'une chose, hier soir. Brandon m'accusait d'être froide, au lit. Après la naissance des enfants, il n'est plus jamais revenu dormir à mes côtés. Peut-être qu'il aurait fini par revenir, avec le temps, mais… Il était plus facile de le laisser trouver son bonheur dans les bras d'autres femmes. Avant sa mort, il a suggéré de m'envoyer dans un couvent. Il était allé en Irlande et en avait trouvé un qui paraissait convenir. Cependant, l'idée de voyager en mer me terrifiait — et cela me terrifie toujours.

Sigurd tenta de l'attirer de nouveau contre lui mais, cette fois, elle ne se laissa pas faire.

— Brandon était un idiot.

— Il était très respecté, protesta-t-elle. Tout le monde l'aimait et il rendait chaque repas plus vivant, plus joyeux. Ses talents de constructeur de bateaux étaient connus dans toute la région. On n'a jamais vu un de ses navires couler… À part le jour où j'étais à la barre.

— Comment le sais-tu ?

— Il l'a juré à l'église, pendant les funérailles. Il a même proposé de se soumettre à l'épreuve du feu pour apporter la preuve de sa sincérité. Cela a suffi à convaincre le prêtre qui m'a déclarée maudite.

— Cela ne change rien au fait qu'il était idiot : il ne savait pas prendre soin de sa femme et t'a accusée de toutes ses erreurs.

Il lui lissa les cheveux avec douceur. Il fallait à tout prix qu'il trouve les bons mots s'il voulait la rassurer, mais il était souvent maladroit, dans ce genre de situation.

De plus, vouloir arranger les choses pour Liddy ne voulait pas dire qu'il tenait à elle. S'il faisait ça, c'était par pur égoïsme — il voulait une partenaire docile et volontaire, voilà tout.

— Brandon avait tout ce que l'on peut souhaiter, une femme charmante et une famille, mais il a choisi de l'ignorer. C'est sa faute, pas la tienne. Il a ensuite cherché à blâmer quelqu'un pour cette tragédie. Encore une fois, c'était *sa* faute. Tu n'es pas responsable des erreurs de ton époux, et encore moins de sa mauvaise foi. Par contre, si tu décides d'accepter cette prétendue malédiction et si tu refuses de profiter de la vie, là tu en seras responsable. Une tragédie ne nous condamne pas à une vie maudite. Crois-tu que tes enfants auraient voulu ce destin pour toi ?

Dans un soupir, elle appuya le front contre le torse de Sigurd.

— Vous savez vraiment comment me donner l'impression que je suis unique, murmura-t-elle. Je pourrais presque y croire.

— Parce que tu *es* unique. Tu es passionnée, et tu souffres. Et tu m'as porté chance depuis notre rencontre.

Il la serra tendrement contre lui jusqu'à ce qu'elle arrête de trembler. Cependant, il ne parvenait pas à cesser de penser au bonheur tranquille qu'il ressentait avec elle. Cela lui faisait tellement peur…

Pour la première fois depuis des années, son cœur s'éveillait, était capable de s'émouvoir. Sa mère était morte à cause de la déclaration d'amour qu'il avait faite à Beyla et cette dernière l'avait trahi. Il refusait de commettre de nouveau la même erreur.

Seulement, quand il tenait Liddy dans ses bras, il ne voulait pas penser à l'avenir. Tout ce qu'il désirait, c'était savourer le présent.

Liddy resta appuyée contre lui quelques instants encore. C'était si facile de penser qu'il pouvait tenir à elle. Pour la première fois, elle voulait croire que son deuil n'avait été qu'une terrible tragédie — qu'elle n'en était pas responsable.

Un geste tendre, et elle était prête à s'imaginer que c'était une preuve d'amour ! Quelle naïveté ! Elle aurait pourtant dû retenir la leçon, depuis le temps.

Au bout d'un moment, Sigurd découvrirait qu'il avait besoin d'une autre femme, une femme qui pourrait lui apporter plus de pouvoir. Il n'avait pas de cœur, il l'avait dit lui-même… Elle ne pouvait pas s'attendre à la moindre gentillesse de sa part, et pourtant, il avait été bon avec elle.

Bien décidée à ne pas écouter ses émotions trop dangereuses, elle le repoussa et il la lâcha dans un soupir.

— Tout va bien. J'ai accepté ce qui s'est passé. Je voulais simplement vous expliquer pourquoi je ne parle pas de tout cela et pourquoi je préfère le noir.

— Te rends-tu souvent sur la tombe de tes enfants ?

La gorge de Liddy se noua de plus belle. La chose la plus difficile, pour elle, avait été de devoir abandonner ces deux petites tombes en sachant très bien que personne ne les entretiendrait. Aedan ne voyait son frère que comme un héros à idolâtrer et avait rapidement embrassé son point de vue, la blâmant à son tour pour la mort des jumeaux. Dire qu'elle avait cru qu'il était son ami, avant cela… Quand elle avait appris le décès de Brandon, elle avait préféré partir plutôt que de devoir affronter son beau-frère.

— Non, je n'y vais presque jamais, répondit-elle, le regard fixé sur le mur, derrière Sigurd. Mon beau-frère a hérité du fort quand j'ai perdu mon époux. Il valait mieux pour tout le monde que je m'en éloigne. Ma malédiction…

— Un jour, je t'emmènerai là-bas. Aedan MacConnall sera

bien obligé de reconnaître les torts que tu as subis. Tu devrais pouvoir te rendre sur la tombe de tes enfants aussi souvent que tu le souhaites.

— Les Nordiques ne vont jamais à Kintra.

L'air agacé, Sigurd serra les poings.

— Pourquoi ? Kintra fait bien partie de cette île, non ?

— Kintra se dresse sur une langue de terre rattachée à l'île par un chemin étroit, expliqua Liddy, le cœur battant.

La dernière chose qu'elle voulait était de voir Sigurd combattre Aedan. Ce serait une bataille inutile qu'aucun d'entre eux ne pourrait gagner !

— C'est une forteresse très facile à défendre, reprit-elle. Ketill a jugé bon de payer les services de mon époux puis de mon beau-frère plutôt que d'essayer de conquérir leur domaine. D'ailleurs, Thorbin a toujours honoré cet accord.

— Tu me conseilles donc de ne pas marcher sur Kintra ? demanda-t-il d'une voix grave, teintée de colère. Douterais-tu de ma valeur ?

Liddy fut parcourue par un frisson de malaise et essaya une nouvelle fois de s'écarter de Sigurd, mais il la serra d'une main de fer.

— Mon beau-frère est parti en Irlande, en ce moment, pour combattre les hommes d'Ivar le Désossé qui ont mis ses fermes à sac au printemps. Vous ne trouverez rien à Kintra et j'imagine que vous n'avez pas envie de lui donner une bonne raison de rompre la trêve à son retour.

— Ton beau-frère ne me fait pas peur !

— Mais Kintra ne représente plus rien pour moi. J'ai commencé une nouvelle vie, déclara-t-elle.

— Rien ? Sauf la tombe de tes enfants que l'on n'entretient pas et que l'on t'interdit de voir depuis trop longtemps.

Il lui prit la main et lui déposa un petit baiser sur le bout des doigts. Elle sentit son cœur bondir dans sa poitrine. Qu'il serait facile de s'attacher à lui, de commencer à croire qu'il avait des sentiments pour elle !

— Ces tombes ne bougeront pas de là : elles veilleront toujours sur la baie.

— Et tu devrais t'y rendre. Bientôt. Je te promets de tout faire pour que cela arrive.

— Vous me laisserez y aller seule ?

Il éclata de rire.

— Non : tu auras une protection convenable — une chose que les autres hommes de ta vie ne t'ont jamais donnée. Tu seras autorisée à te rendre sur ces tombes aussi souvent que tu le désires quand j'en aurai fini, lui glissa-t-il à l'oreille. Et un jour, tu comprendras que tu n'as pas à avoir honte de ton passé. Ce jour-là, tu me laisseras regarder ton corps.

— Cela m'étonnerait !

— En attendant, je suis prêt à me montrer patient.

Liddy s'allongea de nouveau, parfaitement immobile. Cela lui plaisait de voir Sigurd capable de lui donner du plaisir avec tant de facilité, mais elle n'était pas encore prête à le laisser la voir nue. Imaginer son corps était une chose. Le voir de ses propres yeux en était une autre…

Les regards de dégoût de Brandon la hantaient encore trop pour qu'elle veuille revivre une telle épreuve. Ce qu'elle partageait avec Sigurd était trop neuf, trop précieux. Elle n'était pas prête à prendre le risque de perdre tout cela aussi vite.

Chapitre 10

Sigurd reçut les hommes venus lui présenter leurs doléances et lui demander des délais pour le paiement de leur tribut. Rien de bien original. Apparemment, Thorbin avait été plus que souple quant aux gages de bonne foi qu'il exigeait des fermiers, mais tout le monde semblait d'accord sur la mauvaise saison et la pauvreté des récoltes.

Soudain, l'un des gardes s'avança, traînant le frère de Liddy par le bras.

— Cet homme insiste pour vous voir, annonça-t-il. Il n'est pas très poli, d'ailleurs.

Sigurd claqua des doigts.

— Relâchez-le.

Le garde obtempéra et Malcolm s'écarta de lui en ajustant sa veste.

— Merci, dit-il.

— Vous devriez être en train d'aider votre père, commença Sigurd sans s'encombrer de courtoisie. Une partie du tribut doit encore être payée et, d'après ce que j'ai compris, les récoltes ne sont pas excellentes.

Malcolm lança une petite bourse de cuir aux pieds de Sigurd, qui ne la ramassa pas.

— Vous devriez apprendre les bonnes manières, dit-il.

— Prenez-la, railla Malcolm, et regardez dedans.

— Inutile, je le devine : le reste du tribut.

Il se pencha vers le frère de Liddy et baissa la voix :

— Pourquoi cette entrée théâtrale ? Pourquoi venir me parler devant tout le monde ?

Malcolm leva la tête avec un air de défi.

— Il y a plus que ce que nous vous devons, là-dedans.

— Ainsi, vous pouviez payer depuis le début ? Intéressant.

Malcolm devint soudain très rouge et baissa un instant les yeux.

— Aedan est revenu, expliqua-t-il. Il veut que Liddy soit libérée et m'a donné cet or. Laissez-la partir et nous paierons le tribut dans son intégralité.

Sigurd regarda quelques instants la bourse. Il refusait de l'accepter, tout comme il aurait refusé de ramasser un serpent venimeux ! Si jamais il prenait cet or, il ne reverrait jamais Liddy : elle sortirait définitivement de sa vie et il n'était pas prêt pour cela...

— Eilidith n'est pas un otage. Elle est mon esclave, déclara-t-il enfin. Pourquoi Aedan MacConnall voudrait-il la racheter ?

— Il n'aime pas savoir qu'un membre de sa famille a été réduit en esclavage, et il a rapporté de l'or après avoir passé son été en Irlande. Il est prêt à payer le même prix que vous pour elle.

Sigurd dut se maîtriser pour ne pas se révolter contre Malcolm et ce beau-frère qui était resté sans rien faire pendant qu'on maltraitait Liddy. Ce beau-frère qui avait l'intention de l'envoyer dans un couvent irlandais uniquement parce que son époux décédé l'avait décidé. Liddy avait fait son choix en quittant Kintra pour revenir auprès de sa famille, et Sigurd ne laisserait jamais Aedan, ce soi-disant roi de Cennell Loairn, avoir le moindre pouvoir sur elle.

— C'est votre père qui a décidé de me la vendre, dit-il. J'ai préféré l'acheter plutôt que la voir offerte sur le marché. À moins que vous ayez raconté une autre histoire à Aedan...

Malcolm rougit de plus belle.

— Je lui ai dit la vérité mais il a refusé de me croire, répondit-il. Il a dit qu'elle était forcément otage et qu'une rançon pouvait donc être payée.

— Dans ce cas, il devrait venir me voir en personne au lieu de vous envoyer faire sa sale besogne à sa place. Il apprendrait alors que je ne vends jamais mes esclaves. *Jamais*.

Sur ce, Sigurd indiqua la bourse d'un signe de tête.

— Reprenez ceci. Rapportez cet or à Aedan et dites-lui qu'Eilidith n'est pas à vendre.

— Avez-vous l'intention de la libérer ? De l'affranchir ?

Sigurd secoua la tête sans un mot. S'il libérait Liddy, elle partirait et il ne la reverrait plus jamais en dépit de la passion qui s'installait chaque jour un peu plus entre eux. De toute manière, même lorsque cette flamme se tarirait, il n'avait aucune intention de la rendre à ceux qui l'avaient si mal traitée par le passé. Une fois affranchie, elle ne dépendrait plus de personne et il s'en assurerait.

Cette certitude le soulagea. Oui, quand le moment serait venu, il ferait tout son possible pour qu'elle soit réellement libre ; mais en attendant, il la protégerait tout comme il protégeait son propre cœur.

— Votre sœur est mon esclave. C'est à moi de décider de son sort, dit-il. À présent, prenez cet or et partez.

Malcolm ramassa la bourse et recula de quelques pas.

— Père savait que vous diriez quelque chose comme cela. C'est pour cette raison qu'il vous a vendu ma sœur.

Surpris, Sigurd le dévisagea un instant avant de demander :

— Votre père a dit quoi ?

Malcolm se redressa et eut un léger sourire triomphant.

— Mon père m'a dit de ne pas perdre mon temps avec vous. Il a dit que vous n'aviez pas l'air d'un homme capable de vendre une femme, en particulier une femme comme Liddy. Il a déjà commis une erreur avec elle, mais cette fois il sait qu'il a eu raison. Pour ma part, je dois dire qu'il semble avoir laissé son bon sens dans vos donjons.

— Il a vraiment dit tout cela ?

Sigurd sentit sa gorge se nouer. Le père de Liddy était de toute évidence plus complexe à saisir que ce qu'il avait cru au départ… À en croire son fils, il n'avait jamais eu l'intention de vendre sa fille à qui que ce soit d'autre !

Comment avait-il pu laisser son désir apparaître aussi clairement aux yeux du vieil homme ?

— J'admets que c'était à tenter, répondit Malcolm en haussant les épaules. Puis-je voir ma sœur ? Seule ?

— Vous pourrez la voir mais en ma présence.

— Je veux la voir *seule*.

Sigurd ne céda pas — il ne pouvait pas prendre un tel risque.

— Impossible.

— Quand je suis parti de la maison, mon père m'a conseillé de vous faire une proposition : si jamais je néglige de mentionner à Liddy l'offre d'Aedan et votre refus, accepteriez-vous d'abandonner le reste de notre tribut de cette année ?

Sigurd serra les dents. Cet homme pensait-il vraiment qu'un tel chantage suffirait à le faire céder ? De toute manière, il avait prévu de raconter ce qui s'était passé à Liddy et de lui dire qu'il refusait de la livrer à un homme qui la croyait maudite.

— Votre père est incorrigible, je l'admets, mais ma réponse est non : je veux que ce tribut soit payé. Je ne peux pas me permettre le moindre favoritisme.

Malcolm prit le temps de réfléchir puis poussa un soupir.

— Je préfère que cette conversation reste entre nous, de toute manière. Liddy peut avoir un tempérament de feu, vous savez…

— Dans ce cas, restez là. Je vais envoyer quelqu'un la chercher.

Malcolm pâlit sur-le-champ. En cet instant, il avait tout d'un lapin effrayé.

— Non, non ! Je n'ai aucune bonne nouvelle à lui annoncer. Je ne veux pas lui donner de faux espoirs en lui laissant croire qu'elle sera bientôt libérée…

— Elle est plus libre avec moi qu'elle ne le serait avec Aedan MacConnall, répliqua Sigurd, et vous pouvez lui dire cela de ma part.

Le festin battait son plein. L'un des hommes avait trop bu et avait défié Sigurd à un combat à mains nues. Ce dernier avait accepté sans la moindre hésitation, et Liddy s'était retirée après s'être excusée. Elle n'avait aucune envie de regarder cela et, de toute manière, Sigurd était d'une humeur étrange, ce soir. Il semblait nerveux — elle ne l'avait encore jamais vu comme cela.

De toute manière, elle avait assisté à suffisamment de ces défis absurdes du vivant de Brandon et préféra s'échapper, prétextant qu'elle devait rapporter de la bière.

Une fois dehors, elle prit une profonde inspiration. Un tonnerre d'exclamations résonna dans la grande salle : Sigurd devait avoir gagné. Elle ne put réprimer un soupir. Ah, les hommes... Son époux avait été pareil : tous les moyens étaient bons pour se mesurer aux autres.

Soudain, un petit caillou la frappa à l'épaule.

— Aïe ! cria-t-elle. Attention !

Un nouveau caillou jaillit de la pénombre et la manqua de peu. Liddy sentit soudain son cœur s'emballer. Une seule personne était capable de faire cela pour attirer son attention.

— Malcolm ?

Il avança de quelques pas et, revenant non sans mal de sa surprise, elle secoua sa cruche de bière sous son nez.

— À quoi est-ce que tu joues ?

Il lui prit la cruche des mains et jeta un coup d'œil à l'intérieur. Quand il comprit qu'elle était vide, il eut une grimace déçue.

— Ne crie pas si fort, Liddy, tu vas rameuter tout le fort ! Je devais repartir dans la journée, mais je ne pouvais pas rentrer sans te voir en privé. Ne t'inquiète pas. J'ai apporté de l'or de la part de père pour soudoyer ces Nordiques. Il paraît qu'ils aiment l'or plus que tout au monde.

Liddy s'approcha pour mieux le voir.

— Tu es censé être avec père, à la maison, protesta-t-elle.

Malcolm eut un sourire tranquille.

— Père m'a donné la permission de venir. Quelqu'un devait te prévenir. Je travaille dur. Je pensais avoir trouvé la solution, aujourd'hui, mais cela a échoué. Néanmoins, rassure-toi : tu ne resteras pas plus longtemps sous la coupe de ces barbares.

Un frisson glacé la parcourut. Elle avait bien assez expérimenté les plans de Malcolm au fil des ans pour savoir que, la plupart du temps, ses idées menaient au désastre.

— Tu travailles à quoi ? demanda-t-elle, soupçonneuse.

— À ta libération, bien sûr. Je vais t'aider à fuir cet endroit et cet homme.

— Tu parles de Sigurd Sigmundson.

C'était une affirmation, pas une question.

— Ce n'est pas juste. Quand nous sommes partis, l'autre jour, j'y ai beaucoup réfléchi. Tu n'aurais jamais dû rester ici comme esclave alors que j'étais libre de partir.

— Je peux me libérer toute seule, j'ai déjà un plan. Malcolm, je ne t'ai pas sauvé pour que tu gâches bêtement ta vie !

Son estomac se nouait et elle avait horreur de cela, mais la simple présence de son frère au fort risquait de provoquer une catastrophe. Et elle n'avait aucun moyen de savoir comment Sigurd réagirait s'il apprenait cela. De plus, elle n'était absolument pas prête à mettre fin à son histoire avec ce dernier.

Malcolm ne pouvait pas comprendre à quel point elle se sentait vivante, à quel point son quotidien reprenait couleurs et saveur depuis quelques jours.

— Tu as pris un terrible risque pour rien, dit-elle avec fermeté. On a besoin de toi à la maison : tu dois convaincre père d'arrêter de gâcher son argent en l'envoyant à Kells pour que les prêtres prient pour des âmes qui ne sont pas en danger !

— C'est bien cela le problème avec toi, ma sœur : tu ne laisses jamais personne t'aider. Père dit toujours que tu laisses la vie te dévorer de l'intérieur.

— Quand j'aurai besoin de ton avis, je te le demanderai, répliqua Liddy avec impatience.

Ce n'était pas la peine de lui parler de l'or qui avait disparu et de la promesse de Sigurd — la libérer si elle retrouvait le trésor avant lui. Il était hors de question de laisser Malcolm causer encore plus de problèmes en se mêlant de tout cela. De toute manière, comment pourrait-il savoir quoi que ce soit de ce trésor ou de Shona, la femme qui avait disparu ?

— Maintenant, laisse-moi.

— Il te fascine, c'est cela ? demanda-t-il. Mais, tu sais, un jour tu verras au-delà de ses attraits physiques. Un jour, quand il se mariera, il t'abandonnera ou te vendra à un autre homme.

— Sigurd va se marier ?

Malcolm leva les yeux au ciel.

— Tu n'écoutes donc jamais les ragots ? Bien sûr que oui ! Il a besoin d'une riche épouse, pas d'une esclave fille d'un ancien roi et sans le sou. C'est comme cela que ces Nordiques gagnent leur pouvoir : ils épousent des jeunes filles fortunées pour leur or et leurs terres.

Liddy serra les dents, la gorge nouée.

— Tu ne devrais pas croire tout ce que tu entends, Malcolm.

Son frère la dévisagea un instant dans l'obscurité.

— Tu as changé, Liddy. Tu as l'air moins austère. Et tu as arrêté de te couvrir les cheveux ! Est-ce que tu es vraiment la maîtresse de Sigurd ? Si tu savais ce que les prêtres disent de toi !

— Quelle importance ? Père a ses terres, c'est tout ce qui compte... De toute manière, les prêtres auraient dit exactement la même chose, que je sois otage ou esclave.

Elle jeta un rapide coup d'œil par-dessus son épaule, en direction des lumières. De nouveaux éclats de rire résonnèrent depuis la grande salle.

— Cela va sans doute te paraître étrange, mais j'aime avoir la liberté de parler fort, de me lâcher les cheveux ou même de tremper mes pieds nus dans le lac sans que les prêtres crient à la honte.

— J'essaie simplement de t'aider à t'échapper. Tu es censée être malheureuse ! dit-il en se passant une main nerveuse dans les cheveux. Quel idiot j'ai été de te laisser faire cela : j'aurais dû exiger de prendre ta place.

Liddy leva les yeux au ciel. Comme si Sigurd avait été prêt à payer la même somme pour lui... Malcolm avait toujours eu une trop haute idée de sa valeur.

— Tu crois sincèrement qu'il aurait payé aussi cher pour toi ? répliqua-t-elle. Je ne suis pas certaine que tu aies les atouts nécessaires pour retenir son attention.

Malcolm manqua de s'étrangler.

— Quoi qu'il en soit, ce n'est pas bien. Un jour ou l'autre, tu le comprendras. Tu ferais mieux de t'échapper tant que tu en as l'occasion.

— Je n'ai pas l'habitude de rompre un serment quand j'en fais un, répondit Liddy en s'approchant un peu plus de lui. De toute manière, père me renverrait ici en un éclair. Il avait raison : il a un devoir envers les gens qui vivent sur nos terres.

— Père n'est qu'un des détails qu'il me reste à régler, certes ; mais toi, tu devrais retrouver la foi. Tu as des amis, ne l'oublie pas. Tu n'es pas seule. Je sais bien ce que cela fait d'être retenu prisonnier, Liddy... J'aurais dû te protéger. J'ai échoué. Peut-être que Brandon avait vu juste, finalement — peut-être que ta marque est maudite.

— Je crée ma propre chance, ne t'en fais pas pour cela, répliqua Liddy, les poings serrés.

Elle avait de plus en plus de mal à contenir sa colère, mais crier et se fâcher contre Malcolm ne mènerait à rien.

— J'ai confiance. Je sais que père et toi saurez faire une bonne récolte. Quand vous aurez engrangé la moisson, nous pourrons parler plus longtemps. Assure-toi simplement que père cesse d'envoyer de l'argent à Kells : nous ne pouvons pas nous le permettre.

— Tu es trop dure envers lui, Liddy. Crois-moi, il sait ce qu'il fait.

— C'est lui qui m'a vendue !

— Et cela te met en colère, admit Malcolm. Je comprends, crois-moi. Mais mets-toi à sa place : avait-il le choix ? Tu aurais dû rester à la maison.

Liddy serra les poings. Son exaspération menaçait de la submerger. Il s'était passé à peine *une semaine* et Malcolm commençait déjà à déformer l'histoire pour la tourner à son avantage.

— Si je n'étais pas venue te sauver, c'est toi qui aurais été vendu ! Pour commencer, c'est *toi* qui as apporté ces choux au fort !

— J'avais mes raisons pour agir.

— Vraiment ? s'écria-t-elle, trépignant d'impatience. Alors, explique-moi. Tu étais supposé les vendre. C'était censé être facile et régler tous nos problèmes. Alors, que s'est-il passé ? Est-ce que tu as bu ?

— J'ai cru voir... Oublie cela, c'est sans importance.

Il se passa de nouveau la main dans les cheveux.

— En fait, ce n'est pas du tout cela que je venais te dire, reprit-il vivement. Aedan est rentré plus tôt que prévu. Il sait que tu es devenue esclave et a envoyé de l'or pour te racheter, mais ton « seigneur » a refusé.

— Aedan a envoyé de l'or ?

Liddy dévisagea son frère, abasourdie.

— Tu aurais dû me le dire sans attendre ! s'écria-t-elle.

— Ton Nordique a refusé. Il a dit qu'il ne te vendrait jamais — et surtout pas à un homme comme lui.

— Aedan t'a-t-il dit où il comptait m'envoyer après m'avoir rachetée ?

— Il t'a trouvé une place dans un couvent, en Irlande : là où tu devais aller après la mort de Brandon, répondit Malcolm.

Liddy ne répondit pas. Oui, Aedan était rentré et, visiblement, il était toujours aussi arrogant. Il était hors de question qu'elle parte s'installer dans ce couvent ! Elle n'obéirait plus jamais aux souhaits de son défunt mari — et ne traverserait certainement pas la mer.

Le retour d'Aedan expliquait sans doute le soudain accès de remords de Malcolm. Trois ans plus tôt, Aedan avait empêché plusieurs hommes de maltraiter le frère de Liddy et, depuis, celui-ci était persuadé que son sauveur était tout-puissant.

La seule chose qui la surprenait était qu'Aedan ne se soit pas déplacé lui-même pour défier Sigurd. Il aimait pourtant crier haut et fort que plus aucune femme de sa famille ne serait esclave... Son père avait-il réfléchi aux conséquences, quand il l'avait vendue ?

— Ai-je vraiment l'air désespérée, à tes yeux ?

— Ce serait plus normal que tu le sois, déclara Malcolm

en posant les mains sur les épaules de Liddy. On raconte que tu es la maîtresse du nouveau seigneur et Aedan ne veut pas le croire. Il dit que tu as trop... trop de caractère pour céder aussi facilement à un homme.

En effet, elle n'avait aucun mal à imaginer ce qu'Aedan était capable de dire au sujet de son tempérament ou de son apparence...

— J'ai trop de caractère ou je suis trop froide ? Crois-tu que je ne sache pas quels mensonges Brandon avait inventés à mon sujet ?

— Comment peux-tu prétendre que ce sont des mensonges ?

Liddy releva la tête et dévisagea son frère. Voilà qu'il sous-entendait qu'elle ne se connaissait pas elle-même ?

— Parce que je suis bien placée pour connaître la vérité, répliqua-t-elle froidement.

— Voyons, tu sais comment est Aedan. Il idolâtrait Brandon. Il n'a jamais cru ton histoire au sujet de la mort des jumeaux. « Les bateaux de Brandon ne coulent jamais » — même moi, je le sais ! Je suis conscient que c'est beaucoup te demander, mais tu es sa belle-sœur et ta malédiction entache sa réputation.

Liddy recula d'un pas. Ce genre de réaction était typique d'Aedan... Il n'avait aucune pitié pour elle et ne se préoccupait que de son propre honneur ; jamais il ne s'était réellement soucié de son bien-être à elle.

— J'ai toujours dit la vérité : le bateau s'est renversé. Ce n'était qu'un tragique accident et cela n'avait rien à voir avec ma tache de naissance, en dépit de ce que Brandon a pu jurer à l'église. C'est lui qui a mis son âme en danger, pas moi.

— Tu restes bien amère.

— Pars, et dis à Aedan que le jour où j'aurai besoin d'être sauvée je lui demanderai son aide. Et quand je ferai cela, il sera hors de question qu'on m'envoie dans un couvent de l'autre côté de la mer !

Elle posa les mains sur les épaules de son frère et le secoua un peu.

— Promets-moi de lui dire cela. Dis-lui de ne rien faire

tant qu'il ne recevra pas un ordre direct de ma part. Sans cela, je ne partirai pas d'ici.

Malcolm eut l'air dubitatif.

— Il ne va pas aimer…

— Qu'il fasse ce que je demande, pour une fois ! Dis-lui que Coll aime Sigurd et que c'est le meilleur juge de la nature humaine que je connaisse.

— Liddy… As-tu des sentiments pour ce Nordique ?

À ces mots, elle s'écarta plus encore et son cœur s'emballa. Ce qu'elle partageait avec Sigurd était purement physique ; cela ne durerait pas. Elle avait déjà assez souffert dans sa vie ! Sigurd et elle étaient amis… D'une certaine manière.

— Quoi ? Absolument pas !

Soudain, des bruits de pas résonnèrent dans la cour et elle se figea, terrifiée. Un Nordique tituba hors de la grande salle, serrant une servante qui riait dans ses bras. En un éclair, Liddy entraîna son frère dans l'obscurité. Le couple s'arrêta juste devant eux et échangea un baiser passionné.

Liddy sentit un filet de sueur lui couler le long du dos. Heureusement, le couple passa sans les voir et elle put reprendre son souffle.

Ce qui se passait entre Sigurd et elle n'avait rien à voir avec leurs sentiments : c'était sa première expérience du désir et de la passion, et elle s'était laissé emporter, voilà tout.

— Quelle honte, commenta Malcolm.

— Je n'ai pas eu l'impression que cet homme la forçait à faire quoi que ce soit.

— Cette femme est gaélique : elle devrait avoir plus de fierté que cela. Elle devrait lui résister, préférer la mort au déshonneur !

— Ce n'est pas toujours aussi facile…

— Vraiment ? Et c'est la femme qui a choisi une vie d'esclave qui le dit !

Résistant de justesse au désir de gifler son frère, Liddy lui montra la grande porte plongée dans l'obscurité.

— Rentre chez père, dit-elle froidement. Va t'occuper de

tes champs, de ton maïs et de ton orge ; et surtout, ne te mêle pas de ce qui pourrait arriver ou de ce qu'Aedan projette de faire. Ni lui ni toi n'avez à vous occuper de moi : je ne suis plus votre problème.

— Tu crois vraiment que je saurai le convaincre ? À ses yeux, ta présence ici est une insulte personnelle. Il a juré devant le prêtre que seule la mort pourrait t'empêcher d'aller en Irlande.

Une chape glacée tomba sur les épaules de Liddy.

— Aedan ne pense pas à moi ; il se soucie uniquement de sa réputation, dit-elle avant de poser une main sur le bras de son frère, avec plus de douceur cette fois. Tu me connais, Malcolm. Franchement, même si je n'avais pas peur de prendre la mer, tu me verrais dans un couvent ?

— Non, sauf si tu le diriges toi-même ! Remarque, même dans ce cas-là... Non, tu as raison : je ne te vois pas dans un couvent. Tu n'es pas comme maman, toujours accrochée à ses chapelets.

— Je prends cela comme un compliment, répondit-elle en serrant plus fort le bras de son frère. Maintenant, laisse-moi m'occuper de l'avenir sans avoir à subir des interruptions malvenues. N'oublie pas, j'ai sauvé ta misérable peau...

— Eilidith ! lança soudain une voix dans la nuit.

— Ton maître te demande, marmonna Malcolm.

— Oui, je suis partie pour aller chercher de la bière, dit-elle en montrant sa cruche. Si j'ai quitté la fête, c'est pour une bonne raison, je te rappelle.

— Un jour, cette terre sera libérée des Nordiques qui prétendent régner sur nous. Ils disparaîtront *tous*.

— Ou ils s'adapteront et feront partie de notre peuple, répliqua-t-elle sèchement.

Mais son frère ne répondit pas : il avait déjà disparu dans la pénombre.

Liddy remplit sa cruche de bière et retourna rapidement dans la grande salle. Il ne lui restait plus qu'à espérer que Malcolm l'avait écoutée et était parti. À quoi bon se sacrifier elle si son frère se mettait tout de même en danger ? Si elle voulait que tout se passe au mieux, Aedan aussi devrait attendre. De toute manière, plus jamais elle ne redeviendrait cette femme discrète et effacée qui se croyait maudite.

Lorsqu'elle entra, Sigurd la dévisagea un instant et lui fit signe d'approcher.

— Tu en as mis, du temps ! lança-t-il dès qu'elle arriva près de lui.

— J'ai eu du mal à trouver le tonneau ouvert, expliqua-t-elle, le cœur battant si fort dans sa poitrine que Sigurd devait forcément l'entendre. Et la cuisinière avait quelques questions à me poser — vous savez ce que c'est…

Sigurd se passa une main lasse sur le front. Liddy regardait partout, sauf droit dans ses yeux. Elle lui cachait quelque chose et cela le faisait souffrir beaucoup plus qu'il ne l'aurait voulu. Elle lui mentait — c'était comme si sa relation avec Beyla recommençait.

— Vous avez fini votre combat, dit-elle.
— J'ai *gagné* mon combat, corrigea-t-il.

Inutile de lui avouer qu'il s'était inquiété pour elle. Pour la première fois de sa vie, il avait envie de pouvoir partager ses journées avec quelqu'un. Ses sentiments pour elle le rendaient vulnérable et, s'il était vulnérable, il ne pourrait plus protéger qui que ce soit.

En plein combat, Sven, un de ses guerriers danois, avait fait une réflexion déplacée sur Liddy et Sigurd l'avait aplati en quelques secondes à peine. En fait, il avait même failli le tuer à coups de poing. Et après tout cela, voilà que Liddy lui mentait ! Croyait-elle qu'il ne savait pas ce qui se passait dans son propre fort ?

En cet instant, il aurait parié que le frère de celle-ci essayait de sortir par la grande porte. Sigurd avait ordonné à Gorm de le laisser passer contre un petit pot-de-vin. Il était patient. Il était prêt à attendre pour voir si Malcolm déciderait de dire la vérité à sa sœur avant l'aube.

— Vous avez gagné. Parfait.
— Et tu sais pourquoi c'est si important ? dit-il froidement. Parce que le jour où je perdrai un combat, alors je perdrai aussi le respect de tous ces hommes.
— C'est bon à savoir.

Elle avait l'air fatiguée.

Sigurd lui passa un bras autour de la taille et l'attira contre lui. Elle se détendit un instant avant de se raidir brusquement.

— Quel est ce bruit ? Vous croyez qu'il y a un problème, dehors ? demanda-t-elle d'une voix un peu inquiète.

Cédant finalement à son impatience, Sigurd répliqua :

— La prochaine fois, invite donc ton frère à entrer. Tout à l'heure, il n'est pas resté ici suffisamment longtemps pour que je te fasse appeler. Je pensais bien qu'il essaierait de te voir en secret.

Elle le dévisagea un instant, la bouche entrouverte.

— Comment… Comment savez-vous cela ?
— Un dirigeant sage sait tout ce qui se passe dans son fort et sur ses terres. Ton beau-frère est de retour. Malcolm te l'a-t-il dit ? Il a jeté une bourse à mes pieds pour te racheter. Cependant, sache que je ne compte pas te vendre — et surtout pas à un homme qui te croit maudite.

— Laissez Malcolm partir ! s'écria-t-elle en lui agrippant le bras.

Elle avait soudain l'air terrifié et Sigurd sentit son cœur se serrer.

— Je vous en prie, laissez-le retourner auprès de ma famille.
— A-t-il l'intention de s'attaquer à moi ?

Elle fit rapidement non de la tête.

— Il s'inquiète pour moi, c'est tout. Mais je l'ai rassuré. S'il vous plaît, laissez-le rentrer à la maison et porter mon message à ma famille. Vos guerriers comptent-ils l'arrêter à la porte ?
— Gorm est de garde, ce soir. Il a l'ordre de laisser passer ton frère contre un pot-de-vin.

Elle eut un petit sourire amusé.

— Et dire que Malcolm s'est vanté de la facilité avec

laquelle il s'était faufilé à l'intérieur pour me voir ! Cela devrait lui servir de leçon !

Sigurd la regarda un instant, retrouvant un peu son calme.

— La prochaine fois, dis-lui d'entrer. Si l'invitation vient de toi, il l'acceptera peut-être.

Elle se plaqua une main sur le menton — son vieux réflexe revenait.

— Je comptais vous le dire...

Elle avait à peine discuté quelques minutes avec son frère et voilà qu'elle avait de nouveau honte de sa tache de naissance. Décidément, elle ne lui avait pas encore tout dit — sans doute ce qu'elle cachait avait-il un lien avec son beau-frère. C'était pour cela que Malcolm avait fait mine de partir, pour revenir en cachette à la nuit tombée : il avait eu un message secret à délivrer à sa sœur...

Sigurd prit une fine mèche des cheveux de Liddy entre les doigts. Il était hors de question que qui que ce soit d'autre dicte le destin de cette femme.

D'ailleurs, même si elle restait ici, avec lui, elle devrait le faire de son plein gré ; mais tant qu'il ne serait pas sûr de la décision qu'elle prendrait ou qu'aucun membre de sa famille ne tenterait de la faire partir contre sa volonté, elle resterait son esclave.

— Je sais bien que tu allais m'en parler, dit-il.

Liddy se tenait debout au beau milieu de la chambre, uniquement habillée de sa chemise. La lumière des torches jetait des ombres étranges sur les tapisseries qui habillaient à présent les murs. Sigurd, lui, était parti donner ses ordres pour la nuit, suivi par Coll. C'était une petite routine qu'ils avaient mise au point au fil des jours pour permettre à Liddy de se coucher sans que cela provoque une scène à chaque fois. Seulement, ce soir, les choses étaient différentes.

Nerveuse, elle se mordilla le dos de la main, le regard perdu dans les ombres mouvantes. Tout avait changé, depuis qu'elle avait appris le retour d'Aedan. Seigneur, elle agissait encore comme si Brandon était en vie, comme s'il avait toujours le pouvoir de contrôler ses moindres faits et gestes ! Elle aurait dû sans attendre avouer la visite de Malcolm à Sigurd — maintenant, ce dernier allait croire qu'elle n'avait pas confiance en lui.

Il ne lui restait plus qu'à espérer que son frère délivre son message à Aedan, et que celui-ci veuille bien l'écouter...

Elle toucha sa marque, par réflexe. C'était un papillon, pas une malédiction, se rappela-t-elle. Elle avait changé, depuis son arrivée au fort, et jamais plus elle ne redeviendrait la femme qu'elle avait été. Jamais plus elle ne laisserait le souvenir de Brandon lui dicter sa vie.

Tout ce qu'elle avait à faire pour se libérer de lui, c'était laisser la lumière allumée cette nuit.

— Tu n'es pas couchée, lança Sigurd en entrant dans la chambre, Coll sur les talons.

Le chien s'installa près de la porte, gardant l'entrée.

— Vous êtes très doué pour souligner l'évidence, répliqua Liddy.

— Que se passe-t-il ? Tu es inquiète pour ton frère ? Gorm m'a dit qu'il avait quitté le fort et qu'il était reparti en direction de chez lui.

Il déposa un collier d'or sur l'un des coffres.

— Gorm s'est dit que le collier que Malcolm lui a donné pour acheter son silence te revenait.

— Malcolm parvient toujours à se tirer d'affaire...

Sigurd eut soudain l'air soucieux.

— Dans ce cas, qu'est-ce qui t'inquiète tant ?

— Je suis lasse de toute cette obscurité. Je veux voir votre visage, avoua Liddy en tendant les mains. Et je veux que vous voyiez le mien quand vous me donnez du plaisir.

Il la rejoignit et prit ses mains dans les siennes. Il ne semblait pas convaincu par ses explications embrouillées.

— Pourquoi fais-tu cela ?

Liddy se mordilla nerveusement la lèvre. Elle avait pensé que

Sigurd serait ravi de la nouvelle, mais il paraissait au contraire triste et perplexe.

— Parce que je croyais que vous vouliez me voir, répondit-elle, et parce qu'il est temps que je cesse de vivre dans le passé…

— Tu as l'air bien décidée, murmura-t-il en lui caressant le visage. Tu sais, je connais chaque parcelle de ton corps du bout des doigts, et cela me suffit. Tu n'as pas à faire cela pour me plaire.

Elle s'écarta un peu, le cœur battant.

— Je le veux *vraiment*. Je veux vous voir. J'en ai assez de me cacher dans l'ombre — de me cacher tout court. Brandon disait que j'étais laide, mais vous n'êtes pas Brandon.

Sigurd eut un petit rire.

— Que ce soit dans le noir ou en pleine lumière, tout ce qui compte à mes yeux, c'est que tu sois dans mes bras et que tu ne fasses pas uniquement cela pour me faire plaisir.

— Tout ce qui compte, c'est ici et maintenant. La seule chose que je peux contrôler, c'est ce qui se passe aujourd'hui, et je refuse de laisser mon passé me définir.

— Tu sais que tu réfléchis trop ?

Il se pencha sur elle et l'embrassa, lui coupant le souffle. Elle le repoussa avec douceur, pour mieux le voir.

— Cela veut-il dire que vous approuvez ?

— Jamais tu ne pourrais me décevoir, dit-il dans un souffle avant de lui déposer un second baiser sur les lèvres. Je connais ton corps, même si je ne l'ai pas vu, et tu es vraiment désirable.

Elle s'arracha une nouvelle fois à lui.

— Je suis sérieuse, vous savez.

D'un geste rapide, il dénoua les liens de la chemise de Liddy et fit glisser le vêtement de ses épaules.

— Cela me touche de ta part, Liddy — et maintenant que je sais pourquoi tu veux garder la lumière allumée, je suis prêt à t'obéir.

Il laissa ses lèvres glisser le long de la gorge de Liddy, jusqu'à l'endroit où l'étoffe venait lui couvrir la poitrine. Les yeux mi-clos, elle se cambra un peu, l'invitant sans un mot à continuer son exploration.

Lentement, il lécha la fine toile blanche jusqu'à ce que le rose sombre de ses mamelons se devine au travers ; puis il continua, dessinant de petits cercles du bout de la langue. Enfin, il fit doucement descendre le vêtement, le laissant s'accrocher à la courbe des hanches de Liddy.

L'air froid contrastait agréablement avec la chaleur de la bouche de Sigurd.

— Si belle…, murmura-t-il contre sa peau.

Elle frémit, à la fois surprise et séduite par sa remarque.

— Vraiment ?

Sigurd fit ensuite descendre la chemise jusqu'au sol, la laissant retomber en un petit tas froissé à ses pieds. Il posa alors les mains sur le haut des cuisses de Liddy et les caressa avec un sourire malicieux.

— Oui, vraiment, mais tu n'es pas encore complètement nue…

— De quoi parlez-vous ?

Il fouilla la petite bourse accrochée à sa ceinture et en tira une fine clé d'or. Puis, sans un mot, il ouvrit les bracelets d'or et les fit tomber par terre à leur tour. Le métal brillait dans la lumière des torches. En un instant, les poignets et les chevilles de Liddy lui parurent si légers qu'elle aurait presque pu s'envoler.

— Pourquoi faites-vous cela ?

— Parce que je voulais te voir nue, sans le moindre ornement. C'est beaucoup mieux, comme cela, dit-il en lui déposant un petit baiser au creux du poignet. Tu ne trouves pas ?

Il ramassa les bracelets et les rangea dans un coffre. Incrédule, Liddy le dévisagea quelques instants. Qu'essayait-il donc de faire ?

— Vous êtes le maître, ici…

— Attends de voir à quel point je te désire, avant de me juger.

Cela dit, il se débarrassa à la hâte de ses propres vêtements. Le cœur de Liddy s'emballa. Il était si magnifique ! Sa peau était dorée, mais recouverte par un réseau de fines cicatrices nacrées. Liddy suivit l'une des plus longues du bout du doigt, jusqu'à la base de son sexe, fièrement dressé dans son nid de poils bouclés. Cet homme était si beau que les larmes faillirent lui monter aux yeux.

Puis, abandonnant son exploration, elle passa les bras autour du cou de Sigurd et l'attira au-dessus d'elle.

— Nous allons devoir nous occuper de cela, dans ce cas, murmura-t-elle.

Il éclata de rire et tomba sur le lit, obligeant Liddy à se placer sur lui.

— C'est à toi de donner le rythme, cette fois-ci. Chevauche-moi. Laisse-moi voir ton plaisir.

Lentement, si lentement, Liddy reprit ses esprits. Les flammes des torches tremblaient et menaçaient de s'éteindre.

Elle se pencha sur Sigurd et lui déposa un baiser furtif sur les lèvres. Leur étreinte avait pris un tout nouveau sens, ce soir, quelque chose qu'elle ne pouvait traduire par des mots — pas encore, en tout cas.

— Dois-je remettre mes bracelets ? demanda-t-elle en se redressant sur un coude pour mieux le voir.

Sigurd secoua fermement la tête.

— Inutile. Tout le monde sait qui tu es.

— Et qui suis-je ?

— La femme qui partage mon lit. La femme qui rend tous les hommes jaloux de moi. Mon papillon. Tu me donnes de l'espoir…

— Un papillon ? On dirait que je vole par-ci, par-là, sans jamais me poser nulle part !

Sigurd lui glissa tendrement la main dans les cheveux.

— Tant que tu me reviens, cela me suffit, dit-il.

Liddy prit une profonde inspiration, un peu tremblante. Jamais encore il ne lui avait à ce point montré qu'il tenait à elle ! Seigneur, son cœur battait bien trop fort… Pourquoi voulait-elle à ce point que cet homme ait des sentiments pour elle ?

— Merci. Vous m'aidez à me sentir belle, vous savez.

Il lui pinça doucement le menton.

— C'est parce que tu l'es *vraiment*. En fait, quand tu es dans mes bras, comme cela, j'aurais même envie de dire que tu es la plus belle femme du monde.

— Mais j'ai tant d'imperfections ! protesta-t-elle. Mon nez n'est pas assez droit et, quels que soient mes efforts, mes cheveux refusent de rester coiffés. Il y a aussi les cicatrices de ma grossesse… Et ma tache de naissance.

Sigurd posa deux doigts sur la bouche de Liddy pour la faire taire.

— Tout cela ne rend ta beauté que plus éblouissante ; ne laisse jamais personne te dire le contraire. Toutes ces choses te rendent unique. Qui voudrait d'une perfection fade quand on peut avoir tant de caractère ?

Liddy posa la tête contre le torse de Sigurd, plus émue qu'elle ne voulait l'avouer. Si seulement il avait pu avoir raison !

Hélas, si Malcolm ne lui avait pas menti, Sigurd finirait par épouser une riche Nordique et leur aventure passionnée toucherait à sa fin. Il fallait à tout prix qu'elle trouve un moyen de s'échapper, même si cela devait lui briser le cœur. Elle ne pourrait jamais faire subir à une autre femme ce que les maîtresses de Brandon lui avaient fait subir. Peut-être que son mari avait vu juste, finalement. Peut-être qu'elle était maudite, destinée à toujours perdre ceux qu'elle aimait.

Elle prit soudain une profonde inspiration. Trop réfléchir ne la mènerait à rien ! *Elle créait sa propre chance*. Sa marque en forme de papillon était un symbole d'espoir — pas de peur.

— J'essaierai de m'en souvenir, soupira-t-elle.

Chapitre 11

— Voilà que je te retrouve dans ce nouveau fort, pas l'ancien, sale et fétide ; en train d'aiguiser ton épée au lieu de pousser tes hommes à bout. Je suppose que tu as fini par coucher avec notre sauveuse…

— Hring ! Je ne m'attendais pas à te voir si vite ! s'écria Sigurd en levant les yeux de l'épée qu'il nettoyait.

Son voyage vers le sud de l'île s'était déroulé sans heurts. Sa nouvelle forteresse était plus spacieuse et offrait une meilleure vue du détroit entre l'île et Jura — là où passaient la plupart des bateaux. Peu à peu, Liddy et lui avaient aussi pris l'habitude de se retrouver le soir pour partager des moments de plaisir tels qu'il n'en avait encore jamais connu. Cependant, il ne s'agissait plus d'une simple passion passagère. Non, c'était l'expression de sentiments plus profonds auxquels Sigurd préférait ne pas trop réfléchir.

— Je vois que tu as adopté son chien, remarqua Hring quand l'animal bondit pour le saluer. Est-ce que Lady Eilidith est toujours ici ? Tu ne l'as pas encore renvoyée auprès de sa famille ? Pourtant, à ce que l'on dit, tes liaisons ne durent en général jamais plus d'un mois…

Sigurd acquiesça d'un air grave. Pourquoi le nier ? Jusqu'à sa rencontre avec Liddy, il s'ennuyait rapidement et changeait souvent de compagne. Mais elle… Elle était différente.

— Liddy est toujours sous ma protection, dit-il simplement.

— J'ai entendu l'histoire de ta mère — ma fille me l'a rappelée quand je lui ai rendu visite. Ragnhild a toujours eu une bonne mémoire pour les détails, dit Hring en tirant nerveusement sur le col de sa chemise. J'imagine que je te dois des excuses…

— Ta fille connaît l'histoire de ma mère ?

Sigurd n'en croyait pas ses oreilles.

— Ma défunte femme était une cousine de ton père. Je croyais que tu le savais. D'ailleurs, elle ne supportait pas l'épouse de ce dernier et aurait voulu que je t'aide.

Sigurd baissa la tête. Il n'avait jamais vraiment pensé aux proches parents de son père — ni même que quelqu'un, quelque part, puisse avoir envie de lui venir en aide.

— Je ne savais pas que nous étions liés par le sang, admit-il. Toute ma vie, au lieu de penser au passé et à ma famille, j'ai cherché à me frayer un chemin à la force de mon bras.

— Tu as besoin d'amis, Sigurd. Des amis qui peuvent t'aider à faire face aux épreuves de la vie.

Coll revint en douce s'installer à ses pieds. Si Liddy passait ses journées à surveiller le travail des servantes, son chien, lui, préférait rester avec Sigurd. Ce dernier s'assurait d'ailleurs d'avoir toujours de la viande séchée ou du fromage à lui donner.

— J'ai peut-être besoin d'amis, dit-il, mais les gens ont toujours eu l'air de vouloir me fuir.

Hring acquiesça, d'un air un peu soucieux cependant.

— Mais si tu restes seul et te retrouves un jour encerclé, qu'est-ce qui arrivera à Liddy ?

Sigurd ignora la peur qui monta en lui.

— Comment cela s'est-il passé, dans le Nord ?

Hring avait-il entendu des rumeurs inquiétantes ?

— Il n'y a pas de place, là-bas, pour ceux qui s'opposent au roi, répondit-il en se frottant nerveusement la nuque, le regard fuyant. Ma fille va me rejoindre ici. Quoi qu'elle en pense, il est grand temps qu'elle se marie, qu'elle trouve un guerrier capable de dompter son caractère sauvage…

— Je suis certain qu'elle trouvera un bon époux, dit Sigurd avec prudence.

Hring était un bon allié, mais Sigurd n'avait aucune intention d'épouser sa fille !

— Pour ma part, je n'ai pas l'intention de me marier.
— Sigurd le solitaire, hein ?
— Oui, c'est cela.
— Est-ce que tu as retrouvé l'or qui a disparu ?
— Il est quelque part sur cette île, je le sens au plus profond de moi.
— Ketill exigera une preuve plus tangible que ta simple intuition, tu sais : il voudra être payé. Tu as déjà outrepassé ses ordres... Est-ce que tu peux au moins lui verser l'or qui lui est dû ? Même toi, tu n'es pas aussi riche ! Tu vas avoir besoin d'une épouse fortunée pour avancer une telle somme en attendant de trouver le trésor...

Sigurd sentit ses épaules se décrisper un peu : si Hring envisageait de s'allier à lui par le mariage, cela voulait bien dire que le vieux guerrier pensait que sa position de *jaarl* pourrait devenir définitive — s'il payait le tribut manquant, bien sûr.

— Cette conversation n'est pas à l'ordre du jour pour le moment, répondit-il néanmoins. Je ne projette pas encore de me marier...
— Tu as donc des sentiments pour cette femme, soupira Hring d'un air désapprobateur. Tu sais, Sigurd, tu es un grand guerrier, mais tu ne réfléchis pas avec la bonne partie de ton anatomie ! Utilise ta tête.

Sigurd serra les dents.
— Et Beyla ? demanda-t-il. Tu l'as trouvée ? Tu lui as annoncé la nouvelle ? Je veux tous les détails, même les plus insignifiants.
— Beyla jure qu'elle ne sait rien des manigances de Thorbin. Son père et Ketill ont combattu ensemble, il y a bien des années. Je pense même que c'est cela qui a aidé Thorbin à se hisser si vite au pouvoir. Elle m'a d'ailleurs clairement dit qu'elle ne le croyait pas capable de trahir Ketill de cette manière.
— Beyla a refusé de te suivre ? N'a-t-elle donc aucun intérêt à venir sur cette île ?

Sigurd sentit une peur insidieuse monter en lui. S'était-il trompé ? C'était sa dernière chance, sa dernière tentative pour retrouver le trésor. Il avait tout parié sur le fait que Thorbin se soit confié à Beyla et sur l'incapacité de celle-ci à résister à l'appel de l'or. C'était son ultime plan, si tous les autres échouaient.

Thorbin cachait forcément des choses. Beyla n'allait tout de même pas prétendre que la mort de l'envoyé de Ketill n'avait été qu'un terrible accident !

— J'exige la vérité ! s'écria-t-il.

— Je ne sais pas vraiment que penser. Cette femme est difficile à déchiffrer. Elle n'a pas essayé de cacher que vous étiez amants, dans votre jeunesse, ni qu'elle a été obligée d'épouser Thorbin, répondit Hring en souriant de ses dents pointues. Elle sait vraiment saisir la moindre occasion, si tu vois ce que je veux dire… Puisque tu as vaincu Thorbin, elle a accepté de venir. Elle veut fonder une nouvelle famille, c'est certain.

Sigurd serra de nouveau les dents. *Obligée d'épouser Thorbin ?* Il n'aurait certainement pas présenté les choses comme cela ! Beyla avait fait son choix, à l'époque, et s'était assurée que Sigurd l'apprenne de la pire manière possible. Il aurait été capable de mourir pour elle, pour la défendre, mais un bras fort et un cœur vaillant ne lui avaient pas suffi.

Il se concentra sur les gravures qui ornaient son épée. Beyla avait mordu à l'appât : elle se moquait bien de lui et lui-même avait tiré un trait sur sa trahison il y avait déjà longtemps.

— Peut-être que son premier mariage n'était pas aussi heureux qu'il en avait l'air.

Hring éclata de rire.

— C'est le moins que l'on puisse dire ! Elle n'a pas la moindre envie de se venger de toi. Au contraire, elle avait l'air enchantée d'apprendre la mort de Thorbin. Il l'a trop souvent humiliée — en tout cas, c'est ce qu'elle m'a dit quand je lui ai annoncé la nouvelle. Et elle viendra d'elle-même ici. Elle veut que tu comprennes ce qu'elle a à t'offrir.

— Je sais déjà ce qu'elle a à offrir, le coupa sèchement Sigurd.

— Elle a hérité de nombreux hommes et navires, à la mort de son père ; et apparemment, elle s'est toujours arrangée pour que Thorbin ne mette pas la main dessus, répondit Hring, ignorant ostensiblement l'agacement de Sigurd.

Ce dernier prit le temps de réfléchir. Ce problème était bien plus complexe que ce que les apparences laissaient supposer. Beyla prétendait peut-être avoir été humiliée, mais elle n'avait pas divorcé pour autant ! Si elle avait réellement été malheureuse en ménage, elle aurait pu partir sans la moindre honte : au contraire des Gaéliques, les femmes du Nord avaient le droit de demander le divorce.

Beyla ne venait pas pour céder à une prétendue émotion, mais parce qu'elle sentait la présence de l'or. C'était aussi pour cela qu'elle avait toujours tenu à garder le contrôle de ses hommes et de ses navires.

Il avait vu juste : Thorbin s'était bien confié à elle ! Elle allait le rejoindre, non pas pour épouser le nouveau *jaarl*, mais pour s'enrichir et conquérir…

Et, en attendant que son piège se referme sur elle, il devait tout faire pour qu'elle ignore tout de son plan. Il fallait qu'elle reste persuadée qu'il avait encore de l'affection pour elle, qu'il envisageait de l'épouser. Le moindre soupçon pourrait la mettre sur ses gardes.

— Je veux attendre qu'elle soit là avant de décider de son sort, dit-il. Est-elle toujours aussi belle qu'autrefois ?

— Je ne sais pas à quoi elle ressemblait dans sa jeunesse, mais aujourd'hui, la beauté de Beyla pourrait rivaliser avec celle de Sif.

C'était un fait, la femme de Thor avait toujours été célébrée pour sa beauté extraordinaire.

— Sigurd, elle peut aussi réclamer les biens de Thorbin au nom de son fils, reprit Hring. Est-ce que tu as pensé à cela ?

— Ces biens n'appartiennent plus à ses descendants. J'ai vaincu Thorbin et ce qui lui appartenait est par conséquent à moi.

Sigurd n'osait plus lever les yeux de son épée.

Même une femme aussi froide que Beyla ne pouvait causer du tort à son propre fils, un garçon qui pouvait bien être celui de Sigurd mais dans les faits avait toujours vécu avec Thorbin.

Il n'aurait pas dû se soucier du destin de cet enfant — et certainement pas espérer qu'elle l'amène avec elle !

— Quoi qu'il en soit, reprit-il au bout de quelques secondes, je suis heureux qu'elle vienne jusqu'ici. Cela nous permettra de mettre fin une bonne fois pour toutes à cette histoire. Fais préparer une chambre pour elle — la meilleure de ce fort. Je ne veux pas entendre la moindre protestation.

— Je ne proteste pas, je me contente d'exposer les faits.

Sigurd, refusant de lui répondre, recommença à aiguiser son épée de plus belle.

— Tu as peut-être une grande expérience de la guerre, Sigurd, mais tu connais encore bien mal les femmes. Beyla est déterminée. Quant à Eilidith…

— Va-t'en, le coupa Sigurd en lui indiquant la porte d'un signe de tête. Je n'ai pas le temps de t'écouter jacasser au sujet des femmes dans ma vie.

Sans un mot de plus, Hring quitta rapidement la pièce et Sigurd jeta son épée, écœuré.

Depuis quand Hring se permettait-il de lui parler de cette manière ? Depuis quand cherchait-il à lui faire croire qu'il déshonorait Liddy ?

S'il la libérait, elle ne choisirait peut-être pas de rester avec lui — et il ne pouvait pas se permettre de la perdre. Pas encore. Cela faisait des années qu'il n'avait pas connu un tel bonheur.

Il jeta un rapide coup d'œil à Coll, toujours allongé à ses pieds sur le dallage. Le chien lâcha un petit grondement sourd.

— Qu'est-ce qui te dérange ? Ta maîtresse et moi nous entendons bien. Elle est heureuse, ici, et rien ne changera avec l'arrivée de Beyla. Ce sont deux problèmes bien distincts, crois-moi.

Le chien se recouvrit le museau de ses pattes avant et Sigurd poussa un petit soupir.

— Je sais ce que je fais, reprit-il. Et je ne me marierai *pas*.

— Où vas-tu avec ces couvertures ? demanda Liddy, arrêtant Mhairi qui traversait le couloir.

Elle avait passé le plus clair de la journée dans l'arrière-cuisine, à surveiller le salage des poissons pour l'hiver. Des gouttes de sueur lui poissaient encore les cheveux, mais en secret elle était fière de son travail de la journée.

La servante la salua poliment.

— On attend un navire dans les jours à venir. Hring a ordonné qu'on prépare des chambres pour les hôtes qui vont arriver. On raconte même qu'il y aura au moins une lady du Nord à bord, voire plus. Certains commencent à parier sur celle que notre seigneur va épouser.

Liddy s'essuya les mains sur son tablier.

— Et depuis quand Hring donne-t-il les ordres, ici ? demanda-t-elle. Pourquoi ne m'a-t-on pas prévenue ?

Des ladies du Nord qui rêvaient de mariage... Et le trésor qui n'avait toujours pas été retrouvé. Sigurd avait certainement besoin de trouver de l'or ailleurs. D'un seul coup, le vague rêve de Liddy de rester aux côtés de Sigurd se brisa à ses pieds. Elle avait soudain la gorge très sèche, comme si elle venait d'avaler une poignée de cendres froides.

Évidemment, Sigurd avait décidé de se marier ! Comment avait-elle pu rester aveugle à tout cela ? Elle n'aurait jamais dû laisser ses rêves occulter son bon sens...

— Lord Sigurd a donné son accord, répondit tranquillement Mhairi. D'après Hring, il ne voulait pas te déranger pour une chose aussi banale.

— Et nous savons qui sont ces invités ?

— Le navire vient du Nord et on m'a dit qu'il pourrait appartenir à l'ancienne compagne du *jaarl*, Beyla. C'est une véritable sorcière, à ce qu'on dit, mais d'une beauté à couper le souffle.

Beyla... La femme que Sigurd avait aimée et qui lui avait brisé le cœur. Liddy se souvenait encore de ce qu'il lui avait dit, juste après l'avoir achetée à son père. Il lui avait avoué être incapable de ressentir quoi que ce soit à cause de cette femme. Elle porta la main à sa tache de naissance. Comment pourrait-elle se mesurer à une femme à la beauté si réputée ?

— Pourquoi Hring ne m'a-t-il rien dit ? demanda-t-elle à voix haute — plus pour Coll que pour Mhairi.

La jeune servante tira nerveusement sur sa jupe.

— Peut-être qu'il a pensé que Sigurd ne voulait pas t'en parler. Thorbin a toujours fait comme cela avant de changer de maîtresse : il ne disait jamais rien à personne. J'entends encore Shona s'en plaindre avant de disparaître... Les signes étaient pourtant clairs, si on se donnait la peine d'y prêter attention.

Liddy secoua la tête, dans l'espoir vain de chasser le bourdonnement assourdissant qui lui avait envahi les oreilles.

— Sigurd n'est pas comme son demi-frère. N'a-t-il pas fait enterrer les femmes, dans le bois sacré ?

— C'est dans l'ordre des choses, tu sais... Les femmes tournent autour des *jaarls* comme des mouches autour d'un pot de miel. Si jamais notre maître s'avère ressembler à son frère, tu devrais peut-être penser à quitter cet endroit avant qu'il soit trop tard.

Mhairi l'examina de la tête aux pieds.

— J'ai bien vu que tu ne portais plus tes bracelets d'or, mais cela ne veut pas dire que tu n'es plus esclave ! Tu es simplement redevenue une servante ordinaire, comme nous, et non la propriété particulière de Sigurd.

— Tu ne sais rien de ma relation avec lui !

Mhairi haussa les épaules.

— Les Nordiques n'épousent pas leurs esclaves. Ils couchent avec et épousent des femmes riches, qui peuvent les aider à accéder au pouvoir. C'est comme cela, tu ferais mieux de t'y habituer.

Liddy serra les poings. Elle dut faire appel à toute sa volonté pour ne pas trahir la violence de ses émotions. L'une des leçons qu'elle avait retenues de son mariage était que répondre à de telles provocations ne faisait que causer d'autres problèmes.

Mais Mhairi avait raison : c'était le début de la fin. Ni Sigurd ni elle n'avaient encore découvert le trésor disparu. Il allait forcément devoir trouver l'or ailleurs pour payer

Ketill, s'il voulait rester *jaarl*… Épouser une riche héritière, en particulier une femme pour qui il avait eu des sentiments autrefois, était la meilleure solution pour lui. Liddy se promit alors en secret qu'elle s'enfuirait plutôt que de le voir marié à une autre.

Son cœur s'emballa soudain. L'ironie de la chose était presque comique. Quelques semaines plus tôt à peine, elle aurait été ravie d'apprendre une telle nouvelle, mais à présent elle avait peur de voir Sigurd la quitter. Au fil du temps, elle avait même commencé à espérer que ce rêve ne prenne jamais fin, se poursuive pour toujours, sans heurts.

Mais Sigurd avait des responsabilités, évidemment, et un jour ou l'autre Ketill exigerait qu'il se marie.

— Bien sûr, j'ai oublié que la promise de Sigurd arrivait. Je dois avoir trop de choses en tête, répondit-elle, malgré sa bouche pâteuse.

Elle ne réussit néanmoins pas à apaiser les battements de son cœur. Elle ne pouvait pas se permettre de ressentir quoi que ce soit pour Sigurd. Ce qu'ils partageaient était censé être une simple passion physique, pas un lien émotionnel. Une passion destinée à mourir un jour… Et pourtant, elle avait bel et bien des sentiments pour cet homme.

Les poings toujours serrés, elle ravala sa douleur. Avait-elle donc tout oublié de son mariage ? Il fallait à tout prix qu'elle redevienne la femme qu'elle avait été avant de rencontrer Sigurd, et elle savait parfaitement comment y arriver.

— Où est Lord Sigurd ?

— Il est sur le point d'aller à Kintra en bateau. Je croyais que tu étais prévenue.

Liddy ferma les yeux un instant. Cette journée ne faisait qu'empirer : Sigurd savait très bien qu'elle avait horreur de voyager par la mer ! Cela voulait dire qu'il avait l'intention de partir *sans elle*, qu'il était sur le point de décider de son destin *sans elle*. Seulement, elle ne laisserait plus jamais qui que ce soit diriger sa vie à sa place — et surtout pas un homme !

Liddy arriva en trombe dans la cour d'entraînement, son voile et son tablier de travers. Sa marque en forme de papillon tranchait plus que jamais sur sa peau laiteuse.

Sigurd lâcha immédiatement son épée et son cœur se mit à battre bien plus fort qu'il ne l'aurait dû. Liddy avait-elle entendu les rumeurs qui couraient au sujet de Beyla et du fait que le fils auquel elle avait donné naissance pouvait être le sien ? Quel idiot il avait été de penser pouvoir garder secrète une nouvelle aussi importante !

Il fallait à tout prix qu'elle comprenne qu'il avait l'intention de veiller sur elle, que l'avenir du garçon n'avait aucune importance à ses yeux après tout ce que Thorbin avait manigancé. Il *fallait* qu'elle lui fasse confiance.

— Quelque chose ne va pas ? demanda-t-il en se préparant à essuyer une série d'insultes.

Les yeux de Liddy paraissaient plus grands encore que d'habitude au milieu de son beau visage et ils luisaient d'une angoisse insurmontable. Il se maudit tout bas de lui infliger cela.

— Vous avez promis de m'emmener à Kintra quand vous vous y rendrez, et j'apprends que vous prévoyez de partir sans moi, par la mer. Votre parole a-t-elle donc si peu de valeur ?

La froideur de sa voix brisa le cœur de Sigurd.

— Je suis ici, et non à Kintra, fit-il remarquer.

Inutile d'expliquer à Liddy qu'il avait bien l'intention de rappeler clairement à Aedan qu'elle n'était pas à vendre, avant d'emmener celle-ci voir les tombes de ses enfants. Une fois qu'il serait loin du fort, il pourrait tout à loisir parler de son plan pour piéger Beyla — et de son besoin de protéger Liddy en attendant.

— Mais je te promets de t'y emmener très bientôt.

Il prit une profonde inspiration et ajouta :

— Je dois faire ce voyage seul. Aedan MacConnall et ses hommes ont pêché là où ils n'en avaient pas le droit. Je dois lui rappeler les limites de son territoire et de son pouvoir.

Cette demi-vérité lui fit mal, mais trop de gens pouvaient les entendre. Il y avait en effet eu un incident de pêche la veille, mais ce n'était qu'une excuse : le roi de Cennell Loairn avait demandé à lui parler.

— C'est de la pure provocation. Vous feriez mieux d'ignorer cela. Aedan est sans doute agacé que vous ayez refusé son or, répondit-elle.

— Je ne peux pas le laisser empiéter sur mon territoire. Il doit retenir la leçon une bonne fois pour toutes, répondit sèchement Sigurd, la gorge nouée. Je pensais que tu n'aurais pas envie d'y retourner — c'est ce que tu m'as dit, l'autre nuit, non ? Je ne m'attarderai pas, de toute manière.

— J'ai encore le droit de changer d'avis, non ? Surtout maintenant que vous partez, dit-elle d'une voix mal assurée. Surtout maintenant que les choses sont en train de changer.

Le cœur de Sigurd se serra de plus belle. Il aurait tant voulu la libérer de cette affreuse tristesse... Il l'avait blessée et cela lui faisait plus mal encore qu'il ne l'aurait pensé.

Il fit alors signe à ses hommes de les laisser seuls et s'approcha pour chasser tendrement une mèche de cheveux du visage de Liddy.

— Dis-moi la vérité : qu'est-ce qui t'a poussée à changer d'avis aussi vite ? Dis-moi tout et je te laisserai venir à Kintra avec moi. Mais je te préviens, je veux la vérité.

Elle s'écarta de lui.

— J'ai cru comprendre que nous nous préparions à recevoir une invitée qui arrivera à la prochaine marée.

— Quelle invitée ?

Liddy cacha immédiatement sa marque de la main.

— Beyla, votre premier amour, répondit-elle sans hésiter. La femme que vous comptez épouser. La femme avec qui vous étiez quand votre père est mort.

Sigurd faillit lâcher un juron. Il n'avait absolument pas pensé que Liddy prêterait attention aux rumeurs qui circulaient au fort — ou qu'elle les prendrait au sérieux.

— Hring a répandu des ragots, je le sais. Mais, sincèrement, ne crois-tu pas que j'aurais été le premier à le savoir, si mon mariage était planifié ? Il m'a aussi proposé une alliance en épousant sa propre fille, Ragnhild. As-tu entendu parler de cela ? Qui d'autre espère avoir l'honneur de partager ma couche ?

Liddy eut un petit rire amer.

— Vous le savez sans doute mieux que moi. De toute évidence, votre demi-frère agissait de la même manière quand il commençait à se lasser de ses maîtresses.

Sigurd encaissa ce coup inattendu.

— Je ne pensais pas que ces rumeurs soient si importantes pour toi, dit-il d'une voix étranglée. Je suis pleinement satisfait de ma compagne actuelle...

— Dans ce cas, vous auriez dû me parler de l'arrivée de Beyla. Ne pensez-vous pas que je méritais de le savoir ? Vous l'avez invitée et vous me l'avez caché. Pourquoi ?

Les paroles de Liddy lui firent plus de mal qu'un coup d'épée. Il n'avait rien dit parce qu'il avait toujours eu l'habitude de compartimenter les choses, par sécurité.

Il comprit soudain qu'il aimerait que Liddy fasse partie de sa vie au vrai sens du terme, mais il voulait aussi la protéger. Elle ne devait pas jouer le moindre rôle dans son plan pour dévoiler la trahison de Thorbin grâce à l'épouse de ce dernier. Liddy en avait déjà assez fait pour lui.

— Beyla méritait aussi de savoir comment son époux était mort, dit-il simplement.

— Et vous avez l'intention de le remplacer. Tout le monde dit qu'elle est très belle.

Incapable de contenir ses émotions plus longtemps, il la serra contre lui. D'habitude, elle se laissait toujours aller quand il la prenait dans ses bras ; mais cette fois-ci, elle resta crispée, blême.

— Penses-tu vraiment cela de moi ? Beyla appartient à mon passé. Ma mère avait espéré nous voir mariés, mais ce n'est jamais arrivé car Beyla a choisi un autre homme. J'ai une nouvelle vie, maintenant.

— Vous ne niez donc pas l'avoir invitée à vous rejoindre ici ?

Sigurd frissonna. S'il ne lui avouait pas sans tarder au moins une partie de la vérité, il la perdrait pour de bon ; et un monde sans Liddy lui parut soudain inconcevable. La simple idée de devoir vivre sans elle le terrifiait.

— Je ne suis pas mon frère, Liddy.
— Et qu'est-ce que cela veut dire ?

Il sentait la violence de la colère contenue en elle… Que pouvait-il y faire ?

— Quoi qu'il puisse se passer entre nous, je m'assurerai que tu es saine et sauve, protégée. Je n'ai jamais sacrifié mes maîtresses aux dieux et je n'ai aucune intention de commencer avec toi !

Elle blêmit de plus belle, les yeux pleins de rage, et il comprit qu'il n'avait pas dit ce qu'il fallait. Ses sentiments pour Liddy étaient bien trop récents et trop bruts pour qu'il parvienne à les adoucir. Il tenait plus à elle qu'à n'importe quelle autre femme dans sa vie mais elle, que ressentait-elle pour lui ?

— Que représente Beyla pour vous ? Dites-moi au moins cela.

Sigurd garda les yeux baissés un long moment. Oui, il devait des explications à Liddy, elle le méritait. Il avait essayé de la tenir à l'écart dans l'espoir d'étouffer les élans de son cœur, mais il avait commis une erreur.

— Beyla et moi étions amants, autrefois, avoua-t-il, choisissant ses mots avec soin. Nous partagions des rêves. Je lui ai même demandé sa main, mais elle a préféré choisir un homme plus stable, capable de lui offrir une meilleure vie. J'ai passé les sept dernières années à la haïr. Je t'assure que je n'ai aucune intention de l'épouser, et encore moins de la coucher dans mon lit. Elle a un fils et Thorbin prétendait qu'il pourrait être le mien…

Malheureusement, son aveu ne parut pas soulager Liddy. Au contraire, son visage devint encore plus pâle.

— Vous feriez mieux de me raconter toute l'histoire. Qu'est-elle encore à vos yeux ? Pourquoi tenez-vous tant à la faire venir ?

Sigurd lui raconta alors rapidement son amour de jeunesse pour Beyla, fille unique du *jaarl* du territoire voisin. Sa mère les avait vus ensemble et avait approuvé leur relation. À l'époque,

Beyla avait eu l'air de partager les sentiments qu'il avait pour elle et il lui avait proposé de s'enfuir avec lui pour commencer une nouvelle vie. Cependant, elle ne cessait de se trouver des excuses, d'inventer des raisons qui la poussaient à rester. Sigurd s'était confié à sa mère, qui lui avait conseillé de rester patient, lui répétant que Beyla l'aimait. « Cela se lit sur son visage ! »

La nuit de la mort de son père, Sigurd avait surpris Thorbin et Beyla ensemble, dans les bras l'un de l'autre. Beyla avait essayé de lui raconter des histoires, mais Sigurd avait très bien compris ce qui se passait entre son demi-frère et elle.

Hélas, sa mère était restée persuadée que Beyla allait finir par écouter son cœur. Elle avait même accepté d'être sacrifiée à condition que son fils ait droit à son héritage. Elle était morte en croyant que l'amour véritable prévaudrait en fin de compte.

Sigurd avait alors reçu un message de Beyla, l'invitant à la rejoindre dans leur sanctuaire secret. Seulement, elle n'était pas venue. À sa place, Sigurd s'était trouvé face à Thorbin et ses hommes qui l'avaient roué de coups. Beyla l'avait découvert dans cet état peu après et conduit en sécurité. Plus tard, quand il avait repris ses esprits, il s'était aperçu qu'elle lui avait laissé de la nourriture, la seconde épée de son père, ainsi qu'un arc et des flèches.

— Beyla a fait son choix, expliqua-t-il. Elle voulait une vie facile et fortunée. Tout enfant auquel elle a pu donner naissance est lié au sort de Thorbin, pas au mien.

— Même si cet enfant est innocent ?

— C'est ainsi que mon peuple a toujours agi.

— Peut-être devriez-vous ignorer une telle tradition, non ?

Sigurd chassa ses souvenirs, encore trop brûlants. Il sentit néanmoins que l'amère douleur qui l'avait toujours hanté quand il repensait à tout cela s'était presque entièrement évanouie. Ce n'était plus qu'un fantôme du passé.

— J'ai fait le serment d'être un grand guerrier quand je la reverrais. Je me suis juré que ma célébrité éclipserait celles de Thorbin et de mon père.

Liddy le dévisagea d'un air songeur.

— Vous l'avez donc bien invitée ?

— D'une certaine manière, oui, admit Sigurd.

— Vous ne savez pas grand-chose des femmes, n'est-ce pas ?

— En général, j'ai d'autres soucis en tête.

Il se frotta nerveusement la joue.

— Tu sais, tu es la première femme que je vois comme une amie depuis que Beyla m'a brisé le cœur.

— Une amie ? Rien de plus ?

Elle s'écarta brusquement de lui et baissa les yeux. Sa respiration se fit plus rapide, plus saccadée.

— Et comment qualifierais-tu notre relation ? demanda Sigurd, perplexe.

Que désirait-elle de plus ? Il venait de faire un grand pas en admettant son affection pour elle !

— Je ne sais pas. Je dirais que nous sommes amants, pour commencer.

La gorge de Sigurd se noua.

— Tu es bien plus qu'une simple amante, pour moi.

Le visage de Liddy s'apaisa un peu.

— Je vois…

Sigurd poussa un profond soupir. Comprenait-elle réellement ce qu'il essayait de dire ?

— Veux-tu toujours aller à Kintra ? Ou bien est-ce que tu essayais simplement de trouver un moyen de fuir Beyla ?

— Je ne laisserai plus jamais Brandon ou Aedan me dicter ma vie, répondit-elle en se redressant, la tête haute. Je voyagerai par mer. Je peux le faire. Aedan doit comprendre que je ne suis plus la victime de ses tours. Il veut vous faire une autre offre pour moi, j'en suis sûre.

Sigurd aurait tant voulu la prendre dans ses bras et lui murmurer qu'il avait peur de la perdre — mais il ne pouvait pas se permettre de trop se dévoiler. Pas encore.

— Pourquoi accepterais-je son offre ?

— Me voilà rassurée, dit-elle en lui tendant la main. Me donnez-vous votre parole ?

— Ma parole ? Pour quoi ?

— Donnez-moi votre parole que vous maintiendrez la paix et ne provoquerez pas un conflit avec Aedan. Laissez-moi lui parler en premier : je peux l'empêcher de faire quoi que ce soit que nous regretterions tous…

Sigurd sentit instinctivement ses épaules se crisper.

— Quel genre d'homme est Aedan ?

— Il était bon pour moi, autrefois. Il s'est assuré que Coll reste à mes côtés quand je me suis mariée, alors que Brandon voulait le chasser.

Elle haussa les épaules d'un air pensif.

— C'est un homme d'honneur, mais il est impulsif. Si ses hommes ont pêché dans vos eaux, c'était sans doute pour attirer votre attention. Il veut vous rencontrer, mais le peuple de Kintra ne pourra pas se permettre d'entrer en guerre avec vous.

Sigurd se frotta le menton et ravala une pointe de jalousie. En dépit de la manière dont les gens de Kintra l'avaient traitée, Liddy leur restait loyale.

— Parce qu'il a protégé le chien, je ferai l'effort de ne pas le provoquer et j'espère sincèrement ne pas avoir à tirer mon épée.

Il lui fit un petit sourire mais elle ne le lui rendit pas.

— Je prie aussi pour que vous n'ayez pas à faire preuve de violence, dit-elle.

De nouveau, Sigurd dut lutter contre son désir de la serrer dans ses bras, de la supplier de ne pas y aller. Il était envahi par un sombre pressentiment ; le même genre de pressentiment que celui qu'il avait eu avant que sa mère meure… pour un rêve vide de sens.

Chapitre 12

— Êtes-vous bien sûr que le bateau ne tangue pas trop ?

L'estomac de Liddy se noua. C'était une chose d'accepter de se rendre à Kintra par la mer, mais c'en était une autre de mettre le pied à bord… La brise agitait la surface habituellement calme de l'eau et une dentelle d'écume blanche couronnait chaque vague. Liddy ne parvenait pas à oublier les mouvements brutaux du bateau de Brandon, juste avant qu'il se retourne…

— La mer semble agitée, aujourd'hui. Est-ce vraiment le seul moyen d'aller là-bas ? reprit-elle, de plus en plus nerveuse.

— C'est le plus rapide, et je ne pensais pas que tu viendrais…

— Mais je veux venir !

Liddy ravala sa terreur.

— Seulement, êtes-vous certain que ce soit bien la chose à faire ? En faisant cela, ne jouez-vous pas le jeu d'Aedan ?

— Que me proposes-tu de faire, alors ? répliqua Sigurd.

— On pourrait y aller à pied, cela paraîtrait moins agressif. De toute manière, Aedan se sera sans doute préparé à une attaque par la mer.

Elle attendit, le cœur battant. Le succès de son plan dépendait de sa capacité à discuter avec Aedan pour étouffer les problèmes avant qu'ils prennent de l'ampleur.

Hélas, Sigurd secoua la tête d'un air déterminé.

— Impossible. Je désire rejoindre le fort au plus vite, marcher nous ralentirait.

Liddy n'avait plus qu'une option : lui avouer la vérité. Elle se tourna une nouvelle fois vers la mer, le cœur lourd.

— Je ne suis pas montée sur un bateau depuis la mort de Keita et Gilbreath. J'ai l'impression que ce n'est pas bien d'en prendre un pour aller me recueillir sur leurs tombes. Je pensais en être capable, mais j'avais tort. Je vous en supplie, ne me laissez pas plantée là…

Sigurd la dévisagea un instant, les sourcils froncés.

— As-tu toujours l'habitude de contredire les gens comme cela ?

— C'est l'un de mes pires défauts, je l'avoue. Que puis-je dire pour me défendre ? J'aime avoir le dernier mot, répondit-elle, le cœur soudain plus léger.

— Mais pourquoi marcher ? Tu pourrais monter à cheval avec moi, tu l'as déjà fait.

Liddy laissa son regard se perdre sur l'étendue d'eau devant elle.

— Je… Je ne sais pas comment mon beau-frère réagirait, s'il me voyait en selle avec vous.

— Tout le monde sait que tu es ma maîtresse, maintenant. D'où vient cette timidité si soudaine ? Te préoccupes-tu vraiment de ce qu'Aedan pense de toi ?

Elle fit non de la tête, fermement. Elle voulait profiter d'un peu de temps avec Sigurd — encore un peu — mais se dire que leur relation allait prendre fin était au-dessus de ses forces. Tant qu'ils auraient la moindre chance de pouvoir rester ensemble, elle préférait ne pas penser à ce que l'avenir leur réservait.

— Puisque chevaucher ensemble semble être le meilleur moyen de faire ce voyage, j'accepte votre offre, murmura-t-elle enfin.

Sigurd éclata de rire et elle dut serrer les dents pour rester de marbre.

— Qu'y a-t-il ? Qu'est-ce qui vous amuse tant ?

— C'est de moi que je ris, répondit-il. Je pensais que te proposer de chevaucher avec moi t'offenserait — et j'aime tant voir tes yeux briller de colère. Mais j'ai de plus en plus de mal à te provoquer.

Aimer — ce simple mot la bouleversa. Oui, elle aimait Sigurd, mais comment savoir ce qu'il ressentait pour elle ?

— Autrefois, cela m'aurait offensée, en effet, admit-elle. Mais si c'est le moyen le plus rapide d'y aller, à part le bateau, j'accepte. Ce sera sans doute un voyage intéressant.

— Tu es vraiment une femme unique, Liddy…

— Je prends cela pour un compliment. Alors, allons-nous partager un cheval ?

— J'adorerais cela, mais j'ai une meilleure idée pour ne pas offenser ton beau-frère — et je ne voudrais pas surcharger Floki.

— Une meilleure idée ?

— J'ai un cheval, une jument robuste, pour toi ; du moins, si tu sais monter.

Il fit signe à l'un de ses hommes qui se rendit à l'écurie pour ramener une belle jument au regard doux.

En effet, l'animal était robuste et pas aussi nerveux que l'étalon de Sigurd, elle le vit tout de suite. Liddy se prit immédiatement de tendresse pour elle. Elle tendit la main et la jument secoua les oreilles avant de venir y frotter son museau.

— La prochaine fois, je t'apporterai une carotte, lui promit Liddy à voix basse.

La jument baissa la tête, comme si elle la comprenait.

— Est-ce qu'elle a un nom ?

— Tu peux lui en donner un, si tu veux, répondit Sigurd. Je l'ai achetée pour toi.

Surprise, Liddy se tourna vers lui.

— Je peux la garder ?

— Tu auras besoin d'un cheval pour voyager dans l'île avec moi — je n'ai pas oublié que tu as peur des bateaux, dit-il avec un petit sourire facétieux. Je comptais te la donner à mon retour de Kintra.

Bouleversée, Liddy se jeta dans ses bras et enfouit le visage contre l'épaule de Sigurd pour s'enivrer de son parfum d'homme. Elle voulait ne jamais oublier cette odeur si délicieuse.

— Qu'y a-t-il ? demanda-t-il.

Elle prit quelques secondes pour maîtriser son émotion avant de lever les yeux sur lui. Il la regardait avec une telle tendresse qu'elle se demanda un instant comment elle avait pu croire cet homme sans cœur.

— Cela fait très longtemps qu'on ne m'a pas offert de cadeau si merveilleux… Je la chérirai toujours.

Elle caressa la crinière de la jument.

— Je vais l'appeler Espérance, car il est toujours bon d'avoir de l'espérance, dans la vie.

Sigurd parut soudain préoccupé.

— Où est Coll ?

— Je l'ai laissé dans notre chambre avec un os. Il n'a plus autant envie de me suivre partout où je vais, ces derniers temps.

Elle croisa les bras, un peu troublée. Si Coll ne les accompagnait pas, Aedan serait peut-être plus enclin à la laisser repartir avec Sigurd : il savait à quel point elle aimait son chien.

Sigurd la gratifia d'un nouveau sourire.

— Peut-être qu'il sait que je veille sur toi, maintenant.

Elle lui rendit son sourire.

— Peut-être, oui.

Quel dommage que les chiens, même les chiens-loups, n'aient aucune conscience des réalités de la vie. Certes, Coll avait confiance en Sigurd, mais cela n'empêcherait pas ce dernier d'avoir besoin d'une riche épouse s'il ne trouvait pas l'or exigé par Ketill.

— On dit qu'on n'oublie jamais comment monter à cheval, dit-elle finalement.

— Dans ce cas, mes hommes et moi sommes à ta disposition.

— Vos hommes ?

Elle baissa les yeux. Tout son plaisir disparut à l'instant. À la manière dont Sigurd avait dit cela, elle avait l'impression qu'il comptait partir avec une véritable armée.

— Combien d'hommes prendrez-vous avec vous ?

— Suffisamment. Aedan MacConnall doit comprendre que, bien que je ne sois pas aussi cruel que Thorbin, je ne suis pas faible pour autant. Il a cherché à me provoquer et il ne recommencera pas, c'est tout. Tu resteras ma femme. Je saurai protéger ce qui m'appartient.

Le cœur de Liddy s'emballa à ces mots. Il l'avait appelée « sa femme » et cela la troublait, mais elle devait rester prudente. Ce n'était ni une déclaration d'amour ni une demande en mariage...

— Votre femme ?

— C'est comme cela que tout le monde t'appelle. Crois-moi, Liddy, je ferai tout pour faire disparaître cet éclat triste au fond de tes yeux.

Elle cligna rapidement des paupières pour ravaler son émotion. Oui, elle voulait croire qu'il avait des sentiments pour elle, mais son cœur ne cessait de lui rappeler que dans ce domaine elle avait déjà eu tort une fois.

— C'est chose faite, répondit-elle à mi-voix.

Peu de temps avant leur arrivée sur les terres de Kintra, Sigurd immobilisa son cheval et mit pied à terre. Ses sept gardes du corps firent de même.

— Y a-t-il un problème ? demanda-t-elle en arrêtant Espérance.

La jument était bel et bien robuste. Elle avançait à bonne allure et Liddy n'avait eu aucun mal à suivre le rythme de la petite troupe.

Son appréhension n'avait fait qu'augmenter au fil du voyage. Elle avait essayé de parler à Sigurd, mais il avait paru distrait. Il semblait avoir une autre raison pour se rendre à Kintra, une raison liée à l'arrivée imminente de Beyla.

— Tu peux descendre de selle, maintenant, dit-il. Nous allons finir le chemin à pied, ce sera plus sûr...

Il lui tendit les bras et elle se laissa glisser au sol, contre lui. Les mains puissantes de Sigurd l'enveloppèrent un instant, puis elle s'écarta avec un sourire reconnaissant.

— Merci.

— Merci de quoi ? Il est bien plus facile de se battre quand on n'est pas à cheval.

— Personne ne se battra, répondit-elle fermement. Aedan comprendra que je veuille me recueillir sur la tombe de mes enfants. Il m'a toujours dit que j'étais la bienvenue. Vous n'aurez qu'à lui parler de l'incursion de ses pêcheurs dans vos eaux après cela. Je suis sûre qu'il retiendra l'avertissement après votre discussion.

Elle regarda un instant le petit panache de fumée qui s'élevait du fort de Kintra, au loin. Évidemment, lorsque Aedan l'avait invitée à venir voir les tombes, elle avait bien compris qu'il faisait cela par devoir, sans penser un seul instant qu'elle le prendrait au mot. De toute manière, tout ce qu'ils s'étaient dit ne pourrait jamais être oublié. Inutile cependant d'expliquer tout cela à Sigurd. Cela ne ferait que le mettre sur la défensive.

Il acquiesça, ne se doutant pas du trouble qui la hantait.

— Je suis curieux de voir si Aedan est réellement un homme de parole.

Liddy posa doucement une main sur la manche de Sigurd.

— Laissez-moi lui parler avant de commencer à le menacer. Il n'a jamais apprécié les démonstrations de force… Je peux vous jurer qu'il a encore plus mauvais caractère que son frère !

— Je ne menace jamais. Je me contente de tenir mes promesses — et je te promets que je ne laisserai personne t'insulter.

Liddy sentit son estomac se nouer. Servir de prétexte à une déclaration de guerre était bien la dernière chose qu'elle voulait.

— Je vous en prie, laissez-moi lui parler la première, répéta-t-elle d'un air désespéré. Laissez à Aedan une chance de prouver qu'il est bien un homme d'honneur. Il ne sait pas que vous parlez gaélique, vous n'aurez qu'à écouter pour vous faire une opinion sur lui.

— Oh ! je suis sûr que tout le monde sait que je parle gaélique, depuis le temps. Impossible de garder un secret, sur cette île !

— Aedan n'aura pas écouté les rumeurs, croyez-moi : il est comme cela. Il pense que tous les Nordiques sont des brutes qui enlèvent les femmes et les pendent quand ils ne veulent plus d'elles.

— Vraiment ? Il est donc trop fier pour penser que quelqu'un puisse apprendre sa langue ? Et après, on se demande pourquoi les Gaéliques n'ont pas su nous repousser…

— Je vous aurai prévenu, mais si vous désirez perdre votre avantage, libre à vous...

Elle caressa l'encolure d'Espérance d'un air détaché. Elle avait eu raison de venir, c'était évident.

— J'essaie simplement de vous aider, ajouta-t-elle.

— Très bien, Liddy, je t'écoute. De toute manière, qui suis-je pour ignorer tes avis ? Tu connais ton beau-frère, tu pourras donc parler la première ; mais n'oublie pas que je comprendrai chacun de tes mots aussi.

Le cœur de Liddy s'emballa. Il avait confiance en elle et en ses talents !

Le grand fort de Kintra était baigné d'une lueur rosée et le parfum frais de la mer enveloppa Liddy. Cela avait été une des choses qu'elle avait pu apprécier, du temps où elle vivait là ; mais cela lui rappelait aussi les mauvais moments qu'elle y avait passés.

Si seulement elle avait pu se sentir plus sereine, plus tranquille. N'écoutant que sa panique en apprenant l'arrivée de Beyla, elle s'était jetée à corps perdu dans ce voyage, pensant pouvoir s'échapper quelques jours et garder Sigurd auprès d'elle un peu plus longtemps. Seulement, maintenant qu'elle était là, dans l'ombre de la baie, l'énormité de ce qu'elle avait fait menaçait de l'étouffer : elle venait à Kintra en compagnie d'une troupe de Nordiques... Aedan prendrait-il la peine de l'écouter, dans ces conditions-là ?

Alors qu'ils approchaient de la première ferme, un petit groupe de guerriers leur barra la route. Sigurd fit discrètement signe à ses hommes de se tenir prêts.

Liddy commença par s'adresser au plus âgé des guerriers d'Aedan.

— Dites à votre maître que le *jaarl* nordique vient le voir pour une affaire de grande importance

— Mon maître ne reconnaît l'autorité d'aucun *jaarl*, répondit froidement l'homme. Nous défendrons ce qui nous appartient sans l'aide ou l'intervention de personne. Si les Nordiques veulent quoi que ce soit, ils devront payer le prix du sang.

Vous perdez votre temps et votre salive si vous pensez pouvoir négocier avec nous, Lady Eilidith.

Les hommes d'Aedan ponctuèrent ce petit discours en cognant leurs épées contre leurs boucliers.

— Les hommes qui m'accompagnent ne sont pas vos ennemis, protesta-t-elle.

— Ils viennent du Nord. Ils ne pourront *jamais* être nos alliés.

Le guerrier indiqua alors d'un signe de tête un panier près de la ferme.

— Voici les maquereaux que nous avons pris aujourd'hui. Nous pêchons où bon nous semble.

— Aedan ferait mieux d'être prudent, dit Liddy à voix basse. Ce seigneur est à moitié gaélique ; il comprend mieux nos coutumes que la plupart des siens.

— Si c'est une bataille qu'ils veulent, je suis prêt, rugit Sigurd.

— Accordez-moi encore un peu de temps, lança Liddy par-dessus son épaule.

Les gardes de Sigurd avaient déjà tiré leurs épées.

— Je vous en prie, insista-t-elle. Aedan cherche simplement à nous montrer qu'il ne se laissera pas intimider.

Sigurd haussa les épaules, le regard noir.

— Dans ce cas, il devrait essayer de maintenir la paix entre nous.

Liddy fit de nouveau face aux guerriers de Kintra. La plupart d'entre eux avaient servi Brandon, dans le temps. Elle dut résister à un besoin pressant de cacher sa tache de naissance. Elle n'avait pas à avoir honte. Elle n'était pas maudite. Sigurd le lui avait prouvé. Elle créat sa propre chance...

— Allez quérir Aedan et mettons fin à cette folie. Je sais qu'il est là et qu'il n'est pas homme à se cacher derrière ses hommes comme une vieille femme. Il a demandé à Sigurd de venir, à mon propos.

Elle écarta les mains en signe de paix.

— Je vous en prie. Vous me connaissez : j'étais la maîtresse de ce fort. Voulez-vous donc que je le maudisse ?

— Tout va bien, Aleric, lança soudain une voix forte. Je

suis ici et je peux défendre mon fort. Lady Eilidith a dit vrai : Sigurd est venu à ma demande.

Aedan s'avança vers eux, revêtu de son armure de combat. Un prêtre qu'Eilidith haïssait tout particulièrement le suivait, restant à trois pas de lui, les yeux baissés avec piété.

— Ma sœur, vous nous êtes revenue, reprit Aedan en ignorant Sigurd.

Ses yeux d'un bleu étonnant brillaient dans son visage buriné.

— Allez-vous rester parmi nous ? Demandez-vous asile ?

Liddy se redressa, résistant de nouveau à la tentation de se cacher le menton.

— Je souhaite me recueillir sur la tombe de mes enfants.

— Et ai-je déjà essayé de vous en empêcher ?

Elle jeta un rapide coup d'œil à Sigurd.

— Vous m'avez donné des raisons de croire que je ne serais pas la bienvenue ici.

— Vous m'avez mal compris, ma sœur, répondit-il froidement avant de se tourner enfin vers Sigurd. Pourquoi êtes-vous venu, Nordique ?

— Lady Eilidith désire passer du temps sur les tombes de ses enfants, répondit Sigurd, et je ne suis là que pour m'assurer de la sécurité de mon bien.

Aedan lâcha un petit hoquet de surprise.

— Votre *bien* ?

— Oui, cette demoiselle ne vous appartient pas, et elle n'est pas à vendre. Je voulais m'assurer que vous ayez bien compris cela et que nous n'ayons plus d'autres… incidents de pêche, à l'avenir.

Liddy lui jeta un regard nerveux. Ces deux hommes étaient aussi butés l'un que l'autre !

— Je vous en prie, Aedan, reprit-elle. Je suis seulement venue voir mes enfants. Vous savez qui m'a fait perdre ma liberté — et ce n'était *pas* un Nordique.

— Votre père et moi avons discuté, répliqua Aedan, les poings serrés. Personne ne devrait vendre ses propres enfants.

— Peut-être, mais ce qui est fait est fait.

Aedan la dévisagea froidement.

— Ce n'était pas nécessaire, lui répondit-il. Vous auriez dû demander mon aide. La dernière fois que nous avons parlé, je vous avais pourtant dit que vous pouviez toujours compter sur moi.

Liddy serra les dents. Aedan l'avait accusée d'être maudite ! Une accusation que, hélas, elle avait prise au sérieux.

— Je saurai m'en souvenir, pour la prochaine fois.

Les joues d'Aedan s'enflammèrent.

— Je souhaite simplement vous offrir une vie digne. Je vous considère encore comme un membre de ma famille. D'ailleurs, nous devons parler de certaines choses.

Liddy fit non de la tête. Il était hors de question qu'elle redevienne la femme qu'elle était autrefois ; et elle ne quitterait jamais cette île qu'elle aimait pour s'enfermer dans un couvent irlandais où on la battrait pour faire disparaître sa malédiction, comme Brandon le lui avait promis.

— Non, Aedan, nous n'avons plus grand-chose à nous dire. Laissez-moi seulement voir les tombes et nous repartirons. Il est important à mes yeux de maintenir la paix. Une trêve a été négociée et je ne veux pas la briser.

Son beau-frère resta là, lui bloquant toujours la route. Désemparée, Liddy le supplia :

— Ce sont mes enfants ! Je ne suis pas revenue une seule fois, depuis mon départ…

— Allez-vous, oui ou non, autoriser Lady Eilidith à se recueillir auprès de ses enfants ? lança Sigurd, la main posée sur la garde de son épée. N'oubliez pas que vous êtes en position de faiblesse, ici, sur cette étroite bande de terre.

Aedan tira à moitié sa propre arme de son fourreau.

— Et pourtant, je sais défendre mon fort !

Derrière lui, ses hommes firent de nouveau retentir le bruit de leurs épées contre leurs boucliers.

— Êtes-vous prêt à vous retrancher derrière ses murailles pour mourir de faim ? répliqua Sigurd, provoquant une clameur chez ses guerriers.

— Ne sous-estimez pas mes bateaux.

— Ils ne peuvent pas se mesurer à mes drakkars.

Liddy sentit son sang se geler dans ses veines. Ils étaient sur le point de se sauter à la gorge... Elle toussa pour attirer leur attention.

— Nous sommes ici uniquement parce que je voulais voir les tombes, pas pour déclencher une guerre.

Sigurd approuva d'un signe de tête.

— Bien entendu. Et je compte simplement m'assurer que notre visite se passera sans incidents.

Liddy lui fit face, les poings sur les hanches.

— Je ne veux pas servir d'excuse à un bain de sang !

Les deux hommes se jaugèrent encore quelques secondes, puis Aedan se détourna.

— Très bien. Je vous autorise à vous rendre au cimetière — et *seulement* au cimetière.

Sigurd accueillit cette offre par un petit signe de tête.

— Je suis heureux de voir que vous avez retrouvé la raison.

— Attendez ! interrompit le prêtre. Je ne peux pas laisser ces païens souiller une terre consacrée ! Aedan, n'avez-vous donc rien retenu de mes sermons ?

Aedan lança un regard d'excuse à Liddy.

— Lady Eilidith n'est pas une païenne, père Columba. Vous l'avez vue à l'église un grand nombre de fois, du temps où elle vivait à Kintra.

Le vieux prêtre examina Liddy de la tête aux pieds, comme s'il cherchait à la déshabiller du regard. Elle eut soudain envie de s'envelopper de plus belle dans sa cape, mais elle résista. Finalement, le père Columba haussa les épaules.

— Elle fréquente un païen, répliqua-t-il. Une fois de plus, sa marque maudite plonge ce lieu dans le déshonneur.

Liddy serra les poings. Elle n'avait jamais aimé ce prêtre : il avait passé son temps à ignorer les actes ignobles de Brandon. Certes, elle sentait la colère monter en elle, mais elle ne laisserait plus personne lui faire croire qu'elle n'avait pas sa place ici. S'abandonnant à sa rage cent fois ravalée, elle lança d'une voix assurée :

— Vous m'insultez. Jamais je n'ai déshonoré ce fort.

Ses paroles résonnèrent dans le silence. Tout le monde la regardait, à présent. Aedan pâlit.

— Mon père, vous êtes allé trop loin, dit-il. Veuillez vous excuser.

Liddy le dévisagea, abasourdie. Pour la première fois, il la soutenait ! Pour la première fois, il faisait une concession !

C'était si différent de leur dernière conversation, où elle n'avait su que balbutier des justifications, les yeux baissés, avant de céder.

Cette fois, ce fut au prêtre de marmonner des excuses à peine audibles.

— Lady Eilidith peut se rendre seule au cimetière, reprit Aedan avec un salut poli. Nordique, je vous donne ma parole qu'aucun mal ne lui sera fait et qu'elle vous reviendra.

— Cela vaudrait mieux, en effet, grommela Sigurd.

— Je reviendrai, promit-elle. Je vous donne ma parole, moi aussi. Je ne veux voir personne mourir pour moi... D'un côté comme de l'autre.

— J'ai confiance en toi, répondit Sigurd. Et je te jure de garder mon calme jusqu'à ton retour — c'est la moindre des choses.

Le prêtre proposa — à contrecœur — de la guider, mais elle le dévisagea un instant et il recula.

— J'irai seule, annonça-t-elle.

Quand elle pénétra dans le cimetière balayé par les vents, ses jambes se dérobèrent. Une grande croix de pierre montait la garde au-dessus des deux petites tombes. Elle s'en approcha et, la gorge nouée, suivit du doigt le nom de ses enfants gravé dans la pierre. La croix était ornée d'une profusion d'oiseaux et d'animaux sculptés — dont un chien qui aurait très bien pu être Coll... Au centre, un artiste avait sculpté la silhouette d'une mère berçant deux enfants. La scène l'émut tellement qu'elle en eut les larmes aux yeux. Elle n'avait rien su de cette croix.

Pourquoi Aedan avait-il fait cela ? Pourquoi avait-il installé une si belle croix ici ? Et pourquoi avait-il obligé le prêtre à s'excuser ?

Elle resta là, immobile devant les tombes, s'emplissant le cœur de cette image inespérée.

— Eilidith est trop loin pour nous entendre, commença Sigurd en faisant de son mieux pour maîtriser la colère qui l'étouffait.

Il aurait voulu arracher les membres de ce Gaélique un à un pour lui faire payer son manque de respect envers Liddy. D'ailleurs, il avait bien failli le faire après le discours du prêtre, mais Aedan avait fini par s'interposer.

— Expliquez-moi donc pourquoi vous avez rompu notre trêve. Soyez bref et je me montrerai peut-être magnanime.

— Pourquoi êtes-vous venu par les terres ? demanda Aedan sans répondre à l'ultimatum.

— Est-ce si important ?

— Oui, c'est important. Allons, faites-moi plaisir ; nous avons tout notre temps, dit Aedan avec un demi-sourire. De toute manière, vous avez donné votre parole à Eilidith.

Sigurd serra les dents.

— Lady Eilidith était bien décidée à m'accompagner ici, mais elle a toujours peur de l'eau. Nous sommes donc venus à cheval.

Aedan fronça les sourcils.

— Quel dommage. Je ne savais pas qu'elle avait toujours peur de la mer...

— Elle se sent responsable de l'accident, répondit froidement Sigurd. Votre frère...

— Je refuse de dire du mal des morts.

Aedan porta la main à la garde de son épée.

— Il y a peut-être beaucoup à dire, ajouta-t-il, mais si je dois parler, ce sera à Eilidith et non à l'homme qui l'a réduite en esclavage.

Déjà, Sigurd regrettait sa promesse à Liddy...

— Dans ce cas, parlons de poissons. Vous m'avez volé.

— Avez-vous l'intention d'honorer l'alliance que Thorbin avait conclue avec Ivar le Désossé ? Vous devez savoir que ses hommes nous ont chassés de nos eaux poissonneuses. Nous n'avons donc pas eu le choix : c'était cela ou mourir de faim.

Sigurd le dévisagea quelques instants. Ainsi, les vagues rumeurs qu'il avait entendues étaient vraies : Thorbin avait bel et bien noué une alliance avec Ivar, mais il était plus probable qu'il ait pris l'or pour lui au lieu de le donner.

— Je n'ai entendu parler d'aucune alliance. Ivar et ses Vikings de Dubh Linn restent les ennemis de Ketill.

— Peu importe, répliqua Aedan. Ils pêchent et conduisent des raids. Tant que cette situation perdurera, nous pêcherons où bon nous semble.

Sigurd ravala sa colère. Aedan, ce soi-disant roi de Cennell Loairn et seigneur de Kintra, avait besoin d'une leçon de bonnes manières.

— Si ce que vous dites est vrai, des mesures seront prises. Ivar n'est pas l'un de mes amis.

Aedan se contenta de hausser les épaules.

— C'est votre problème, pas le mien.

Il était temps de tomber les masques et d'aborder le sujet qui poussait réellement Aedan à agir avec un tel manque de respect.

— Malcolm a dû vous rendre votre or, dit Sigurd.

— Oui, j'ai reçu votre message et je sais à présent pourquoi vous avez fait d'Eilidith votre maîtresse.

— Vraiment ? demanda Sigurd, surpris. Éclairez-moi.

— Pour me provoquer et m'humilier.

Incrédule, Sigurd le dévisagea de plus belle, persuadé d'avoir mal entendu.

— Vous plaisantez, j'espère ? J'ai fait de Liddy ma maîtresse parce que, c'est une femme passionnée et qu'elle se bat pour ses convictions. Elle est aussi très belle. Croyez-moi, ni vous ni votre famille n'avez influencé ma décision de quelque manière que ce soit !

Ce fut au tour d'Aedan de paraître surpris et incrédule.

— Vous avez décidé d'en faire votre maîtresse parce que vous la *désirez* ?

— Bien sûr. Pour quelle autre raison ? Si vous êtes incapable de voir sa beauté, ce n'est tout de même pas ma faute !

Aedan rougit, l'air enfin un peu embarrassé.

— J'avoue n'avoir jamais pensé à elle de cette manière. Eilidith était la femme de mon frère et je sais pourquoi il a accepté de l'épouser — ce n'était pas pour son charme.

— De toute évidence, nous connaissons tous les deux des femmes très différentes ; mais sachez que son chien a confiance en moi. A-t-il jamais eu confiance en votre frère ?

— Mon frère n'aimait pas cet animal, mais il savait reconnaître ses qualités, répondit Aedan. Coll a sauvé Eilidith d'un raid, un jour. La dévotion d'un chien s'achète facilement, avec un morceau de viande et une paillasse près du feu. Est-ce ainsi que vous avez réussi à vous attirer ses faveurs ?

Sigurd dut faire preuve de plus de volonté que jamais pour ne pas sauter à la gorge de cet homme suffisant. S'il n'avait pas donné sa parole à Liddy, il aurait déjà étripé ce Gaélique.

— Vous savez que Liddy n'est pas à vendre, reprit-il. Elle n'entrera pas non plus au couvent — ni ici, ni en Irlande. Personne ne l'obligera à voyager par la mer tant qu'elle ne se sentira pas prête.

— Tant qu'elle restera avec vous, sachez que je ferai tout pour la libérer, le coupa Aedan.

— Que diriez-vous, si je vous assurais qu'elle *veut* rester avec moi ?

— Parce que vous lui avez laissé le choix ? répliqua Aedan. La Eilidith que je connais se soucie de son honneur et de celui de sa famille ; elle mourrait de honte en restant sous votre coupe ! Avez-vous l'intention de l'épouser ?

— Je n'ai pas l'intention d'épouser qui que ce soit.

— Les choses changent, vous savez, dit Aedan dans un éclat de rire hautain. Certaines rumeurs sont arrivées jusqu'ici… Et puis, depuis quand les *jaarls* nordiques épousent-ils leurs esclaves ? Qui préférerez-vous honorer, à l'avenir ? Votre maîtresse ou votre épouse ?

Sigurd serra les poings. Évidemment, Aedan avait prêté une oreille attentive aux ragots — il aurait dû s'y attendre.

— Félicitez vos espions de ma part. Peut-être même savez-vous avant moi qui est cette mystérieuse fiancée et d'où elle vient. Quoi qu'il en soit, je ne vois pas en quoi tout cela vous concerne, vous qui avez prétendu que Liddy était maudite.

Aedan baissa les yeux et donna un petit coup de pied dans une motte de terre.

— Je ne veux pas que Liddy souffre de nouveau, c'est tout, répondit-il. Nous nous sommes quittés fâchés et je veux simplement réparer mes torts. Brandon a fait quelques insinuations à son sujet — fausses. Je n'ai découvert mon erreur que cet été et j'ai fait le serment de me faire pardonner.

— Dans ce cas, parlez-en à Liddy, pas à moi. À présent, si vous le voulez bien, je vais aller la chercher et nous partirons.

Aedan leva brusquement les yeux.

— Attendez ! Laissez-moi le temps de lui parler !

— Ordonnerez-vous à vos pêcheurs de respecter notre traité ?

— Quel négociateur ! D'accord, je vais voir ce que je peux faire.

— Je suis ravi que le père Columba ait insisté pour que votre maître ne puisse entrer ici, lança Aedan, rompant le silence du cimetière. Nous devons parler, tous les deux.

Sans quitter la croix des yeux, Liddy soupira. Elle n'avait pas besoin de la fausse gentillesse de son beau-frère, et encore moins de subir une leçon de sa part ou de celle du prêtre.

— Qui a fait ériger cette croix ? demanda-t-elle.

— Moi.

— C'est plutôt… inattendu. Qu'espériez-vous accomplir en faisant cela ?

Aedan rougit — ce qui était encore plus inattendu de sa part.

— Je vous dois des excuses, Eilidith. Et cette croix... Eh bien, c'est une façon de vous les présenter.

Peu convaincue par cette soudaine prise de conscience, Liddy lui fit face, les bras croisés.

— Des excuses ? Pourquoi donc ?

— Brandon a menti.

Soudain nerveux, il se mit à faire les cent pas entre les tombes.

— Il y avait un défaut dans la construction de ses bateaux, reprit-il après un court silence. Ils se retournent facilement quand il y a de l'activité, à l'arrière. Ils peuvent couler en quelques instants à peine.

Liddy crispa les doigts sur la pierre sculptée de la croix, incapable de la lâcher.

Brandon avait menti au sujet du bateau ; il était donc à blâmer, lui aussi, pour ce qui s'était passé.

— Vous parlez du bateau que j'ai utilisé ? Du bateau qui, à en croire le serment qu'il a prêté devant le prêtre, ne pouvait *absolument pas* se retourner par un temps aussi calme ?

— Oui. Cinq de mes meilleurs hommes se sont noyés cette année parce que j'avais écouté ses conseils. Ils n'ont eu aucune chance de s'en sortir.

— En quoi cela change-t-il les choses ? répliqua Liddy.

— À mon retour, je suis allé voir Aline, la nourrice. Elle m'a avoué que les jumeaux et elle jouaient à glisser d'un bord à l'autre quand la vague a heurté la coque. Ils n'étaient pas assis et immobiles comme elle l'avait dit à Brandon.

Il posa avec douceur une main sur l'épaule de Liddy.

— Vous avez fait tout votre possible pour les sauver, Eilidith ; et vous avez failli réussir. Vous les avez tous portés jusqu'à la berge... C'est alors que Brandon est arrivé. Il se souciait plus du bateau que des enfants et a menacé Aline, lui interdisant de dire la vérité. Vous n'êtes pas maudite mais Brandon, lui, l'était.

Liddy suivit du doigt les gravures complexes de la croix. Autrefois, cela aurait eu de l'importance à ses yeux ; mais à présent, elle avait simplement pitié de Brandon, de sa vie gâchée et de ses mensonges égoïstes. Elle remercia de tout son cœur Sigurd d'avoir cru en elle — c'était cela qui l'avait sauvée, rien d'autre.

— Quoi que vous puissiez dire, cela ne ramènera pas mes enfants, murmura-t-elle, la gorge nouée. Quoi qu'il en soit, j'ai passé bien trop de temps à haïr le monde et à m'empêcher de vivre. Keita et Gilbreath sont morts il y a trois ans, déjà, et j'ai fini par comprendre que l'avis des autres à mon sujet n'a aucune importance. Ce qui compte, c'est la manière dont je me vois, *moi*.

— Dans ce cas, je suis heureux d'avoir pris la peine de faire faire cette croix et de l'avoir installée ici. Elle a ouvert de nouveau votre cœur au monde, comme le croyait le père Columba.

Le simple nom du prêtre réveilla toute la rage que Liddy avait enfouie en elle.

— Cela n'a rien à voir avec cette croix ! C'est grâce à celui que vous traitez de païen.

Aedan la dévisagea d'un air éberlué.

— Comment pouvez-vous avoir de tels sentiments pour l'un d'entre eux ? Il vous détruira. Il ne partage aucune de nos croyances !

— Ce n'est pas vrai, répliqua fermement Liddy. Au final, c'est la personne qui importe, et cet homme est bien plus honorable que vous ne le pensez.

— Si vous le dites… Mais j'avoue que je ne suis pas convaincu, répondit Aedan avant de lui tendre la main. Liddy, vous êtes chez vous, ici. Vous serez toujours chez vous, près de vos enfants et non dans un couvent de l'autre côté de la mer.

— Vous savez, je pensais que mon cœur avait été enterré ici avec eux ; mais je sais à présent qu'une partie de moi a survécu.

Elle ne prit pas la main tendue de son beau-frère et resta immobile, face à l'horizon bleu.

— Je ne suis pas à ma place, ici, et je le sais très bien.

Elle soupira de nouveau.

— Je ne suis pas d'accord. Laissez-moi une chance de me racheter, je vous en prie. Laissez-moi une chance de corriger certains des torts que Brandon vous a causés. Vous n'avez pas à rester esclave toute votre vie, Liddy. Cependant, vous avez peut-être raison sur un point : votre Nordique tient à vous, à sa manière.

Liddy caressa de nouveau la croix de pierre. Peut-être qu'Aedan n'avait pas tort, au fond. Ils avaient tous les deux commis des erreurs, et se disputer à ce sujet ne ramènerait pas ses enfants à la vie — tout comme se disputer au sujet de son destin d'esclave ne la libérerait pas.

— Je vous remercie d'avoir fait dresser cette croix ici, mais j'ai déjà pris ma décision.

— Vous n'avez pas à me remercier, répondit-il avec un petit salut. À présent, me direz-vous enfin pourquoi vous êtes venue ? Je sais pourquoi votre Nordique est là, mais vous ?

— Je voulais voir les tombes de mes enfants et m'assurer que vous avez bien reçu mon message.

Elle se tourna de nouveau vers la mer, incapable de lui avouer ses craintes face à l'arrivée imminente de Beyla.

— Sigurd me libérera, en temps voulu. J'en suis certaine. C'est un homme d'honneur.

— C'est un *Nordique* !

— Les Nordiques peuvent être des hommes d'honneur, croyez-moi.

— Si c'était vraiment le cas, il vous épouserait.

Liddy se concentra sur le doux mouvement des vagues qui venaient s'écraser sur la plage et le cri des mouettes qui survolaient l'eau.

— C'est compliqué, répondit-elle finalement. Sigurd doit épouser une femme digne de diriger cette île.

— Et vous n'en êtes pas digne ? Que pourrait-il vouloir de plus ?

— Une femme du Nord, avec une dot. Il y en a plusieurs qui doivent arriver. Je sais qu'il va bientôt avoir besoin de se marier et je refuse de faire subir à son épouse tout ce que j'ai subi…

— Je peux vous sauver. Je peux vous protéger de tous ces Nordiques, répondit Aedan en lui glissant un pendentif gravé dans la paume de la main. Quand vous aurez besoin de moi, envoyez-moi ce collier. Il a appartenu à ma tante, celle qui a été enlevée par les Nordiques. Je suis certain qu'elle serait d'accord pour qu'on s'en serve de cette manière.

Liddy prit le pendentif. La mort de cette tante, plus de vingt-cinq ans plus tôt, avait failli détruire la famille. C'était entre autres pour cela que Brandon avait toujours haï les Nordiques — même si personne ne savait vraiment ce qui était arrivé à cette femme. Liddy espérait parfois que celle-ci ait pu trouver le bonheur, d'une manière ou d'une autre.

— Qu'arriverait-il aux miens, si je vous demandais de l'aide ? Si jamais je m'enfuyais, Sigurd serait en droit de se venger sur ma famille et je refuse d'être la cause de cela.

— Votre père serait le seul responsable, puisqu'il vous a vendue.

Liddy ne se laissa néanmoins pas persuader.

— Laissez-moi m'occuper de cette affaire à ma manière, répondit-elle. Je ne mourrai pas esclave, je vous le promets.

— Ce n'est pas si simple. J'ai une responsabilité envers vous.

Elle croisa les bras de nouveau, s'éloignant instinctivement de lui. C'était bien le problème avec Aedan : il considérait les femmes comme des créatures qui avaient besoin d'être protégées en permanence, incapables d'autonomie. Dans son monde, les femmes étaient fragiles, délicates — et dénuées de raison.

Elle n'était peut-être pas capable de manier l'épée comme lui, mais elle savait très bien se défendre seule !

— Votre responsabilité a pris fin quand j'ai quitté cette demeure en veuve.

— Ne m'envoyez plus de message, Liddy, à part celui que je souhaite recevoir : le collier. Vous n'avez pas à affronter cela toute seule... C'est d'ailleurs un peu pour cette raison que j'ai laissé mes pêcheurs naviguer dans les eaux de Sigurd : pour montrer à cette grande brute ce qu'il risquait s'il vous faisait du mal.

L'estomac de Liddy se noua. Elle aurait dû se douter que son beau-frère n'écouterait pas ce qu'elle avait à lui dire...

Lorsqu'elle parvint à reprendre le contrôle de ses émotions, elle le regarda droit dans les yeux et déclara :

— Il a fait enterrer les femmes pendues dans le bois. Le saviez-vous ? Il ne fait pas de sacrifices. Il est différent. C'est un homme d'honneur. Je vous en donne ma parole.

— Quand vous aurez retrouvé votre bon sens, envoyez-moi le pendentif.

Sur ce, il la salua très bas.

— Nous avons peut-être eu des différends, mais vous restez de ma famille et aucun membre de ma famille ne demeurera esclave si je peux l'en empêcher…

Chapitre 13

Sigurd attendit qu'ils aient laissé les terres de Kintra et le cimetière derrière eux avant de respirer de nouveau sereinement. Son cœur s'était emballé quand il avait vu Liddy revenir, ses cheveux scintillant d'un éclat cuivré dans la lumière du soleil, alors qu'il venait de se mettre d'accord avec Aedan pour qu'une nouvelle ère commence entre eux.

Avant de la revoir, il ne s'était pas vraiment rendu compte de sa peur qu'elle profite de cette occasion pour fuir. Pourtant, il aurait dû savoir qu'elle tiendrait parole... Sa mère l'aurait adorée — et c'était le plus beau compliment qui puisse lui venir à l'esprit.

Elle avait passé sa mise à l'épreuve avec succès, mais cela ne rassurait pas pleinement Sigurd. Était-elle revenue parce qu'il la possédait et rien d'autre ?

S'il la libérait, resterait-elle auprès de lui ? Ou bien attendait-elle autre chose de la vie ? Hring avait peut-être raison : une fois qu'il aurait retrouvé l'or disparu, il serait libre de l'épouser et de lui offrir un avenir plus stable. Le risque qu'il prenait en faisant venir Beyla avait tout intérêt à porter ses fruits ! Il ferait tout son possible pour que celle-ci le guide jusqu'au trésor.

Hélas, dès que Kintra eut disparu dans leur dos, l'éclat de vie s'évanouit du regard de Liddy.

— Qu'as-tu pensé des tombes ? demanda-t-il dans l'espoir de comprendre ce qui la troublait tant. Ont-elles été entretenues correctement ?

Elle ne répondit pas tout de suite, faisant mine de fixer les oreilles de sa jument.

— Aedan m'a présenté ses excuses, dit-elle enfin. Il ne pense plus que je suis maudite : il sait que Brandon a inventé toute cette histoire pour nier les défauts de son bateau. Il a menti dans l'église en prétendant que ma malédiction avait causé cette catastrophe.

— Quelle ignoble brute ! Je regrette vraiment qu'il soit mort : j'aurais aimé pouvoir le défier.

Elle eut un petit sourire et il se rendit compte qu'il appréciait de plus en plus ces furtives manifestations de joie qui illuminaient le regard de Liddy, pareilles à des rayons de soleil qui percent à travers un épais rideau de nuages.

— Je suis sûre que vous auriez été capable de le vaincre.

— Penses-tu retourner là-bas un jour ?

Elle fit lentement non de la tête.

— Plus rien ne m'attend à Kintra. J'ai fait mes adieux. Le cimetière est paisible, vous savez, au-dessus de la baie. C'est un bon lieu de repos. Aedan a commandé une croix splendide, cela faisait partie de ses excuses. Il m'a offert un asile au cas où je souhaite m'enfuir...

La gorge de Sigurd se noua.

— Et le souhaites-tu ?

Une partie de lui désirait qu'elle acquiesce. Cela rendrait les choses bien plus faciles. Sa mère était morte à cause de lui et il ne voulait pas prendre le risque de faire souffrir Liddy à son tour.

Elle se retourna vers lui, le regard sombre.

— Avez-vous une si basse opinion de moi ? À moins que vous ne *vouliez* que je m'en aille.

— Vas-tu accepter l'offre d'Aedan ? insista-t-il.

Une douleur furtive traversa le visage de Liddy — une douleur qu'elle sut bien vite cacher — et il comprit qu'il s'était mal exprimé. Il n'avait pas voulu lui faire du mal.

— Me rendez-vous ma liberté ? demanda-t-elle d'une voix tremblante. Essayez-vous de me dire que notre histoire arrive à son terme ? Depuis combien de temps préparez-vous cela ? Vous êtes-vous arrangé avec Hring et Mhairi pour que je demande à venir avec vous ici, pour vous débarrasser de moi ensuite ?

Sigurd laissa son regard errer sur l'horizon austère. Il aurait voulu lui dire qu'il l'aimait, lui avouer qu'il était terrifié à l'idée de la perdre, mais il en fut incapable. La dernière fois qu'il s'était cru amoureux, les choses avaient terriblement mal tourné. À présent, tout ce qu'il était capable de faire, c'était regarder Liddy s'éloigner de lui chaque jour un peu plus.

— Venir ici était une erreur…

Une série d'émotions troubles colora les beaux yeux de Liddy.

— Je vois.

— J'espère que tu me comprends.

J'ai peur de te voir partir un jour. Pourquoi n'arrivait-il pas à le dire ? Peut-être parce qu'il avait également peur qu'elle ne reste que parce qu'elle était enchaînée à lui…

Les paroles d'Aedan continuaient à le hanter.

— Je l'espère vraiment, reprit-il. Si tu veux retourner à Kintra un jour, dis-le-moi et je préparerai ton voyage. Je m'assurerai que tu es bien protégée. Tu sais, je veux que tu restes à mes côtés — mais parce que tu le veux vraiment, pas parce que ton père t'a vendue. Liddy, tu es une femme libre, à présent. Tu n'appartiens plus à personne d'autre que toi-même.

Liddy sentit son cœur bondir dans sa poitrine. Soudain, le médaillon que lui avait confié Aedan parut peser plus lourd dans sa bourse.

Sigurd venait d'accomplir l'impensable. Il venait de la libérer… Cela ne pouvait vouloir dire qu'une chose : il savait que l'or ne serait jamais retrouvé et avait décidé d'épouser une femme riche pour rembourser son seigneur.

Bien sûr, elle s'était préparée à cela, mais jamais elle n'aurait cru leur séparation si proche. Pourrait-elle supporter de le voir avec une autre femme ? Sans doute pas.

Il ne comptait peut-être pas épouser Beyla, cependant, qu'est-ce que cela changerait ? Il avait toujours besoin d'une prétendante fortunée et Liddy n'avait rien. Seulement, comment renoncer à ce qu'elle vivait avec lui ?

Elle avait eu quelques droits avec Brandon, et aucun avec Sigurd ; pourtant, elle s'était sentie plus libre aux côtés de son maître qu'auprès de son époux…

La liberté n'était finalement pas ce qu'elle avait cru.

— Nous prenons un itinéraire différent qu'à l'aller, remarqua-t-elle d'une voix étranglée. Nous aurions dû prendre la route de gauche au dernier croisement.

— Dois-je comprendre que tu désires rentrer avec moi ?

— Coll serait triste que je l'abandonne.

Le visage de Sigurd s'illumina à l'instant d'un grand sourire et elle savoura tant qu'elle le put ce moment, pour s'en souvenir quand elle serait vieille et seule. Quand Sigurd aurait depuis longtemps disparu de sa vie. C'était un de ces instants parfaits durant lesquels ils se comprenaient sans même avoir besoin de parler.

— Coll… Bien sûr. Il a besoin de nous deux.

— Il se sent à l'aise avec vous, répondit-elle. Nous devrions sans doute rentrer.

Quand ils seraient de retour à la forteresse et qu'elle aurait eu une chance de retrouver le contrôle de ses émotions, son trouble s'évanouirait. Sigurd ferait encore partie de sa vie pour un temps et elle allait en profiter tant que cela durerait.

— Nous ne sommes pas pressés et j'aimerais inspecter un peu plus cette île, répondit-il avant de se pencher pour caresser l'encolure de son cheval. Un bon seigneur se doit de connaître sa terre et son peuple, n'est-ce pas ? J'ai tout mon temps et aucune urgence ne nous rappelle encore à la maison…

Liddy garda les yeux baissés. Sa jument s'agitait un peu, sentant sans doute sa nervosité.

— Était-ce votre projet depuis le début ?

— Avant que tu t'invites ? Non, mais j'avais d'autres raisons de vouloir t'offrir un cheval…

Il lui sourit de nouveau et elle sentit son cœur s'envoler.

— Je t'en prie, Liddy, laisse-moi mes secrets. Sans cela, je n'aurais plus la liberté de te surprendre.

— Si nous mettons trop de temps à rentrer, vous ne serez pas là à l'arrivée de Beyla. Cela ne risque-t-il pas de la blesser ?

Il eut un petit rire.

— Tu as l'air bien plus inquiète que moi à ce sujet. Beyla attendra mon bon plaisir, c'est tout. Ce n'est pas à moi de me mettre à son service. Hring est tout à fait capable de l'accueillir et puis, de toute manière, elle peut encore décider de rester dans le Nord.

Liddy ne leva pas les yeux du sentier qui s'étirait devant elle. Ils suivaient la côte en direction du lac Indaal. Elle connaissait bien cette région — depuis son enfance.

Et soudain, elle comprit.

— Pourquoi allons-nous chez mon père ? demanda-t-elle.

— Tu ne veux pas voir ta famille ? répondit-il d'une voix étrangement calme. Tu devrais faire la paix avec eux, tu sais. Es-tu toujours en colère contre ton père ?

— Cela dépend.

Elle crispa instinctivement les doigts sur les rênes. Un jour, peut-être, elle serait capable de pardonner sa trahison à son père. Mais pas encore...

— Je croyais que nous étions amis.

Sigurd eut un demi-sourire.

— Tu avais dit « amants ».

— Amis *et* amants, admit-elle. J'ai changé d'avis : je pense que des amants peuvent tout à fait être amis. Voire de très bons amis.

Cette fois, il la gratifia d'un *vrai* sourire, un sourire chaleureux.

— J'en suis honoré. Pour répondre à ta question, si nous allons là-bas, c'est à cause d'une chose que j'ai apprise à Kintra. J'aimerais tester une théorie.

— Une voile, sur la mer ! cria soudain l'un de ses hommes.

Sigurd se redressa et se tourna pour examiner le navire. Un premier drakkar apparut sur l'eau sombre, puis un deuxième, toutes voiles au vent.

Sigurd lâcha alors une série de jurons que Liddy ne comprit pas.

— Ce sont les hommes d'Ivar le Désossé. Apparemment, Aedan m'a dit la vérité.

La bouche sèche comme de la paille, Liddy regarda les voiles s'approcher sous le vent, puis se replier le long des mâts.

— Ainsi, c'était vrai : Thorbin avait fait cause commune avec lui, murmura-t-elle.

— Eh bien, il va vite comprendre qu'il a choisi le mauvais adversaire, s'écria Sigurd en donnant un coup sur le pommeau de sa selle. Parfois, les Nornes sont avec nous — et c'est le cas, aujourd'hui. Tu vois, Liddy, tu me portes vraiment bonheur !

— Je vous porte bonheur ? Une flotte hostile fait voile vers nous ! protesta-t-elle.

— Certes, mais nous avons l'avantage de la surprise.

— Qu'allez-vous faire ?

— Pour l'instant, regarder et attendre. S'il ne fait rien, je ne ferai rien non plus — mais je n'y crois pas vraiment. Il n'aura pas fait tout ce chemin pour se promener en mer. Quand ils mettront pied à terre, nous serons prêts.

— Mais… Mais…

— Ils vont devoir trouver un endroit où accoster, assez loin des villages, de préférence, expliqua Sigurd. Je sais comment les raids sont organisés, crois-moi. Ce qui importe, c'est de les surprendre.

Il fit signe à l'un de ses hommes.

— Retourne au fort avec Sven, dit-il à Liddy. Il est assez aguerri pour te protéger, maintenant.

Elle refusa obstinément de bouger, figée par la peur.

— Nous sommes proches des terres de mon père et je dois m'assurer que ma famille reste hors de danger. Je vous en prie, Sigurd, laissez-moi rester. Je vous promets de ne pas prendre de risque — et j'ai plus confiance en vous qu'en qui que ce soit d'autre pour me protéger. Je vous ai déjà vu vous battre.

Il fallait à tout prix qu'il accepte car elle était incapable de lui avouer qu'elle avait aussi peur pour lui. Elle retint donc son souffle et attendit — ces quelques instants furent les plus longs de sa vie.

Finalement, Sigurd acquiesça.

— D'accord. Mais s'il y a le moindre problème, promets-moi de rester en arrière.

— Je n'ai pas envie de mourir ! J'ai encore tant de choses à vivre…

Surprise par ses propres paroles, elle s'interrompit, le cœur battant. Oui, elle avait encore beaucoup de choses à vivre. Les tombes creusées sur la colline, à Kintra, appartenaient à son passé — et s'y retrouver enterrée aussi ne la rapprocherait pas de ses enfants. Sa vie l'attendait et elle voulait passer tout le temps possible avec Sigurd.

Il rit de sa réponse mais retrouva rapidement son sérieux.

— Dans ce cas, suivons-les pour voir où ils accostent. Peut-être qu'on pourra discuter avec eux mais, si ce n'est pas le cas, je leur ferai entendre raison à la pointe de mon épée.

— Je connais bien cette région : elle s'étend entre Kintra et les terres de ma famille. Quel type de mouillage vont-ils chercher ?

— Une crique calme qui leur permettra de tirer leurs bateaux sur la rive et de s'installer à côté.

Liddy réfléchit, concentrée sur les oreilles de sa jument. Ce n'était pas le moment de penser à toutes les personnes innocentes qu'elle connaissait à proximité — des fermiers avec leurs familles qui feraient de bonnes cibles pour un raid… Il fallait à tout prix que ces drakkars disparaissent avant qu'un drame de plus se produise.

— Ils ont déjà dépassé trois endroits de ce genre. Croyez-vous qu'ils puissent avoir une cible spécifique ? Une zone qu'il serait facile d'envahir ?

— Tu penses à la ferme de ton père ? répondit Sigurd, l'air grave. Elle est située dans les terres, devant nous, n'est-ce pas ?

Il s'interrompit un instant, puis reprit :

— Je ne sais pas. C'est possible. J'imagine qu'ils ne sont

pas venus jusqu'ici pour s'enquérir de la pêche... Y a-t-il un mouillage, près de la ferme de ton père ?

— Nous devons à tout prix le prévenir ! Cela donnerait au moins aux autres une chance de se cacher...

Elle se mordilla la lèvre, le cœur lourd.

— Nous devrions aussi informer Aedan. Après tout, il est revenu pour protéger son peuple.

— Que ferait-il, à ton avis ?

— Il pourrait envoyer des hommes pour nous aider. Ses guerriers sont bien plus proches que les vôtres : ils auraient une chance d'arriver avant la tombée du jour. Les Nordiques aiment frapper en pleine nuit quand ils font des raids. Nous pourrions les attaquer en premier : l'élément de surprise serait toujours de notre côté.

Sigurd poussa un profond soupir.

— Aedan ne viendra pas.

Sans hésiter, Liddy tira le pendentif gravé de sa poche. Elle devait s'en servir *maintenant*, pour sauver tout le monde. Si Sigurd attaquait seul, il n'avait aucune chance...

— Il viendra si vous lui donnez ceci. Il me l'a promis.

Sigurd examina le pendentif d'un air dubitatif.

— Quand t'a-t-il donné cela ?

— Aujourd'hui. Je dois m'en servir en cas... d'urgence.

— Et tu l'as accepté sans me demander la permission ?

— Cela m'a semblé la meilleure chose à faire, répondit-elle, les yeux baissés.

Son estomac se nouait de plus belle. Expliquer pourquoi elle avait accepté le collier ne ferait que les retarder. Plus tard, quand la bataille serait gagnée, elle aurait tout le temps de parler de ses craintes à Sigurd.

— Il me l'a donné pour faire la paix. Servez-vous-en maintenant. Appelez-le. Demandez-lui de vous rejoindre là où vous pensez que ces hommes accosteront.

Sigurd fit signe à deux de ses guerriers.

— Partez et prévenez Kintra ainsi que toutes les terres sous notre protection du danger qui nous menace. Laissez-les décider seuls de nous aider ou non, puis revenez nous trouver. Es-tu satisfaite, Liddy ?

Les deux hommes partirent au grand galop et elle sentit toute la tension qui l'étouffait s'évanouir. Ils arriveraient bien avant les hommes d'Ivar, en particulier si Sigurd avait raison et si les envahisseurs prenaient leur temps. De plus, sa mère savait très bien comment réagir en cas de raid.

La petite troupe poursuivit sa route pendant un court moment et s'arrêta à l'entrée d'une crique isolée.

— Là ! s'écria Sigurd.

— Comment en êtes-vous si sûr ?

— Cet endroit a déjà servi, répondit-il en indiquant un creux. On a allumé un feu ici et on peut voir l'endroit où la berge a été abîmée par les bateaux — si on sait quoi observer.

— Mais nous n'avons jamais subi de raids par le passé, protesta Liddy.

— Ton beau-frère, lui, a été la victime d'Ivar. C'est pour cela qu'il est parti en Irlande. C'est aussi pour cela qu'il a volé mon poisson.

Pensif, il examina le terrain en se frottant le menton.

— Plutôt intéressant, non ?

Fascinée, Liddy détailla la crique. À présent que Sigurd lui avait montré ce qu'elle devait chercher du regard, elle voyait clairement que des bateaux avaient déjà accosté ici.

— Je ne comprends pas pourquoi ils n'ont jamais attaqué mon père. La ferme n'est pas si loin, remarqua-t-elle en mettant pied à terre pour rejoindre Sigurd. Il sera content de vous savoir ici. Thorbin n'aurait jamais pris cette peine — il ne venait que très rarement jusque chez nous.

— Très rarement ? J'aurais plutôt cru qu'il ne venait *jamais*, fit remarquer Sigurd en s'interrompant dans ses préparatifs. Quand est-il venu pour la dernière fois ?

— Est-ce vraiment important ?

Il acquiesça.

— Cela pourrait l'être. J'ai fouillé de fond en comble les deux forts et le bois sacré : l'or disparu n'y est pas. Mais ce trésor existe bel et bien. Les habitants de cette île m'ont assuré qu'ils ont payé leur tribut et je les crois. Thorbin a dû cacher son butin quelque part, c'est la seule explication.

— Pourquoi ? Pourquoi en êtes-vous si sûr ?

— Parce que j'ai écouté tes conseils : j'ai fait confiance aux habitants et ils ont commencé à payer leur tribut. De mauvaise grâce, certes, mais ils paient. Islay est une terre productive et le commerce crée du profit.

— N'oubliez pas que personne n'a vu Shona, la dernière maîtresse de Thorbin. Elle a disparu à l'époque où il a renvoyé le messager de Ketill dans un tonneau.

— Elle a sans doute été enterrée avec le trésor pour que son fantôme le protège. La question est : où ?

Liddy tenta de se souvenir de l'époque précise de la visite de Thorbin.

— Il est venu au début de l'année. Ma mère m'en a parlé. Après cela, il est devenu méfiant et a commencé à appliquer toute une vague de décrets autoritaires.

— Était-ce avant ou après le problème avec ton frère ?

La voix de Sigurd se teintait d'une excitation à peine voilée.

— Avant, répondit Liddy. Je suis revenue de Kintra peu de temps après cela. Mon père a rencontré Thorbin et ses hommes alors qu'ils chassaient dans les bois et les a invités à partager notre repas — ma mère était d'ailleurs très contrariée à l'idée de recevoir un tel homme à sa table. Cependant, Thorbin a refusé. Par contre, je ne sais plus s'ils étaient accompagnés d'une femme ou non…

Elle essayait toujours de comprendre pourquoi ce détail intéressait tant Sigurd.

— Après cela, Thorbin a considérablement augmenté le montant de notre tribut. Ma mère a blâmé mon père. Elle disait qu'il avait fait trop de promesses extravagantes au *jaarl* et que Thorbin devait nous croire plus riches que nous ne l'étions.

— Est-ce à ce moment que ton frère a décidé de s'en prendre à lui ?

— Malcolm s'est rendu au fort pour apporter la première

partie de notre tribut. Nous avions un champ de choux d'hiver et nous avions entendu dire que le *jaarl* avait besoin de légumes frais. Mon père était alité — sans cela, il y serait allé en personne.

Elle fixa la terre à ses pieds, le cœur lourd.

— Je ne pensais pas que Malcolm ferait une chose aussi stupide. Mon père aussi était abasourdi en apprenant la nouvelle.

— Sais-tu pour quelle raison ton frère s'est disputé avec Thorbin ? Malcolm s'est-il confié à toi ?

— Pourquoi tout cela vous paraît-il si important, maintenant ? Qu'est-ce que cela a à voir avec les bateaux d'Ivar ?

Sigurd regarda les navires approcher lentement. On pouvait déjà entendre les cris rythmant le mouvement des rameurs en plein effort.

— Toutes ces choses sont peut-être étroitement liées. Ces hommes n'essaient pas de se montrer discrets : ils sont déjà venus.

— Malcolm n'est pourtant pas homme à se battre. C'est un fermier, pas un guerrier. Il ne se soucie que de la terre et de ce qu'on peut y faire pousser...

— La jeunesse est parfois impulsive, tu sais, et ton frère a du caractère.

Il étouffa un petit rire.

— C'est de famille, il faut croire.

— Ce n'est pas le moment de vous moquer de moi ! répliqua Liddy.

Protégeant ses yeux du soleil, elle regardait la surface de l'eau, de plus en plus inquiète.

— De plus, ajouta-t-elle, je ne vois pas en quoi parler de Thorbin et de ce qu'il a pu faire pourrait nous aider à vaincre ces Nordiques. Nous devrions peut-être nous réfugier chez mon père.

— Y a-t-il une baie, près de ce champ de choux ?

— Quoi ?

— Je pense que ton frère a vu quelque chose qu'il ne devait pas voir — ou du moins que Thorbin a cru cela, répondit Sigurd. J'aurais dû m'en douter ! Il a fait un exemple avec Malcolm alors que ce n'était pas nécessaire et s'est assuré que je le voie comme un fauteur de troubles.

— Comme si les choux étaient un signal secret entre eux ?

Soudain, Liddy se mit à trembler.

— L'or… Vous pensez qu'il est caché par ici ? Que Malcolm a essayé de faire chanter Thorbin ?

— Exactement.

— Mais pourquoi ici ? Pourquoi choisir cette région ?

— Parce que nous ne sommes pas loin de notre fort, mais à un endroit où les hommes de Ketill n'iraient jamais chercher étant donné la loyauté de ton père.

Sigurd se pencha vers elle et poursuivit à voix basse :

— Gorm s'est trompé sur le compte de mon demi-frère. Thorbin ne payait pas Ivar, c'était le contraire. Il devait conserver l'or à l'écart de ses hommes ; donc, dans un endroit que personne ne suspecterait.

— Mais Thorbin a arrêté mon frère *et* mon père.

— Je pense que Thorbin se croyait plus futé qu'il ne l'était. Si jamais on l'envoyait comparaître devant Ketill, il était persuadé de trouver un moyen ou un autre de s'en tirer. Jusqu'à ce qu'il se sente menacé par ta famille.

Liddy réfléchit de plus belle.

— Il y a une petite île. Personne n'y va jamais mais on pourrait faire accoster un ou deux bateaux sur la berge. Seulement, ces Nordiques se dirigent vers nous — pas là-bas !

— Thorbin ne leur faisait sans doute pas confiance.

Elle le dévisagea, surprise.

— J'ai un pressentiment, Liddy. Le même genre de pressentiment que celui que j'ai toujours avant de partir au combat.

Liddy eut un petit rire. L'amour qu'il éprouvait pour elle menaçait de déborder, de faire perdre tout contrôle à Sigurd.

— Et vous me demandez de me fier à votre pressentiment ?

— Nous avons une chance de les arrêter, donc oui : je te

demande de me faire confiance. Pourras-tu me conduire à cette île, quand nous en aurons fini ici ?

— Oui, mais il n'y a rien, là-bas…

— Oh si, et je trouverai !

Il posa les mains sur les épaules de Liddy. Comprenait-elle ce qu'il cherchait à faire ? Et ce qui le poussait à agir ainsi ?

— Il me reste une chance de trouver cet or et je compte bien la saisir.

— Je vous crois.

De nouveau, elle se tourna vers les drakkars.

— Ils ont l'air de faire demi-tour. S'apprêtent-ils à repartir ?

— Non. Ils attendent la marée. Il est bien plus facile d'accoster quand la marée nous aide.

— Qu'allons-nous faire, maintenant ?

— Attendre. Et leur préparer un accueil qu'ils ne sont pas près d'oublier !

Les bateaux restèrent au large, immobiles, mais l'eau commençait déjà à recouvrir la berge. Sigurd avait placé ses hommes autour de la crique.

Liddy en était presque à espérer que rien ne se passe, même si une part d'elle-même priait pour que Sigurd ait raison. Elle voulait croire que les Nordiques de Dubh Linn pouvaient être vaincus ici même.

Le premier des deux émissaires était revenu sans son père ou son frère. Ils étaient occupés à renforcer les défenses de la ferme, mais viendraient leur prêter main-forte si les circonstances le leur permettaient. Liddy serra les dents. Cela leur ressemblait tant…

— Peux-tu voir les bateaux d'ici ? lui demanda Sigurd.

La panique monta en elle. Le premier drakkar se dirigeait à présent droit sur la crique. Dire qu'elle avait cru un instant à la victoire !

— Nous n'avons plus le temps. La marée monte.

— Pars, Liddy. Va chez ton père et mets-toi en sécurité. Tu es libre. Après cela, tu pourras aller où bon te semble.

Comme elle ne bougeait pas, il la poussa d'un geste pressé vers sa jument.

— Personne ne viendra, Liddy. Aedan MacConnall fera la même chose que ton père. Nous n'avons plus le temps…

Liddy croisa les bras d'un air déterminé.

— Non.

— Non ?

— Soit je suis en sécurité avec vous, soit les hommes d'Ivar le Désossé traqueront tous les habitants de cette île. Vous m'avez demandé d'avoir confiance en vous, et c'est exactement ce que je fais.

Elle avait peur, certes, mais ce n'était pas une raison pour fuir !

— Vous pouvez me renvoyer si vous le voulez, cependant je trouverai un moyen de rester quoi qu'il arrive, soyez-en sûr. Si vous m'avez vraiment rendu ma liberté, alors je suis libre de prendre mes propres décisions. Je reste avec vous, Sigurd. Ensemble, vous et moi, nous créons notre propre chance.

Il la dévisagea un instant, d'un air à la fois surpris et admiratif.

— Tu as plus de courage que ton père et ton frère réunis…

— Il faut bien que quelqu'un prenne en main la défense de ma famille, non ?

Se détournant de Sigurd, elle compta une nouvelle fois les guerriers qui les accompagnaient. Elle pouvait bien recommencer encore et encore, elle en arrivait toujours à la même conclusion : ils étaient en sous-nombre. Elle aurait dû fuir, c'était évident. Seulement, comment abandonner Sigurd ?

Au fond de son cœur, elle savait bien que si elle le laissait là, seul, elle ne le reverrait sans doute jamais…

— Avons-nous assez d'hommes ?

— Impossible à savoir, tant que la bataille ne sera pas finie, répondit-il. Parfois, un homme suffit et parfois, mille hommes sont incapables d'arracher la victoire.

Il n'était pas tout à fait franc avec elle. Ils avaient l'avantage de la surprise — mais c'était à peu près tout.

— Nous devrons faire avec ce que nous avons, reprit-il.

Liddy parut se détendre un peu et il ne put réprimer un soupir de soulagement. Elle ne se rendait pas compte du danger qu'ils couraient... Si les dieux et le destin étaient avec lui, il gagnerait ; mais s'il perdait, il perdrait tout en même temps.

— C'est logique, répondit-elle avant de se figer, l'oreille tendue. J'entends des chevaux ! Aedan vient à notre aide. Je savais qu'il ne pourrait pas résister à une occasion de combattre ces Nordiques !

— Non, ce n'est que le vent. Tu as fait ce que tu as pu, Liddy, mais ton beau-frère a d'autres problèmes plus urgents que...

— Vous avez plus d'hommes que vous ne le pensiez !

C'était bel et bien Aedan, qui arrivait vers eux au grand galop !

— Mes éclaireurs ont aperçu les bateaux juste après votre départ et j'ai rassemblé mes troupes, expliqua ce dernier. Je dois admettre que j'ai un instant cru à une trahison de votre part — attaquer après avoir proposé une trêve, cela s'est déjà vu. Cependant, j'ai croisé votre messager en route et il m'a tout raconté.

Sigurd le salua, soulagé.

— Je vous suis reconnaissant d'être venu nous aider.

Aedan se campa devant Liddy et lui tendit le médaillon.

— Je serais venu avec ou sans ceci, mais cela a renforcé ma volonté. D'une manière ou d'une autre, vous serez libre, Eilidith : vous m'avez demandé asile.

Il lui prit le bras mais elle s'écarta brusquement de lui.

— Ce n'est pas pour cela que j'ai demandé votre aide. Il est temps pour vous de faire plus que clamer votre haine des pirates de Dubh Linn. Il est temps de vous battre pour vos terres !

Craignant un affrontement, Sigurd posa doucement une main sur l'épaule de Liddy.

— Vos hommes sont les bienvenus, Aedan, dit-il avant de poursuivre à mi-voix : Liddy, il est venu nous aider. Nous avons déjà assez d'ennemis sans nous en créer davantage.

Il expliqua alors rapidement son plan à Aedan, qui parut en comprendre les grandes lignes et posa des questions pertinentes. Sigurd sentit son respect pour cet homme s'étoffer. Rien d'étonnant à ce que ce dernier n'ait eu aucun mal à prendre le contrôle des terres de son clan après la mort de son frère.

Liddy passa un bras sous celui de Sigurd et ce simple geste l'apaisa. Elle souriait.

— Que voulez-vous que je fasse ? demanda-t-elle.

— Restez cachée, éloignez-vous de cette crique ! répliqua Aedan sans attendre la réaction de Sigurd. Je n'arrive pas à croire que vous l'ayez laissée rester ici, ajouta-t-il en tournant la tête vers lui. Elle aurait dû partir se cacher quelque part !

— Liddy a pris sa propre décision.

Il serra tendrement la main de celle-ci avant de s'écarter d'un pas.

— Reste loin du combat, Liddy. Si jamais tu vois que nous sommes en danger, prends ton cheval et pars sans te retourner. Nous nous sommes mis d'accord, n'est-ce pas ?

Elle était si belle, si fière, avec ses cheveux flamboyants qui flottaient librement dans le vent.

— J'ai confiance en votre épée, Sigurd : je l'ai vue à l'œuvre. Je reste.

Il ne put s'empêcher de sourire.

— Vous savez, Aedan, Liddy a un sacré caractère. Si vos guerriers lui ressemblaient plus, vous n'auriez jamais perdu cette île.

— J'aurais tellement aimé que mon père…

Elle s'interrompit, les lèvres serrées.

— Il ne se battra pas, reprit-elle.

— Mais son fils, oui, s'écria la voix de Malcolm depuis l'ombre des arbres. Ne t'en fais pas, Liddy. Père a emmené mère en sûreté, mais je ne pouvais pas vous laisser vous battre seuls.

Il invita un groupe d'hommes à le rejoindre. La plupart de ses guerriers improvisés étaient armés de faux et de houes, mais le prêtre, lui, portait une torche allumée.

— Pourquoi avez-vous pris cela ? demanda Sigurd à l'ecclésiastique.

— Je pensais essayer de brûler leurs navires païens, comme ils ont brûlé les nôtres, autrefois.

Il jeta un rapide coup d'œil à la troupe qui l'accompagnait.

— Je ne veux pas me contenter de panser les plaies après la bataille.

— Toute aide sera la bienvenue.

— Le premier bateau arrive ! cria un guerrier. On dirait que vous avez vu juste, Sigurd : ils vont accoster ici.

Sigurd leva alors la main droite.

— Attendons qu'ils soient dans l'eau et tirent la coque sur la rive, ordonna-t-il. Ils seront plus vulnérables à ce moment-là.

— Comment savez-vous qu'ils ont de mauvaises intentions ? demanda l'un de ses hommes.

— Ils ne nous ont pas prévenus de leur arrivée.

Sigurd cogna son épée contre son bouclier.

— Qui est avec moi ?

Les hommes poussèrent un cri rageur avant de se taire.

Sigurd sentit ses membres s'échauffer, se crisper. En général, cet instant était son préféré pendant les batailles — la tension et l'impatience qui précédaient le choc. Mais aujourd'hui, il ne pensait qu'à une chose. *Protéger Liddy*. Il aurait aimé la savoir loin, très loin, en sécurité ; et pourtant, une partie de lui était soulagée qu'elle soit à ses côtés. Il jeta un rapide coup d'œil par-dessus son épaule. Oui, elle était bien là, debout près des chevaux. Elle l'encouragea d'un petit signe de tête et il tourna de nouveau son attention vers la crique baignée de soleil.

Le premier drakkar accosta, ses boucliers baissés. Les guerriers commencèrent à en sortir, plus pressés de tirer le bateau sur la berge que d'examiner les environs. Le deuxième navire vint se placer à côté et le troisième avait à peine commencé sa manœuvre. Ces hommes appartenaient clairement à Ivar le Désossé — et ils ne se doutaient absolument pas qu'ils étaient observés.

Sigurd abaissa le bras.

— Allons-y, dit-il à voix basse.

En un éclair, tous ses guerriers s'élancèrent dans un cri rageur. Le prêtre lança sa torche de toutes ses forces. Elle décrivit une longue courbe dans le ciel et embrasa la voile du drakkar. D'épaisses volutes de fumée s'en échappèrent.

Les envahisseurs se précipitèrent vers la coque. Un homme grimpa au mât pour éteindre l'incendie mais une flèche l'abattit.

Arrivé dans la crique, Sigurd empoigna le chef par le bras. C'était l'un des guerriers les plus loyaux d'Ivar le Désossé.

— Pas si vite ! Ceci est ma terre et vous ne m'avez pas demandé la permission avant de venir ! lança-t-il.

— Jamais ! répliqua l'homme en essayant — en vain — de frapper Sigurd à l'aine.

— Alors vous en assumerez les conséquences !

Il pivota avec souplesse et assena un violent coup d'épée dans le dos du guerrier qui poussa un cri de douleur.

La bataille fut rapide et sanglante. Bien vite, les eaux bleues de la baie se teintèrent de rouge.

À la fin, Sigurd décompta deux morts parmi ses hommes et vingt chez ceux d'Ivar. Les derniers envahisseurs se rendirent sans discuter.

Chapitre 14

Liddy s'approcha de l'eau, contournant les débris fumants du drakkar. La crique était envahie par les traces de cette brève bataille. Un groupe de Nordiques de Dubh Linn était assis dans un coin, les mains liées. Après le bruit et la rage du combat, ce soudain silence lui faisait bourdonner les oreilles.

Alors qu'elle désespérait de trouver Sigurd, elle l'aperçut juste devant elle, assis sur un rocher, en pleine conversation avec Aedan et Malcolm. Une vague de colère l'envahit. Elle se rongeait les sangs pour lui, et il riait au milieu du champ de bataille !

Elle s'avança vers eux d'un pas pressé.

— Tu aurais pu me dire que c'était fini ! s'écria-t-elle, oubliant son vouvoiement dans son exaspération. J'avais peur que quelque chose te soit arrivé ! J'avais peur de ne plus jamais te revoir !

Les trois hommes s'interrompirent immédiatement. Sigurd s'approcha et la prit avec passion dans ses bras. Elle posa une joue contre son torse, apaisée par les battements réguliers de son cœur. Il était vivant !

Elle ne put s'empêcher de lui toucher le visage, pour s'assurer qu'elle ne rêvait pas, sentant le picotement de sa barbe mal rasée sous ses doigts.

— J'étais si inquiète… Est-ce que c'est vraiment fini ?

Il la lâcha et ramassa une grande épée qu'il lui tendit dans un geste théâtral.

— La soif de sang du chef de ce *felag* s'est vite éteinte quand il a compris que son raid ne serait pas aussi facile que prévu. Il a essayé de s'enfuir, mais n'a pas été assez rapide. Un des drakkars s'est échappé, le deuxième brûle, et j'ai capturé le troisième.

Liddy se hissa sur la pointe des pieds et essaya de scruter la surface de l'eau, derrière lui.

— Vont-ils revenir ?

— Peut-être, mais ils ne pourront plus accoster ici pour attaquer mon peuple, déclara Aedan. Je vais y poster un garde.

— Moi aussi, renchérit Sigurd en lui tendant la main.

Aedan la serra avec une certaine réticence.

— Je n'aurais jamais cru être content d'avoir un Nordique à mes côtés... Mais c'est pourtant le cas aujourd'hui.

Liddy posa l'épée, le cœur battant. Elle aurait tant voulu que Sigurd la serre de nouveau dans ses bras. Pas tout à fait rassurée, elle continua à chercher la moindre trace de blessure sur le corps de celui-ci mais il paraissait sain et sauf, à l'exception de quelques égratignures sans conséquence. Aedan avait une coupure sur la joue et sa main était gravement entaillée.

— Où sont-ils allés ? demanda-t-elle encore. Vont-ils se regrouper pour nous frapper avec plus d'hommes ?

— La dernière fois qu'on les a aperçus, ils se dirigeaient vers l'Irlande, dit Aedan. J'avoue que j'ai été content de voir ces Nordiques repartir la queue entre les jambes. Nous avons peut-être des différends, votre compagnon et moi, mais c'est un homme de parole et il sait bien manier l'épée.

— La bataille est peut-être finie, mais ils reviendront, marmonna Sigurd, l'air grave. Je ne suis pas certain qu'ils soient venus juste pour conduire un raid ou pêcher. Je pense qu'ils avaient un autre but.

— Lequel ? demanda Aedan.

— Sigurd est convaincu que Thorbin a caché son or et qu'il a pu avouer l'emplacement de la cachette à Ivar — ou, du moins, qu'il lui a laissé assez d'indices.

Elle passa un bras sous celui de Sigurd.

— N'est-ce pas ?

Ce dernier lui serra la main avec tendresse avant de répondre.

— Malheureusement, aucun des survivants ne sait quoi que ce soit et leur chef est mort dans la bataille. Il leur avait cependant promis « une belle récompense, facile à prendre ». Je soupçonne Ivar d'avoir payé Thorbin et d'avoir pris l'habitude de faire leurs affaires ici.

Aedan acquiesça.

— Intéressant… L'or perdu appartient à celui qui le trouve, hein, Sigurd ? S'il est sur mes terres et si je mets la main dessus, je le garde.

— C'est la loi, répondit Sigurd d'un air sombre. Nous devons y aller, Liddy.

Un martèlement de sabots interrompit leurs préparatifs.

Hring sortit de sous les arbres, le visage tout rouge.

— Sigurd Sigmundson !

— Tu es en retard, remarqua Sigurd. Roi de Loairn et seigneur de Kintra, nous allons devoir discuter de la défense de cette île, mais plus tard.

— Nous vous attendrons.

Hring mit pied à terre et salua Sigurd, le souffle court.

— J'apporte des nouvelles. Beyla est arrivée avec son fils.

Liddy sentit son estomac se nouer et les doutes la reprirent. Était-ce pour cela que Sigurd lui avait offert Espérance ? Était-ce pour cela qu'ils s'étaient dirigés vers les terres de son père et non vers le fort ?

Il avait prévu ce dénouement dès le départ : ce voyage était censé être un au revoir… Et elle avait précipité leurs adieux en exigeant de rester auprès de lui. À présent, il ne lui restait plus qu'une chose à faire. Se battre pour lui.

— J'attendais son arrivée, c'est même toi qui me l'as annoncée, répondit Sigurd. Pourquoi es-tu si inquiet ? Ne t'en fais pas, je saurai négocier avec elle en temps voulu.

Hélas, le visage de Hring s'assombrit.

— Ce n'est pas tout. Ketill est venu, lui aussi.

— Ketill ?

Abasourdi, Sigurd dévisagea Hring. Cela ne pouvait être vrai — et il n'avait absolument pas besoin de l'ingérence de Ketill pour le moment ! Après avoir fait la paix avec Aedan, il prévoyait d'entraîner Liddy dans un endroit plus calme pour lui expliquer toute la vérité. Malheureusement, il n'en avait plus le temps…

— Pourquoi est-il venu ?

— Beyla t'a trompé. Elle nous a tous trompés. Elle a rendu visite à Ketill et a exigé le prix du sang pour la mort de son époux. Elle prétend que tu n'avais pas le droit de le tuer, que tu l'as assassiné de sang-froid. Elle a des espions partout, Sigurd, et je m'en veux de ne pas avoir envisagé cela quand elle a dit qu'elle voulait conserver ses propres bateaux.

Sigurd réprima un juron. Lui non plus n'avait pas pensé à cela.

— Ce n'est pas ta faute, Hring.

— Pire encore, Ketill a embrassé sa cause, ajouta-t-il. Le père de Beyla lui a sauvé la vie autrefois, tu te souviens ? Notre *jaarl* a toujours eu un faible pour elle.

Sigurd ferma les yeux. Et dire qu'il pensait que rien de pire ne pourrait arriver…

— Quel montant réclame-t-elle ?

— Ketill a déterminé la somme — bien plus que la valeur de n'importe quel autre *jaarl*…

Le piège se refermait sur Sigurd. S'il avait retrouvé le tribut manquant, payer n'aurait pas été un problème ; mais dans la situation actuelle, il n'avait aucune chance de rassembler l'or demandé.

— Ketill a-t-il donné raison à Beyla ?

— Il est venu pour obtenir l'argent qui lui est dû et rendre justice, répondit Hring avec un petit rire amer. Je crois qu'il a été séduit par Beyla. Mais en même temps, une jolie silhouette et un sourire suffisent à le charmer. Jusqu'à présent, il a toujours su faire passer la politique avant le plaisir, mais hélas…

— Mais hélas, Beyla peut se montrer très persuasive.

Sigurd lui-même s'était laissé manipuler, autrefois. Son cœur avait tant voulu croire aux serments enflammés de son amante qu'il avait plongé tête baissée dans l'embuscade tendue par Thorbin.

Hring piétinait.

— Est-ce que tu viens ? Ou est-ce que tu préfères partir dans ce drakkar que tu viens de capturer ? Je pourrais toujours dire que je ne t'ai pas trouvé…

Sigurd hésita un instant.

— Ai-je vraiment le choix ?

— Non. Pas si tu veux vivre.

À cet instant, Liddy lui prit doucement la main et ce simple contact lui rappela ce qu'il risquait de perdre. Si Beyla était vraiment décidée à le détruire, elle se servirait de Liddy — et celle-ci connaîtrait le même sort que la mère de Sigurd tant d'années auparavant.

Il fallait qu'il réfléchisse, et vite !

— Sigurd, que se passe-t-il ? Quel est le problème ? Est-ce que tes hommes ont refusé de venir t'aider ?

— Cela ne te regarde pas, Eilidith, répliqua-t-il, le cœur brisé.

Comment pourrait-il lui demander de partager sa vie tant qu'une telle menace pèserait sur lui ? Elle méritait mieux que cela. Elle méritait une vie libre et confortable.

— Je pars régler ce problème, mais toi, tu dois rester en sécurité.

Elle lui jeta un regard noir.

— Parce que je suis en sécurité, ici ? Non, c'est avec toi que je suis en sécurité ! Tu m'as promis de me protéger depuis le jour de notre rencontre.

Chacun de ses mots le déchirait un peu plus.

Il aurait dû se douter que Beyla ne resterait pas sans agir et se défendrait. Oublier les liens de celle-ci avec Ketill avait été une terrible erreur. Si jamais Beyla découvrait ses sentiments pour Liddy, elle trouverait un moyen pour s'en servir contre lui.

S'il voulait réellement protéger la femme qu'il aimait, il allait devoir lui faire du mal. Il allait devoir lui faire croire que tout était fini entre eux — et cela lui déchirait l'âme.

— Aedan t'offre un asile, c'est l'endroit le plus sûr pour toi, dit-il donc, la gorge nouée. Il te protégera.

Il caressa la joue de Liddy une dernière fois, mais elle se détourna.

— Ne t'inquiète pas : il sait très bien que tu n'es pas maudite, ajouta-t-il.

— Sigurd Sigmundson, nous devons partir !

— Non ! Je refuse de te laisser, protesta Liddy. Nous sommes destinés à rester ensemble.

— Obéis-moi, je t'en prie.

Il prit alors la croix de sa mère — elle l'avait protégé jusqu'à présent.

Finalement, c'était bien sa mère qui avait eu raison : le véritable amour méritait qu'on se batte pour lui et cette fois, il saurait protéger la femme qu'il aimait des griffes de Beyla.

— Garde ceci pour ne pas m'oublier.

— La croix de ta mère ?

Comme elle ne prenait pas le bijou, il le plaça dans sa main et referma fermement ses doigts dessus.

— Je t'en prie, accepte ce cadeau, insista-t-il. C'est mieux ainsi. De toute manière, elle aurait voulu que tu l'aies.

Pourvu qu'elle comprenne le sens de ce geste. Il lui offrait son cœur et jura en silence de revenir la chercher quand il aurait vaincu Beyla et tous les ennemis qui se dresseraient sur sa route.

Cela fait, il se retourna vers Aedan.

— Prenez soin d'elle, protégez-la. Vous m'en répondrez.

Aedan acquiesça, l'air grave.

— Pour un Nordique, je reconnais que vous êtes un homme bon.

— Je te déteste de me laisser ici ! hurla Liddy. Je ne te pardonnerai jamais !

Sigurd ne répondit pas et, le cœur brisé, monta sur son cheval. Ces paroles-là, il les entendrait jusque dans ses rêves…

— Vous venez, Eilidith ? demanda Aedan quand Sigurd eut disparu. Ou bien faudra-t-il qu'on vous traîne ?

Liddy ne bougea pas, les yeux toujours fixés sur la route que son amant avait prise sans même un dernier regard pour elle. Si elle tendait l'oreille, elle pouvait presque entendre encore le martèlement des sabots de son cheval — à moins que ce ne soit son imagination. Elle savait très bien que les dernières paroles qu'elle lui avait adressées sonnaient faux : elle lui avait pardonné à l'instant même où il avait tourné les talons. Il essayait simplement de la protéger de ce qui l'attendait au fort...

— Je suis une femme libre, maintenant, Aedan, répliqua-t-elle sèchement, plus une esclave.

Elle lui fit face, les bras croisés. Elle n'avait plus peur de son beau-frère.

— Je n'appartiens à aucun homme. Sigurd Sigmundson m'a donné ma liberté — une chose que mon père lui-même ou vous n'auriez jamais pu faire. J'irai où je le veux.

Aedan baissa les yeux.

— Vous êtes ma belle-sœur. Vous n'auriez jamais dû être esclave, et je vous offre l'asile chez moi.

— J'avais plus de liberté en tant qu'esclave qu'en tant qu'épouse de Brandon, répliqua Liddy. Sigurd m'aimait. Il prenait mes opinions en compte. À présent, il est en danger et c'est à mon tour de l'aider.

— Cet homme n'aime personne d'autre que lui. Je connais ces guerriers-là. Il ne reviendra pas ; il va s'empresser de négocier avec Ketill au Nez Plat !

— Non, vous ne le connaissez pas. Vous ne savez rien de lui — ni qui il est, ni ce en quoi il croit.

Elle serra fermement dans la main sur la croix. Sigurd lui avait donné son bien le plus précieux et cela faisait peur à Liddy — à croire qu'il pensait ne jamais la revoir...

— Mais moi, je le connais et je sais qu'il m'aime.

— Comment pouvez-vous en être aussi sûre ? demanda Aedan avec un sourire hautain.

— Il vient de me donner ceci. Il la portait toujours autour du cou, répondit-elle en lui montrant la croix.

Aedan parut stupéfait.

— C'est à lui ? Votre Nordique païen porte une croix ? Cela veut-il dire qu'il… qu'il croit au Christ ?

— C'est la croix de sa mère. Le père de Sigurd l'avait fait fabriquer pour elle en signe de dévotion. Elle la portait toujours, jusqu'à ce qu'elle décide de sauver Sigurd en brûlant sur le bûcher funéraire de son mari.

Elle se passa rapidement la croix autour du cou et la glissa dans son corsage. Le métal portait encore la chaleur du corps de Sigurd…

— Cette croix le protégeait et il me l'a donnée.

— Le père de Sigurd a fait fabriquer ce pendentif ?

— Oui, sa mère avait dû abandonner la croix qu'elle portait quand sa famille l'a vendue aux Nordiques, répondit doucement Liddy. Je pense que les parents de Sigurd s'aimaient sincèrement ; que sa mère a été heureuse, d'une certaine manière, même si elle était esclave. En tout cas, elle aimait son fils, c'est certain. Les choses ne sont pas toujours aussi simples qu'elles le paraissent, vous savez. Par exemple, être l'esclave de Sigurd n'a pas été la pire chose qui me soit arrivée. Au contraire, cela a été la meilleure.

— J'admets que je ne comprends pas…

— Après la mort de mes enfants, j'étais une morte vivante, prête à me croire maudite et à m'effacer devant les autres. Sigurd m'a réappris à vivre. Il m'a montré que je méritais de connaître le bonheur. En fait, mon esclavage m'a donné une raison de vivre. Cela m'a permis de croire de nouveau en la bonté.

Elle posa gentiment la main sur celle d'Aedan.

— Je sais que vous pensez agir pour mon bien, mais vous *devez* me permettre d'aller où je le souhaite. Mon chemin est différent du vôtre.

Aedan la dévisagea un instant d'un air dubitatif.

— J'ai peut-être causé du tort à votre compagnon, en fin de compte. Je ne vous obligerai pas à retourner à Kintra, mais vous aurez toujours une place dans ma demeure — et je suis sincère. Néanmoins, vous devez bien aller quelque part et Sigurd voulait vous savoir à mes côtés.

À cet instant, Malcolm arriva en courant. Sa tunique était déchirée et son visage était maculé de boue, mais il paraissait indemne.

— Est-ce vrai, Liddy ? Sigurd t'a laissée derrière lui ? Cela veut dire que tu es libre !

— Il existe différents types de liberté…, répondit-elle.

Elle aurait voulu s'écrouler, pleurer, mais son corps paraissait trop engourdi pour bouger. Sigurd avait pensé faire au mieux, seulement, elle savait qu'elle ne supporterait jamais de vivre sans lui. Il fallait à tout prix qu'elle trouve un moyen de l'aider.

Elle ajouta tout bas :

— Moi, j'ai l'impression d'avoir été condamnée à l'emprisonnement à vie…

Malcolm ne l'entendit pas.

— Bon débarras, dans ce cas.

Liddy posa une main sur son ventre. Il ne lui restait plus qu'à espérer avoir un enfant pour se souvenir de Sigurd. Elle n'avait plus peur de tomber enceinte ; au contraire, elle en avait désespérément envie, pour garder un peu de son amant auprès d'elle.

— Il était… Non, il *est* le meilleur homme que j'aie jamais connu.

— Dans ce cas, pourquoi le laisser partir ? demanda Malcolm. Pourquoi l'autoriser à te quitter comme cela ?

— Parce que c'était ce qu'il désirait ?

Elle s'interrompit un instant. Sigurd était à présent dans l'incapacité de chercher le tribut manquant, mais pas elle. Était-ce de cela qu'il parlait, quand il avait dit que les Nordiques de Dubh Linn semblaient bien connaître cette portion de côte ?

— Dis-moi, reprit-elle, que s'est-il vraiment passé quand tu as été emprisonné ?

— J'étais allé au fort pour vendre des choux d'hiver, répondit-il en se passant une main sur le front, laissant ses cheveux tout décoiffés. Au marché, j'ai vu Lord Thorbin et lui ai dit qu'ils venaient du champ qu'il avait inspecté avec tant de soin en compagnie de la femme au châle rouge et or. C'était une très belle femme, Liddy, avec des cheveux blonds et des courbes parfaites — même de loin, sa beauté sautait aux yeux. Quand j'ai dit cela, Thorbin est devenu comme fou et a commencé à m'accuser de toutes sortes de choses.

Le cœur de Liddy s'emballa. Cette femme était forcément Shona, la maîtresse de Thorbin qui avait si mystérieusement disparu !

Elle fit de son mieux pour contrôler son excitation.

— Tu ne m'as jamais parlé d'une femme avec un châle rouge et or…

— Je ne pensais pas que c'était si important, répondit Malcolm, les joues écarlates. Ils sont allés sous les arbres, dans le champ.

— Et tu as vu la femme repartir avec Thorbin ?

— C'était la nuit, Liddy ! Même avec la lune, je n'ai pas vu grand-chose. Elle est peut-être repartie, je ne sais pas — je ne me suis pas attardé pour les espionner.

Il se passa de nouveau une main dans les cheveux, comme il le faisait à chaque fois qu'il était gêné.

— Franchement, je ne suis sûr de rien. Quand j'y suis allé, le lendemain, la terre avait été retournée. Sans doute ont-ils accompli une sorte de rituel…

— Peux-tu me conduire là-bas ?

Il la dévisagea avec surprise.

— Tu connais ce champ, Liddy. C'est celui qui fait face à la baie. J'imagine qu'il fait partie de ta dot, officiellement, mais je ne vois vraiment pas l'intérêt de l'inspecter.

— Tu as vu Thorbin dans ce champ, insista-t-elle, et il t'a arrêté parce qu'il a cru que tu voulais le faire chanter. C'est uniquement pour cela qu'il t'a jeté en prison : tu n'avais rien fait de mal mais tu risquais de parler de ce que tu avais vu.

— De quoi est-ce que tu parles ? Qu'est-ce que j'ai vu ? Est-ce que tu as perdu la tête, Liddy ?

— Malcolm, je te demande de m'obéir, c'est de la plus haute importance ! s'écria-t-elle, oubliant instantanément sa fatigue. Tu me dois la vie, je te rappelle, et je te demande de rembourser ta dette.

C'était sa seule chance d'arranger les choses. Elle toucha instinctivement sa tache de naissance. Oui, elle pouvait le faire !

Si jamais elle trouvait l'or, elle serait peut-être capable d'améliorer la situation. Elle serait capable de faire pencher la balance en faveur de Sigurd. Mais elle n'avait pas beaucoup de temps devant elle et ne savait pas vraiment par où commencer. Elle n'avait qu'un vague soupçon.

Finalement, Malcolm acquiesça.

— Si tu veux, Liddy. Tu as risqué ta vie pour moi, c'est vrai, et je peux bien faire cela pour toi.

Sigurd chevaucha jusqu'au fort le cœur lourd. Il avait fait ce qu'il fallait en laissant Liddy derrière lui sans se battre pour elle. Aedan veillerait sur elle.

Tant qu'il n'aurait pas réglé le problème de Beyla, il n'aurait rien à offrir à Eilidith. Il était hors de question qu'il suive le même chemin que son père.

Il aurait dû se douter que Beyla ne se laisserait pas si facilement manipuler. Elle était l'une des meilleures joueuses de *tafl* qu'il ait rencontrées ; elle avait toujours plusieurs coups d'avance.

— Ah, Sigurd, te voilà enfin !

Une femme blonde vêtue d'une belle robe brodée attendait à la porte. Elle s'inclina avec froideur.

— J'imagine que tu as bien reçu mon message.

Sigurd la reconnut immédiatement. Comment oublier ce visage traître ?

— À ce qu'il paraît, tu exiges le prix du sang pour la mort de ton époux, répondit-il. Pourtant tu sais aussi bien que moi que tu n'as *rien* à demander.

Elle le dévisagea d'un air faussement innocent.

— D'après Lord Ketill, tu étais supposé arrêter mon mari et rien d'autre. Les accusations qui pesaient contre lui n'ont jamais été prouvées et Thorbin a toujours payé son tribut à temps. Il connaissait mieux que personne les conséquences d'un retard. Tout ceci n'a été qu'une horrible erreur et Ketill est venu rendre justice.

— Ton époux est mort pendant un duel légitime, répliqua Sigurd. Dans ces cas-là, personne ne peut réclamer le prix du sang. Je connais la loi aussi bien que toi.

Beyla redressa la tête.

— Nous verrons cela. Lord Ketill aura peut-être un avis différent quand il connaîtra tous les faits. Tu as tué mon époux alors qu'il était enchaîné.

Sigurd ignora l'inquiétude qui l'étreignait. Ce n'était pas le moment de montrer la moindre faiblesse.

— Je me soumettrai volontiers à un juste procès, mais sache que je serai innocenté.

Ketill arriva à ce moment-là et se plaça au côté de Beyla. Il était bien plus âgé que Sigurd. Avec sa familiarité habituelle, elle lui prit le bras et il lui tapota la main.

— Ah, tu daignes enfin arriver, Sigurd Sigmundson, lança-t-il d'une voix glaciale.

Sigurd le salua avec respect.

— *Jaarl* Ketill, je suis navré d'avoir été absent à votre arrivée mais j'ai dû faire face à une petite difficulté avec les hommes d'Ivar le Désossé. Ils ont pris certaines libertés sur cette île dernièrement, et je vous garantis qu'ils ne recommenceront pas de sitôt. J'imagine que votre envoyé avait découvert une preuve de leurs raids et que c'est pour cela qu'il a été assassiné.

— Il ment ! cria Beyla. La seule raison de…

Mais Ketill leva une main pour la faire taire.

— Et comment ce problème a-t-il été résolu ?

Sigurd jeta l'épée du chef vaincu à ses pieds.

— Nous les avons mis en déroute, bien sûr, répondit-il. Un de leurs drakkars a été brûlé, un autre s'est enfui, mais j'ai capturé le troisième en votre nom.

Ketill acquiesça et s'écarta de Beyla.

— Des survivants ?

— Quelques-uns. Je me suis arrangé pour les faire accompagner ici afin qu'on les interroge.

— Je n'en attendais pas moins de toi. Bon travail.

Sigurd jeta un rapide coup d'œil à Beyla. Elle était peut-être douée à ces petits jeux, mais pas autant que lui !

— J'ai des raisons de soupçonner l'époux de cette femme d'avoir conspiré avec Ivar. Certains habitants de l'île m'ont dit que leurs lieux de pêche ont été envahis de nombreuses fois.

— Ces Gaéliques se plaignent toujours de quelque chose ! s'écria Beyla. Monseigneur, au nom de l'amour que vous portiez à mon père, je vous demande d'ignorer les mensonges de cet homme. A-t-on retrouvé le tribut manquant ? Il est possible que les voyous d'Ivar le Désossé l'aient volé et que mon époux ait été innocent.

— Nous ouvrirons le procès demain matin, ordonna Ketill. Pour l'instant, fêtons cette victoire contre Ivar. Tu sais entretenir ton fort, Sigurd. Où est donc cette esclave, celle qui t'a permis de combattre Thorbin ? Hring ne tarit pas d'éloges à son égard.

— Hélas, Eilidith n'est plus avec moi.

— Elle s'est échappée ? Quelle imprudence de ta part, railla Beyla.

— Non, elle est retournée dans sa famille, répliqua Sigurd, les poings serrés.

Ketill lissa le revers de sa cape.

— Dommage. J'aurais bien aimé avoir quelqu'un comme elle pour tenir ma maison. Apparemment, elle vaut bien le tribut d'un grand domaine...

— Ne vous en faites pas : l'or qui vous revient sera payé dans les temps, répondit Sigurd. Vous savez que j'ai assez d'argent pour cela.

— Je l'espère bien.

Cela dit, Ketill tourna les talons et repartit en direction du bâtiment principal.

Beyla tenta de le suivre mais Sigurd l'arrêta par le bras.

— Je ne sais pas à quoi tu joues, dit-il à mi-voix, mais tu ne gagneras pas. Abandonne tes projets et tu auras peut-être une chance de sauver ton fils. Continue, et tu n'auras plus rien. Ton époux était un traître et il est mort comme un traître.

Beyla s'écarta violemment de lui et le vrilla d'un regard assassin. Comment avait-il pu la trouver si fascinante, autrefois ? Contrairement à Liddy, elle était froide, reptilienne…

— Je ne joue à aucun jeu. Tu n'aurais jamais dû tuer mon mari de sang-froid. Peut-être as-tu pensé que nous pourrions de nouveau vivre ensemble, comme autrefois… Oui, c'est forcément pour cela que tu m'as envoyé ce messager. Je comprends tout, maintenant : tu veux reconnaître mon fils comme étant le tien ! Thorbin t'a confessé ses craintes à ce sujet et un mariage nous offrirait tout ce dont nous rêvions, dans notre jeunesse… Quand tu m'as fait cet enfant.

— Je n'ai aucune intention de t'épouser, répliqua Sigurd, les poings serrés.

Il avait de plus en plus de mal à maîtriser sa colère. Il ne lui restait plus qu'à espérer que Beyla ait des sentiments pour son fils et comprendrait les risques qu'elle courrait si elle exigeait le prix du sang.

— Ce que nous avons partagé autrefois est bel et bien terminé — notre histoire a d'ailleurs très mal fini. Tu étais heureuse de prétendre que ton fils était celui de Thorbin, à l'époque. Tu as fait ton choix et tu ne peux plus rien y changer. Je refuse de t'accueillir chez moi sous de fausses affirmations.

Elle serra les lèvres, pâle et tremblante de rage.

— Dans ce cas, j'espère que tu es aussi riche que tu le prétends, car je te prendrai tout ton or.

— Je ne te dois rien, Beyla.

— Thorbin était un grand guerrier, lança-t-elle. Les rumeurs qui salissaient son nom n'étaient que des mensonges ! Si on lui en avait donné l'occasion, il aurait prouvé son innocence. Hélas, nous ne saurons jamais la vérité, désormais, car *quelqu'un* l'a tué sans lui laisser la moindre chance de s'expliquer — et en outrepassant ses ordres, en plus.

Elle indiqua le bâtiment d'un petit signe de tête.

— Profite bien de la fête, Sigurd : ce sera ta dernière.

Il dut rassembler toute sa volonté pour ne pas laisser sa rage éclater. Elle aurait été trop heureuse de le voir perdre son sang-froid.

— Nous savons tous les deux qui était vraiment Thorbin. Il a accepté mon défi et en a payé le prix.

— Je ne laisserai personne ruiner mon fils, répliqua-t-elle. Sigmund pourrait être *notre* fils, tu sais.

— J'ai pourtant cru comprendre qu'il était l'unique héritier de Thorbin.

Beyla haussa les épaules.

— Nous n'avons jamais eu d'autres enfants et Thorbin n'en a eu avec aucune de ses maîtresses non plus… J'ai toujours pensé que Sigmund était de toi. Il te ressemble. Tu sais, Sigurd, je regrette tant de choses…

Elle frappa dans ses mains et un garçon d'environ sept ans s'approcha. Sigurd sentit son cœur se briser. Beyla avait raison : l'enfant lui ressemblait beaucoup. Mais cela ne prouvait rien. Après tout, Thorbin avait été son demi-frère.

— C'est un enfant très vif, j'en suis sûr.

— Maintenant, tu comprends pour qui je me bats. Pourrais-tu vraiment lui arracher tout ce qu'il possède ?

— Tu ne connaîtras pas le bonheur, Beyla.

— L'ai-je jamais connu ? soupira-t-elle avec un petit sourire triste. Je te laisse le choix, Sigurd. Trouve l'or manquant et prouve que mon époux était bien le traître que tu voyais en lui, ou épouse-moi et nous régnerons ensemble sur cette île. Ketill comprendra mon raisonnement, j'en suis certaine. Il connaît ton passé. Ensemble, nous pourrons avoir tout ce dont tu rêvais.

Sigurd détourna les yeux. Tout ce dont il rêvait ? Sa vie serait au contraire bien vide, s'il choisissait l'avenir prétendument doré que lui proposait Beyla.

Ce dont il rêvait, aujourd'hui, avait des yeux bleu-vert et une tache de naissance en forme de papillon sur le menton. Liddy lui avait fait comprendre que la vie était plus précieuse qu'un monceau de richesses et un honneur sans tache ; que la vie était emplie d'amour et de bonté.

— Et si je ne choisis aucune de ces solutions ? répondit-il froidement.

Le visage de Beyla se déforma sous le coup de la colère.

— Dans ce cas, je te détruirai. Je l'ai déjà fait une fois, je peux recommencer !

À cet instant, Sigurd comprit *qui* était vraiment responsable de la trahison qui avait assombri toutes ces années passées. Cela n'avait pas été la faute de Thorbin, mais celle de Beyla.

— Qui a laissé la nourriture et les flèches à l'endroit où nous avions l'habitude de nous retrouver ? Dis-moi la vérité !

Elle le dévisagea un instant en silence.

— Thorbin. Il n'avait pas le courage de tuer son propre frère. Pour ma part, je n'avais pas la force de m'opposer à sa mère, donc je lui ai demandé de s'en charger. Cette femme voulait te détruire ! Il fallait que tu partes, Sigurd… Mais tout cela, c'est du passé. Tu n'imagines même pas ce que tu pourrais faire, avec une épouse comme moi à tes côtés.

Sigurd se redressa, crispé, et la salua avec courtoisie.

— Dans ce cas, il est de mon devoir de te dire que je préférerais épouser une vipère plutôt qu'une femme comme toi.

— Si c'est ce que tu désires, répondit-elle d'une voix blanche, alors ce sera la guerre.

— En effet. Et le vainqueur remportera tout.

Chapitre 15

— Oh ! Liddy, je ne sais même pas par où commencer ! Puisque je te dis que tu cherches quelque chose qui n'est *pas* là. Pourquoi insister ?

Liddy examina le champ dans lequel ils avaient planté leurs choux au printemps précédent. Thorbin n'avait pas voyagé jusque-là sans raison… D'ailleurs, le bosquet de chênes, sur la droite, ressemblait beaucoup au bois sacré près du fort.

— Le trésor est bel et bien là, j'en suis sûre. Où avais-tu vu la terre retournée ? répondit-elle obstinément.

— La seule chose qu'on va gagner ici, c'est un dos cassé, marmonna Malcolm en s'appuyant sur sa pelle.

— Mais c'est bien là que tu as vu Thorbin et la femme au châle ! Thorbin est reparti, mais pas la femme : il l'aura sans doute tuée pour que son fantôme garde l'or.

— Oui, c'était une nuit de pleine lune, juste avant Pâques. Je suis rentré plus tard que d'habitude parce que j'étais… Eh bien… Bref, tu n'as pas besoin de savoir ce que je faisais à la taverne.

— Je l'imagine assez bien, Malcolm.

Il haussa les épaules.

— Peut-être, mais je préférerais que tu ne le cries pas sur les toits…

Liddy ne put retenir un éclat de rire ; c'était si bon d'avoir enfin retrouvé son frère !

— Je serai muette comme une tombe, promis.

Hélas, Malcolm n'avait pas l'air aussi détendu.

— Je ne vois pas ce qu'il y a d'amusant à cela. Si Thorbin a tué quelqu'un ici, son fantôme doit hanter cet endroit.

— Concentre-toi et dis-moi tout ce dont tu te souviens de cette nuit arrosée. Où était la femme ?

— Il faisait sombre, Liddy ! Je les ai vus entrer dans le bosquet, mais c'est tout, répondit-il en jetant sa pelle d'un air découragé. Pourquoi est-ce si important ? Ce que ce Nordique a pu faire avec cette femme ne nous regarde pas, après tout.

— Si, cela nous concerne parce que cela peut sauver la vie de Sigurd.

Elle contempla un instant le bosquet.

— Je l'aime, Malcolm. Je me sens pleinement vivante quand je suis avec lui... Tes souvenirs de cette nuit pourront peut-être me permettre de l'aider. Dis-moi, pourquoi es-tu venu dans ce champ, cette nuit-là ?

Malcolm parut réfléchir quelques secondes.

— Un cri qui ressemblait à celui d'une chouette a attiré mon attention et je les ai vus, tous les deux. L'homme traînait la femme et elle se débattait. Quand j'ai reconnu Thorbin, j'ai décidé de ne pas m'en mêler. Je l'avais vu plusieurs fois par ici et je n'ai pas pris le risque d'être surpris en train de l'espionner. Le lendemain matin, je suis parti à la chasse et je suis entré dans le bosquet de chênes. La terre avait été retournée. C'est tout ce que je sais.

Liddy sentit une puissante détermination l'envahir. Elle revoyait le bois sacré, avec tous ces corps pendus aux arbres — la plantation des chênes du bosquet était presque identique.

— Je te le dis : il a tué cette femme pour protéger quelque chose qu'il a enterré avec elle. Essayons de creuser au milieu du bosquet.

Malcolm grimaça.

— Tu en es sûre ? Ce n'est pas là que j'ai vu la terre retournée, c'était plutôt sous le plus grand chêne. En tout cas, il me semble... Mes souvenirs sont un peu flous, tu sais.

— Je sais très bien à quel point ta mémoire peut être traîtresse, répondit Liddy. Moi, si je devais enterrer quelque chose, je le ferais en plein milieu…

— Et que veux-tu que je fasse ?

— Creuse, mon cher frère, creuse.

Sigurd était assis dans sa chambre et Coll avait posé la tête sur ses genoux. Au moins, rendre le chien à Liddy lui laisserait une occasion de la revoir, de se faire pardonner pour l'avoir laissée chez Aedan.

Il avait encore une chance de laver son nom, si Ketill était prêt à l'entendre et si l'esprit de ce dernier n'avait pas été empoisonné par les mensonges de Beyla. Il perdrait peut-être sa place de *jaarl*, mais Liddy et lui pourraient toujours avoir une belle vie ensemble.

Coll leva ses yeux sombres sur lui.

— Je sais, mon grand, murmura Sigurd. Elle me manque aussi… Je n'aurais jamais dû la laisser partir.

Hring entra soudain, sans même frapper à la porte. Coll lâcha un grognement sourd mais ne bougea pas une oreille.

— Tu devrais savoir qu'il y a un garde posté devant ta porte.

— Oh ! je n'ai pas l'intention de m'enfuir, répondit Sigurd avant de calmer le chien par une caresse. Tu voulais me dire quelque chose, Hring ?

— Je voulais m'excuser. J'ai cru que tu exagérais, au sujet de Beyla — et puis j'ai vu son petit numéro, aujourd'hui. Je pensais pourtant qu'elle haïssait Thorbin…

Il se frotta le front d'un air gêné.

— En fait, elle avait gardé sa bile pour toi.

— Non. La seule chose qu'elle haïsse, c'est l'idée d'être pauvre et sans réel pouvoir.

Sigurd gardait les yeux baissés, concentré sur Coll qui lui léchait la main — c'était plus facile comme cela.

— Autrefois, il y a bien longtemps, j'ai cru qu'elle était différente moi aussi, admit-il, mais le pouvoir l'a consumée.

— Cette femme a réussi à ensorceler Ketill. J'ai l'impression qu'elle l'a convaincu que Thorbin n'avait rien à voir avec la mort de son messager et qu'il s'est contenté de renvoyer son corps après l'avoir découvert mort, assassiné par les hommes d'Ivar le Désossé.

— Si c'est le cas, où est passé le tribut ?

— Tu n'as pas retrouvé l'or. Peut-être qu'elle a raison et que le navire qui devait le transporter a bel et bien été attaqué par Ivar…

— J'en doute fort.

— Quoi qu'il en soit, soupira Hring, elle te détruira si tu ne présentes aucune preuve contre elle.

— Ketill peut encore m'écouter. Je lui ai cédé le drakkar que nous avons capturé ; ce butin remplira ses coffres.

Hring parut hésiter, comme s'il avait quelque chose d'important à lui dire.

— Je dois te parler en toute franchise, dit-il enfin. Tu vas avoir besoin d'une riche épouse et, hélas, ton Eilidith ne possède pas d'or… Tu pourrais épouser ma fille, Ragnhild. Elle a besoin de l'autorité d'un homme — je l'ai laissée agir en toute liberté pendant bien trop longtemps. Sa dot serait largement suffisante pour couvrir le tribut manquant et je suis prêt à t'aider à payer.

Sigurd se figea. Hring agissait en véritable ami, mais sa proposition lui glaçait le sang. Il aurait sans doute pu accepter, autrefois. Cependant, les choses avaient changé : maintenant qu'il avait goûté la saveur du véritable amour, comment s'en détourner ?

— Tu m'offres ta fille ? Pourquoi ?

— Parce que j'ai découvert quel homme tu étais, et je serais heureux de t'avoir pour fils, répondit Hring avec un petit sourire.

Coll poussa un nouveau grognement, plus sourd, et Hring recula de deux pas.

— La seule femme que je veux dans ma vie est Liddy, répondit gravement Sigurd. Je suis navré de devoir refuser ton offre. Laisse-moi faire les choses à ma façon.

— Tu places vraiment l'amour avant ton rang et ta vie ? Je ne t'aurais jamais cru capable de cela.

— Je triompherai de Beyla, car je suis innocent.

— J'ai tellement mal au dos ! se lamenta Malcolm en se redressant au fond du trou qu'il avait creusé sous le grand chêne.

C'était le quatrième trou qu'ils creusaient. Liddy s'était occupée des trois premiers avant de tendre sa pelle à son frère pour qu'il lui montre *enfin* l'endroit où il pensait avoir vu la terre retournée.

— Contente-toi de creuser. L'or est forcément là, je le sens.

Elle croisa les bras — ses bras rendus douloureux par tous ces efforts. Les souvenirs de Malcolm devaient bien être réels et non de simples divagations d'ivrogne ! Sinon, pourquoi Thorbin l'aurait-il jeté en prison ?

— Laisse-moi me reposer un moment.

— Tu te reposeras quand on aura cherché partout. Crois-tu vraiment que la vie sera plus facile pour notre famille et les habitants de cette île si Sigurd disparaît ?

Malcolm s'appuya sur sa pelle.

— Tu tiens vraiment à lui, n'est-ce pas ?

Liddy haussa les épaules, ravalant son émotion.

— Mes sentiments pour Sigurd n'ont rien à voir avec tout cela. Je veux simplement faire ce qu'il y aura de mieux pour tout le monde. Je fais mon devoir, comme le dirait si bien notre père.

— Ton devoir ? Pardonne-moi, Liddy, mais j'aurais préféré que tu fasses tout cela parce que tu l'aimes…

— Pourquoi ?

— Parce qu'il est évident qu'il te rend heureuse. Cela voudrait dire que tu penses enfin à toi avant de penser aux autres. Tu m'as dit que tu tenais à lui !

— Il m'a rendue heureuse, oui, mais c'est terminé, soupira-t-elle. Il m'a laissée avec Aedan.

— Tu aimes vraiment te mentir à ce point ? Même les

aveugles se rendraient compte que vous êtes faits l'un pour l'autre. C'est pour cela que père a décidé de te vendre à Sigurd.

— Quoi ? Père m'a vendue parce que…

— Parce qu'il a bien vu que tu rougissais et que tu souriais quand tu étais avec lui.

Liddy dévisagea son frère, abasourdie.

— Eh oui, l'ancienne étincelle du bonheur avait réapparu dans tes yeux et il s'en est aperçu. C'est lui-même qui me l'a dit quand je suis revenu à la maison après avoir essayé de te racheter grâce à l'or d'Aedan.

— Père a essayé de me trouver un homme en me *vendant* ?

Elle ne savait plus si elle avait envie de frapper son père ou de l'embrasser pour cela. Son esclavage lui avait permis de redécouvrir la saveur de la vie.

— J'avoue que ce n'est pas vraiment la preuve d'amour paternel que j'attendais de sa part après l'avoir sauvé…, dit-elle finalement.

— Tout ce que je peux te dire, c'est que tu ne devrais pas renoncer à cet homme. Ton chien l'apprécie, non ?

Une vague de tristesse envahit Liddy. Elle n'avait envie que d'une chose : déclarer son amour à Sigurd et voir s'il l'écouterait. Elle l'avait laissé partir sans même lui avouer ses sentiments.

Elle devait à tout prix le retrouver, même si elle ne découvrait pas le trésor. Elle devait le retrouver et lui faire comprendre d'une manière ou d'une autre à quel point elle tenait à lui.

— Me faire la leçon ne nous aidera pas à mettre la main sur ce trésor. *Creuse.*

Malcolm continuait à la regarder sans bouger.

— Je dis simplement que tu devrais envisager les choses du point de vue des autres, pour une fois.

— Tu es capable de parler et de creuser en même temps, n'est-ce pas ?

Enfin, son frère s'exécuta et souleva quelques pelletées de terre supplémentaires.

— Sais-tu ce que l'on doit chercher, au moins ?

— J'en ai une petite idée, oui.

Liddy jeta un coup d'œil dans le trou. *Vide*. Comme les autres. Malcolm avait raison : sa quête était sans espoir. Elle allait devoir se rendre au fort les mains vides… Au moins, elle pourrait toujours témoigner du duel entre Sigurd et Thorbin.

— Qu'est-ce que c'est ? Cette chose boueuse ? Ce n'est pas une pierre ou une racine.

— Quelle chose boueuse ? demanda Malcolm avant de grimacer de dégoût. Quoi que ce soit, cela ne sent pas bon, c'est le moins qu'on puisse dire !

— C'est un morceau de tissu. Sors-le du trou, Malcolm, que je le voie mieux.

Malcolm tira et poussa un petit cri.

— Il y a un corps, sous le tissu ! Et je crois que je vois encore autre chose, en dessous.

Liddy examina de nouveau le trou. Un éclat doré scintillait, au cœur d'un motif rouge. Le châle de Shona ! La pauvre fille avait bel et bien été sacrifiée.

— Déterre le corps, ordonna-t-elle, le cœur battant.

— Eilidith !

— Nous n'avons pas le temps de nous attarder. Essaie juste de ne pas trop respirer. Nous pourrons toujours enterrer cette femme convenablement plus tard. S'il s'agit bien de celle à laquelle je pense, elle a été assassinée. J'emporterai le châle au fort et je suis sûre que beaucoup de monde pourra le reconnaître. Ketill a besoin d'une preuve.

Elle attrapa une pelle et aida Malcolm. En travaillant vite, ils furent capables de déplacer le corps en quelques minutes. Liddy l'allongea près du trou en murmurant des prières.

Au fond, ils découvrirent un coffre de fer et une unique pièce d'or.

— Qu'allons-nous faire de cela ?

— Je vais porter le châle et le coffre à Sigurd.

Malcolm attrapa la pièce d'or.

— Celui qui trouve un trésor le garde, c'est la loi, répondit-il, les yeux brillants. Tu crois qu'il y en a plus ? Nous pourrions ouvrir le coffre ici et une partie du tribut pourrait… disons… se perdre.

— Mais bien sûr ! Comme cela, Beyla pourra clamer que nous avons volé une partie de son héritage ! Hors de question. Cette île a déjà trop perdu… Crois-tu sincèrement que Ketill au Nez Plat se contentera de tourner les talons et de partir ? S'il croit ce que raconte cette Beyla, nous allons tous en souffrir.

Malcolm poussa un profond soupir.

— Tu as sans doute raison.

— Je *sais* que j'ai raison. Allez, viens.

En un éclair, toute la fatigue de Liddy s'envola. Hélas, une soudaine terreur la figea sur place.

— Nous n'arriverons jamais à temps si nous voyageons par la terre… Nous devons prendre un bateau.

— Veux-tu que je porte l'or ? Ma barque est amarrée près d'ici, proposa Malcolm en se redressant. Je ne t'abandonnerai pas, ma sœur…

— Je suis meilleure navigatrice ; je l'ai toujours été, répondit-elle. C'est moi qui piloterai la barque.

Elle commença à soulever le lourd coffre de fer, sous le regard incrédule de Malcolm.

— Tu viens m'aider, oui ou non ?

— Mais… Je croyais que tu étais maudite, que tu ne pouvais plus naviguer.

— Ce n'était qu'un des nombreux mensonges de Brandon. Nous partons par la mer et nous ferons éclater la vérité ! Sigurd le mérite.

Sigurd se tenait au milieu de la grande salle. Ketill et son garde du corps lui faisaient face, sous le dais. Beyla était aussi là, au côté de Ketill, vêtue de splendides fourrures et un sourire de triomphe aux lèvres. Elle était belle à couper le souffle — mais aussi froide qu'impitoyable.

Elle pensait certainement avoir déjà gagné et être sur le point d'hériter de nombreuses richesses… L'homme que Sigurd avait été autrefois aurait peut-être pu se laisser tenter par ses charmes ; mais il avait appris la valeur d'une femme bonne et généreuse. Comparée à l'or qu'était Liddy, Beyla n'était que de la ferraille.

— Que réponds-tu aux charges qui sont retenues contre toi ? lança Ketill.

— Je suis innocent, répliqua Sigurd. J'ai défié Thorbin de bonne foi et il a perdu la vie au combat. De nombreux témoins peuvent en attester.

— Plusieurs personnes disent au contraire que Thorbin s'était rendu avant que tu le tues, déclara Ketill.

— C'était un stratagème pour me pousser à lâcher mon épée. J'ai des raisons de croire qu'il était prêt à poursuivre notre combat.

Ketill se frotta le menton, l'air dubitatif.

— Et pourtant, tu savais que je voulais le juger pour sa trahison. Je le voulais *vivant*.

— Sa trahison n'a jamais été prouvée ! intervint Beyla, coupant la parole au *jaarl*. Mon époux était innocent et nous en apporterons la preuve !

— Silence, femme ! s'écria Ketill froidement. Tu piailles plus fort qu'une mouette affamée.

Sigurd dut baisser la tête pour dissimuler son sourire satisfait. De toute évidence, Ketill n'était pas aussi sensible aux charmes de Beyla qu'elle voulait bien le croire, et cela lui rendit un peu d'espoir. Son arrogance la perdrait.

— J'ai agi avec honneur, Monseigneur. J'ai agi pour protéger une femme dont le seul crime était de croire en votre justice.

— Thorbin avait donc menacé cette femme ?

— Il a dit qu'il lui réserverait le même traitement qu'à ma mère, expliqua Sigurd. J'ai perdu le contrôle de mes émotions — exactement comme il l'avait prévu. Je pense que Thorbin préférait mourir vite, et de ma main, plutôt que faire face à la punition qui l'attendait après tous ses crimes.

— Il ment ! hurla Beyla.

— Hélas pour Lady Beyla, elle était dans le Nord et non à Islay quand ces faits se sont produits, répondit Sigurd avec calme.

— Je suis de l'avis de Sigurd Sigmundson, proclama Ketill. Cesse de nous servir tes opinions sans fondement, Beyla Olafdottar.

Puis il se tourna de nouveau vers Sigurd.

— As-tu découvert le tribut caché par Thorbin ?

— Malheureusement non, avoua-t-il.

— C'est parce que mon mari n'a rien caché ! s'écria Beyla avant d'incliner la tête devant Ketill d'un air contrit. Comme je vous l'ai déjà dit, Lord Ketill, là n'est pas le problème. Quelqu'un a cherché à salir le nom de mon époux. Sans doute les habitants de cette île. Brandon MacConnall, le soi-disant roi de Loairn et seigneur de Kintra, a souvent défié Thorbin. Ses hommes et lui sont certainement responsables de tout cela...

— Heureusement que Lady Beyla n'est ni guerrière ni stratège, remarqua Sigurd. Brandon MacConnall a péri en Irlande il y a plus d'un an, en combattant les Nordiques de Dubh Linn. Son frère, Aedan, est revenu de là-bas il y a peu. Il m'a récemment aidé à repousser ces mêmes Nordiques et a accepté de vous remettre tout le butin, Ketill.

Le *jaarl* se frotta de nouveau le menton.

— Cet Aedan MacConnall est un bon guerrier.

Beyla serra les lèvres comme si elle venait d'avaler un fruit pourri.

— As-tu assez d'or pour payer le tribut de cette année et couvrir la somme perdue ? demanda Ketill.

— Oui, après la moisson, répondit Sigurd.

— Il le fera, je m'en porte garant, intervint Hring, la tête haute.

— N'avons-nous pas déjà entendu cela quelque part ? commenta Beyla avec un rire mauvais. Je te souhaite plus de chance que mon époux, Sigurd. Ces paysans...

— Laissez-moi entrer ! cria soudain une voix féminine depuis la porte.

Liddy ? Sigurd sentit son cœur bondir dans sa poitrine.

Un garde s'approcha.

— Une femme gaélique demande à entrer, Monseigneur. Elle dit qu'elle possède une preuve de grande importance liée à ce procès.

Beyla esquissa une moue de mépris.

— Ton ancienne esclave ? Que c'est touchant !

— Silence, femme ! ordonna Ketill. Faites venir cette Gaélique.

Liddy apparut au milieu de la foule, un paquet dans les mains. Son frère la suivait en titubant sous le poids d'un coffre de fer. Ils placèrent leur charge aux pieds de Ketill.

— Qui êtes-vous ? demanda le *jaarl*. Je dois dire que votre intervention est des plus surprenante.

— Je suis Lady Eilidith, anciennement de Cennell Fergusa. Mon père, Gilbreath mac Fergusa, vous a juré fidélité, Lord Ketill. Vous lui avez même donné un anneau en gage de votre amitié.

— Ah oui, je m'en souviens. Votre père est un homme d'honneur.

— Que fais-tu là, Liddy ? murmura Sigurd, furieux. Tu devais rester en sécurité.

Liddy fit de son mieux pour ignorer ce reproche et se concentra sur le seigneur nordique qui siégeait sous le dais dans toute sa majesté. Elle n'avait pas le droit à l'erreur si elle voulait sauver la vie de Sigurd.

— Nous pensons que ce coffre contient le trésor de Thorbin Sigmundson, déclara-t-elle d'une voix forte. Mon frère et moi l'avons découvert près du corps d'une femme assassinée pour que son fantôme le protège.

— Pouvons-nous ouvrir ce coffre ? Je ne me souviens pas qu'il a appartenu à mon époux, lança la femme qui se tenait près de Ketill.

À en croire sa posture hautaine et son regard méprisant, il

devait s'agir de la célèbre Beyla. Elle était aussi belle que les rumeurs la dépeignaient...

— Nous n'avons pas touché à la serrure du coffre. Je ne voulais pas que l'on puisse nous accuser d'en avoir volé le contenu.

Elle pria en silence pour que l'or soit bel et bien à l'intérieur. Dans le cas contraire, l'unique pièce qu'avait trouvée Malcolm ne ferait que renforcer les mensonges de Beyla.

Ketill fit signe à l'un de ses gardes de briser la serrure, qui céda dans un grand claquement métallique. Quand on souleva le couvercle, la pièce entière se para de reflets d'or : le coffre en était rempli à ras bord.

— Savons-nous seulement qui a placé ce trésor là ? demanda alors Beyla d'une voix plus stridente que jamais.

— Il est impossible d'en être certains, mais j'ai des soupçons, répondit Liddy.

Elle fit signe à son frère qui tira le châle rouge et or du sac.

— Je pense que ceci appartenait à la dernière maîtresse de Thorbin, Shona. Elle a disparu en même temps que le trésor et nous avons découvert le corps décomposé d'une femme enveloppé dans ce châle, près du coffre.

En un éclair, la foule s'embrasa. De nombreuses personnes confirmèrent qu'il s'agissait bien du châle de Shona.

Ketill frappa du poing sur l'accoudoir de son siège.

— Silence ! tonna-t-il. De toute évidence, cette femme a été assassinée et la loi a été transgressée.

Beyla rougit immédiatement jusqu'aux oreilles.

— Bien sûr, je n'étais pas là, balbutia-t-elle, mais personne ne peut prouver que mon époux a tué cette personne ou a enterré le moindre trésor.

— Non, tu n'étais pas là. Tu ne sais pas ce qui s'est passé, tout comme tu ne sais pas comment ton époux a été tué.

— Moi, je sais ce qui est arrivé ce jour-là, intervint fermement Liddy. Sigurd s'est proposé pour être mon champion et quand Thorbin m'a menacée, il l'a tué.

— Il semblerait que tu nous aies servi un faux témoignage, Beyla, reprit Ketill.

Cette dernière rougit de nouveau.

— Je n'ai fait que ce qui me semblait juste. Certaines personnes m'ont raconté les faits et je les ai crues.

Ketill baissa la tête.

— Il me semble que la dette que j'avais envers ton père est à présent remboursée. Tu ne pourras pas réclamer le prix du sang pour ton époux : il est mort en accord avec nos lois.

Beyla eut un hoquet choqué qu'elle ravala bien vite.

— Oui, Monseigneur.

— Prends ton fils et retire-toi sur tes terres — à moins que Sigurd ne désire te poursuivre pour faux témoignage.

Celui-ci fit non de la tête d'un air grave.

— Lady Beyla a publiquement reconnu son erreur, cela me suffit. Cependant, le tribut manquant doit toujours être payé…

— Tu as l'or nécessaire dans ce coffre ! lança Beyla.

— Comme l'a dit Lady Beyla, nous ne savons pas qui a enterré ce coffre. Le domaine de *Thorbin* doit donc toujours le tribut impayé.

Ketill couva Sigurd d'un regard impressionné.

— Tu es plus sage que ceux de ton âge, Sigurd l'Audacieux. En effet, la solution est toute trouvée : Beyla, en tant que veuve de Thorbin, tu n'as qu'à payer et nous pourrons clore ce problème.

Beyla eut un sourire froid.

— Très bien, dit-elle. Après réflexion, je reconnais ce coffre. Il appartenait à mon époux, comme en attestent les runes gravées sur le fer. Nous n'avons qu'à prélever le montant du tribut sur son contenu.

— Attends ! cria Sigurd. Ce coffre a été enterré et perdu. Quelqu'un l'a retrouvé.

Liddy le dévisagea en silence, abasourdie.

— Qui trouve garde, déclara Ketill. Bien sûr. Pardonne-moi, Beyla, mais ce coffre n'appartient plus à ton époux. Selon nos lois, il appartient à la personne qui l'a retrouvé. Je crains que tu ne doives trouver l'or ailleurs…

Le beau visage de Beyla se déforma de rage mais, cette fois, elle parut avoir retenu la leçon et se tut.

Ketill regarda tour à tour Malcolm et Liddy.

— Qui a trouvé ce coffre ?

— Moi, répondit Liddy, perplexe. Il était enterré sur les terres qui constituent ma dot. Lorsque Malcolm m'a raconté pourquoi il a été arrêté par Thorbin, j'ai su où chercher l'or.

— Oui, Liddy l'a trouvé, reprit Malcolm après une brève hésitation, et c'est elle qui a insisté pour que nous prenions mon bateau afin d'arriver ici à temps — même si je trouve toujours qu'elle serre trop le vent quand elle pilote.

— Quel est ton verdict, Sigurd Sigmundson ? demanda Ketill.

— Je déclare que ce trésor appartient désormais à Eilidith, anciennement de Cennell Fergusa, répondit celui-ci, et qu'un quart de la somme devra être reversé à son frère qui l'a aidée. Bien entendu, ils feront un cadeau à Ketill pour le remercier de sa générosité. Le domaine de Thorbin devra quant à lui payer le tribut manquant puisque nous n'avons pas pu déterminer les circonstances de la disparition de l'argent ; et la somme devra être versée au plus tôt.

— Ceci est bien la sagesse que j'attends de tous mes *jaarls*. Ta solution est juste, Sigurd, et je l'approuve.

— Mon fils n'aura plus rien que son épée ! protesta Beyla.

— T'ai-je autorisée à parler ? gronda Ketill. Eilidith, vous êtes l'une des femmes les plus courageuses que j'aie rencontrées. Si toutes les belles femmes faisaient preuve d'autant de bravoure, le monde serait bien plus paisible. Sigurd Sigmundson, si j'avais eu dix ans de moins, je t'aurais volé cette femme sans hésiter !

— Les charges contre Sigurd Sigmundson sont-elles abandonnées ? demanda Liddy en soutenant le regard autoritaire de Ketill.

Son esprit bouillonnait. On venait de lui offrir la plus grosse partie de l'or. En un instant, elle était devenue riche — *très* riche. Et elle pouvait également accepter les compliments de Ketill sans scrupule car Beyla était clairement tombée en disgrâce.

— Oui, répondit-il, et je confirme son droit à régner sur ces terres. Personne ne ferait un meilleur *jaarl*, étant donné la sagesse dont il a fait preuve aujourd'hui.

Ketill se tourna alors vers Sigurd.

— Resteras-tu ici pour régner ou désires-tu chercher fortune ailleurs ?

Sigurd le salua avec respect.

— J'obéirai à vos ordres.

— Bien. Il était grand temps que quelqu'un le fasse ! Et le tribut sera payé dans les temps, je suppose.

De nouveau, Sigurd le salua.

— J'ai encore une faveur à vous demander, dit-il. Permettez-moi de prendre le fils de Thorbin sous mon aile. Je promets d'en faire un guerrier et un homme d'honneur.

— Mais… Pourquoi veux-tu faire une telle chose ? balbutia Beyla.

Sigurd ne la regarda pas, les yeux fixés sur Liddy.

— Parce qu'il est de mon sang et que je ne laisserai pas mon neveu mourir de faim ou subir les conséquences des erreurs de son père. Je refuse également de le voir devenir un simple outil de vengeance entre tes mains, Beyla.

Ketill parut de nouveau surpris et impressionné.

— C'est une proposition très généreuse. Lady Beyla l'acceptera, je te le garantis.

— J'ai toujours voulu ce qu'il y avait de mieux pour mon fils, répondit celle-ci. Je n'ai donc d'autre choix que te le confier.

Cela dit, Ketill quitta les lieux, suivi par Beyla qui en était encore à se lamenter de l'injustice qu'elle venait de subir. La salle se vida rapidement jusqu'à ce qu'il ne reste plus que Malcolm, Hring, Sigurd et Liddy.

— Liddy ? appela Malcolm. Allons-y. Père ne croira jamais ce qui s'est passé ! Tu es libre, et tu as assez d'or pour…

— Viens, gamin, le coupa Hring en l'entraînant dehors. Ces deux-là ont besoin d'être un peu seuls.

Une fois la porte refermée sur eux, un lourd silence envahit la salle.

Liddy aurait voulu se jeter dans les bras de Sigurd et lui avouer son amour, mais les mots lui restaient coincés dans la gorge, refusant de sortir. Elle ne parvenait qu'à le regarder, encore et encore. Elle avait failli le perdre à tout jamais…

— Est-ce que Malcolm a dit la vérité ? demanda finalement Sigurd. Tu es montée dans ce bateau de ton plein gré ?

— J'y suis montée, en effet — et je l'ai piloté. Malcolm a tendance à prendre le mauvais bord.

Il s'approcha lentement d'elle.

— Pourquoi as-tu fait cela, Liddy ?

— Parce que je voulais m'assurer que justice soit rendue. Parce que, parfois, les gens sont plus importants que la peur…

Elle ravala son émotion. Comprenait-il, à présent ?

— Ma part du trésor est tienne : c'est ce que nous avions décidé.

Sigurd s'immobilisa à l'instant, l'air presque déçu.

— Tu es simplement venue par devoir ? Par souci de justice ? Pour remplir ta part de ce marché ? Je n'ai pas besoin de ton or, Liddy. Garde-le.

Elle baissa les yeux, troublée et le cœur battant.

— Je ne comprends pas… Nous avions un accord…

Le regard de Sigurd se fit plus dur.

— Tu as déjà gagné ta liberté, Liddy. Tu n'as plus besoin de l'acheter. L'or ne fait que compliquer les choses, crois-moi. Il t'appartient et tu peux en faire ce que tu veux.

Soudain, tous les beaux discours qu'elle avait préparés sur le bateau s'évanouirent. S'était-elle trompée à ce point ? Lui avait-il réellement dit adieu pour de bon lorsqu'il l'avait abandonnée à Aedan ?

— Je croyais que c'était ce que tu voulais, dit-elle. Tout cela… J'ai rapporté l'or pour t'offrir ce que tu désirais tant.

Sigurd la rejoignit et lui prit fiévreusement les mains.

— Tout cela n'a rien à voir avec ce que je désire, Liddy. Ce que mon cœur veut réellement ne peut être acheté par de l'or ou des promesses vides. Ce que mon cœur veut vaut plus de mille royaumes : *elle* est sincère, honnête, et sa sécurité m'importe plus que ma propre vie.

— Ce que ton cœur désire est... une personne ? dit-elle dans un souffle, la gorge nouée.

Il lui prit le menton et la regarda droit dans les yeux.

— Oui. Avant de te rencontrer, je pensais que mon cœur était mort, je m'étais replié sur moi-même par peur de perdre encore quelqu'un qui m'est cher. C'est alors que tu es entrée dans ma vie, avec ton chien, et que j'ai découvert ce qui importait réellement à mes yeux — toi. Je t'aime, Eilidith. Je t'offrirais bien mon âme, mais elle est déjà entre tes mains. Tu es tout ce que je désire, et aucun trésor ne pourra changer cela. J'ai besoin de toi, de t'avoir dans ma vie... Je sais bien que j'aurais dû te le dire avant de t'obliger à rester avec Aedan, mais sache que je cherchais simplement à te protéger. Je voulais être certain d'avoir quelque chose à t'offrir avant de me déclarer.

Transportée de bonheur, Liddy le serra contre elle aussi fort qu'elle le put.

— Et tu es le seul homme que je désire aussi. Peu m'importent ta richesse et ton pouvoir, je ne veux que toi, qu'une vie avec toi. Je t'aime...

— Vraiment ? Tu m'aimes alors que j'ai fait de toi une esclave ?

— Non, tu m'as libérée, répondit-elle en lui caressant tendrement la joue. Je pensais avoir enterré mon cœur en même temps que mes enfants et je vivais dans une prison que j'avais moi-même dressée autour de moi... Un gouffre duquel je ne pouvais m'échapper. Tu m'as redonné le goût de vivre. Tu m'as montré que ce monde avait encore beaucoup à m'offrir. À présent, je sais que les cœurs ne sont pas de petits refuges étriqués mais d'immenses sanctuaires qui ne demandent qu'à s'élever toujours plus haut. Je t'aime, Sigurd, et c'est en femme libre que je souhaite rester à tes côtés.

— Dans ce cas, marions-nous le plus vite possible ! Ma mère avait raison : le véritable amour mérite qu'on l'attende. À présent, je l'ai trouvé.

Un aboiement soudain les fit sursauter et Coll se précipita

dans la grande salle vide. Il se redressa pour poser ses grosses pattes sur leurs bras et leur donner de petits coups de museau.

Liddy éclata de rire.

— On dirait que Coll approuve notre mariage.
— Et tu te fies toujours aux avis de ton chien.
— Non, je me fie aux élans de mon cœur.

Sigurd se pencha alors pour l'embrasser et, pendant un long moment, ils n'eurent plus besoin de mots pour partager leur bonheur.

Vous avez aimé ce livre ? Découvrez les autres romans de Michelle Styles dans votre collection Les Historiques.

Retrouvez prochainement,
dans votre collection

Les Historiques

Les Historiques

Une alliance viking, de Lucy Morris - N°948
ANGLETERRE, IXE SIÈCLE

Alors que son bateau fend les vagues de la mer du Nord, l'important loin de son village et de son passé, Gyda sent un fol espoir la gagner. La liberté lui semble enfin à portée de main, maintenant qu'elle a pu échapper aux fils de son défunt mari, tous avides de l'épouser pour reprendre le domaine paternel… Hélas, tandis qu'elle croit atteindre son rêve, une terrible tempête s'abat sur son navire. Désespérée et à bout de forces, Gyda est sauvée par un chef viking du nom de Thorstein Bergson, qui ne cache pas son mépris pour celle qu'il considère comme une princesse des glaces hautaine, intéressée uniquement par le pouvoir et les richesses. Pourtant, malgré cette hostilité manifeste, c'est bien du désir que Gyda voit brûler dans le regard de son sauveur…

La légende du Highlander, de Nicole Locke - N°949
ROYAUME BASQUE, XIIIE SIÈCLE

Capturer le plus célèbre Highlander du clan Colqhoun ? Voilà enfin l'exploit qu'Andreona attendait d'accomplir pour gagner l'estime de son père, le puissant Gorka. Le cœur rempli d'espoir, c'est avec courage qu'elle s'avance devant celui qu'elle a toujours rêvé d'impressionner… Hélas, malgré ses efforts, ce suzerain tyrannique ne voit pas au-delà du sang mêlé de sa fille et donne l'ordre à ses soldats de les évincer, son prisonnier et elle ! Commence alors pour Andreona une fuite effrénée à travers les routes de France et d'Angleterre, au côté de Malcolm, cet Écossais au regard d'émeraude dont elle ne sait plus s'il est encore son ennemi ou son seul allié…

Harlequin

Le choix du guerrier, d'Ella Matthews - N°950
ROYAUME D'ANGLETERRE, XIVE SIÈCLE

Choisir entre sa famille et la femme qu'il aime ? Jamais Erik Ward, redoutable guerrier et bras droit du comte de Borwyn, n'aurait pensé se retrouver dans une telle situation ! Hélas, alors qu'il était enfin sur la piste de sa sœur disparue, voilà que Linota Leofric, la noble demoiselle pour qui son cœur a toujours brûlé, est enlevée sous ses yeux ! Déchiré entre son devoir fraternel et les sentiments qu'il éprouve bien malgré lui pour Linota, Erik doit décider qui il sauvera – et vite…

Une lady à conquérir, de Virginia Heath - N°951
SÉRIE : SCANDALEUSES LIAISONS - TOME 3
ANGLETERRE, juillet 1818

Le Dr Joe Warriner est un incorrigible romantique. Tomber sous le charme de ces dames est une seconde nature, chez lui ! Mais lorsqu'il rencontre la timide Isabella, la nouvelle infirmière de l'orphelinat de Retford, il se sent gagné par un trouble inédit. Cette passionnée de médecine aux manières si craintives l'intrigue tant qu'il propose de lui enseigner tout ce qu'il sait. Jusqu'à ce qu'une épidémie de variole menace la ville et leurs petits pensionnaires. Voici soudain Joe et Isabella en huis clos, à devoir lutter contre cette terrible maladie et l'irrépressible désir qui les pousse l'un vers l'autre...

L'amant écossais, de Suzanne Barclay - N°952
ÉCOSSE, 1390

Alors qu'elle est une toute jeune femme, Rowena MacBean vit une folle passion avec Lion Sutherland. Mais, du jour au lendemain, Lion ne lui donne plus signe de vie, et Rowena découvre qu'elle est enceinte. Pour donner un père à son bébé, elle consent à épouser un homme beaucoup plus âgé qu'elle, qui lui fait jurer de ne jamais révéler le secret de cette naissance, sans quoi l'enfant sera damné... Six ans plus tard, Lion, devenu un puissant chef de clan, réapparaît. Au choc des retrouvailles s'ajoute, pour Rowena, la crainte que Lion découvre la vérité et lui arrache son fils...

La captive de Blackstone, d'Elizabeth Mayne - N°953
SAXE, an 841

Alors qu'elle devrait haïr Roderick, le Saxon qui l'a enlevée pour faire d'elle une servante et qui la retient prisonnière dans son château, Lady Thea Bellamy ressent une forte attirance envers ce guerrier fier et viril. Elle commence même à nourrir le secret espoir qu'il l'épousera, quand elle apprend qu'il est tombé aux mains de ses ennemis vikings et doit la leur livrer s'il veut sauver son peuple...

Réveillez la lady qui est en vous !

RESTEZ CONNECTÉ AVEC HARLEQUIN

Harlequin vous offre un large choix de littérature sentimentale !

Sélectionnez votre style parmi toutes les idées de lecture proposées !

 www.harlequin.fr　　 **L'application Harlequin**

- **Découvrez** toutes nos actualités, exclusivités, promotions, parutions à venir...

- **Partagez** vos avis sur vos dernières lectures...

- **Lisez** gratuitement en ligne

- **Retrouvez** vos abonnements, vos romans dédicacés, vos livres et vos ebooks en précommande...

- Des **ebooks gratuits** inclus dans l'application

- **50 nouveautés tous les mois** et + de 7 000 ebooks en téléchargement

- Des **petits prix** toute l'année

- Une **facilité de lecture** en un clic hors connexion

- Et plein d'autres avantages...

Téléchargez notre application gratuitement

SUIVEZ-NOUS !  facebook.com/HarlequinFrance
twitter.com/harlequinfrance

VOTRE COLLECTION PRÉFÉRÉE DIRECTEMENT CHEZ VOUS

Vous souhaitez découvrir nos collections ? Une fois votre colis de bienvenue reçu, si vous souhaitez continuer à recevoir nos livres, cela se fera automatiquement. Vous n'avez aucune obligation d'achat et cette offre est sans engagement de durée !

Dans votre 1ᵉʳ colis, 2 livres au prix d'un + 1 cadeau

☛ **COCHEZ la collection choisie et renvoyez cette page au**
Service Lectrices Harlequin – CS 20008 – 59718 Lille Cedex 9 – France

Collections	Prix 1ᵉʳ colis	Réf.	Prix abonnement (frais de port compris)
❑ AZUR	4,50€	AZ1406	6 livres par mois 30,59€
❑ BLANCHE	7,30€	BL1603	3 livres par mois 24,85€
❑ HISTORIQUES	7,20€	LH1202	2 livres par mois 17,29€
❑ PASSIONS	7,70€	PS0903	3 livres par mois 26,49€
❑ BLACK ROSE	7,70€	BR0013	3 livres par mois 26,79€
❑ HARMONY*	5,99€	HA0513	3 livres par mois 20,76€
❑ NORA ROBERTS*	8,90€	NR2403	3 livres tous les 2 mois, prix variable**
❑ SAGAS*	7,99€	SG2303	3 livres tous les 2 mois 29,46€
❑ VICTORIA	7,90€	VI2115	5 livres tous les 2 mois 41,59€
❑ GENTLEMEN*	7,50€	GT2022	2 livres tous les 2 mois 17,95€
❑ HORS-SÉRIE*	7,70€	HS2812	2 livres tous les 2 mois 18,45€

*livres réédités / **entre 28,79€ et 31,39€ suivant le prix des livres

F22PDFM

N° d'abonnée Harlequin (si vous en avez un) ⎵⎵⎵⎵⎵⎵⎵⎵

Mᵐᵉ ❑ Mˡˡᵉ ❑   Nom : _____

Prénom : _____ Adresse : _____

Code Postal : ⎵⎵⎵⎵⎵ Ville : _____

Pays : _____ Tél. : ⎵⎵⎵⎵⎵⎵⎵⎵⎵⎵

E-mail : _____

Date de naissance : _____

Date limite : 31 décembre 2022. Vous recevrez votre colis environ 20 jours après réception de ce bor. Offre soumise à acceptation et réservée aux personnes majeures, résidant en France métropolitaine, dans la limite des stocks disponibles. Prix susceptibles de modification en cours d'année. Vous pouvez demander à accéder à vos données personnelles, à les rectifier ou à les effacer. Il vous suffit de nous écrire en nous indiquant vos nom, prénom et adresse à : Service Lectrices Harlequin CS 20008 59718 LILLE Cedex 9. Service Lectrices disponible du lundi au vendredi de 9h à 17h : 01 45 82 47 47.